미스터리 아레나

Mystery Arena
by Reiichiro Fukami

이 도서의 국립중앙도서관 출판예정도서목록(CIP)은
서지정보유통지원시스템 홈페이지(http://seoji.nl.go.kr)와
국가자료공동목록시스템(http://www.nl.go.kr/kolisnet)에서 이용하실 수 있습니다.
(CIP제어번호: CIP2019015965)

서바이벌 추리 게임 TV쇼!

MYSTERY ARENA

미스터리 아레나

후카미 레이이치로

김은모
옮김

엘릭시르

Si l'hypothèse est séduisante ou la théorie est belle,
j'en jouis sans panser au vrai.
—Paul Valéry, L'homme et la coquille

만약 가설이 매력적이고 이론이 아름답다면,
진실이 어떤지는 도외시하고 나는 그것을 즐기겠노라.
—폴 발레리, 『사람과 조가비』

1

나는 흠뻑 젖은 채 마리코의 별장 현관에 도착했다. 차에 우산이 없어서 보스턴백을 끌어안고 주차장에서 현관까지 얼마 되지 않는 거리를 뛰어왔을 뿐인데, 머리부터 발끝까지 푹 젖고 말았다. 현관 앞에 차를 대고 별장에 들어가서 비가 좀 잦아들기를 기다렸다가 주차장으로 이동 주차하는 방법도 있지만, 그러면 나중에 다른 차들이 왔을 때 지나갈 수 없으므로 민폐다. 평소 트렁크에 비닐우산을 두 개 싣고 다니지만, 요전번 일요일에 비가 왔을 때 동승한 친구들에게 빌려줬다는 것을 멍청하게도 깜박했다.

마리코의 별장은 1층이 실제로는 중이층中二層이라고 할 수 있을 만큼 높다. 지하실에 채광창을 내려고 하다 보니 이런 구조가 됐다고 한다. 따라서 현관으로 들어가려면 콘크리트로 된 바깥 계단을 몇 단 올라가야 한다. 지하실 채광창에는 두툼한 커튼이 쳐져 있었다.

그건 그렇고 주차장에 지붕이 있어본들 거기서 현관까지 지붕이 없으면 말짱 헛일 아닌가. 이거 설계상 실수 아닌가. 아아, 카포트carport의 지붕은 사람이 아니라 주차된 고급차를 비바람으로부터 지키는 역할인가. 역시 부자는 생각 자체가 다르구나, 마음속으로 그렇게 혼잣말을 하며 바깥 계단을 뛰어올라 현관에 들어서자 히데가 큼지막한 목욕 수건을 한 손에 들고 서 있었다.

"안녕."

나는 앞머리에서 물방울을 뚝뚝 떨어뜨리며 히데에게 오른손을 들었다.

"아이고, 홀딱 젖었네."

히데는 웃는 얼굴로 그렇게 말하며 목욕 수건을 내밀었다. 역시 '배려심이 넘치는 히데', 정말로 고맙다.

"응, 축축해죽겠어."

"자, 감기 걸리지 않게 빨리."

아무래도 창문으로 내 모습을 보고 마중나온 모양이다. 나는 수건을 받아서 재빨리 얼굴과 머리를 닦았다.

"별일 없이 도착해서 다행이야. 어쩌면 못 오는 거 아닐까

했거든."

"그러게. 이러다 오도 가도 못하는 처지에 놓이면 어쩌나 싶어서 속이 바짝바짝 탔다고."

나는 끌어안고 있던 작은 보스턴백을 현관 바닥에 내려놓으며 대답했다.

"엄청 퍼붓는군."

"좁은 길은 완전히 물바다가 됐어. 이렇게 많이 내리는 건 처음이야."

나는 수건을 겨드랑이에 끼고 몸을 구부려 보스턴백 지퍼를 열었다. 발수성 천으로 만든 가방이라 다행히 안쪽은 거의 젖지 않았다.

"잠깐만 기다려. 옷 좀 갈아입어야겠다."

"어, 지금 여기서?"

"이대로 들어가서 복도에 물을 뚝뚝 떨어뜨리고 다니면 마리코에게 미안하잖아."

"아아……."

나는 흠뻑 젖은 커터 셔츠를 벗고 상반신을 구석구석 닦은 후, 가방에서 새 셔츠를 꺼내서 입었다. 이어서 가죽구두를 한 짝씩 벗고 양말을 갈아 신었다. 깨금발로 서서 갈아 신으려니 균형을 잡기가 꽤 힘들었다. 마지막으로 빨래를 담으려고 가지고 온 비닐봉지를 가방에서 꺼내서 벗은 셔츠와 양말을 넣었다.

솔직히 말하자면 좀 전부터 하반신에 차갑게 달라붙어 있는 바지를 제일 갈아입고 싶었지만 아쉽게도 그럴 수는 없었다. 그 이유는 단순한데, 갈아입을 윗옷은 가지고 왔지만 바지는 가지고 오지 않았기 때문이다. 따라서 갈아입으려면 잠옷으로 가져온 회색 운동복을 입는 수밖에 없다. 그런 꼬락서니로 사람들 앞에 나서기는 절대로 싫었다. 지금 입고 있는 빈티지 데님 바지가 마를 때까지 찝찝한 기분을 참아야 한다고 생각하자 짜증이 치밀었지만, 갈아입을 옷을 가지고 오지 않은 내 잘못이니 어쩔 수 없다. 나는 목욕 수건을 뒤집어 별로 젖지 않은 부분으로 보스턴백 표면에 묻은 물방울을 닦았다.

"이제 마루모만 오면 돼. 다른 사람들은 다 왔어."

내가 옷을 다 갈아입은 것을 확인하자 히데는 앞장서서 천천히 걸음을 옮겼다.

"마루모만 오면 된다고?"

나는 한 손에 가방, 다른 손에 목욕 수건을 들고 히데를 따라 안으로 들어가며 조금 의외라는 생각으로 되물었다. 이렇게 날씨가 안 좋으니 올해는 불참하는 사람이 한두 명쯤은 있을 줄 알았기 때문이다.

"날씨가 이 모양인데 마루모 말고는 벌써 다 왔다고?"

"매년 그렇지만 단결력이 참 대단해."

히데는 그렇게 말하며 웃었다.

"이렇게 비가 퍼붓는데 다들 별문제 없이 온 거야?"

"사야카는 어젯밤부터 여기 있었대."

"응? 어젯밤부터?"

나는 무심코 되물었다. 그런 줄은 전혀 몰랐다.

"마리코한테 긴히 상의하고 싶은 일이 있어서 다른 사람들보다 하루 일찍 왔다나 봐."

"흐음."

나는 태연한 척하며 일부러 관심 없다는 듯이 대답했지만, 히데는 감이 좋으니까 동요한 내 속내를 꿰뚫어 보았을지도 모른다. 물론 언제부터 여기 있든 그건 사야카 마음이지만 도대체 뭘 상의한 걸까. 애당초 '긴히 상의' 같은 걸 할 만큼 사야카가 마리코와 친한 사이였나?

"그리고 분타는 빗발이 거세지기 전인 오전에 차를 끌고 와서 거의 비에 젖지 않았대."

"아아, 녀석은 언제 어떤 상황이든 올 수 있겠지."

바이크광인 분타는 한 해에 한 번 모이는 정례 모임에 매년 혼자서 왔다가 혼자서 돌아간다. 정해놓은 규칙이 있는 듯, 뒷자리에 사람을 태운 모습은 단 한 번도 못 봤다. 애초에 헬멧도 자기 것 하나밖에 가지고 다니지 않는 듯하다.

"다른 사람들은?"

"나머지는 열차를 타고 왔지. 당연하잖아."

"역에서는 어떻게 왔는데?"

나는 그렇게 물었다. 어째서인지 우리 멤버 중에는 차를 가진 사람이 얼마 없어서 작년까지는 나와 마루모가 각각 몇 명씩 태워서 오는 것이 관례였다. 하지만 올해는 나랑 마루모 둘 다 일이 바빠서 불참할 가능성이 있었으므로(마루모의 '볼일'도 업무상 볼일인지는 의심스럽지만) 각자 알아서 오기로 했다.

결국 일이 어찌어찌 잘 마무리되어 적어도 나는 이렇게 아직 서쪽 하늘에 해가 떠 있을 때(물론 이건 비유적인 표현이다. 비가 억수같이 퍼붓고 있으므로 당연히 해는 보이지 않는다) 도착했지만.

"역에서는 당연히 택시를 탔지. 차가 없는데다 애당초 운전면허가 있는 사람이 한 명도 없으니 어쩌겠어."

"택시비 많이 나오지 않았어?"

이 별장에서 가장 가까운 기차역도 거리로 따지면 제법 멀다.

"뭐, 그렇지. 오천 엔이었던가."

"그렇게 많이?"

나는 깜짝 놀랐다. "좀 미안한데."

"무슨 소리야. 우리야말로 평소에 너랑 마루모한테 얼마나 큰 도움을 받았는지 절실히 느꼈다고. 그리고 오천 엔이라고 해도 추렴했으니까 한 사람당 천 엔 좀 넘게 낸 셈이야."

히데는 쓴웃음을 지으며 덧붙여 말했다.

"그것보다 택시 기사가 돌아갈 때를 얼마나 걱정하던지, 도중에 내리라고 하면 어쩌나 싶어서 오는 내내 가슴을 졸였어."

"어, 택시 타고 나서?"

"응."

"택시가 손님을 도중에 내리라고 하다니, 그게 말이 돼?"

"지금이야 그렇지. 하지만 거품경제가 한창이던 시절은 그런 일이 실제로 있었어. 이제 영업소에 돌아가야 할 시간이니까 여기서부터는 다른 택시를 타고 가라면서 말이야. 다들 롯폰기 길가에서 만 엔짜리를 쥐고 택시를 잡던 시대니까. 그때는 택시가 손님을 '태워주시는' 느낌이었지."

"뭐야, 그게."

나는 어이없다는 투로 대답했다. 믿기지 않는 이야기지만 부럽냐고 묻는다면 절대 그렇지는 않다. 오히려 진심으로 그런 시대에 청춘을 보내지 않아서 다행이라고 생각한다. 젊을 때 그런 시대를 체험하면 분명 금전 감각에 문제가 생길 것이다.

"내리라고 하지는 않았으니까 됐지 뭐. 하지만 택시 기사가 무사히 돌아갔는지 걱정이네."

"오는 도중에 사고가 나거나, 멈춰선 차는 못 봤어."

"그거 다행이다."

히데가 안심했다는 투로 말했다. 누가 제일 먼저 붙였는지는 모르지만 우리는 히데 이름 앞에 '배려심이 넘치는'이라는 말이 붙이는데, 가끔 배려나 염려가 지나쳐서 호구에 가깝게 느껴지는 측면도 있으므로 정말로 운전기사의 안부가 걱정된 것이리라.

"아, 이거 고마워."

리넨실* 앞을 지나칠 때 나는 들고 있던 목욕 수건을 히데에게 내밀었다. 멤버 중에 히데의 나이가 제일 많지만, 존댓말 쓰는 것을 히데가 싫어하므로 나는 될 수 있으면 이렇게 '반말'을 쓴다. 히데는 목욕 수건을 받아서 리넨실 안쪽 커다란 빨래 바구니에 던져 넣었다.

"그런데 방은 어떻게 해? 예전하고 똑같아?"

"응, 여느 때와 다름없이 1층 동쪽 제일 끄트머리 방이 네 방인데, 괜찮지?"

"응, 물론이지."

바라던 바다. 나는 고개를 끄덕였다.

리넨실 바로 옆, 긴 의자가 놓인 대합실 같은 공간에는 위층으로 통하는 중앙 계단이 뻗어 있다. 진한 호박색을 띤 난

* 침대보나 수건과 같은 섬유 제품을 보관하는 방.

간은 조각이 새겨져 있고 폭도 사 미터 정도로 넓어서 이제 막 조직된 내각 인사들이 언론에 내보낼 기념사진을 찍어도 될 만큼 훌륭한 계단이다.

아마도 조사이어 콘더가 설계하고 현재 중요 문화재로 지정된 다이토 구의 옛 이와사키 저택에 있는 계단을 모방한 것이리라. 그 계단도 이것과 거의 똑같이 생겼는데(물론 이쪽이 흉내낸 것이지만), 오랜 세월 미쓰비시 재벌의 정점에 군림한 이와사키 가문의 당주들은 만나주기를 요청하는 손님들을 여기에 기다리게 해놓고 자신은 위층에서 느긋하게 등장했다. 따라서 손님들은 중요한 사업 이야기나 교섭을 시작하기에 앞서 무의식중에 심리적으로 아래쪽에 서게 된다.

"어떻게 할래? 방으로 갈래, 아니면 일단 라운지에 얼굴을 비출래?"

히데는 계단 앞에 멈춰 서서 치뜬 눈으로 내 얼굴을 보았다.

이 저택은 남쪽을 향한 정면 현관을 중심으로 좌우의 집채가 동서쪽으로 뻗은 4층 건물로, 1층에는 지금 지나온 현관과 식당, 주방, 식재료 창고, 객실, 욕실, 리넨실 등이 있으며 2층에는 객실 외에 정면에서 보아 왼쪽 집채, 즉 서쪽 제일 끝부분에 모두가 모일 수 있는 넓은 라운지가 있다. 바로 방에 가려면 이대로 복도를 쭉 나아가면 되지만, 라운지에 얼굴을 내밀려면 눈앞의 중후한 중앙 계단을 올라가야 한다.

왜냐하면 이 건물의 1층과 2층을 연결하는 통로가 이 중앙 계단 하나뿐이기 때문이다. 2층부터 위쪽은 다른 통로도 있지만, 그건 나중에 설명하겠다.

"좋아, 라운지에 먼저 가자."

마음을 정한 나는 짐을 옆구리에 끼고 중앙 계단을 두 단씩 올라갔다. 짐이라고 해봤자 보스턴백 하나가 전부고, 무엇보다 한시라도 빨리 사야카 얼굴을 보고 싶었기 때문이다.

계단참에서 히데를 잠깐 기다렸다가 방향을 백팔십도 바꾸어서 남은 계단도 두 단씩 뛰어 올라갔다. 복도에서 히데를 다시 기다린 후, 도중에 흰색 원기둥 모양 구조물을 피해서 똑바로 나아가다가 복도 끝부분에 있는 라운지의 쌍여닫이 유리문을, 무뢰한들이 우글거리는 술집에 홀로 쳐들어가는 서부영화 총잡이처럼 벌컥 밀어젖히고 안으로 들어가자 분타와 사야카, 그리고 교코가 눈에 들어왔다. 틀림없이 마리코와 다마도 있을 줄 알았기에 맥이 좀 빠졌지만, 사야카와 이야기를 나누기에는 머릿수가 적은 편이 낫다고 바로 생각을 달리했다.

"이야. 무사히 왔네."

일인용 소파에 앉아서 담배를 피우던 분타가 나를 보고 한 손을 들었다. 매번 보아 익숙한, 가슴에 엠블럼이 달린 상하 일체형 흰색 라이더슈트를 입었다.

"응. 방금 전에 간신히."

나도 한 손을 들어 인사를 받아주고 나서 벽 앞 긴 의자에 앉은 사야카 쪽으로 천천히 시선을 돌렸다. 사야카는 담배 연기를 싫어하므로 분타와 조금 떨어져 앉은 것이리라.

하지만 사야카는 아무 반응도 하지 않았다. 사야카가 앉은 위치와 자세로 추측건대 틀림없이 망막에 내 모습이 맺혔을 텐데도 무슨 생각에라도 잠긴 듯이 멍하게 마룻바닥만 바라보았다.

나는 약간 실망하며 뒤에 선 히데를 돌아보고 말했다.

"난 이 나라에 그런 시절이 있었다는 것 자체가 안 믿겨."

그러자 히데는 어리둥절한 표정을 지었다.

"응? 무슨 이야기야?"

어휴, 히데. 네가 꺼낸 이야기잖아. 방금 전에 이야기해놓고 벌써 잊어버린 거야?

"택시가 손님을 '태워주신다'는 느낌이었던 시절이 있었다고 했잖아."

"아아, 그거. 응, 지금은 언감생심 꿈도 못 꿀 일이지."

"그건 그렇고 내일은 날이 개면 좋겠는데."

내가 혼잣말처럼 말을 잇자 히데가 갑자기 인상을 찌푸렸다.

"아쉽지만 그건 좀 힘들 것 같아. 아까 일기예보에서 최소한 이삼일은 비가 더 내릴 것 같다고 하더라."

"엑, 그래?"

"덧붙여 다음 태풍도 바로 요 근처까지 올라왔대."

"뭐야, 그게. 무슨 출퇴근 시간대의 전철도 아니고, 한꺼번에 밀어닥치네."

"하하하."

히데가 과장되게 상체를 비꼬았다. 배려심이 넘치는 히데 아니랄까 봐 분명 나와 사야카 사이에 미묘한 공기가 흐르는 것을 재빨리 눈치채고 분위기를 조금이라도 띄우려는 것이리라. 축축한 빈티지 데님 바지가 넓적다리에 달라붙어 영 찝찝했지만, 히데가 마음을 써준 덕분에 기분은 조금 좋아졌다.

"요즘 태풍이 너무 자주 올라오지 않나? 올해는 태풍이 풍년인가 보네."

"그럴지도 모르지."

"와인 같은 게 풍년이라면 반가울 테지만, 태풍이 풍년이라니 그다지 반갑지가 않네."

"정말로 그래. 핫핫하."

재미라고는 눈을 씻고 찾아봐도 없어서 평소의 나였다면 입에 담기도 꺼릴 만큼 진부한 말이었지만 히데는 이번에도 쾌활한 목소리로 웃어주었다.

물론 나도 일기예보나 교통 사정은 오는 길에 차에서 들었다. 이런 날에 운전하면서 태평하게 음악이나 듣는 인간이 있다면 그 낯짝을 한번 보고 싶을 정도다. 그러므로 이 악천후가 한동안 계속되리라는 것도 알고 있었다.

그런 하잘것없는 이야기를 하면서 벽가에 앉은 사야카를 살피는 것이 내 진짜 목적이었다. 쓸데라고는 하나도 없는 이야기지만, 아니 오히려 쓸데없는 이야기이니만큼 이렇게 모두에게 들릴 만한 목소리로 말하고 있으면 자연스레 사야카도 대화에 끼어들지 않을까. 은근히 그런 기대를 품었다.

휴대전화가 수신 거부 상태인 현재로서는 잡담이든 뭐든 간에 최대한 빨리 한마디라도 말을 나누는 것이 중요하다. 초장부터 말을 나누는 데 실패하면 더더욱 거북해진다. 그러면 둘이서만 이야기할 기회가 생겨도 왜 계속 그런 태도였냐 탓하는 마음이 가슴속에서 고개를 쳐든다. 그 결과 어차피 나 같은 건 안 돼, 하고 스스로를 비하하는 마음이나 상대를 비난하는 마음 둘 중 하나에 초점이 맞추어져서 솔직하게 대할 수가 없어진다. 나는 그게 두려웠다.

하지만 기대와 달리 사야카가 대화에 끼어들기는커녕 눈길 한번 돌리지 않았으므로 나는 다시금 실망했다. 히데가 마음을 써준 덕분에 나아진 기분이 다시 조금씩 가라앉는 것이 느껴졌다.

“우와아, 바람도 거세졌네.”

히데가 밖을 보며 천진난만하게 소리를 지르기에 나도 창문 쪽으로 돌아섰다. 건물을 높게 둘러싼 담장 너머 가로수가 옆으로 흩날리는 세찬 비를 맞으며 마치 몸을 비트는 것처럼 좌우로 흔들리는 모습이 유리창으로 보였다.

나는 문득 히데의 말에서 작은 위화감을 느꼈다.

라운지 창문은 높다고 할 정도는 아니지만, 위험을 방지하기 위해 바닥에서 일 미터 오십 센티미터 높이에 위치해 있다.

그리고 히데는 창문에서 조금 떨어진 곳에 서 있다.

나는 창문 바로 옆에 있으니까 담장 너머에서 가로수가 좌우로 격하게 흔들리는 모습이 똑똑히 보이지만, 장소와 각도상 히데에게는 보이지 않을 것이다.

그렇다면 히데는 도대체 어떻게 바람이 거세졌다는 것을 알았을까. 나도 지금 히데가 있는 위치에 서면 먹구름에 뒤덮인 하늘밖에 보이지 않을 것이다. 아무리 생각해도 나보다 키가 십오 센티미터나 작은 히데에게는 가로수가 보일 리 없다.

그렇다면 히데는 도대체 어떻게……?

나는 잠시 생각한 끝에 수긍이 갈 만한 결론을 하나 도출해냈다. 그래, 분명 빗방울이다. 창문에 떨어진 빗방울이 바람을 맞고 유리를 빠르게 미끄러지는 모습을 본 거겠지.

“그런데 우리를 초대한 마리코는?”

나는 시선을 실내로 되돌리면서 물었다. 물으면서 셔츠 가슴주머니에 꽂아놓은 만년필의 뚜껑을 무의식중에 손가락으로 만졌다.

"오후부터 계속 자기 방에 틀어박혀 있대. 분명 오늘밤 준비를 하느라 바쁘겠지."

히데가 그렇게 말하고 아까 지나온 복도를 턱으로 가리켰다.

"흐음."

나는 라운지 유리문으로 복도 한복판에 떡하니 자리잡은 흰색 나선계단을 힐끗 보았다.

이 저택이 사 층 건물이라는 것은 이미 이야기했다. 하지만 사실 4층에는 방이 딱 하나밖에 없다. 원래 3층이었던 건물에 억지로 옥탑방을 증축했기 때문이다. 거기가 마리코의 방인데, 건물 중앙보다 약간 왼쪽 부분에 마치 인간의 머리처럼 쑥 튀어나와 있다. 마리코는 고딕 양식 대성당에서 볼 수 있는 첨탑으로 만들어달라고 했지만, 건축기준법 때문에 이런 모양이 되었다고 한다. 4층에 올라가려면 증축할 때 같이 설치한 나선계단을 이용하는 것이 유일한 방법이다. 아까 내가 올라온 중후한 중앙 계단은 마치 장래에 나선계단이 서쪽에 생길 것을 예상이라도 한 듯이 저택의 중심선에서 동쪽으로 약간 치우친 위치(일부러 이렇게 좌우 대칭을 무너뜨리는 건축 양식을 무슨 양식이라고 부르는 모양인데 잊어버렸다), 즉 정면에서 보아 오른쪽에 있는데 저택이 세워질 당시에 만든 것이므로 3층까지밖에 없다.

나선계단은 마리코의 방이 있는 4층에서 3층, 그리고 천장을 뚫고 2층까지 다다른다. 안전성을 고려해서인지, 아니면 마리코 본인과 여자 손님들이 짧은 치마를 입고도 걱정 없이 오가도록 하기 위해서인지 뻥 뚫려 있지 않고 전체가 벽으로 막혀 있으므로 처음으로 온 사람이 계단 출입구가 보이지 않는 위치에서 보면 고대 그리스 신전풍의 굵은 원기둥이 생뚱맞게도 복도 한복판에 우뚝 서 있는 것처럼 느껴지리라. 그래서 아까 내가 '흰색 원기둥 모양 구조물'이라고 표현한 것이다.

한 가지 더 밝히자면 나선계단 내부는 난간, 발판, 벽면 모두 백합꽃처럼 새하얀 인공 석고로 통일되어 있다. 따라서 올라가든 내려가든 일단 안에 들어서면 사방팔방 흰색만 눈에 들어온다.

어릴 적부터 공주병이었고 크고 나서도 공주병이 낫기는커녕 더 심해진 마리코가 전국에 마덮밥 체인점을 거느린 사업가 아버지를 조른 끝에 특별 주문해서 이 나선계단을 만들었다는 사실을 우리 중에 모르는 사람은 없다. 솔직히 나는 이 별장을 방문하기 전까지만 해도 순백색 나선계단은 전부 영화 촬영용으로 만든 세트일 뿐, 현실 세계에서 실제로 사용되지는 않을 것이라 생각했다. 그러므로 이 별장에 와서 처음으로 순백색 나선계단을 보았을 때는 말 그대로 기함했다. 지붕 일부를 벗겨내서 옥탑방을 만들고 2층과 3층 사이 천장을 뚫어 계단을 놓으려면 비용도 만만치 않을 텐데, 마리코 이야기로는 유명한 예술가가 프랑스의 어느 성에다 설계한 나선계단을 모방해서 만들었다고 한다. 소녀 취향 순정만화 티가 풀풀 풍기는 이런 계단에 견본이 있다니 역시 프랑스다. 나는 일본 국내 건축물에는 다소 관심이 있지만, 해외는 프랑스는 고사하고 하와이에도 가본 적이 없는 순수 국내파이므로 자세한 사정은 잘 모르지만.

"그럼 다마는? 다마는 어디 있어?"

나는 누구에게랄 것도 없이 물었다. 솔직히 말하자면 다마가 어디서 뭘 하든 상관없지만, 그렇게 물어보면 이번에야말로 사야카가 대답하리라고 기대했기 때문이다. 사야카는 평소 다마를 아주 귀여워하고, 다마도 그걸 잘 알아서 늘 사야카 뒤를 졸졸 따라다니니까.

하지만 그 바람도 헛되이 끝났다. 여전히 사야카는 엉뚱한 곳에 시선을 고정한 채, 대답은커녕 나를 힐끔 쳐다보려는 낌새조차 없었다. 내 마음속에서 실망감이 더욱더 커졌다.

"아아, 다마. 어머, 그러고 보니 어디 갔을까?"

소파에 편안히 앉은 교코가 그렇게 말하며 몸을 내밀어 마룻바닥 위를 바쁘게 훑어보았다.

"어, 진짜다. 어디 갔지? 방금 전까지만 해도 요 주변에서 뒹굴뒹굴하거나 몸을 쭉쭉 펴고 있었는데."

히데가 뒤이어 말했다. 분위기를 어떻게든 살려보려고 열심히 애쓰는 모양이다.

나는 히데의 돈독한 우정에 고마워하면서도, 한사코 나와 눈을 마주치려 하지 않는 사야카의 단정한 옆얼굴을 가만히 바라보았다.

왜 무시하는 거지?

보통 친구로 돌아가는 것도 안 된다는 거야?

나는 무의식중에 손톱이 살을 파고들 만큼 왼손을 꽉 움켜쥐고 있다는 사실을 깨달았다.

과연, 사랑이 지나치면 미움이 백배로 커진다는 말은 이럴 때 쓰나 보군.

†

나는 일단 라운지에서 물러나 1층에 내려가기로 했다. 아까는 헐레벌떡 두 단씩 뛰어올랐던 중앙 계단을 등을 웅크린 채 홀로 터벅터벅 내려갔다. 다 내려간 후 왼쪽으로 꺾어서 복도를 나아가 내게 주어진 1층 동쪽 끝 객실에 보스턴백을 들고 들어갔다.

너무 낙관적으로 생각했다. 설마하니 사야카가 그토록 쌀쌀맞게 대할 줄이야 꿈에도 몰랐다. 아무리 그래도 잡담 정도는 평범하게 나눌 수 있을 줄 알았다. 짐을 놓아둘 시간도 아까워서 서둘러 라운지에 얼굴을 내민 것이 바보처럼 느껴졌다.

하지만 모임은 이제 막 시작됐으니 벌써부터 애를 태우면 될 일도 안 된다. 오늘밤이나 내일 둘이서만 이야기를 나눌 기회가 반드시 찾아올 것이라 믿고 기다리자.

방안은 깔끔하게 정리정돈되어 있었다. 나는 아침 햇살이 제일 먼저 비쳐드는 저택 동쪽 끝 방이 마음에 들어서 매년 이 방에 머무르는데, 마치 일 년 동안 냉동 보존한 것처럼 가구와 자질구레한 세간의 배치까지 작년 모임 때와 완벽하게 똑같았다. 별장이라 해도 요즘 마리코는 일 년 중 절반 가까이를 여기서 지내는 모양이고, 마리코의 가족은 물론 아버지가 사업 관계상 쓸 때도 있다고 하니까 작년부터 지금까지 아무도 사용한 적이 없지는 않겠지만 청소를 잘 해놓아서 바닥에는 먼지 한 톨 없었다.

사생활 보호를 위해 방문을 잠글 수 있도록 안쪽에 빗장이 달려 있다. 열쇠 구멍이 있는 자물쇠가 아니므로 밖에서는 잠글 수 없다. 2층 라운지와 1층 식당 등 공용 공간을 제외하고 저택 내부의 모든 방문은 이것과 똑같은 구조다. 덧붙여 공용 공간은 문을 잠글 수 없다.

문득 생각이 나서 아까 벗어 비닐봉지에 담은 셔츠와 양말을 보스턴백에서 꺼내 옷걸이에 걸어서 세면대 위에다 널었다. 하룻밤 묵을 예정이라 실은 갈아 신을 양말도 한 켤레밖에 가져오지 않았다. 내일 아침에 꼭 양말을 갈아 신고 싶으니까 그때까지는 어떻게든 말랐으면 했다. 이틀 연달아 같은 양말을 신다니 도저히 견딜 수 없다.

그러고 나서 이불을 반으로 개켜놓은 침대에 머리와 다리가 원래 방향과는 반대로 가도록 드러누웠다. 침대는 여느 때와 다름없이 푹신푹신했다. 큰비가 내리는 가운데 오랫동안 신중하게 운전한 탓에 정신적으로도 육체적으로도 상당히 피곤했다.

†

크게 재채기하는 소리에 눈을 떴다. 그것이 내 재채기 소리임을 깨닫는 데 시간이 약간 걸렸다.

아무래도 젖은 빈티지 데님 바지를 입은 채 깜박 잠들었던 모양이다. 생각보다 훨씬 피곤했는지, 아주 잠깐 존 줄 알았는데 시계를 보자 한 시간 가까이나 지난 후였다.

어이쿠. 나는 조금 당황하여 부리나케 침대에서 상체를 일으켰다. 빈티지 데님 바지는 잠들기 전보다 덜 꿉꿉했지만 그 대신에 침대 시트가 바지의 물기를 흡수하여 축축해졌다.

방을 나서기 전에 잠시 망설였다. 마리코에게 말하면 축축해진 시트를 갈아주겠지만, 이렇게 깨끗하게 정리하고 청소한 방을 공짜로 쓰면서 도착하자마자 시트를 갈아달라고 말하려니 뻔뻔스러운 것 같아 아무래도 내키지가 않았다. 마리코는 지금 바쁜 모양이고, 이 정도면 오늘밤 자기 전까지는 마를 것 같아서 당장은 아무 말도 않기로 했다.

나는 벽에 걸린 타원형 거울로 머리가 헝클어지고 눌리지는 않았는지 확인한 후 방을 나섰다.

복도로 나오자마자 다시 한번 요란스레 재채기를 했다.

아, 큰일이네. 감기 걸렸나?

2

중앙 계단을 이번에는 평범하게 한 단씩 올라서 2층 라운지로 돌아가자 히데가 나를 보고 안도한 듯한 표정을 지었다.

"야야, 어떻게 된 거야. 짐을 갖다 놓겠다며 방에 가더니만 한 시간 가까이나 돌아오지 않아서 무슨 일 생긴 것 아닌가 걱정했다고. 지금 분타랑 조금만 더 있다가 가볼까 상의하던 참이었어."

"미안, 미안. 방에서 정신을 잃었어."

"그게 무슨 소리야? 괜찮아? 구급차 부를까?"

히데가 걱정스러운 얼굴로 쳐다보았다. 나는 쓴웃음을 지으며 얼굴 앞에서 손을 좌우로 흔들었다. 맞다, 배려가 지나쳐 걱정을 사서 하는 경향이 있는 히데에게 과장된 표현은 금물이다.

"아니야, 아니야, 괜찮아. 잠이 부족해서 곤히 잠들었다는 뜻이었어."

"뭐야, 그런 뜻이었구나. 깜짝 놀랐잖아."

"그럴 의도는 아니었는데……. 미안, 미안."

라운지 한복판에 자리한 테이블에는 커피메이커가 놓여 있었는데, 서버는 여느 때와 다름없이 보온중인 커피로 가득했다. 주인인 마리코가 커피를 아주 즐기므로 이 저택에서는 마리코가 라운지에 있을 때는 마리코가 직접, 없을 때는 다른 사람이 자유로이 커피를 내려서 아침부터 밤까지 언제나 이렇게 바로 마실 수 있게 해두는 것이 암묵적인 규칙이다. 마치 패밀리 레스토랑의 드링크 바 같은 느낌이지만, 패밀리 레스토랑의 옅고 맛없는 커피와 달리 진하게 볶은 고급 원두를 듬뿍 사용해서 맛이 아주 풍부하므로 커피 하면 껌뻑 죽는 나로서는 고마울 따름이다. 나는 잠을 떨쳐내고자 블랙으로 순식간에 한 잔을 비우고, 이번에는 크림을 조금 넣어서 마실 요량으로 컵에 한 잔 더 따랐다.

그때 창밖에서 자동차 경적 소리가 들려서 모두 일제히 소리가 난 방향으로 고개를 돌렸다. 몇 명이 창문으로 뛰어갔다.

나도 커피가 담긴 컵을 들고 천천히 창문으로 다가갔다. 누가 왔는지는 보지 않아도 뻔했다.

예상대로 마루모의 애차인 검정색 볼보가 여전히 억수같이 퍼붓는 빗속을 뚫고 가로수 사이를 통과해 별장 부지로 느릿느릿 들어오는 모습이 보였다.

저택 앞쪽의 빽빽한 잡목림 사이에 난 사설 도로는 간선도로에서 이 저택으로만 이어지는 외길이다. 차 두 대가 엇갈려 지나가려면 고생할 만큼 폭이 좁지만 지금은 마주 달려오는 차가 있을 리 없다. 즉 여기서 경적을 울릴 필요는 전혀 없으나 남의 시선을 끌기 좋아하는 마루모가 자신이 왔음을 모두에게 알리고 싶어서 그런 것이다. 나잇살이나 먹고서(그러는 나도 마루모와 동갑이지만) 마치 어린애처럼 자기현시욕이 강하다. 언제 만나도 바쁘다는 말을 입에 달고 있지만 바쁜 척하는 것을 좋아할 뿐이므로 정말로 바쁜지는 의심스럽다.

†

창문으로 앞뜰을 내려다보고 있자니 마루모가 내 차 옆에 볼보를 바짝 붙여 대고 현관을 향해 빗속을 기운차게 걸어오는 모습이 눈에 들어왔다. 일류 기업 로고가 들어간, 큼지막하고 화려한 우산을 썼다. 나와 달리 준비성도 참 철저하다.

언제나 그렇듯이 마중을 나간 히데가 바로 마루모를 데리고 라운지로 돌아왔다. 나처럼 현관에서 옷을 갈아입는 수고를 하지 않아도 되니까 빠르다.

그런데 마루모가 라운지에 들어오자마자 느닷없이 뒤숭숭한 이야기를 꺼냈다.

"우와, 십년감수했네. 하마터면 죽는 줄 알았어."

"변함없이 과장이 심하구나."

나는 어이가 없어서 한껏 비꼬는 투로 말을 받아주었다. 멍청한 녀석. 그런 식으로 말하다 걱정이 태산 같은 히데가 덜컥 죽기라도 하면 어쩌려고.

"속도를 너무 내는 바람에 커브길에서 가드레일을 들이받을 뻔했다거나, 빗길에 미끄러져서 중앙분리대를 넘을 뻔했다거나, 어차피 그 정도 아니야?"

본인은 간이 철렁했을지도 모르지만 솔직히 말해 듣는 입장에서는 염증이 난다. 나는 이 '차를 몰다가 하마터면 죽을 뻔했다는 자랑'을 '학생이 시험 치르기 전에 공부를 하나도 안 했다는 자랑'과 '회사원이 몇 날 며칠을 밤새워서 일했다는 자랑', 그리고 '나잇살이나 먹은 어른이 젊은 시절은 잘나갔다는 자랑'과 더불어 세계 4대 딱히 알고 싶지 않은 자랑이라고 몰래 이름 붙였다.

"아무것도 모르면서 끼어들기는. 사람 말은 끝까지 들으라고."

하지만 마루모는 그렇게 말하고 엄지손가락을 세우더니 어깨 너머로 등뒤를 가리켰다.

"여기 오는 길에 보면 강에 나무다리가 놓여 있잖아."

"시라히게 다리?"

예전에 건넜을 때 난간에 박힌 직사각형 명판을 보고 다리 이름이 참 재미있다고 생각했으므로* 기억에 남아 있다. 분명 아사쿠사 근처에도 이름이 똑같은 다리가 있었던 것 같다.

"응, 그런 이름이었을 거야. 그 다리가 그야말로 내가 볼보로 강을 건너는 도중에 상류에서 밀려온 탁류에 침수됐다고."

"뭐야, 역시 그 정도였잖아."

나는 일부러 균형을 잃고 몸을 살짝 기우뚱하는 시늉을 했다. 다리가 물에 좀 잠긴 게 뭐 그리 대수란 말인가.

그러자 마루모는 내 말을 부정하듯이 얼굴 앞에다 대고 손을 좌우로 흔들었다.

"사람 말은 끝까지 들으라고 했지? 정말로 위험했다니까. 하마터면 차도 함께 탁류에 휩쓸려갈 뻔했어. 기지를 발휘해 액셀러레이터를 밟아 다리를 단숨에 건너서 간신히 화를 면했지만, 그 상황에서 섣불리 브레이크를 밟았거나 내 차가 볼보가 아니라 경차였다면 난 지금 여기에 없을지도 몰라. 여기에 없는 게 문제가 아니라 까딱 잘못했으면 저세상에 갔을 수

* 일본어로 '시라히게'는 '흰 수염'이라는 뜻이다.

도 있어."

여자들이 무심코 숨을 삼키는 소리가 들렸지만 나는 그 말을 듣고 발끈했다. 왜냐하면 현재 내가 몰고 다니는 차가 경차이기 때문이다. 몇 달 전 가지고 있던 세단이 차량 검사를 받을 때가 된 것을 계기로 바꾸었는데, 마루모는 그 사실을 몰랐겠지만 심보가 고약한 주제에 머리 하나는 잘 돌아가는 만큼 카포트에서 차 안의 자질구레한 물건으로 경차가 누구 것인지 재빨리 눈치채고 순간적으로 나를 비꼬는 이야기를 지어냈을 가능성은 충분하다. 시끄러워, 경차는 자동차세랑 차량 검사 비용, 고속도로 요금 전부 다 저렴해, 하고 반박하려고 했지만 자격지심으로 여길까 봐 그만두었다.

"그런데 다리는 지금 어떤 상태야?"

히데가 새가슴 티를 잔뜩 내듯 창백한 얼굴로 물었다.

"지금은 전면적으로 통행이 금지됐지. 물의 힘은 정말 굉장해. 교각 하나가 부러져서 몹시 위험한 상태인가 보더라고."

"그럼 정말 간신히 화를 면했네……."

"그렇지."

"그래서, 언제 복구될 예정이래?"

두 사람의 대화를 듣고서 나는 더이상 비아냥거리지 않고 물었다. 마루모의 성격상 다소 과장은 했겠지만, 이 악천후에 교각 하나가 부러진 것과 다리가 통행금지된 것은 틀림없는 사실이리라.

“야야, 교각이 부러졌다고. 무너진 거나 다를 바 없어. 오늘 밤 안으로는 무리일걸. 적어도 내일 이후에나 복구되겠지.”

마루모는 양손을 펼치고 나를 보았다.

“내일 중으로 복구되지 않으면 곤란한데. 난 하룻밤 묵을 예정으로 왔으니까…….”

“나도 마찬가지야. 하지만 적어도 이 비가 그칠 때까지는 힘들겠지.”

“절대로 안 될까?”

“안 될걸. 거짓말 같으면 직접 가서 확인해보든가. 다리 앞까지는 갈 수 있을 테니.”

난감했다. 이 별장은 바다로 튀어나온 반도에 있다. 그리고 내륙으로 돌아가려면 그 다리를 꼭 건너야 한다.

†

“그건 그렇고 날씨가 이렇게 궂은데 올해도 어김없이 전부 모였군.”

마루모가 모두의 얼굴을 둘러보며 감탄한 듯이 말했다. 뭐, 그건 나도 동감이다.

“실은 난 어제부터 있었어.”

사야카가 말했다.

“허, 어제부터? 왜?”

“그건 비밀.”

“어쩐지 수상한데.”

마루모는 웃으면서 분타의 얼굴로 시선을 옮겼다.

“세키, 넌 올해도 오토바이로 왔어?”

“응. 하지만 비가 본격적으로 퍼붓기 전에 도착해서 거의 안 젖었어.”

“운이 좋았네.”

“커피 마실 거지?”

히데가 서버에서 커피를 따라서 마루모에게 건네자 마루모는 고맙다고 말하며 잔 받침과 함께 커피잔을 받아들었다.

“교코는? 한 잔 더 줄까?”

“아니. 난 됐어.”

“잠깐만 교코, 그 스커트 처음 보는 건데 제법 괜찮다?”

“아키의 스커트도 근사해. 잘 어울려.”

“그래? 고마워.”

“어디서 샀어?”

“바겐세일할 때.”

저택이 육지의 외딴섬으로 변했는데도 불구하고 여자들은 무사태평했다. 하기야 여기서 애태운다고 사태가 호전되는 것도 아니고, 월요일 이후의 일을 지금부터 이래저래 걱정해봤자 아무 소용도 없다. 그리고 매년 와봐서 아는데 이 저택에는 이 정도 인원이 족히 일주일은 넘게 생활할 수 있는 물과 식재료가 비축되어 있다. 한동안 고립된다고 해서 굶주림이나 갈증에 시달릴 일은 없으니 오히려 마음 편하게 먹고 여기에 머무는 시간을 즐겨야 할지도 모른다.

"그러니까 어디서 바겐세일을 했느냐고!"

"헤헤헤, 그건 맨입으로 가르쳐줄 수 없지!"

"아, 치사해!"

크림을 탄 커피도 다 마신 나는 잡담을 나누는 여자들을 내버려두고 혼자 위층에 올라가기로 했다.

마리코에게 할말이 있었다. 딱히 급한 일은 아니라서 별장에 머무르는 동안 하면 되지만, 가능하면 다른 사람들은 몰랐으면 하는 이야기였다. 그렇다면 모두가 잡담에 열을 올리는 지금이 절호의 기회인 것 같았다.

나는 쌍여닫이 유리문을 열고 복도로 나갔다. 경첩에 용수철이 내장되어 있어서 손을 떼자 문이 저절로 닫혔다.

나는 나선계단을 천천히 올라갔다. 매번 이 나선에 발을 들여놓을 때마다 내가 난쟁이가 되어 나사조개의 껍데기 속을 나아가는 듯한 착각에 사로잡힌다. 또한 벽에 박힌 간접조명을 비롯해 전후좌우 눈앞에는 온통 흰색뿐이라 눈집 안에 들어가는 듯한 기분도 든다. 나는 눈이 많이 내리는 지방에서 어린시절을 보냈는데, 겨울이 되면 자주 눈집을 만들어 안에 할머니의 화로를 가져다놓고 친구와 몇 시간이나 놀곤 했다. 겉보기와는 정반대로 눈집 안은 신기할 만큼 따뜻하지만 놀라울 만큼 눈이 녹지 않는다. 요즘 아이들은 눈이 많이 내려도 눈싸움을 하거나 눈사람을 만드는 것이 고작이고 눈집은 어지간해서는 만들지 않는다고 하는데 참으로 안타깝다. 눈집 만들기야말로 눈 내리는 겨울철의 묘미인데.

폭이 그리 넓다고는 할 수 없는 나선계단을 한 단씩 올라갔다. 계단은 원의 중심에서 중심각 이십 도 크기로 그은 두 선분이 원둘레와 맞닿아 만들어지는 도형에서 원의 중심에 가까운 부분을 잘라낸 모양, 좀더 알기 쉽게 설명하면 간식 시간에 대가족이 잘라서 나눈 바움쿠헨 한 조각 같은 모양이다. 이윽고 나선이 빙글 회전하여(아니, 정확하게는 나선 속에 들어간 내가 회전한 거지만) 바움쿠헨의 크기가 생일 같은 특별한 날에 먹을 수 있는 크기로 변했다. 3층에 도착한 것이다.

계단 출입구로 보이는 3층 복도는 쥐죽은듯이 고요했다. 3층에는 아무 볼일도 없다. 나는 걸음을 멈추지 않고 바로 위로 올라갔다.

다시 나선이 빙글 회전하여 작은 바움쿠헨이 생일에 먹는 크기로 변했다.

동시에 계단도 끝났다. 나는 출입구를 통해 하얀 나선 밖으로 나갔다.

4층에는 방이 하나뿐이므로 복도도 금방 끝에 다다르지만 폭은 다른 층과 똑같다. 당연한 소리지만 나선계단이 든 원기둥 굵기도 동일하다. 그 원기둥은 천장 바로 아래까지 뻗어 있다. 저 위를 청소하려면 참 힘들겠구나 싶었다.

나는 눈앞에 있는 딱 하나뿐인 문 앞에 서서 노크를 했다.

하지만 대답은 없었다. 그래서 다시, 이번에는 아까보다 좀 더 세게 문을 두드렸다.

하지만 문 안쪽은 아무 소리도 없이 조용했다.

그저 단순한 침묵이 아니다. 왠지 문 너머에서 뭔가 끔찍한 광경이 나를 기다리고 있을 것 같다는 불길한 예감이 들었다.

나는 들어가겠다고 양해를 구한 후 문손잡이를 잡았다. 문은 잠겨 있지 않았다.

불길한 예감은 적중했다.

나는 문을 열고 발견했다.

피투성이로 바닥에 쓰러져 죽은 마리코를.

"자자자, 올해도 돌아왔습니다! 일 년에 단 한 번의 즐거움,

한 해의 마지막날을 장식하는 국민 오락 프로그램 〈미스터리 아레나(추리 투기장)〉! 빈부격차가 커져서 돈이 있는 사람은 더더욱 부자가 되고, 돈이 없는 사람은 점점 더 가난해지는 21세기 중엽의 일본에서 인생의 대박 역전을 꿈꾸는 도전자들이 불꽃 튀는 경쟁을 치르는 모습을 선사하며 최고의 인기를 구가해온 〈미스터리 아레나〉가 올해로 기념비적인 10회를 맞이했습니다! 진행을 맡은 가바야마 모모타로입니다."

"〈미스터리 아레나〉가 탄생하기 이전에는 가수들이 남자와 여자로 나뉘어 홍팀이 이겼느니 백팀이 이겼느니 떠드는 프로그램이 한 해의 마지막날을 장식했다고 하는데요. 지금 생각해보면 참 웃기다니까요. 함께 진행을 맡은 몬테레오네 레이카입니다."

"정말 그렇다니까요. 머릿수로 승부하는 음치 아이돌 그룹과 목소리도 제대로 안 나오는 아저씨 아줌마 가수들의 노래가 도대체 뭐가 재미있다는 걸까요!"

"자자, 가바야마 씨. 이미 종방한 프로그램 비판은 그 정도로 하시고요."

"레이카 양이 시작했으면서."

"저는 진행 멘트대로 말했을 뿐이라고요."

"그건 그렇고 올해 저희 〈미스터리 아레나〉는 10회를 맞이한 기념으로 특별히 미스터리 오타쿠 대회라는 이름을 내걸고 본인이야말로 미스터리 오타쿠라고 자부하는 특출한 도전자 여러분을 모셨습니다!"

"미스터리 오타쿠라고요……. 저희 프로그램은 매번 어려운 문제를 출제하는 것으로 유명한데요. 이번에는 특히나 더 난해하고 도전 의식을 자극하는 문제가 출제될 것으로 예상되는군요!"

"바로 그렇습니다. 방금 전에 오늘 문제의 제1장과 제2장을 들으셨는데요. 그런데 웨웨웨웬걸! 벌써 해답 버튼을 누르신 분이 계십니다. 아주 빠릅니다! 과연 미스터리 오타쿠 대회답게 프로그램 사상 최단 기록을 경신했습니다! 으음, 성함이 이치노세 씨. 이야, 용감하시군요."

램프가 켜진 해답석에 앉은 남자가 모니터 화면에 큼지막하게 비쳤다. 나이는 삼십 대 중반이고, 짧은 머리에 굵은 눈썹, 다부진 턱에 팽팽한 뺨이 인상적인 스포츠맨 타입의 남자다. 호주머니가 잔뜩 달린 구명조끼 같은 반소매 윗옷을 입었는데, 짧은 소매를 한껏 걷어올려 근육이 탄탄한 위팔을 드러냈다.

"그게, 이 프로그램 규칙상 해답이 같다면 조금이라도 먼저 대답한 사람의 승리잖습니까?"

이치노세라고 불린 남자는 자신만만한 표정으로 팔짱을 끼며 대답했다.

"예, 지금부터 설명드리려던 참이었는데요. 틀림없이 그렇습니다."

"그럼 잠깐이라도 머뭇거리면 안 되죠. 정답을 알면 즉시 말해야 합니다. 정답을 알면서 남에게 기회를 빼앗기면 두고두고 후회할 거예요."

"그건 그렇지만 정말로 괜찮으시겠습니까?"

진행자의 걱정 어린 얼굴이 클로즈업됐다.

"아직 규칙도 설명해드리지 않았는데요."

"그런 거 필요 없잖아요. 아니면 뭡니까? 올해는 예년과 다른 특별 규칙이라도 있는 겁니까?"

이치노세는 귀찮다는 듯이 물었다.

"아니요, 딱히 그런 건 없습니다. 예년과 완전히 똑같습니다."

"그럼 필요 없겠네요. 이 프로그램 규칙은 아르메니아에서 목재상을 하는 미코얀 씨와 마다가스카르 섬에서 바닐라빈을 재배하는 안드리아마하조 씨도 알걸요."

"안드리아마하조…… 그게 도대체 누굽니까?"

"모릅니다. 지금 적당히 지어낸 거예요. 요컨대 전 세계 사람들이 다 안다는 겁니다."

"아, 예……. 어쩐지 까칠하신 분이 느닷없이 해답자로 나서셨네요. 뭐, 확실히 규칙 자체는 단순명쾌하다고 할까, 문제를 듣다가 정답을 안 시점에 버튼을 누르고 범인을 지목하시면 되니까 생략해도 상관없습니다만……. 하지만 이치노세 씨, 이제야 막 사건이 발생했는데요? 아무리 미스터리 오타쿠라도 피해자의 사인이나 관계자 일동의 알리바이 등 사건에 관한 상세한 정보도 모르고 범인을 지목하는 재주를 부리기는 불가능하지 않겠습니까?"

"하하하."

이치노세는 고개를 쳐들더니 말 그대로 입을 크게 벌리고 웃었다.

"전혀 무방합니다. 사실 저는 문제 제1장을 듣자마자 범인이 누군지 짐작했어요. 그러니까 이래 봬도 자중해서 제2장이 끝날 때까지 정답 발표를 늦춘 겁니다. 더이상 신중하게 굴다가 아까 말했듯이 혹시라도 남에게 기회를 빼앗기면 아무리 울어도 눈물이 마르지 않을 거라고요."

"뭐라고요? 제1장을 듣자마자?" 진행자가 경악한 표정을 지었다. "하지만 제1장에서는 사건 자체가 발생하지 않았는데요?"

"에이, 저 같은 프로 미스터리 독자는 설령 사건이 일어나기 전이라 해도 범인을 알아낼 수 있습니다."

"프, 프로 미스터리 독자! 그, 그거 대단하군요. 면목없지만 저는 프로 미스터리 독자라고 자칭하는 분을 태어나서 처음으로 만났습니다!"

"어휴, 뭘 그런 걸 가지고."

이치노세는 얼굴 앞에다 펼친 손을 좌우로 흔들었다.

"어쨌거나 벌써 정답을 알아내시다니 프로 미스터리 독자는 굉장하군요."

"예. 뭐, 이 정도 들으면 충분하고도 남죠. 까놓고 말해서 어차피 사건은 이거나 저거나 전부 비슷비슷하니까요."

"어? 그렇게 단정해도 괜찮으시겠습니까?"

"물론이죠. 무대는 외진 별장. 그리고 태풍이 올라왔죠. 별장으로 통하는 외길은 자연재해로 차단되어 저택은 외부로부터 고립된 상태입니다. 이른바 본격 미스터리의 간판 중의 간판, 클로즈드 서클물이에요. 그렇다면 범인은 당연히 이 별장에 갇힌 사람들 중 한 명인 셈입니다."

"예, 그건 확실히 그렇다……고 생각은 합니다만, 정답을 말할 권리는 한 분당 한 번뿐입니다. 일단 정답을 말하고 나면 다시는 변경할 수 없습니다. 이 점을 충분히 이해하셨습니까?"

"예, 그것도 잘 압니다. 저는 모든 유의 사항을 유념하고서 방금 전 해답석에 설치된 지름 삼 센티미터 크기의 조그마한 진홍색 버튼 위에, 흉기의 칼날을 타고 현장에 뚝뚝 떨어지는 피해자의 선혈처럼 붉고 법의관이 절개한 부검대 위 시신의 비장처럼 파들파들 떨리듯 빛나는 이 해답 버튼 위에 손가락을 얹고 심혈을 기울여 아래로 누른 겁니다!"

"그, 그러셨군요……. 어쩐지 혼자 열을 내시는 것 같지만, 이토록 이른 단계에서 첫 번째 해답자가 나선 것은 방송의 재미를 위해서도 바람직, 아니 도움이 되는 일이므로 본인이 그렇게까지 말씀하신다면 저희도 더이상 만류하지 않겠습니다! 자, 그럼 정답을 말씀해주세요. 과연 범인은 누구일까요!"

카메라가 거무스름하고 탄력 있는 이치노세의 얼굴을 클로즈업했다.

"이제 대답해도 됩니까?"

"예, 말씀하시죠."

"그전에 일단 광고부터 나가는 거 아니고요?"

그러자 영상이 다시 바뀌어 커다란 나비넥타이를 맨 진행자가 웃음을 터뜨리는 모습이 모니터 화면에 비쳤다.

"이거, 이거, 해답자께서 참으로 사소한 부분까지 신경써주시는군요. 정말 감사드립니다. 하지만 괘념치 마십시오. 아시리라 생각하지만, 편집과 삭제가 일절 없는 실시간 생중계가 저희 프로그램의 자랑거리이자 인기 비결이므로 정답 발표는 광고를 보신 후에, 같은 말로 시간을 질질 끌지 않습니다!"

"그럼 말해도 되는 거죠? 미안하지만 한 방에 맞힐 건데요?"

"마, 말씀하시죠!"

카메라가 다시 이치노세의 가슴 윗부분을 클로즈업했다.

이치노세는 상기된 얼굴로 숨을 크게 들이마시고 뭔가 말하려다가 마치 엑스레이를 찍을 때처럼 숨을 딱 멈췄다.

그리고 숨을 후 내쉬고 나서 입을 열었다.

"하지만 제가 여기서 느닷없이 정답을 맞히면 방송 시간이 엄청 많이 남을 텐데요? 신년 카운트다운을 할 때까지 도대체 어떻게 버티려고요?"

진행자는 웃음을 띤 채 또다시 상체를 뒤로 획 젖혔다.

"거, 거듭 신경써주셔서 참으로 감사합니다. 문제 지문에 등장하는 아무개처럼 '배려심이 넘치는'이라는 수식어를 붙여드리고 싶을 정도로군요. 하지만 그 역시 저희 프로그램 스태프가 고민할 문제이므로 해답자인 이치노세 씨는 전혀 걱정하실 필요 없습니다."

"흐음."

"자, 말씀해주십시오. 저희 사정은 개의치 말고 정답을 맞혀주시면 됩니다."

"그럼 정답을 말할 텐데, 그전에 하나만 더 괜찮을까요?"

"아이고, 뭔가요?"

이치노세는 제자리에서 천천히 몸을 구부리더니 해답석 밑에서 새빨간 장미 꽃다발을 꺼내서 일어섰다.

"저어, 이걸 레이카에게 주고 싶어서요. 엄청 팬이거든요."

꽃다발을 양손으로 들고 해답석에서 내려온 이치노세는 스튜디오를 성큼성큼 가로질러 보조 진행자 몬테레오네 레이카 앞에 공손한 자세로 섰다.

“앞으로도 힘내세요. 응원할게요.”

그렇게 말하고 꽃다발을 내밀었다.

“어, 예. 고맙습니다.”

“저기, 악수해도…….”

“아, 예.”

꽃다발을 받아든 몬테레오네 레이카가 이치노세와 악수를 나누었다. 가바야마 모모타로가 옆에서 그 모습을 냉랭한 얼굴로 바라보았다.

“아아, 스태프와 입씨름을 벌인 끝에 들여왔다는 꽃다발이 바로 그거였군요. 이제 속이 후련하십니까?”

“예, 이제 아무 미련도 없습니다. 레이카에게 꽃다발을 주고 악수까지 하다니 마치 꿈같네요.”

“그러시군요……. 속이 후련해지셨으면 그만 자리로 돌아가주시겠습니까?”

“예, 예.”

해답석으로 돌아간 이치노세의 얼굴을 카메라가 다시 클로즈업했다.

“마음이 넓은 부처님도 얼굴을 세 번 만지면 화를 낸다는 말이 있습니다. 그러니 이번에는 꼭 대답해주시기 바랍니다. 범인은 누구입니까?"

"말해도 됩니까?"

"아까부터 입이 닳도록 부탁드렸을 텐데요!"

진행자가 얼굴에서 웃음을 거두고 눈을 부릅떴다.

"하핫. 범인은 이 사람입니다."

이치노세는 마치 손바닥 뒤집듯이 태도를 싹 바꾸어 선선히 말했다.

"이 사람이라니요?"

"아까부터 계속 말하고 있는 이 남자요. 어, 아직 이름은 나오지 않았죠? 이름이 뭔지는 모르겠지만 경차를 타고 다니고, 아주 최근에 사야카에게 차인 모양이고, 혼자 4층에 올라가서 마리코의 시체를 발견한 이 남자. 예, '나' 말입니다."

"오오, 느닷없이 의외의 범인이 나왔습니다! 주인공이랄까, 시점 인물이 범인이란 말씀입니까!"

가바야마 모모타로가 흥분한 목소리로 외쳤다.

"바로 그겁니다. 느닷없이 단번에 맞혀서 미안하지만요."

"하지만 이 사람은 마리코 씨의 시체를 발견하고 놀랐잖습니까. 모순 아닙니까?"

"모순? 아니죠. 그게, 이 사람은 다중 인격자잖아요?"

이치노세는 지극히 당연하다는 투로 말했다.

"다중 인격자라고요?"

"예. 제1장 끝부분에서 이 남자는 자기에게 주어진 방에 들어가서 침대에 눕자마자 의식을 잃었죠? 본인은 운전하느라 피곤해서 잠들었다고 생각하는 모양이고 실제로 조금 잤을지도 모르지만, 사실은 잠든 사이에 인격이 바뀐 거예요. 이 남자의 부인격이 표면에 나타나서 범행을 저지른 겁니다."

"엇. 그, 그거 문제없습니까?"

"당연히 문제없죠. 한 시간 가까이 의식이 없었으니 범행은 충분히 가능합니다."

"아니요. 범행을 저지르는 데 문제가 있느냐 없느냐가 아니라, 미스터리의 수수께끼 풀이라는 측면에서 문제가 없느냐는 말씀입니다. 그건 불공정한 것 아닐까요?"

이치노세는 짜증 어린 표정을 지었다.

"그걸 왜 저한테 따집니까!"

"아, 예, 뭐."

"지금 진행자님이 그런 반응을 보인 것 자체는 저도 이해합니다. 솔직히 말하면 제가 미스터리 소설에서 제일 싫어하는 유형의 결말도 이거거든요. 차례차례 벌어지는 불가능 범죄! 그리고 매번 연기처럼 사라지는 진범! 이런 상황이 제시돼서 도대체 얼마나 굉장한 트릭과 의외의 결말이 기다리고 있을까 가슴을 두근대며 읽어나갔는데 진상이 다중 인격자의 범행이면 실망감이 장난 아니거든요. 저도 그래서 지금까지 몇 번이나 책을 벽에 집어던졌는지 원."

"그렇게 아련한 눈빛으로 과거를 회상하실 것까지야……."

"다중 인격자는 부인격이 표면에 나서서 행동하는 사이에 일어난 일을 주인격이 전혀 기억하지 못한다고 하니까 아주 간단하게 불가능 상황을 만들 수 있죠. 그리고 일인칭 시점으로 진행되는 상황에서 이 방법을 쓰면 독자가 진상을 꿰뚫어 볼 방법은 거의 없어요. 본인이랄까, 주인격이 아무 기억도 못 하니까 서술에도 불공정한 점은 없는 셈이고요."

"아아."

"지금까지 쓰라린 경험을 수없이 많이 한 덕분에 저는 다중 인격 트릭을 분위기로 거의 다 간파하는 경지에 다다랐습니다. 슬쩍 제시되는 의식의 단절, 이러면 뭐 더 볼 것도 없죠. 인격 변환은 잠든 사이에 가장 많이 일어납니다. 그리고 해리성 정체 장애라는 병명이 명확하게 존재하는 이상, 그런 병을 앓는 사람이 실제로 이 세상에 있다는 뜻이잖아요? 직접 본 적은 없지만요. 그러니까 이게 진상이라도 아무 문제 없습니다. 호불호는 일단 제쳐두고요."

"그, 그렇군요……."

"게다가 이 사람, 마리코한테 할말이 있었잖아요? '가능하면 다른 사람들은 몰랐으면 하는 이야기였다'라고 했으니 물론 사소한 잡담은 아니겠죠. 즉, 이 사람과 피해자가 이해관계로 대립하고 있었거나, 혹은 둘 사이에 무슨 문제가 발생했다는 사실이 이 짧은 문장 속에 확실히 제시된 겁니다. 따라서 동기도 충분해요. 주인격은 대화로 어떻게든 해결할 수 있는 문제라고 여겼지만, 범행을 저지른 부인격에게는 상대의 목숨을 빼앗아야 할 만큼 심각한 문제였던 셈이죠. 제 추리가 어떻습니까? 프로 미스터리 독자는 고작 이 정도 서술에서 이렇게까지 깊은 내용을 해석해낼 수 있습니다!"

"이야, 두 손 들었습니다."

"엇? 진행자님, 느닷없이 항복 선언입니까?"

"아니요. 그런 게 아니라 대담한 추리에 두 손 들었다는 겁니다."

"뭡니까, 어금니에 뭔가 낀 것처럼 찜찜한 그 표현은. 정답일 텐데요."

"아니요. 그건 아직 모릅니다."

진행자는 카메라를 향해 돌아섰다. 옷에 붙은 스팽글이 번쩍번쩍 빛났다.

"이야, 느닷없이 의외의 해답이 나와서 깜짝 놀랐네요. 과연 미스터리 오타쿠 대회답습니다. 과연 범인은 정말로 시점인물 '나'일까요? 만약 이 인물이 범인이라면 물론 전광석화처럼 제일 먼저 대답하신 이치노세 씨가 당당하게 우승을 차지하십니다. 그리고 그동안 잔뜩 누적된 상금 이십억 엔은 전부 이치노세 씨께 돌아갑니다. 아이고, 이치노세 씨. 승리 포즈를 취하기는 아직 이릅니다. 아직 정답을 발표하지 않았으니까요. 그럼 이치노세 씨, 옆쪽 해답자 대기실로 이동해주십시오. 예년과 마찬가지로 해답자 대기실에는 전 세계의 산해진미와 맛있는 술을 준비해두었으니 방송이 끝날 때까지 마음껏 드시기 바랍니다. 대기실 안에 설치된 스피커를 켜고 문제를 계속 들을 수도 있지만, 앞서 말씀드린 대로 말씀하신 해답은 정정할 수 없습니다. 그 점 유의해주시기 바랍니다."

"아아, 알아요, 알아."

"그럼 저쪽 방으로 이동하시죠."

이치노세는 느긋하게 해답석을 내려와서 헤드셋을 낀 남자의 안내를 받아 옆쪽 대기실로 향했다. 화면에 몬테레오네 레이카의 상체가 클로즈업됐다.

"금년도 초반부는 예년과 다름없이 내레이터가 화면에 표시된 문장을 낭독하는 방식으로 진행 속도를 조절하겠습니다. 하지만 해마다 해답자 및 시청자 여러분께서, 본인이 원하는 속도로 문제를 읽고 싶다고 강력하게 요청하셨으므로 금년은 중반 이후부터 내레이션 대신 클래식 음악과 함께 문제만 일정 시간 화면에 표시하겠습니다. 내레이터가 낭독하지 않으므로 각 가정에 계신 여러분들도 리모컨의 플러스마이너스 버튼으로 페이지를 바꾸며 자유로이 읽어나가시기 바랍니다. 해답자 여러분들도 마찬가지입니다. 물론 제한 시간이 끝나기 전에는 얼마든지 앞으로 돌아가서 궁금한 부분을 확인하실 수도 있습니다. 조작 방법은 전자책과 완전히 똑같습니다. 키워드 검색 기능을 사용하실 수도 있는데요. 당연히 화면에 이미 표시된 문장만 검색 대상에 포함됩니다."

"자, 레이카 양. 진행 멘트 읽느라 수고 많았어요. 일본어가 많이 늘었네요."

"하지만 한자는 아직 어려워서……. 전부 옆에 달린 독음을 보면서 띄엄띄엄 띄워 읽었잖아요."

"이탈리아에서 일본인 학교에 다녔다고 했던가요?"

"아니요, 현지 학교요. 그래서 학교에서는 순 이탈리아어만 썼죠. 일본어는 집에서 어머니랑 이야기할 때만 썼고요."

"그렇구나. 그럼 한자를 못 읽을 만도 하네요."

"죄송합니다."

"저한테 미안해할 건 없어요. 다만 스태프가 진행 멘트의 '금년'이나 '본인'이나 '일정 시간' 같은 단어에도 일일이 독음을 다느라 힘들었겠죠. 얼마나 고생했을지 짐작이 갑니다."

"예! 저 레이카도 여러분이 큰 도움을 주시고 계시다는 걸 잘 압니다. 절실히 느꼈어요!"

"그런데 레이카 양, 그 꽃다발 계속 들고 방송하려고요?"

"어, 안 되나요?"

"당연히 안 되죠. 이건 일이니까. 정말이지 요즘 젊은 애들은 참. 거기 조연출, 빨리 이것 좀 가져가요."

마트에서 파는 운동화를 신고 머리를 뒤로 잡아당겨 맨, 화장기 없는 젊은 여자가 달려오더니 몬테레오네 레이카가 품에 안고 있던 꽃다발을 가타부타 말도 없이 가지고 돌아갔다.

"옳지, 옳지. 스튜디오 구석 아무데나 놔둬요. 자, 그럼 다시 문제 나갑니다."

3

“나, 사부로인데. 들어간다.”

대답이 없는 것이 수상해서 나는 그렇게 말하며 문손잡이를 잡았다.

고작 노크 두 번 만에 문을 열려고 하다니 너무 성급한 것 아니냐고 의아해하는 사람이 있을지도 모르지만, 나와 마리코 사이에서는 그렇게 이상한 일도 아니다. 나는 마리코의 속옷 차림을 질릴 만큼 많이 봤고, 만약 진짜 옷을 갈아입는 중이었다고 해도 이제 와서 그 정도 일로 마리코가 눈에 쌍심지를 켜고 화를 내지는 않으리라는 확신이 있었으므로 문을 열기로 했다.

혼자 있을 때라면 또 모를까, 저택에 모두가 모여 있는 지금, 절대로 방해받기 싫은 상황이라면 문을 잠가두었으리라. 물론 이 방에도 객실과 똑같이 빗장이 달려 있으니까.

하지만 문손잡이를 휙 돌리자 문은 아무런 저항 없이 안쪽으로 열렸다.

꺼림칙한 예감은 적중했다.

발견했다.

파란 새틴 드레스를 입은 마리코가 마룻바닥에 푹 엎드려 있었다.

꿈쩍도 하지 않았다.

등에는 칼이 깊숙이 박혀 있었다. 칼날 부분이 거의 다 몸속에 박힌 탓에 살짝 튀어나온 칼자루가 마치 태엽 인형의 태엽 손잡이처럼 보이기도 했다.

이것이 인형이라면 얼마나 좋을까. 하지만 안타깝게도 의심할 여지 없이 진짜 마리코였다. 마치 핀으로 바닥에 고정해둔 듯한 마리코의 새틴 드레스 등 부분은 흘러나온 피로 거무튀튀하게 물들어 있었다. 피니까 새빨갛게 물들었다고 표현하는 편이 이해하기 쉽겠지만, 어디까지나 내 눈에 비친 인상을 그대로 서술하고 싶다. 내 눈에 새틴 드레스 등 부분은 거무튀튀해 보였다. 분명 파란 천에 피가 스며들어서 그렇게 보였을 것이다.

나는 잠시 제자리에 멍하니 서 있었다. 학교 다닐 때 미스터리 연구회 소속이었다고는 하나 실제로 칼에 찔려 죽은 사람은 난생 처음으로 보았다. 칼이 몸에 박힌 상태라서 칼날이 얼마나 긴지는 물론 모르지만, 전부 들어갔으니까 상처가 상당히 깊을 것이다. 과다 출혈로 사망했는지 쇼크에 의한 다발성 장기 부전*으로 사망했는지는 일단 제쳐두고, 이것이 분명 치명상이리라.

칼자루에는 기하학적인 문양이 상감 기법으로 새겨져 있었다. 이 문양을 최근 어디에서 본 것 같은데, 어디에서 봤는지까지는 기억나지 않았다.

다양한 일들이 바쁘게 머릿속을 내달리는 통에 나는 한동안 넋을 놓고 있었던 모양이다. 얼마나 오래 그러고 있었는지는 잘 모르겠다.

자기변호 같지만 누구든지 이런 장면에 맞닥뜨리면 바로 다음 행동에 나서기는 힘들지 않을까?

나는 조금씩 침착함을 되찾고 손을 잠깐 움직인 후, 큰 소리로 아래층에 있는 사람들을 불렀다. 여자들도 있으니 자중해야 했을지도 모르지만, 나중에 괜히 의심받으면 골치 아프니까 그러는 편이 낫겠다고 판단했다.

* 생존에 필요한 장기들 중 두 개 이상이 동시 또는 연속적으로 기능 부전을 일으킨 상태를 가리킨다.

"지금 무슨 소리야?"

"누가 큰 소리로 부르지 않았나?"

"다이라 군의 목소리 같았어."

"위쪽에서 들렸지?"

"가보자."

그런 목소리에 이어 나선계단을 올라오는 여러 명의 발소리가 들렸다. 발소리의 크기로 2층에서 3층, 그리고 4층으로 조금씩 가까워지는 것을 알 수 있었다.

"무슨 일이야?"

험상궂게 생겨서 어지간한 일로는 동요하지 않을 것처럼 느껴지는 분타가 제일 먼저 방 입구에서 얼굴을 들이밀었으므로 나는 가슴을 살짝 쓸어내렸다.

"봐봐."

나는 방 한복판에 선 채 바닥을 가리켰다.

"마리코? 왜 그런 데서 자고 있어?"

분타는 의아하다는 표정으로 방안에 발을 들여놓았다가 마리코 등에 박힌 것의 정체를 바로 알아차린 듯 대번에 얼굴이 굳어졌다.

"이, 이건……."

"무슨 일인데?"

분타 뒤에서 교코와 사야카가 마치 쌍둥이 자매처럼 좌우에서 거의 동시에 얼굴을 내밀었다.

"마리코가……."

찢어지는 비명소리가 울려 퍼졌다. 방금 전에는 어디에도 보이지 않았던 다마도 어느 틈에 나타났나 싶더니 사야카 뒤편에서 얼어붙었다. 평소 같으면 아무리 좁은 곳이라도 서슴없이 쑥쑥 들어갈 텐데, 지금은 날카로운 감으로 심상치 않은 분위기를 느꼈는지 부자연스럽고 어색한 자세를 유지한 채 옴짝달싹도 하지 않았다.

그 뒤에는 히데가 새파랗게 질린 얼굴로 우뚝 서 있었다.

마지막으로 마루모가 나타났다. 방 입구에 모여 있는 사람들을 헤치고 오만해 보이는 얼굴을 쑥 내밀었다.

"도대체 뭔데?"

"직접 봐……."

나는 갈라진 목소리로 바닥에 엎어진 마리코를 가리켰다.

그것만으로도 마루모는 사정을 파악한 모양이다.

"아무것도 만지지 마."

마루모는 그렇게 말하고 방안으로 성큼성큼 들어왔다. 엄격한 표정으로 내 바로 옆에 쪼그리고 앉아 마리코의 맥을 짚으려고 했다.

"안타깝지만 맥박은 없어. 내가 확인했어."

그 말을 듣자 마루모가 고개를 들어 눈을 부라리며 나를 쳐다보았다.

"확인했다고? 네가?"

"응."

나는 고개를 끄덕였다.

하지만 마루모는 쓰다 달다 말도 없이 마리코의 왼쪽 손목을 잡고 살짝 들어올려 맥을 짚었다. 접영 선수가 수면에서 솟구쳐 오르려고 할 때처럼 마룻바닥에 엎드린 마리코의 왼손이 위로 올라갔지만, 몸의 다른 부분은 꿈쩍도 하지 않았다.

"확실히 그런 것 같군. 완전히 숨이 끊어졌어."

"내가 그랬잖아."

나는 약간 발끈하여 대답했다. 뭐야, 이 자식. 그러니까 내 말은 못 믿겠다 그건가?

"중요한 사항이니 일단 확인은 해야지."

마루모는 손목시계를 들여다보며 중얼거렸다.

"오후 5시 55분, 사망 확인."

마루모가 마리코의 손목을 내려놓고 조용히 물러나자 손은 다시 바닥에 축 늘어졌다. 그 모습을 보자 일찍이 내가 사랑한 마리코가 아무 말도 못 하는 물체로 변해버렸다는 사실이 다시금 가슴속 깊이 와닿아서 괴로웠다.

"방문은?"

마루모가 문의 빗장을 바라보며 물었다.

"안 잠겨 있었어."

나는 대답했다.

그건 그렇고 좀 전부터 마루모의 이중 잣대가 눈에 좀 거슬렸다. 나는 그 사실을 지적하고자 일어섰다.

"야, 남한테는 만지지 말라고 하더니 왜 멋대로 손을 대고 그래?"

마루모는 기죽는 낌새가 전혀 없었다. 기가 죽기는커녕 오히려 따져 물었다.

"그러는 너야말로 왜 마리코를 건드렸어?"

뭐야, 이 자식. 이 자식은 죽은 사람 앞에서 숙연한 마음을 품을 줄도 모르나? 태도가 너무나 불손하게 느껴져서 나는 소리를 버럭 질렀다.

"바닥에 쓰러진 친구를 발견했으니 맥 정도는 짚어보는 게 당연하잖아! 방금 네가 그런 것처럼!"

"일반적인 상황이라면 당연히 그래야겠지. 하지만 지금 현재 상황을 고려하건대 넌 아무것도 손대지 말고 그대로 이 형님한테 맡겨야 했어. 너도 미스터리 연구회 출신이니 그 정도는 알 텐데."

"뭐라고?"

나는 머리끝까지 화가 났다. 어디서 목에 힘주고 잘난 척이야. 역시 아까 현관 바로 앞에 차를 대서 이 녀석이 차로 지나

가지 못하도록 방해할걸 그랬다. 이 망할 것, 시라히게 다리를 건너다 애지중지하는 볼보와 함께 탁류에 휩쓸려갔으면 속이 후련했을 텐데.

하지만 마루모는 지극히 당연하다는 표정을 지으며 말을 이었다.

"그게, 뭘 어떻게 생각해봐도 이런 상황에서는 이 형님께서 탐정 역할을 맡는 게 자연스러운 흐름이잖아?"

"자자, 무슨 사건인지 자세한 내용이 밝혀졌습니다.

피해자는 이 저택 주인인 '마리코', 그리고 칼에 찔린 것이 사인입니다. 그리고 첫 번째 발견자인 '나'의 이름이 '사부로'라는 사실도 동시에 밝혀졌습니다. 마리코의 방에 들어가기 전에 노크하면서 스스로 이름을 말했죠.

과연 범인은 누구일까요?

어떻습니까?

해답을 말씀하실 분 안 계십니까?

음, 역시 안 계시는 모양이군요.

뭐, 그럴 만도 합니다. 상식적으로 생각할 때 이 단계에서는 아직 대답할 방도가 없죠. 사인 말고는 아직 아무것도 모르니까요. 먼저 정답을 맞히는 사람이 우승하는 방식이긴 하지만, 아무리 그래도 이치노세 씨는 너무 빨리 해답을 말씀하셨어요.

으음, 그분은 뭐라고 해야 할까요. 프로 미스터리 독자라고 큰소리 뻥뻥 치셨지만, 레이카 양에게 집적거린 것도 그렇고 결국은 그저 눈꼴시게 관심과 시선을 독차지하려는 사람인 것 같기도 합니다. 마라톤 대회에도 있죠, 왜. 초반에 전력 질주로 선두를 차지해서 한순간만이라도 텔레비전에 나오려는 선수 말입니다.

아, 그런가요. 이치노세 씨가 말씀하신 해답이 정답인지 오답인지는 아직 모른다고요. 확실히 '나'가 다중 인격자라서 자신의 다른 인격이 저지른 짓을 전혀 기억하지 못한다면 이 장면의 묘사도 불공정하지는 않은 셈이라고 할 수 있겠습니다만…….

음, 뭔가 석연치 않습니다만 어쩔 수 없군요. 정답을 알아보는 즐거움은 뒤로 미뤄두겠습니다."

"아, 가바야마 씨. 저기요! 해답 램프에 불이 들어왔어요."

몬테레오네 레이카가 해답석을 가리켰다.

"오옷! 지금 두 번째 해답자가 나섰습니다! 이야, 실은 어쩐지 대답하실 분이 나올 것 같은 예감이 들어서 아까부터 재미있는 토크로 시간을 끌고 있었거든요. 오늘은 출연하신 분들이 모두 적극적이라 좋군요! 자, 대답해주십시오, 니타니 씨. 범인은 누구일까요?"

카메라가 해답자 중에서 가장 어려 보이는 갈래머리 소녀를 비추었다. 소녀는 이목구비가 단정했지만 화장기는 전혀 없었다. 하얀 블라우스에 파란 무명치마를 입었다.

"아니, 그게……."

"왜 그러시죠?"

"그러니까…… 어쩌다 보니 분위기를 타고 해답 버튼을 누르기는 했는데, 실은 저…… 아직 확실치가 않아서……."

"뭐, 그야 그렇겠죠. 하지만 아까 이치노세 씨는 사건에 대해 거의 아무것도 모르는 단계에서 범인을 추리하여 해답을 말씀하셨습니다. 결코 너무 이른 편은 아니에요."

그러자 소녀는 고개를 살짝 갸웃했다. 땋아 내린 검정색 갈래머리 한쪽이 옆으로 기울어지고, 다른 쪽이 하얀 목에 걸렸다.

"그래요? 하지만 진행자 아저씨, 방금 전까지 아무리 그래도 너무 빨랐다느니, 그저 눈꼴시게 관심과 시선을 독차지하려는 사람인 것 같다느니 하면서 이치노세 씨를 마구 헐뜯지 않았던가요?"

"무슨 말씀이십니까, 진행자가 해답자를 헐뜯다니요. 절대로 그렇지 않습니다! 저희 방송에서는 해답자가 제일 중요한

걸요. 이치노세 씨는 해답자의 귀감이십니다! 하하하하하. 그리고 아저씨가 아니라 오빠죠."

"아, 죄송해요."

"하하하. 귀여우니까 특별히 용서해드리겠습니다. 그럼 말씀해주십시오. 범인은 누구입니까?"

"저어……. 좀더 생각해봤으면 하는데, 해답 버튼 누른 걸 취소하면 안 될까요?"

"으음, 규칙상 버튼을 누른 후 취소가 딱 한 번 허용되기는 합니다만……. 그런데 니타니 씨도 어느 정도 자신이 있으니까 해답 버튼을 누르셨을 텐데요?"

"뭐, 나름대로……. 하지만 기회는 한 번뿐이니까 문제를 좀더 듣고 나서 해답을 말해도 늦지는 않을 거라는 생각이……."

"그렇군요. 분명 각자의 재량에 따라 원하실 때 해답을 말씀하시면 됩니다. 하지만 혹시 말입니다, 혹시라도 이 중에 니타니 씨와 같은 결론에 다다른 분이 니타니 씨보다 먼저 해답을 말씀하셔서 멋지게 범인을 맞히면 상금은 전부 그분께 돌아가거든요. 그 점은 알고 계시죠? 그런 사태가 발생하고 나서 실은 한참 전에 정답을 알고 있었다고 떼를 쓰셔도 저희가 어떻게 해드릴 방법은 없습니다. 니타니 씨, 만약 그런 일이 벌어지면 가슴을 치며 후회하시지 않겠습니까?"

"그런 일이 벌어지면…… 엄청 억울하겠죠……."

"그렇죠? 그렇죠? 그렇죠?"

가바야마 모모타로는 그렇죠, 라는 말을 연발하며 니타니 앞으로 다가갔다.

"그럼 과감하게 해답을 말씀해보시는 건 어떨까요?"

"하지만……."

"여쭙겠습니다만, 여기서 문제를 더 들으면 현재 본인이 생각하고 계시는 답변이 과연 바뀔 것 같으십니까?"

"으음…… 이 해답을 부정할 만한 결정적인 증거가 나오지 않는 한, 아마 안 바뀔 것 같은데요……."

소녀는 고개를 숙이고 잠깐 우물쭈물했다.

"바뀌지 않는다! 즉, 그 정도로 본인의 추리에 자신이 있다는 말씀이시군요!"

"자신이 있다고 할까, 뭐 제가 생각하기에도 썩 괜찮은 부분을 짚어냈다고 할까……."

"대단하십니다! 그럼 빨리 해답을 말씀해주시죠. 어차피 바뀌지 않을 거라면 빨리 답변하시는 편이 유리하니까요."

"그건 알지만요……."

소녀는 다시 고개를 숙였다. 갈래머리도 아래로 내려갔다.

"솔직하게 말씀드리자면요. 아까 해답자의 귀감이신 이치노세 씨께도 말씀드렸다시피 방송의 재미를 위해서도 크게 도움이 됩니다. 어, 그러니까 순간 시청률이라는 게 있거든요. 과거의 데이터를 보면 말이죠. 해답자 여러분이 해답 버튼을 누른 순간에 쑥 올라갑니다. 한 해의 마지막 날인데도 집에 틀어박혀 바보상자, 아니, 텔레비전 앞에서 채널을 이리저리 돌리고 있는 할 일 없는 인간들, 아니, 열렬한 시청자 여러분이 해답을 듣기 위해 무심코 리모컨을 내려놓으시는 거겠죠. 예전에 한 번, 분명 제4회 '은퇴해서 수입이 격감했는데 생활 수준을 낮추지 못해 어느덧 다중 채무자가 된 전직 프로야구 선수 대회!' 때였을 텐데요, 출연자들이 다들 너무 신중에 신중을 기하는 바람에 방송이 끝날 때가 다 되어가는데도 아무도 해답을 내놓지 않은 적이 있었습니다. 그러다 보니 재미가 떨어져서요. 한 해의 대미를 장식하는 국민 오락 프로그램인데도 평균 오십 퍼센트대라는 아주 저조한 시청률을 기록하고 말았죠. 즉, 저희 입장에서도 역시 균형 있게 적당히 한 분씩 따로따로 해치, 아니, 해답을 말씀해주시면 고맙죠."

"한 분씩 따로따로 해치……?"

소녀가 눈을 치뜨고 고개를 갸우뚱했다.

"아니요, 아니요. 저희 쪽 이야기입니다. 그러니까 이치노세 씨가 만들어주신 이 좋은 흐름을 그대로 이어나가시죠! 잇따라 척척 해답을 말씀해주시기 바랍니다!"

"으음……."

"자, 답변을. 범인은 도대체 누구입니까!"

"알았어요. 어쩐지 감쪽같이 속아넘어가는 것 같은 기분도 들지만, 그럼 과감히 해답을 말해볼게요."

소녀는 마음을 정리한 듯이 말했다.

"역시 젊은 사람은 시원시원해서 좋군요! 자, 답변 부탁드립니다!"

"범인은 마루모 씨예요♡"

소녀는 대답하면서 양손 손가락으로 가슴 앞에다 하트 모양을 만들었다.

"오옷! 의외의 범인이 또 나왔습니다! 마루모 씨는 혼자 늦게 와서 탐정 역할을 자처했는데요. 그렇다면 의외의 범인 그 두 번째 황금 패턴, 탐정이 범인이라는 말씀입니까!"

"그런 셈이죠♡"

"근거는요?"

"일단 이 장면에서 상황에 대처하는 마루모 씨의 태도가 너무 유연해요. 저택에 막 도착했고 나선계단도 제일 나중에 올라왔으면서, 순식간에 상황을 파악하고 모두에게 아무것도 만지지 말라고 지시를 내렸죠. 그리고 사부로 씨를 견제하면서 마리코 씨의 맥을 짚었어요. 마치 그 방에 마리코 씨의 시체가 있다는 걸 미리 알고 있었기라도 한 것처럼 말이죠. 그게 첫 번째 근거예요."

"아하, 그렇군요. 하지만 사부로의 독백 중에 마루모는 머리 하나는 잘 돌아간다는 구절이 있지 않습니까. 상황 파악 능력이 남들보다 훨씬 좋을 뿐인지도 모르죠."

"그럴 수도 있겠지만요. 덧붙여 저는 여기에 이른바 성별 오인 트릭이 사용됐다고 생각해요."

"성별 오인?"

"예. 분명 이다음에 마리코 씨의 시체를 살펴보자는 이야기가 나올 테고, 주변에서 범인이 여성이라는 물증이 반드시 발견될 거예요. 예를 들면 시체의 손톱 밑에서 범인과 싸우다가 묻은 여성용 파운데이션이나 립스틱이 발견되는 식으로요."

"그, 그 정도까지 앞을 내다보고 계셨던 겁니까!"

가바야마 모모타로가 깜짝 놀란 표정을 지었다.

"그리고 그 시점에서 마루모 씨는 저절로 용의선상에서 제외돼요. 여기 계신 분들 전부 마루모 씨를 남자라고 생각하고 있으니까요."

"어엇? 그렇다면 니타니 씨는 마루모가 여성이다 그 말씀이십니까?"

"예, 틀림없어요. 묘사나 플롯에서 부자연스러운 점이 눈에 띈다면 거기에 반드시 수수께끼를 푸는 열쇠가 포함되어 있다는 것이 미스터리의 상식. 마리코, 사부로, 분타, 히데, 사야카, 교코, 지금까지 등장한 인물이 전부 이름으로 불린 반면 마루모 씨 혼자 성으로 불리죠? 당연히 여기에 무슨 트릭이 있다고 봐야 해요. 이게 두 번째 근거예요."

"과연, 듣고 보니……."

"위장 공작을 굉장히 많이 벌였더군요. 마루모 씨는 사부로 씨와 사사건건 대립하고, 검정색 볼보를 타고 다니죠. 그리고 자기를 가리켜 '형님'이라고 말해요. 하지만 여성이 볼보를 타고 다녀도 전혀 이상할 것 없고, 남성을 가리키는 말로 자신을 지칭하는 여성도 있어요. 분명 마루모 씨는 아주 미인인데다 여장부일 거예요. 제 친구 중에도 자기를 '형님'이라고 말하는 여자애가 있는데요, 걔도 정말 예뻐요."

"하하. 꼭 한번 뵙고 싶군요."

"상금을 받아서 무사히 집으로 돌아간다면 소개해드릴 수도 있는데요……."

니타니가 다시 고개를 갸웃했다. 갈래머리가 흔들렸다.

"꼭 부탁드리겠습니다. 저는 여장부를 아주 좋아하거든요. 사내대장부는 절대로 사양입니다만. 크하하하하. 아, 그런데 근거가 또 있습니까?"

"물론이죠. 대화를 나누는 장면에 부자연스러운 부분이 한 군데 있죠? 그게 세 번째 근거이자 가장 결정적인 근거예요."

"대화를 나누는 장면에 부자연스러운 부분이 있다고요? 어디에요?"

"마루모 씨가 도착해서 커피를 마시잖아요. 바로 그 뒤. '잠깐만 교코, 그 스커트 처음 보는 건데 제법 괜찮다?' 부분요. 이거 도대체 누가 한 말인지 잘 모르겠잖아요."

"아, 예……."

"이 말에 교코 씨는 '아키의 스커트도 근사해'라고 대답하죠. 교코 씨는 처음부터 등장했으니 됐지만, 이 아키 씨는 도대체 누구일까요? 사야카 씨의 별명이 아키라고 하기에는 이상해요. 마리코 씨는 라운지에 없고요. 그렇다기보다 이 시점에 이미 4층 자기 방에서 시체가 됐죠. 히데 씨와 분타 씨는 남성, 그렇다면 아키라고 불릴 만한 인물은 마루모 씨밖에 없어요. 분명 이게 마루모 씨의 이름이겠죠."

"아아, 그렇군요……."

"마루모 아키 씨 아니면 마루모 아키코 씨, 뭐 그런 이름이 아닐까 싶은데요. 올해 문제를 출제한 작가님은 공정한 게임을 하려고 유의하신 모양인데, 누구 말인지 모를 그 대사는 명백히 부자연스러워서 너무 뻔한 힌트가 되고 말았어요."

"하지만 방금 니타니 씨도 말씀하신 것처럼 마루모는 저택에 막 도착했습니다. 도대체 어떻게 마리코를 살해할 수 있었을까요?"

"그것도 간단해요. 1인 시간 차 트릭을 쓴 거예요."

"1인 시간 차 트릭? 뭡니까, 그게? 무슨 배구 용어입니까?"

"지금 제가 이름을 붙인 거예요. 그런 유형의 트릭이 있는 건 아닌데요."

"설명해주시겠습니까?"

"마루모 씨는 이전에 저택에 몰래 한 번 왔었어요. 아무도 모르도록 근처에 차를 세워놓고 걸어와서 범행을 저지른 후, 차로 돌아가서 잠시 시간을 보내다가 천연덕스러운 얼굴로 다시 차를 몰고 온 거죠. 도착했을 때 울릴 필요가 없는 경적을 일부러 울려서 사부로 씨가 못마땅해했는데요, 사부로 씨는 멋지게 속아넘어간 거예요. 그건 유치한 자기현시욕을 채우고자 한 행동이 아니라 1인 시간 차 트릭을 심리적으로 보완하기 위한 행동, 즉 트릭의 일부였어요. 거기서 경적을 울림으로써 자기가 지금 막 도착했다는 인상을 다른 사람들의 무의식 속에 은근슬쩍 심어주려고 한 거죠."

"오오!"

가바야마 모모타로의 눈이 휘둥그레졌다.

"이 추리를 최종적으로 뒷받침해줄 근거는 시라히게 다리의 통행이 금지된 시각이겠죠. 조사해보면 지금까지 믿었던 것보다 훨씬 이른 시각에 다리를 건널 수 없게 됐다는 사실이 밝혀질 거예요. 사부로 씨가 건너오고 나서 거의 바로 다리에 문제가 생겼다는 사실이 말이에요. 만약 마루모 씨가 통행이 금지되기 전에 다리를 건너서 저택까지 곧장 볼보를 몰고 왔다고 치면 지금보다 훨씬 이른 시각에 도착해야 마땅해요. 반대로 마루모 씨가 저택에 도착한 시각에서 역산하면 그녀는 통행이 금지된 후에야 다리에 다다를 테니, 그녀가 지금 여기에 있는 상황 자체를 설명할 수가 없어요. 그리하여 마루모 씨의 거짓말이 들통난다. 이야기는 분명 그런 식으로 전개될 거예요."

"이, 이럴 수가, 대단원에서 진범을 지목하는 데 이르는 논리까지 추리하시다니! 도대체 어디까지 내다보고 계신 겁니까? 아주 예리하십니다! 어쨌거나 그건 작가가 고민할 일이지 해답자는 거기까지 맞히지 않아도 괜찮습니다."

"하지만 알아차렸으니까요."

니타니는 양 손바닥을 도자기처럼 매끈매끈한 두 뺨에 갖다 댔다.

"꺄아! 어쩌면 난 천재인가 봐♡"

"이야, 감탄했습니다. 귀여운 외모에 취해서 깜빡했습니다만, 생각해보면 니타니 씨도 엄격한 예선을 통과한 미스터리 오타쿠시죠. 이거야 원, 결례를 범했습니다."

"그럼 정답이라는 뜻인가요?"

"아니요, 그건 저도 모릅니다. 하지만 방향성은 상당히 괜찮다고 생각합니다."

"우와♡"

소녀는 가슴 앞에서 조그마한 양손을 마주쳐 박수를 쳤다.

"아이고, 보증은 못 드려요. 어디까지나 제 개인적인 감상입니다."

"뭐야, 그렇구나."

이번에는 갑자기 낙담했다.

"그런데 니타니 씨, 방금 전에 말씀하신 미인 친구는 실제로 존재합니까?"

"어, 그럼요, 있죠. 돌아가면 소개해드리겠다고 했잖아요."

"혹시 그거, 니타니 씨 본인 이야기 아닙니까?"

"아니에요. 저는 미인이 아닌걸요."

"에이, 무슨 겸손의 말씀을. 여성 마루모 범인설이 정답이면 좋겠군요."

"감사합니다."

"자, 이제 이동하실 텐데 하실 말씀이 더 있습니까? 추리의 근거는 전부 말씀하셨죠?"

"아니요, 아직 남았는데요."

"어이쿠, 아직도 있습니까? 실례했습니다. 그건 뭔가요?"

"마루모 씨는 등장할 때 기업 로고가 들어간 큼지막하고 화려한 우산을 쓰고 걸어오잖아요? 게다가 그냥 기업이 아니라 굳이 '일류 기업'이라고 써놨어요."

"예, 그 모습을 본 사부로가 자신과 달리 준비성도 참 철저하다고 비꼬듯이 말하죠…….”

“이것도 서술 트릭의 일부예요. 이 우산이 마루모 씨의 직업을 나타내거든요.”

“아아, 그러니까 마루모 양이 그 기업 사원이라는 말씀이로군요.”

“아니에요.”

나타니는 하얀 뺨을 불룩 부풀렸다.

“어, 아니라고요?”

“모르시겠어요? 마루모 씨는 예쁘게 생겼고 분명 몸매도 아주 좋을 거예요. 그런 미녀가 일류 기업 로고를 넣은 큼지막하고 화려한 우산을 썼다면…… 더이상 말씀 안 드려도 아시겠죠?”

“아니요, 모르겠습니다.”

진행자는 고개를 갸우뚱했다.

“어휴, 그걸 왜 몰라요. 큼지막하고 화려한 우산을 쓰는 직업에 종사하는 미녀 하면 그거밖에 없잖아요.”

소녀는 답답하다는 투로 말했다.

“어엇? 서, 설마. 호, 혹시…… 레이싱 모델입니까?”

“그래요. 그것밖에 없어요. 종합하자면 성별을 오인하도록 유도했지만 마루모 씨는 여성이며 레이싱 모델이에요. 독자에게 남성이라는 인상을 심어주어 용의선상에서 제외해놓고 막판에 뒤집어엎는 수법이죠."

"그, 그렇군요. 어, 어쩐지 저도 이제 마루모는 여성이고 레이싱 모델이라는 생각에서 벗어날 수가 없네요."

"당연하죠. 그게 정답이니까!"

갈래머리 소녀가 방금 전과는 딴판으로 자신만만한 표정을 지으며 딱 잘라 말했다.

4

정례 모임 참석자 중에 내가 제일 늦게 도착했다.

최근에는 일이 바빠서 토요일에도 못 쉴 때가 많다.

아무리 미스터리 연구회 출신들이 일 년에 딱 한 번 모이는 정례 모임이라고는 하나, 이런 일에 휘말릴 줄 알았으면 올해는 참석하지 말걸 그랬다는 진심이 솟아올랐지만 이제 와서 후회해본들 무슨 소용이랴.

다리를 건너다가 하마터면 애차 볼보도 탁류에 휩쓸려갈 뻔했으니 정말이지 운이 없다.

게다가 하필이면 도착하자마자 사부로가 마리코의 시체를 발견해준 덕분에 고작 커피 한 잔만 후딱 마시고 바쁘게 움직여야 했다.

물론 말해야 할 내용도, 말할 순서도 이상하다는 건 잘 안다. 무엇보다도 일단은 학창 시절을 함께 보냈으며, 졸업한 후에도 매번 별장을 정례 모임 장소로 제공해준 마리코의 갑작스러운 죽음에 진심 어린 애도를 표해야 마땅하다. 하지만 아까부터 사부로의 태도가 너무나 불손하여 나도 모르게 이런 생각을 품고 말았다.

사실 나는 사부로가 라운지에서 대화를 나누다가 혼자 쏙 빠져나와서 복도의 흰색 나선계단 안으로 들어가는 뒷모습을 라운지의 쌍여닫이 유리문으로 지켜보았다. 딱히 의도하고 사부로의 일거수일투족을 감시한 건 아니지만, 머리를 금색으로 물들인 남자의 뒷모습과 순백 나선계단의 조합이 어쩐지 웃겼기 때문인지 묘하게도 그 장면이 마음속에 남았다.

하기야 가장 웃긴 건 녀석의 이름이지만. 다이라 사부로라니. 21세기가 되었는데도 이 녀석 혼자 겐페이 전쟁* 때나 어울릴 법한—그것도 본가의 대장이 아니라 분가의 먼 친척 중에 지체 낮은 사람에게나 지어줄 만한—이름으로 살고 있다.

아무튼 이야기를 되돌리자면, 그렇게 지켜본 덕분에 나는 다이라 사부로가 위층으로 가고 나서 부자연스럽게 긴 시간

* 1180년부터 1185년까지 미나모토 일족과 다이라 일족이 패권을 놓고 벌인 전쟁.

을 지체한 후에야 모두를 소리쳐 불렀다고 장담할 수 있다.

따라서 서둘러 커피를 마시고 사야카, 교코, 다마 등을 따라 나선계단을 올라가서 마리코의 시체를 본 순간에 나는 직감적으로 다이라는 수상하다, 적어도 이 녀석의 이야기를 무조건 믿을 수는 없다고 판단했다. 왜냐하면 상황이 상황이니만큼 어떻게 생각해도 녀석은 계단을 올라가자마자 큰 소리를 질러야 했기 때문이다. 4층에는 방이 마리코 방 하나밖에 없으니까.

그런데도 녀석의 뒷모습이 나선계단 안으로 사라지고 모두를 부르는 목소리가 들릴 때까지 시간상 부자연스러운 틈이 있었다는 사실은 이 녀석을 믿으면 안 된다는 것을 가리키는 빼도 박도 못할 증거라고 할 수 있지 않을까.

그러므로 내가 쪼그리고 앉아 시체 상태를 확인할 때 본인이 시비를 거는 바람에 진짜로 깜짝 놀랐다. 방귀 뀐 놈이 성낸다는 옛날 속담이 생각났을 정도다.

"야, 남한테는 만지지 말라고 하더니 왜 멋대로 손을 대고 그래?"

나는 즉시 되받아쳤다.

"그러는 너야말로 왜 마리코를 건드렸어?"

"바닥에 쓰러진 친구를 발견했으니 맥 정도는 짚어보는 게 당연하잖아! 방금 네가 그런 것처럼!"

"일반적인 상황이라면 당연히 그래야겠지. 하지만 지금 현재 상황을 고려하건대 넌 아무것도 손대지 말고 그대로 이 형님한테 맡겨야 했어. 너도 미스터리 연구회 출신이니 그 정도는 알 텐데."

"뭐라고?"

"그게, 뭘 어떻게 생각해봐도 이런 상황에서는 이 형님께서 탐정 역할을 맡는 게 자연스러운 흐름이잖아?"

녀석이 아무리 둔감해도 이 정도쯤 말하면 알아들을 줄 알았다.

여기서 잠깐 언급하고 넘어가자면, 나는 평소 아주 온화하고 예의 바른 사람이다. 취미는 자연 관찰이고, 내 입으로 말하기는 뭐하지만 주변 사람들의 신뢰도 두텁다. 직장인 무역상사에서도 내 나이로는 이례적이라고 할 만큼 막중한 자리에 앉아 있다.

그런데 이 멤버끼리 모일 때는 학창 시절의 습관 때문인지 그만 형님 캐릭터가 튀어나오고 만다. 이것만은 졸업한 지 몇 년이 지나도 좀처럼 고쳐지지가 않아 난감하다.

하지만 인생을 살다 보면 누구나 보통은 시간과 장소, 상황에 따라서 캐릭터를 나누어 생활하지 않을까?

"탐정 역할? 그런 게 왜 필요한데?"

그러나 다이라는 말귀를 알아듣고 입을 다물기는커녕 더욱 펄펄 뛰었다. 정말이지 이해력이 떨어지는 녀석이다. 나는 마음속으로 한숨을 쉬었다.

"어휴, 그걸 설명해줘야 하다니……. 마리코는 등 한복판을 칼에 푹 찔렸어. 자기 손으로 등 한복판을 찌를 수 있는 사람은 어디에도 없어. 따라서 틀림없이 자살이 아니고 타살이야. 그리고 현재 이 저택은 외부로부터 고립된 상태니까 마리코를 죽인 범인은 우리 가운데 한 명인 셈이지."

내가 그 사실을 지적하자 같이 있던 사람들 모두가 허를 찔린 것처럼 몸이 뻣뻣하게 굳었다. 모두 어렴풋이 짐작하고는 있었겠지만, 이렇듯 정확하게 콕 집어서 말로 표현하자 역시 상황이 너무나 심각했다. 친구가 살해당한 것만 해도 충격인데, 우리 가운데 범인이 있다니.

"물론 원래 같으면 지금 당장 경찰을 불러야 할 상황이지만, 시라히게 다리는 사실상 무너진 상태라서 통행이 금지됐으니까 경찰도 금방은 못 올 거야. 다리 상태로 보건대 빨라도 내일에야 복구가 될 테고, 자칫 잘못하면 더 뒤로 미뤄질지도 몰라. 그렇다면 그때까지 누가 살인범인지 몰라 서로 의심하며 전전긍긍하는 것보다 우리 손으로 재빨리 범인을 찾아내서 제압해놓는 편이 훨씬 낫지 않겠어?"

나는 말하면서 모두의 얼굴을 천천히 둘러보았다. 다이라를 뺀 거의 모두가 고개를 끄덕이는 모습을 확인하고 이야기를 이어나갔다.

"안 그러면 밤에 잠도 제대로 못 잘 거야. 아니면 클로즈드 서클 미스터리에서 흔히 볼 수 있는 그거? 범인을 제대로 찾아볼 생각도 않고 밥이나 먹고 제각각 흩어졌더니 다음날 아침에 두 번째 시체가 발견되는 패턴을 선택할래? 나는 그런 소재를 다룬 소설을 읽다 보면 등장인물들 머리가 엄청 안 좋아서 짜증이 나더라. 위기감이 없어도 너무 없어. 당연히 다들 두 번째 시체로 발견되기는 싫지?"

여자들 얼굴이 공포로 일그러졌고, 다음 순간 거의 모두가 고개를 끄덕여 동의를 표했다.

"그렇다면 범인이 추리를 잘못된 방향으로 유도하거나, 증거를 인멸하거나, 다음 범행을 저지르기 위한 준비를 하고 싶어도 못 하도록 누군가 리더십을 발휘해서 지휘해야 하고, 다른 사람들은 리더의 지시에 따라 움직일 필요가 있어. 각자 흩어져서 마음대로 행동하면 범인은 쾌재를 부를 거야."

지극히 당연한 의견을 내놓았을 뿐인데 한 녀석이 트집을 잡고 나섰다.

말할 필요도 없이 다이라 사부로다.

"백번 양보해서 탐정 역할이랄까 리더십을 발휘할 사람이 필요하다는 건 인정한다고 쳐도, 도대체 누가 그 역할을 너한테 부탁한대!"

"야야, 아직도 이해가 안 되냐. 난 딱히 누가 부탁하니까 하겠다는 말은 한마디도 안 했어. 그저 내가 그 역할을 맡는 게 자연스럽다고 말했을 뿐이야."

"그러니까 어째서 그게 자연스러운데!"

나는 속으로 한 번 더 한숨을 쉬었다. 이러니까 머릿속까지 근육으로 뭉친 녀석은 골치 아프다. 어디까지나 신사적으로 대응해주는데도, 이렇게 간단한 걸 왜 모르는 걸까.

"아까 내가 말한 '지금 현재 상황'이 바로 그 이유야. 논리적으로 보았을 때 이 중에서 나만 절대로 범인이 아니거든."

나는 허리에 손을 대고 논리정연하게 설명해주었다.

"아까 맥박을 확인하려고 마리코의 손목을 잠깐 잡아봤더니 이미 체온이 조금 떨어졌더군. 법의학자는 아니지만, 적어도 살해당한 직후가 아니라는 것만은 단언할 수 있어. 아마도 최소한 사후 한 시간 가까이는 지났겠지. 그러니까 방금 전에 여기 도착해서 간신히 커피 한 잔을 마신 나는 절대로 범인이 아니야. 모두가 용의자인 클로즈드 서클에서 유일하게 혐의를 벗은 사람이 있다면, 그 사람이 탐정 역할을 맡는 게 이치에 맞잖아?"

나는 모두의 동의를 구하고자 다시 한번 시선을 움직였다.

하지만 다이라가 그보다 빨리 트집을 잡았다.

"잠깐만. 물론 나도 법의학자는 아니지만 피부 표면 온도로 사망 추정 시각을 판단하는 방법이 오차가 크다는 것 정도는 상식이야. 그래서 경찰도 요즘은 검시를 할 때 항문에 체온계를 넣어서 직장 온도를 확인해."

나는 눈살을 찌푸렸다. 어제오늘 일은 아니지만 정말이지 품위라고는 없는 녀석이다. 나도 어디서 읽어봤으니까 그런 방법이 실제로 있기야 있겠지만, 굳이 지금 여기서 이야기를 꺼내지는 않아도 될 텐데.

아니나 다를까, 상스러운 이야기를 싫어하는 사야카가 가느다라니 모양 좋은 눈썹을 불쾌한 듯 찡그리는 모습이 보였다.

"그래서? 도대체 무슨 말을 하고 싶은 건데?"

한순간의 침묵 후에 나는 되물었다. 다이라는 벌겋게 달아오른 얼굴로 대답했다.

"체온만 가지고 네가 범인이 아니라고 단정할 수는 없다는 말이야."

"야야, 적당히 좀 해라. 내가 얼마나 더 말해야 알아듣겠냐?"

나는 쓴웃음을 섞어서 대답했다.

"지금 말했다시피 나는 이 저택에 막 도착했어. 그리고 도착한 뒤로는 계속 다른 사람들과 함께 2층 라운지에 있었고. 설령 체온을 고려하지 않는다고 해도, 나한테는 마리코를 죽일 기회가 없었어."

"그것도 네가 무고하다는 사실을 백 퍼센트 증명해주지는 못해. 바쁘다고 거짓말해놓고 네가 지금으로부터 한 시간쯤 전에 몰래 여기 와서 마리코를 죽인 후 다시 몰래 빠져나갔을 가능성이 전혀 없다고 누가 단언할 수 있겠어?"

다이라는 벌건 얼굴로 말을 이었다.

"그럼 시체의 체온과도 모순되지 않지. 몰래 빠져나가서 적당히 시간을 때우다가 지금에야 도착한 척한 거야."

나는 이야기를 듣던 도중에 짜증을 넘어서서 어이가 없어졌다. 억지소리를 차례차례 잘도 꺼내놓는구나 싶었다. 나는 한숨을 쉬면서 대답했다.

"다이라, 네 상상력이 풍부하다는 건 인정할게. 그러고 보니 넌 학교 다닐 때부터 그랬지. 하지만 지금 네 주장은 가설로서도 엉망진창이야."

"과연 그럴까. 아까 도착했을 때 들으란 듯이 경적을 울렸잖아. 모두에게 네가 지금 막 도착했다는 인상을 심어주고 싶어서 그런 거 아니야?"

정말이지 끈덕진 놈이다. 이제 그만 입을 좀 다물었으면 해서 나는 대놓고 지적하기로 했다.

"애먼 사람 잡지 마. 마리코를 죽인 거 너 아니야?"

그러자 다이라는 아니나 다를까 얼굴이 더욱 벌게지며 벌컥 화를 냈다.

"뭐라고? 다시 말해봐!"

"몇 번이든 말해주지. 현재 시점에서 제일 수상한 사람은 다이라 너야. 원래 발견자를 의심하는 게 수사의 철칙이다만. 그걸 빼고서도 너한테는 수상한 점이 많아."

그동안의 정을 생각해서 이 사실은 잠시 나 혼자만 알고 있으려고 했지만, 일이 이렇게 되었으니 어쩔 수 없다. 정곡을 푹 찌르기로 했다.

"뭐가 수상한데? 말해봐!"

다이라가 길길이 뛰며 소리를 질렀다.

"그럼 원하는 대로 말해주지. 제일 수상한 점은 네가 나선 계단을 올라가고 나서 우리를 부를 때까지 걸린 시간이 부자연스럽게 길었다는 거야. 4층에는 마리코 방밖에 없는데 말이지. 시체를 발견하고 우리를 부를 때까지 도대체 여기서 뭘 한 거야?"

"자자자자, 드디어 사건의 전모가 밝혀졌습니다. 미스터리 연구회 멤버가 모인 클로즈드 서클에서 발생한 살인 사건! 이야, 왔네요. 왕도 중의 왕도입니다! 가슴이 두근거리는군요.

하지만 이번 장에서 무엇보다 짚고 넘어가야 할 점은 시점 인물이 마루모로 바뀌었다는 사실입니다. 설마하니 이렇게 전개될 줄은 몰랐습니다. 사부로 시점으로 계속 진행될 거라고 생각하신 분이 많지 않으실까요?

그건 그렇고 지금 해답석의 램프에 불이 들어왔네요. 세 번째 해답자가 등장하셨습니다! 이야, 오늘 해답자 여러분은 결단력이 있으셔서 참 좋군요! 오늘 시청률은 분명 고공 행진을 이어갈 겁니다. 저기 서 있는 연출자를 보십시오. 회심의 미소를 짓고 있군요. '묻지도 따지지도 않고 미스터리를 좋아한다면 누구라도 출연 OK'인 미스터리 오타쿠 대회를 개최하길 잘했습니다! 자, 그럼 미사와 씨. 답변해주시기 바랍니다. 범인은 누구입니까?"

비쩍 말라서 신경질적으로 느껴지는 남자가 모니터 화면에 비쳤다. 도수가 높아 보이는 은테 안경을 꼈다.

"어, 맞힐 건데 괜찮겠지?"

"물론입니다. 부디 정답을 맞혀주십시오!"

"지금 내가 정답을 맞히면 나머지 사람들은 어떻게 되나?"

가바야마 모모타로가 제자리에서 발을 헛디뎌 휘청하는 시늉을 했다. 나비넥타이에 넣은 라메 실과 의상에 붙은 스팽글이 스튜디오 조명을 반사해 번쩍번쩍 빛났다.

"하하하, 또입니까. 오늘 해답자들은 모두 걱정이 많으시군요. 아까도 말씀드렸다시피 해답자 여러분은 그런 생각은 하시지 말고 척척 죽, 아니, 해답을 말씀해주시면 됩니다!"

"척척 죽, 뭐?"

"아니요. 말을 좀 씹었습니다. 신경쓰실 것 없습니다."

"정말로 괜찮지? 그럼 사양 않고 가겠어."

"물론입니다. 저희는 괜찮으니 정답을 향해 쭉쭉 나아가주십시오."

"일단 아까 갈래머리 아가씨가 주장한 마루모 범인설부터 부정해야겠네. 방금 낭독된 부분에서 사부로도 억지를 쓰던 끝에 그런 설을 주장했는데, 거기에는 무리가 있거든. 마루모가 남자인지 여자인지는 문제가 아니야. 1인 시간 차 트릭이라고 했던가? 문제는 바로 그거거든. 한밤중이라면 또 모를까 대낮에, 걸어와서 아무도 모르게 범행을 저지르고, 또 아무에게도 들키지 않고 저택을 빠져나갔다니 아무래도 믿기지가 않아. 마리코 방에 가려면 나선계단을 올라가야 하는데, 나선계단 입구는 쌍여닫이 유리문을 통해 라운지에서도 훤히 보이는 곳에 있어. 실제로 마루모는 사부로가 나선계단을 올라가는 뒷모습을 라운지에서 목격했지. 이런 상황에서 아무도 모르게 저택을 찾아와서 범행을 저지르고 다시 아무도 모르게 빠져나가는 재주를 부리려면 엄청난 요행과 우연의 도움을 받아야 해. 하지만 처음부터 그런 요행을 기대하고 범행에 나서는 범인은 없다고."

"아아……. 니타니 씨의 편을 드는 건 아닙니다만, 그런 범인이 절대로 없다고 단언할 수는 없지 않겠습니까?"

"만약 이게 현실 세계에서 일어난 사건이라면 상황 판단력이 떨어지는 닭대가리 범인이 그런 짓을 저지를 가능성도 있겠지. 판단력이 정상인 사람이라면 절대로 하지 않을 짓을 저질러서 상황이 혼란스러워지거나, 불가능 상황이 발생할 가능성이 아예 없지는 않아."

"예……."

"하지만 본격 미스터리에서는 그러면 안 되지. 본격 미스터리는 현실보다 훨씬 논리적이고 아름다워야 하며, 그게 바로 우리가 본격 미스터리를 사랑하는 이유이기도 해. 반대로 말하자면 범인이 우연과 요행에 의존하는 미스터리는 이류, 아니 삼류 이하야. 이 방송은 현재 국민이라는 수식어가 붙을 만큼 인기가 많고, 거액의 상금도 걸려 있는데 그렇게 질 낮은 문제를 냈을 리가 있나."

"아이고, 감사합니다."

"이게 미스터리 연구회 정례 모임이고, 등장인물들이 모두 미스터리 연구회 출신이라는 설정을 눈여겨볼 필요가 있어. 이건 즉흥적으로 적당히 갖다 붙인 설정이 아니야. 모두가 본격 미스터리의 행동 원칙에 따라 논리적으로 행동한다고 간주해야 마땅하고, 그러지 않으면 작품 세계가 붕괴해. 그중에서도 마루모는 특히 머리가 좋은 인물로 설정된 모양이니까 더더욱 그런 엉터리 같은 방법으로 범행에 나설 리 없지. 이건 이른바 작품의 내적 규율이라고."

"그렇군요. 설득력이 있습니다!"

"그뿐만이 아니야. 마루모 범인설은 물증을 가지고도 반론이 가능해. 만약 비가 이렇게 퍼붓는 가운데 근처에 차를 세워놓고 걸어서 저택과 차를 왕복했다면, 아무리 큰 우산을 썼어도 옷이 꽤 많이 젖었겠지. 하지만 마루모의 옷이 젖었다는 서술은 어디에도 없어. 오히려 사부로 시점으로 전개되는 부분에서 '(마루모는) 나처럼 현관에서 옷을 갈아입는 수고를 하지 않아도 되니까 (라운지에 오는 것이) 빠르다'라는 서술이 나왔어. 즉, 그후에 가까이에서 보았을 때 혹시 마루모의 옷이 조금이라도 젖었다면 사부로는 반드시 그 사실에 주목해야 하는데, 그런 모습은 일절 묘사되지 않았잖아."

"음, 그렇군요. 이야, 이것도 충분히 논리적입니다."

"그렇지?"

"니타니 씨가 완전히 헛짚었을 가능성이 농후하군요! 아까 간파한 것처럼 보였던 자동차 경적을 이용한 심리 트릭도, 사부로가 이 시점에 그 사실을 지적한 것으로 보아 해답자를 속이기 위한 버림돌이 아니었나 싶기도 하네요. 그리고 큰 우산하니 생각났는데, 이번 장에서 마루모가 무역상사에 다니고 있다는 사실이 밝혀졌습니다. 이야, 니타니 씨의 마루모는 레이싱 모델설은 상당히 독특한 의견이었는데 아쉽습니다."

"아쉽네요오."

몬테레오네 레이카가 혀짤배기 같은 목소리로 맞장구를 쳤다.

"지금까지 마루모 범인설을 부정하셨는데요. 그럼 미사와 씨는 누가 진범이라고 생각하십니까?"

"말해도 되나?"

"예, 망설이지 마시고 얼른 답변해주십시오."

"핫핫핫. 듣고 놀라지 말라고."

"걱정하지 않으셔도 됩니다."

"범인은 사야카야."

미사와는 안경의 은테를 빛내며 단언했다.

"오오, 의외의 범인이 또 나왔습니다! 사야카는 사실상 여주인공으로 추정되는데요, 여주인공이 범인이라는 진상도 실제로 제법 많이 사용되는 유형이죠!"

"뭐, 그런 셈이지."

"그럼 근거를 말씀해주시기 바랍니다."

"뭐랄까, 지금 이 시점에 제일 수상한 사람은 사부로야. 나선계단을 올라가서 사람들을 부를 때까지 걸린 시간이 부자연스럽게 길었다고 마루모가 지적했지. 하지만 사부로는 시점 인물이야. 본격 미스터리에서는 지문에서 거짓말을 하는 걸 허용하지 않으니까 시점 인물은 범인이 될 수 없어. 이치노세 씨 주장처럼 시점 인물이 다중 인격자일 경우가 유일한 예외인데, 난 그 의견에는 찬성하지 않아."

"어엇? 이치노세 씨의 추리도 함께 부정하시는 건가요?"

가바야마 모모타로가 신이 난 표정을 지었다.

"이 방송이 지금처럼 인기 많은 국민 방송이 된 건, 매번 예상치 못한 전개가 연속되는 수준 높은 문제로 해답자와 시청자의 허를 찌른 덕분이야. 출제자의 정체는 베일에 싸여 있지만, 그런 출제자가 다중 인격 같은 안이한 트릭으로 기념비적인 10회 방송을 망칠 리 없어."

"과, 과연. 그런 부분까지 '추리'하시는군요."

"따라서 평범하게 생각했을 때 시점 인물인 사부로와 마루모는 범인이 아니야. 아까 그 아가씨도 조금만 더 신중하게 해답을 내놓았으면 좋았을걸. 하기야 설마 자기가 범인으로 지목한 인물이 그 직후에 시점 인물로 등장할 줄은 꿈에도 몰랐겠지."

"그렇죠. 해답자 대기실에서 그 사실을 안 순간, 롤리타가 연상되는 니타니 씨의 얼굴이 절망으로 일그러지는 모습을 보고 싶군요. 방송이 끝날 때 나가는 대기실 안의 몰래 카메라 영상에 기대해야겠습니다. 크크크크크."

"오, 오싹해라. 진행자, 당신 완전 변태지?"

"죄, 죄송합니다. 저도 모르게 그만 본심이."

"아무튼 이야기를 되돌려서, 그럼 사부로는 사건과 아무 관계도 없느냐 하면 그렇지는 않아. 만약 아무 관계도 없다면 마리코의 시체를 발견하자마자 사람들을 불러야 합당한데 그러지 않았어. 수상하게 여겨질 만큼 시간이 많이 걸렸다는 사실을 마루모는 알고 있어."

"다만 현재 시점에서 그렇게 주장하는 사람은 마루모 한 명뿐인데요. 마루모와 사부로는 대립 관계에 있으니 마루모가 사부로를 견제하고자 이야기를 지어냈을 가능성을 부정할 수는 없지 않겠습니까?"

"마루모가 이야기를 지어냈다고? 아니, 그건 아니야."

미사와는 고개를 저었다.

"어째서요?"

"사부로의 독백에도 자신이 사건에 관여했음을 넌지시 뒷받침하는 구절이 나왔으니까."

"사부로의 독백에 자신이 사건에 관여했음을 뒷받침하는 구절이 나왔다고요? 그런 구절이 있었던가요?"

"있어."

"어딥니까?"

"시체를 발견한 직후의 장면이야. '나는 조금씩 침착함을 되찾고 손을 잠깐 움직인 후, 큰 소리로 아래층에 있는 사람들을 불렀다'라고 나왔지."

"아, 예……."

"손을 잠깐 움직였다니, 도대체 뭐야? 왜 손을 움직였는데? 마리코의 시체를 보고 갑자기 건강의 소중함을 깨달아서 국민 체조라도 했나? 그럴 리는 없잖아."

"아아, 듣고 보니……."

"무슨 반응이 그래! 수상하기 짝이 없잖아!"

"잠깐 확인하겠습니다만, 미사와 씨는 사야카 범인설을 주장하시는 거죠? 그럼 사부로와 사야카가 공범이라고 보시는 겁니까?"

"아니, 이걸 공범이라고 하지는 않을 것 같은데. 법률은 잘 모르지만, 사전에 결탁하고 범행을 저지르는 걸 공범이라고 하지? 만약 사부로가 사야카와 미리 결탁했다면 이 장면까지의 서술은 대부분이 불공정하다고 할 수 있어. 두 사람 사이에 무슨 일이 있었는지 모르지만, 사부로가 사야카와 관계를 회복하려다가 실패한 후, 혼자 4층에 올라가서 마리코의 시체를 발견하고 놀란 건 전부 사실이어야 해."

"예……."

"즉, 여기서 사부로는 자신을 위해서가 아니라 누군가를 감싸기 위해 '손을 움직인' 셈이야. 그렇다면 자신의 혐의가 짙어질 위험성이 있다는 걸 알면서도 사부로가 감싸고자 하는 사람은 누굴까? 사랑하는 사야카 말고는 없겠지."

"오오, 확실히!"

가바야마 모모타로가 눈을 반짝였다.

"사부로는 시체를 발견하자마자 진범이 사야카임을 알아차렸어. 뭔가 중대한 증거가 현장에 남아 있었겠지. 그래서 사부로는 말 그대로 '손을 움직여서' 그 증거를 인멸하고 큰 소리를 지른 거야. 그래서 시간이 걸렸지. 이렇게 설명하면 앞뒤가 딱 맞아."

"과연, 그렇군요."

가바야마 모모타로가 고개를 두 번 힘 있게 끄덕였다.

"이건 사야카의 의지와는 관계없이 사부로가 멋대로 한 짓이니까 공범이라고는 할 수 없지. 분명 사후종범인가 하는 거에 해당하지 않으려나?"

"사후종범. 예, 들어본 적 있습니다. 에이, 미사와 씨, 법률을 잘 아시면서 그러시네요."

"겸손 좀 떨어본 거지, 이 양반아. 즉, 사건의 본론과는 아무 관계도 없어 보이는 초반의 연애소설 같은 부분에도 의미가 있었어. 그걸로 시체 발견 현장에서 표출된 사부로의 행동 원리를 설명할 수 있거든. 그러니까 사부로가 사야카에게 어떤 마음을 품고 있는지 서술하는 그 장면이 반드시 필요했던 거야. 뭐, 나한테 딱 걸리고 말았지만 이번에도 문제 수준이 상당히 높았어. 사부로는 시점 인물이니까 범인이 아닐 거라는 생각을 심어주고 증거를 인멸하는 사후종범 역할을 맡기다니. 게다가 사부로 본인은 거짓말을 하지 않았으니까 불공정하지도 않아."

"예예, 감사합니다."

가바야마 모모타로가 가볍게 고개를 숙여서 인사했다.

"당신을 칭찬한 게 아니야, 진행자."

"압니다. 저희 프로그램을 대표해서 감사 말씀을 드렸을 뿐이에요. 이야, 그건 그렇고 과연 미스터리 오타쿠 대회답습니다. 여러분 모두 실로 개성이 넘치고 자신만만한 분들이시군요. 그리고 앞을 내다보는 통찰력이 보통 사람들보다 월등합니다!"

"하하. 한두 챕터 정도 해답을 더 미뤄볼까도 싶었는데, 이번에는 강적들이 즐비하고, 남이 먼저 정답을 맞히면 완전히 꽝 되는 거니까. 어때, 정답이지?"

"아이고, 그러니까 저도 정답은 모른다고요. 하지만 지금 들려주신 설명은 상당히 설득력 있게 느껴졌습니다."

"정말로 정답을 몰라?"

"모릅니다. 정답을 알고 있으면 사소한 실수로 무심결에 정답을 노출할 위험성이 있잖습니까? 그래서 저희 진행자들에게는 정답은커녕 힌트조차 알려주지 않습니다. 그렇죠, 레이카 양?"

"아, 예. 마, 맞아요오."

"과연, 철저하군. 이중맹검법 같은 건가."

"그게 뭡니까?"

"신약의 효과를 임상실험으로 알아볼 때, 피험자를 진짜 약을 투여하는 그룹과 색깔과 모양은 똑같지만 유효 성분이 없는 가짜 약을 투여하는 그룹으로 나누잖아? 그때 실험을 담당하는 의사 본인도 피험자 중 누가 어느 그룹에 속하는지 모르도록 하는 게 이중맹검법이야. 그러지 않으면 가짜 약을 먹었는데 효과가 나타난 환자에게 의사가,

'잠깐만. 당신 증상이 개선되다니 이상하잖아!'

'이거야 원. 당신이 매일 부지런히 먹는 약은 가짜라고. 암시에 잘 걸리는 데도 정도가 있지!'

이런 태도로 접할 위험성이 있거든. 그거랑 비슷한 거지?"

"그렇군요. 이중맹검법이라. 이거, 나중에 써먹겠습니다."

"써먹다니, 도대체 어디에 써먹겠다는 거야!"

"물론 내년 연말에 프로그램 규칙을 설명할 때요. 그럼 미사와 씨도 옆쪽 대기실로 이동해주십시오. 이야, 아직 초반인데 벌써 세 분이 해답을 말씀해주셨습니다. 어쩐지 올해가 미

스터리 아레나 역대 최고의 회차가 될 것 같은 예감이 드는군요! 저기 서 있는 연출자의 얼굴을 보십시오. 웃느라 입이 찢어지는 정도가 아니라 당장이라도 턱이 빠질 것만 같네요. 새해가 밝자마자 접골 전문 후모토 의원에 예약을 해야 할지도 모르겠습니다!"

5

다이라 씨가 울부짖듯이 내지른 소리를 듣고 우리는 도대체 무슨 일인가 싶어 라운지를 나서서 나선계단을 우르르 몰려 올라갔다. 어디에 있었는지 좀 전까지는 모습이 보이지 않았던 다마도 어느 틈엔가 합류하여 경계하듯이 발끝으로 서서 내 바로 뒤를 따라왔다.

앞장서서 나선계단을 올라간 분타 씨가 4층에 도착해 마리코 방에 발을 들여놓은 순간 갑자기 멈춰 서는 바람에 자연스럽게 우리도 문 앞에 모여 섰다. 분타 씨가 뭐라고 외친 것 같았지만, 내 귀에는 들어오지 않았다. 뒤에 있던 英*가 미처 멈

* 이름으로 쓸 때는 보통 히데로 읽는다.

추지 못하고 내 등에 탁 부딪혔다.

분타 씨는 그후로 옴짝달싹도 하지 않았다.

"왜 그래?"

교코가 물었지만 다이라 씨도 분타 씨도 대답하지 않았다.

불길한 예감이 들어서 라이더슈트에 감싸인 넓은 등 옆으로 머뭇머뭇 방안을 들여다보자, 다이라 씨가 새파랗게 질린 얼굴로 방 한복판에 멍하니 서 있는 모습이 제일 먼저 눈에 들어왔다.

그대로 시선을 내렸다가 나도 모르게 숨을 헉 삼켰다.

마리코가 방 한복판에 엎드린 자세로 쓰러져 있는 게 아닌가!

아니, 그냥 쓰러진 게 아니다. 등에 칼이 깊숙이 박혀 있었다. 등은 새빨, 아니 새카맣다.

학창 시절에 미스터리 연구회 소속이었던 만큼 지금까지 책 속에서는 이러한 장면을 몇백 번이나 체험해왔다. 하지만 아무 면역도 되지 않았다는 사실을 깨달았다. 설마 이런 일이 실제로 일어나다니, 게다가 피해자가 우리 친구인 마리코라니. 머릿속이 빙글빙글 돌아가는 것 같아서 당장이라도 제자리에 주저앉고 싶은 기분이었는데, 제일 마지막으로 올라온 마루모 씨의 굵직한 목소리가 울려 퍼졌다.

"아무것도 만지지 마."

그 목소리가 내 의식을 현실 세계로 되돌려놓았다. 물론 그렇게 지시하지 않더라도 아무데도 손댈 생각은 없었다. 애당초 누가 부탁하더라도 방안에 한 발짝도 들어가고 싶지 않았다.

마루모 씨는 우리 옆을 빠져나와 혼자 방 한복판으로 가더니 쓰러진 마리코 옆에 쪼그리고 앉아 맥박을 확인했다.

하지만 바로 마리코의 손목을 놓더니 손목시계를 들여다보고 말했다.

"오후 5시 55분, 사망 확인."

칼이 이렇게 깊이 박혔고 피를 이렇게 많이 흘린데다 꼼짝도 하지 않으니까 분명 손쓰기는 이미 늦었겠지. 어렴풋이 그렇게 생각하기는 했지만, 냉정한 말을 듣고 나자 눈앞의 광경이 그대로 얼어붙는 것 같았다. 사망 확인, 사망 확인, 사망 확인……. 그저 그 말만이 귓속에 잠시 메아리쳤다.

그런데 그로부터 고작 삼 분도 지나기 전에 마루모 씨와 다이라 씨가 언제나 그랬듯이 말다툼을 시작했다.

"탐정 역할? 그런 게 왜 필요한데?"

어제오늘 일은 아니지만 이 두 사람은 사이가 안 좋아서 큰일이다. 마리코가 불쌍하다. 지금은 말다툼이나 하고 있을 때가 아닌데…….

"어휴, 그걸 설명해줘야 하다니……."

이 두 사람을 보고 있으면 두 영웅은 나란히 설 수 없다는 옛말이 떠오른다. 둘 다 어딜 가든 리더십을 발휘할 만한 기량을 갖추고 있으니까 이렇게 티격태격하는 거겠지. 둘이 동갑인 것도 문제다. 누가 한 살이라도 많으면 동생이 한발 물러나는 형태로 이야기를 원만하게 마무리할 수 있을 텐데.

근대 이후로 모든 인간은 평등하다는 그럴듯한 가치관이 인간 사회에 자리잡기는 했지만, 실제로는 지능이 높고 의사소통 능력이 뛰어나며 행동력도 있는 사람이 자연스레 다른 사람들보다 지배적인 입장에 서는 것이 사회적으로도 어느 정도는 필요한 일이리라. 요전에 한 동물행동학자의 책을 읽었는데, 인간을 포함해 사회생활을 영위하는 동물 집단에는 지도자 자질을 갖춘 개체가 딱 오 퍼센트 태어난다고 한다. 나머지 구십오 퍼센트는 리더십을 발휘하는 데 소극적인 유형이다. 즉, 리더 기질이 있는 개체는 스무 마리당 하나 정도로 희소하다는 뜻이다.

하지만 물론 신이 그들을 골고루 나누어주지는 않으니까 당연히 한 집단에 리더 기질이 있는 개체가 여럿 존재하는 경우도 발생한다. 동물이라면 머잖아 우두머리 자리를 놓고 싸움을 벌여서 진 쪽이 자연스레 도태되는 형태로 무리를 떠나 결국 안정을 찾겠지만, 인간은 그렇게 간단하게 해결할 수 없다. 육체적인 힘겨루기로 결판을 내는 방법은 기본적으로 허용되지 않으므로 어떤 집단에서는 리더 기질이 있는 사람 두세 명이 서로 갈등을 벌이고, 어떤 집단에는 리더 기질이 있는 사람이 한 명도 없는 사태가 종종 발생한다. 동아리에 리더 자질을 갖춘 동기가 두 명이나 있었다는 건 우리에게는 분명 행운이었지만, 본인들은 과연 어땠을까?

말다툼은 그칠 줄 모르고 계속됐다. 적당히 좀 하라는 생각이 들었을 때 마루모 씨가 충격적인 말을 꺼냈다.

"틀림없이 자살이 아니고 타살이야. 그리고 현재 이 저택은 외부로부터 고립된 상태니까 마리코를 죽인 범인은 우리 가운데 한 명인 셈이지."

확실히 그렇다. 나를 포함해 이 자리에 있는 모두가 한순간 몸이 뻣뻣하게 굳었다.

"당연히 다들 두 번째 시체로 발견되기는 싫지? 그렇다면 범인이 추리를 잘못된 방향으로 유도하거나, 증거를 인멸하거나, 다음 범행을 저지르기 위한 준비를 하고 싶어도 못 하도록 누군가 리더십을 발휘해서 지휘해야 하고, 다른 사람들은 리더의 지시에 따라 움직일 필요가 있어."

마루모 씨가 그렇게 말하고 우리를 슥 훑어보았다. 눈이 마주쳐서 나도 모르게 고개를 살짝 끄덕였다.

다이라 씨 혼자 그 의견에 반박했다.

"백번 양보해서 탐정 역할이랄까 리더십을 발휘할 사람이 필요하다는 건 인정한다고 쳐도, 도대체 누가 그 역할을 너한테 부탁한대!"

다이라 씨와 마루모 씨는 그후로도 잠시 말다툼을 계속했지만, 나는 마음을 다른 곳에 놓아두고 온 것 같은 상태로 제자리에 우두커니 서 있었다. 눈은 보이고 귀도 들리는데 외부의 감각 정보가 전혀 받아들여지지 않는 듯한 느낌이었다.

충격이 잦아들어 뇌가 드디어 상황을 인식했는지 새삼스레 등골이 오싹했다. 멤버들 가운데 제일 먼저 별장에 온 사람은 나다. 어제 도착해서 하룻밤을 묵었다. 그리고 어제는 마리코와 밤늦게까지 남자와 일에 관한 이야기를 나누었다. 그런데 마리코가 살해당하다니!

내가 정신을 차린 것과 거의 동시에 마루모 씨가 결정적인 말을 입에 담았다.

"애먼 사람 잡지 마. 마리코를 죽인 거 너 아니야?"

다이라 씨의 안색이 확 변했다. 큰일이다. 다이라 씨는 남자답고 의지가 되는 사람이지만 결점이 딱 하나 있다.

성격이 불같다.

"뭐라고? 다시 말해봐!"

아니나 다를까 다이라 씨가 언성을 높여서 나는 무심결에 눈을 감았다.

덧붙여 방금 전 동물행동학자의 책에는 이런 내용도 있었다.

스무 마리당 한 마리의 비율로 지도자 자질을 갖추고 태어난 희소한 개체가 불우하게도 무슨 외적 요인 때문에 오랫동안 리더십을 마음대로 발휘할 수 없는 상황에 처하면 과연 어떻게 될까.

리더 자질을 교정하여 얌전하게 리더의 뒤를 따르는 개체가 될까.

물론 개체에 따라 다르겠지만, 지성이 높은 동물일수록 그렇게 되지 않는 경향이 높다고 한다.

학교의 같은 학년에 인기를 반씩 나누어 가진 리더십 뛰어난 학생이 두 명 있다고 치자. 둘 다 용모가 수려하고 운동도 만능인데다 성적도 번갈아 1등을 차지할 만큼 우수하며, 서로를 강력한 경쟁자로 의식한다고 쳐보자.

만화에서 흔히 볼 수 있는 설정이다. 만약 만화라면 두 사람이 대립을 계속하면서도 어느 틈엔가 깊은 우정을 쌓아 투수와 포수로 짝꿍을 이루고, 내가 맞네 네가 틀리네 하다가도 위기에 처했을 때는 서로 힘을 합쳐서 우여곡절 끝에 전국 고교 야구 대회에서 우승을 차지하겠지만, 물론 현실은 만화와 다르다. 두 영웅은 나란히 설 수 없다에 덧붙여 닭의 볏이 될지언정 소꼬리는 되지 말라는 옛말도 있을 정도이므로, 가령 둘 중 한 명이 학생회장이 되면 다른 한 명은 거의 저절로 비주류파 리더가 되는 것이 보통이다. 적어도 얌전하게 부회장

자리에 만족하는 경우는 없다.

학교에서 이런다면 총학생회에서 분규가 일어나거나, 학교 행사를 한두 가지 망치는 정도에 그칠 것이다.

하지만 실제 사회에서는 어떨까?

그렇다, 그런 사람은 서슴지 않고 반사회적인 행동에 나설 확률이 보통 사람보다 높다고 한다. 반사회적 범죄자 가운데 깜짝 놀랄 만큼 학력이 높고, 사회의 상층부에 속하는 사람이 존재한다는 것이 그 증거다.

나는 벌겋게 달아오른 얼굴로 흥분하여 소리치는 다이라 씨의 옆얼굴을 살그머니 훔쳐보았다.

다이라 씨가 위층에 올라간 후 우리를 부르는 목소리가 들릴 때까지 걸린 시간이 부자연스럽게 길다고 아까 마루모 씨가 지적했다. 정신을 딴데 둔 것 같은 상태였지만 그 말만은 똑똑히 들었다.

내가 보기에 다이라 씨는 그 지적을 받고서 납득이 가는 설명을 하지 못했다. 해명은 했고 마루모 씨 범인설까지 주장했지만, 궁여지책이라는 감을 지울 수 없다. 아무래도 확실히 뭔가 감추고 있기는 한 모양이다.

설마, 설마, 다이라 씨가 마리코를?

“오오오옷! 이럴, 이럴, 이럴 수가! 방금 전에 미사와 씨가 사야카 범인설을 주장하시자마자 사야카 본인이 이번 장의 시점 인물로 등장했습니다. 마치 미사와 씨의 해답을 곁에서 듣고 있다가 심술을 부리기라도 한 것 같군요. 하하, 하하하하.”

“시점 인물이 재깍재깍 바뀌네요.”

“게다가 같은 장면을 여러 시점으로 그려냅니다.”

“같은 장면이라도 시점이 바뀌면 경치랄까, 사태를 보는 관점이 이러엏게나 바뀌는군요!”

“아쿠타가와 류노스케의 「덤불 속」이 떠오릅니다. 그 작품은 본래 단 하나뿐일 진실이 화자에 따라 가지각색으로 변하는 모습을 보여주며 ‘현실’과 ‘진실’이라 불리는 개념이 얼마나 위태로운지를 그려낸 걸작이죠.

이 「덤불 속」을 거장 구로사와 아키라가 1950년에 영화화하여 베네치아 국제 영화제에서 그랑프리에 해당하는 금사자상을 수상했습니다. 그리고 1982년에 베네치아 국제 영화제 50주년을 기념하는 행사의 일환으로 역대 그랑프리 작품 중에서 우수 작품을 선발했을 때도 멋지게 당선되어 구로사와 아키라는 명예 금사자상을 받았죠. 어째서인지 영화 제목은 아쿠타가와 류노스케의 다른 단편 제목인 「라쇼몽」을 빌려왔습니다만, 이 작품이 그후로 세계의 픽션에 미친 영향은 적지 않다고 생각합니다.

왜냐하면 현대문학에서 딱 이맘때쯤, 즉 20세기 중엽부터 '믿을 수 없는 화자'라는 개념이 시민권을 얻음으로써 화자가 말하는 내용이 반드시 사실이라는 보장은 없다며 화자의 절대적인 권위를 의심하는 흐름이 단숨에 강해졌기 때문입니다. 이 용어는 1961년에 미국 문예평론가 웨인 부스가 자신의 저서 『소설의 수사학』에서 처음으로 사용했다고 하는데요, 믿을 수 없는 화자가 최초로 등장한 작품은 무엇인가에 관해서는 학자들도 의견이 분분합니다.

아무튼 1922년에 발표된 「덤불 속」에서 화자 중 한 명이 진실을 말했다면, 나머지 화자는 모두 거짓말을, 적어도 진실을 크게 각색한 이야기를 한 셈이므로 이 작품은 '믿을 수 없는 여러 명의 화자'라는 기법을 사용한 선구자적인 작품의 예에 속한다고 볼 수 있겠습니다. 그때까지 소설 독자는 작품에 적힌 내용을 곧이곧대로 받아들일 수밖에 없었습니다만, 이렇듯 시점의 수만큼 진실이 있다고 호소하는 작품이 등장함으로써 텍스트를 철석같이 믿는 단순한 독서법으로는 작품 깊은 곳에 숨은 진실에 도달할 수 없다, 오히려 때로는 화자 혹은 작가가 구태여 말하지 않는 내용, 입다물고 있는 내용

속에서 진실을 찾아낼 필요가 있다는 쪽으로 사고방식이 바뀌어갑니다.

언어와 번역의 장벽 탓도 있어서 아쿠타가와 류노스케의 소설은 발표된 후 바로 전 세계에서 베스트셀러에 오르지는 못했습니다만, 거장 구로사와 아키라의 영화는 저명한 상을 받은 덕분에 전 세계의 스크린에 걸렸습니다. 이런 점이 영상의 특권이겠죠. 저는 몽상을 한번 해봅니다. 만약 아쿠타가와 류노스케와 구로사와 아키라의 명작이 없었다면, 1962년에 발표된 블라디미르 나보코프의 『창백한 불꽃』과 1989년에 발표된 가즈오 이시구로의 『남아 있는 나날』 등 '믿을 수 없는 화자' 기법을 사용해 20세기 후반의 세계문학을 빛나는 별같이 장식한 걸작들은 어쩌면 아직 탄생하지 못하지 않았을까, 적어도 지금 같은 형태로는 존재하지 않는 것 아닐까 하고요.

그나저나 이 기법 말인데요. 당연히 순문학뿐만 아니라 미스터리와도 굉장히 밀접합니다. 미스터리에는 다중 해결물이라는 장르가 있는데, 이건 당연히 시점의 수만큼 진실이 있다는 사고방식과 궁합이 잘 맞아요. 미스터리 소설 중에서 다중 해결물의 걸작으로 일컬어지는 앤서니 버클리의 『독 초콜릿 사건』은 아쿠타가와 류노스케의 작품보다 칠 년 뒤처져 1929년에 발표됐는데요. 혹시 앤서니 버클리가 무슨 방법을 써서 아쿠타가와 류노스케의 작품을 읽었다는 사실이 밝혀진다면 재미있을 텐데, 아직까지 그런 사실은 밝혀지지 않은 모양입니다. 그런데 보조 진행자 레이카 양은 아쿠타가와 류노스케의 작품을 읽은 적이 있나요?"

"어, 레이카는 잘 몰라요. 그나저나 아쿠타가와 류노스케가 누군데요오?"

가바야마 모모타로의 입이 떡 벌어졌다.

"지, 지금 제 이야기 안 들었어요? 자, 작가입니다……."

"유명한 작가님인가요오?"

"유명하다마다요."

"흐음, 그럼 그분은 최소한 아쿠타가와상 정도는 타셨겠네요오?"

"어, 아무래도 레이카 양에게 이야기를 돌린 제가 멍청했던 것 같습니다. 자, 문제로 돌아가겠습니다. 사야카도 시점 인물이라면 미사와 씨께는 죄송합니다만, 사야카 역시 범인이 아니겠군요. 미사와 씨 본인이 본격 미스터리에서는 지문에서 거짓말을 하는 걸 허용하지 않으므로 시점 인물은 범인이 될 수 없다고 말씀하셨으니까요. 만약 사야카가 범인이라면 마리코가 죽었다는 사실을 알고 슬픔에 잠기는 이 장의 독백 전체가 새빨간 거짓말이라는 뜻입니다. 아까 미사와 씨가 조금만 더 신중하게 해답을 내놓았으면 좋았을 거라고 니타니 씨를 평하셨는데, 그 말씀이 부메랑처럼 돌아와서 본인한테 콱

박혔네요. 크크크크."

"이봐, 진행자!"

"예? 어, 저기 살짝 붉어진 얼굴로 손을 드신 분이 계십니다. 해답 램프에는 불이 안 들어왔는데요……. 음, 욧카이치 씨죠? 기본적으로 해답 말고 다른 발언은 받아들이지 않습니다만, 무슨 일이신지요?"

욧카이치는 약간 뚱뚱하고 이마가 벗어지기 시작한 남자였다.

"아직 그렇게 단정하기는 이를 텐데!"

"예?"

"그러니까 사야카가 시점 인물이라고 해서 범인이 아니라고 단언할 수는 없다는 말이야!"

"허어, 어째서죠?"

"만약 사야카가 다중 인격자라면 이 장면의 서술에도 모순은 없으니까. 자신의 부인격이 마리코를 죽였다는 사실을 모르는 사야카의 주인격이 이제야 마리코가 죽었음을 알고 슬픔에 잠기는 장면이라고 해석할 수 있잖아!"

"아아, 그렇군요. 뭐, 확실히 그렇기는 합니다만 다중 인격 트릭은 아까 미사와 씨가 철저하게 박살을 내셨는데……."

"출제자가 안이한 트릭으로 기념비적인 10회 방송을 망칠 리 없다고 한 거 말이야? 하하하. 언뜻 듣기에는 그럴듯한 소리지만 논리적으로 따져보면 구멍투성이지. 분명 올해는 10회 방송이지만, 그렇다고 해서 이번에도 과거와 같은 수준의 문제를 준비했으리라는 보증은 어디에도 없어. 반대로 소재가 떨어져서 수준이 낮아졌을지도 모르지. 무엇보다 올해 문제 출제자가 지난해까지의 출제자와 동일 인물이라는 보장도 없잖아. 출제자가 누군지 알고 싶어서 녹화해둔 방송의 엔드 크레디트를 몇 번이나 돌려서 본 적이 있는데, 어디에도 이름이 없더군. 올해부터 출제자가 변경됐다 한들 누가 알겠어?"

"그건 확실히 그렇습니다. 그럼 이야기를 되돌리겠습니다만, 욧카이치 씨는 다중 인격자 사야카 범인설을 주장하시는 거죠?"

"응, 그렇지. 근거를 말할까?"

"부탁드립니다. 근거를 말씀해주시지 않으면 설령 정답을 맞히셨다 해도 어림짐작이었다고 판단하여 상금을 지급하지 않으니까요."

"첫 번째 근거는 사부로가 왔을 때 사야카가 취한 태도야. 사부로는 사야카의 태도가 여느 때와 다르다는 걸 뼈저리게 느꼈잖아. 그래, 실은 그때 사야카의 내면에서 인격이 전환된 거야. 그리고 전환되어 표면에 나타난 인격은 소심하고 낯을 가리는데다, 사부로와 안면이 없었어. 그러니까 그 장면에서 사야카는 사부로를 의도적으로 무시한 게 아니라 모르는 사람이니까 굳이 눈을 맞추려 하지 않은 거야."

"그렇군요! 그건 맹점이었습니다. 확실히 방금 전 독백을 읽어보면 사야카는 결코 사부로를 싫어하고 꺼리는 게 아니라, '남자답고 의지가 되는 사람'이라고 오히려 긍정적으로 평가했죠. 그런 사야카가 초반부 장면에서는 사부로한테 묘하게 쌀쌀맞게 굴어서 조금 이상하다 싶었는데, 다른 인격이 그랬다고 하면 납득이 갑니다!"

"바로 그거야. 덧붙여 방금 전 장면에서 사야카가 마리코의 시체를 앞에 두고 이따금 의식과 감각이 멀어지는 모습이 묘사됐어. 처음에 분타와 사부로가 나눈 대화도 제대로 귀에 들어오지 않았지. 그래서 바닥을 볼 때까지 마리코의 시체가 있는 줄 몰랐어. 그후에 벌어진 사부로와 마루모의 말다툼도 들은 부분과 못 들은 부분이 있지."

"아아, 분명 사야카는 방금 전 장면에서 가끔 멍해졌죠. 자각이 있는지 본인도 '외부의 감각 정보가 전혀 받아들여지지 않는 듯한 느낌이었다'라고 생각하긴 하지만, 사부로와 마루모의 대화가 생략된 건 문장을 생략한 것뿐 아닐까요? 아무리 그래도 완전히 똑같은 대화를 두 번 쓸 수는 없지 않겠습니까?"

"그런 인상을 심어주고 싶은 의식의 단절을 보여주는 기법이지. 사실 이 대목은 사야카의 내면에서 부인격이 주인격을 밀어내고 표면으로 나오려고 싸움을 벌이는 장면이야. 이게 두 번째 근거."

"그렇군요. 듣고 보니 그렇다는 기분이 듭니다……."

"그렇다는 기분이 드는 게 아니라, 그런 거야!"

"그나저나 이치노세 씨 말을 따라 하는 건 아닙니다만, 확실히 미스터리에 다중 인격이라는 요소를 집어넣으면 짜증스럽기는 짜증스럽군요. 가령 다중 인격 트릭이 사용되었다고 쳐도 사부로와 사야카, 둘 중 누가 다중 인격자인지 독자 입장에서 추리하기는 거의 불가능하니까요."

"하하하. 굳이 그런 문제에 도전하는 게 우리들 미스터리 마니아지. 사부로가 다중 인격자가 아닌 건 분명한 사실이야."

"예? 하지만 독자가 그 사실을 증명하기는, 그야말로 악마의 증명처럼 거의 불가능하지 않을까요? 욧카이치 씨는 증명할 수 있다는 말씀이신지요?"

"그렇지. 내 추리의 본론에서는 벗어나지만, 해볼까?"

"꼭 부탁드립니다."

"좋아, 사부로가 깜빡 잠들었다가 깨어났을 때의 서술을 잘 생각해봐. 사부로가 입은 빈티지 데님 바지는 많이 말랐지만, 대신에 침대 시트가 축축해졌지. 만약 사부로가 다중 인격자고 이치노세 씨가 추리한 것처럼 인격이 전환되어 범행을 저질렀다면, 데님 바지는 본인이 돌아다니는 사이에 마른 셈이니까 시트는 보송보송할 거야. 적어도 '축축하게' 젖지는 않겠지."

"과연!"

"하나 더. 비를 맞아 흠뻑 젖은 사부로는 잠든 사이에 여름 감기에라도 걸렸는지 재채기를 했어. 이건 생리적 현상이니까 자신의 의지로 억제하기는 힘들지. 그러니까 만약 사부로의 주인격이 잠든 사이에 부인격이 위층에서 살인을 저질렀더라도 재채기를 반드시 한두 번은 했을 거야. 그럼 시체가 발견된 후에 그러고 보니 아까 위층에서 누가 재채기하는 소리를 들었다는 사람이 반드시 나와야 마땅하다고. 그런데 그렇게 말한 사람은 아무도 없었어. 따라서 사부로는 무고해."

"오오! 조금 억지 같다는 기분도 듭니다만, 이 역시 그럴듯합니다! 그럼 사부로는 다중 인격자가 아니라고 치고, 그는 사야카가 다중 인격자라는 사실도 모릅니까?"

"물론 모르지. 그래서 사부로가 초반에 라운지에서 사야카한테 완전히 무시당했다고 믿고서 충격을 받은 거잖아. 사부로가 사야카에게 어떤 마음을 품었는지 서술하는 심리묘사에 힌트가 숨겨져 있다고 미사와 씨가 그랬지. 아주 통찰력이 뛰어났지만 그 사람은 잘못된 방법으로 힌트를 해석했어."

"그럼 나선계단 입구가 라운지에서 훤히 보인다는 점은 어떤가요? 아까 미사와 씨는 그 점을 하나의 근거로 삼아 아무도 모르게 저택에 와서 아무도 모르게 저택을 빠져나가기는 불가능하다며 마루모 범인설을 부정하셨는데요. 실은 그 설명을 들으며 마루모뿐만 아니라 모두가 같은 이유로 범행을 저지르기에는 위험성이 높겠다는 생각이 들었습니다. 사야카도 예외는 아니겠죠. 이 점은 어떻게 생각하십니까?"

"확실히 마루모 범인설은 성립하기가 힘들겠지. 사람들이 마루모가 아직 저택에 도착하지 않은 줄 알고 있는 상황인데, 저택 안에서 마루모의 모습이 조금이라도 눈에 띄면 단박에 아웃이니까. 하지만 이미 저택에 도착한 사람이라면 사정은 완전히 달라져. 예를 들어 처음부터 3층 방을 얻은 경우. 라운지에 있는 사람은 자기 방에 잠깐 뭔가 가지러 가는 척하며 범행을 저지르고 아무렇지도 않은 얼굴로 돌아올 수 있잖아."

"하지만 사야카의 방이 3층이라고는 어디에도 적혀 있지 않은데요."

"그야 그렇지. 그걸 써놓으면 누구라도 짐작할 테니까. 그래서 일부러 방을 어떻게 배치했는지도 써놓지 않은 거야. 보통 이런 유의 클로즈드 서클물에서는 제일 처음에 전원의 방 배치를 알려주는 서술이나 평면도가 나오는 법이지. 이번에는 왜 그게 없는지 의심해서 출제자의 속내를 읽어냈어야 해.

이걸 세 번째 근거로 들어둘까."

"음. 평면도가 없는 이유까지 '읽는다'는 말씀이십니까. 대단하십니다. 그럼 현장에서 사부로가 '손을 잠깐 움직인' 건요?"

"그건 미사와 씨 의견에 동의해. 바닥에는 사야카가 범인임을 나타내는 증거가 남아 있었어. 사부로는 그걸 인멸하고 나서 사람들을 부른 거야."

"알겠습니다. 그럼 그게 욧카이치 씨의 해답이라고 보면 되겠습니까?"

"아, 응. 나도 모르게 그만 말하고 말았네. 실은 아직 해답을 내놓을 생각이 아니었는데."

"정식으로 해답을 말씀하셨다고 받아들여도 되겠습니까?"

"그게, 아까부터 마음에 걸리는 게 있어서 말이야. 난 물론 처음부터 일관되게 사야카 범인설을 마음에 품고 있었지만, 아까 미사와 씨가 한발 먼저 사야카 범인설을 해답으로 내놨잖아. 내가 보기에는 전혀 가당치도 않은 답변이지만, 결과적으로 미사와 씨와 나는 같은 인물을 범인으로 지목한 셈이야. 그렇다면 내가 지금 다시 사야카 범인설을 주장해서 그게 정답이었다고 해도, 한끗 차이로 이십억 엔은 미사와 씨한테 돌아가는 건가? 그렇다면 불합리하다는 생각에 일부러 해답 버튼을 누르지 않고 말한 거야."

"아아, 그렇군요, 그렇군요. 확실히 중요한 문제입니다. 걱정하시는 마음은 충분히 이해가 갑니다. 어, 잠깐만 기다려주십시오."

진행자가 오른쪽 귀를 손바닥으로 눌렀다. 그리고 진지한 표정으로 두세 번 고개를 끄덕였다.

"지금 연출자의 지시가 제 이어 모니터로 들어왔는데요. 미사와 씨와 욧카이치 씨의 해답은 별개로 취급하겠답니다! 두 분이 지목하신 범인은 동일하지만, 범인에 도달하신 과정이 전혀 다르기 때문입니다. 덧붙여 미사와 씨는 단순히 사야카 범인설을 내놓으셨지만, 욧카이치 씨는 다중 인격자 사야카 범인설을 말씀하셨죠. 즉, 속성이 다르다는 뜻입니다. 따라서 지금 말씀하신 답변이 정답이라면 욧카이치 씨는 논란의 여지없이 혼자 이십억 엔의 권리를 획득하시게 됩니다!"

"아자!"

"아니, 그러니까 만약 정답이라면 말씀이죠."

"하하하. 당연히 정답이고말고. 틀렸다면 연출자가 일부러 그런 통지를 할 리가 없잖아.

"아아. 역시 그것도 '읽기'의 대상인 거로군요……."

"당연하지. 방송의 흐름, 연출자의 안색, 전부 추리의 단서라고!"

"흠, 과연 미스터리 오타쿠 대회답습니다. 지금까지의 대회와는 느낌이 완전히 다르네요! 예, 지금 다중 인격자 사야카 범인설이 욧카이치 씨의 정식 해답으로 등록됐습니다! 그럼 여기서 잠깐 쉬어가겠습니다! 민영방송이니 양해해주시기 바랍니다!”

†

화면이 광고로 바뀌었다. 스타일리스트가 달려와서 가바야마 모모타로와 몬테레오네 레이카의 살짝 흐트러진 머리를 다듬었다. 가바야마 모모타로는 매니저가 내민 목캔디를 한 번에 세 개나 입에 넣고 잠깐 우물거리다가 바로 퉤 뱉었다.

아까 몬테레오네 레이카의 꽃다발을 빼앗아 간, 운동화를 신고 머리를 뒤로 질끈 묶은 여자 조연출이 진행 멘트가 적힌 종이를 늦게 넘긴다고 무대감독에게 혼났다. 조연출은 앞으로 잘하겠다면서 몇 번이고 고개를 숙였다.

무대감독이 가고 나자 조연출은 입술을 깨물고 스튜디오 천장을 쳐다보았다.

†

이런 일이 언제까지고 용납되어서는 안 된다.

그래서 나는 단단히 결심하고 행동에 나섰다.

만약 내가 무슨 행동에 나섰는지 들통나면 목숨마저 위험하겠지.

하지만 이미 각오했다.

그리고 이제 와서 무를 수도 없다.

신이여 부탁드립니다. 부디 일이 잘 풀리게 도와주소서.

6

나는 마루모의 의견에 정면으로 반박하고 나섰지만, 그렇다고 진짜로 마루모를 범인으로 여긴 것은 아니다. 다만 녀석이 자신만은 절대로 범인이 아니라고 호언장담하기에 절대라는 말은 누구도 그렇게 쉽게 갖다 붙일 수 있는 게 아니라는 것을 지적해주고 싶었을 뿐이다. 마루모 범인설이 구차한 주장임을 나도 머리로는 알고 있었다.

하지만 마루모 이 망할 놈이 잠시 후에 입술을 비죽여 씩 웃으며 네가 마리코를 죽인 것 아니냐고 해서 나도 머리끝까지 화가 났다. 내 말에 반격하고자 그랬다고 해도 그냥 흘려 넘길 수는 없는 말이었다.

"뭐라고? 다시 말해봐!"

마루모는 밉살스러울 만큼 침착한 표정으로 대응했다.

"제일 수상한 점은 네가 나선계단을 올라가고 나서 우리를 부를 때까지 걸린 시간이 부자연스럽게 길었다는 거야. 4층에는 마리코 방밖에 없는데 말이지. 시체를 발견하고 우리를 부를 때까지 도대체 여기서 뭘 한 거야?"

"난 바로 너희를 불렀어!"

"아니, 시간적인 간격이 있었어. 부자연스럽게 긴 간격이 말이야."

마루모가 여유작작한 표정으로 그렇게 말하고 모두를 둘러보았다. 사야카가 고개를 살짝 끄덕인 것처럼 보여서 나는 다시 화가 치솟았다.

그러고 보니 아까도 마루모의 말에 사야카가 제일 먼저 대답했다. 나 보라고 그러는 건가? 내가 라운지에서 말을 걸었을 때는 콧방귀도 뀌지 않았으면서.

"그야 문을 두드리고 잠시 대답을 기다렸으니까 그렇지."

"성격이 불같은 네가 과연 문 앞에서 오륙 분이나 잠자코 서 있었을까? 기다린대도 기껏해야 일이 분이겠지. 문은 잠겨 있지 않았으니까 여느라 애를 먹은 것도 아니야."

젠장. 이러려고 아까 문이 잠겨 있지 않았다는 대답을 내 입에서 끌어낸 거구나.

"무, 무참하게 살해당한 친구를 발견했잖아! 너무 놀라서 잠깐 멍하니 있었던 게 그렇게 이상한 일이야?"

나는 당장이라도 마루모의 멱살을 잡고 한 방 먹이고 싶은 기분을 꾹꾹 눌러 참고서 반박했다. 폭력은 안 된다. 안 된다기보다 만약 여기서 마루모를 때리기라도 하면 사태가 호전되기는커녕 더 악화될 것이다. 범인이라는 사실을 정확하게 지적당하는 바람에 욱하여 무심결에 손찌검을 했다. 다들 그렇게 받아들일 게 뻔하다.

"잠깐 멍하니 있었단 말이지. 뭐, 그 정도가 순간적으로 꺼낼 수 있는 변명 아니겠냐. 하지만 과연 진상은 어떨까."

마루모는 여전히 여유작작한 표정으로 나를 쳐다보았다. 나는 다시 입을 열었다.

"백 번 양보해서, 아니 만 번 양보해서 내가 너희를 부르는데 시간이 좀 걸렸다 치더라도 방금 네 입으로 말한 이유 때문에 나는 범인이 아니야."

"방금 내 입으로 말한 이유?"

마루모가 유들유들하게 고개를 갸웃하는 모습을 보고 내 눈을 의심했다. 뭐야, 이 자식. 방금 자기가 한 말을 그새 잊어버렸나? 아니면 일부러 잊어버린 척하는 건가?

"마리코의 체온 말이야. 아까 마리코가 죽은 지 적어도 한 시간 가까이 지났을 거라고 네가 그랬잖아. 만약 내가 범인이고, 방금 전에 마리코를 죽인 후 너희를 불렀다면 아직 몸이 따뜻할 텐데."

하지만 마루모는 얄미울 만큼 냉정한 표정으로 대답했다.

"무슨 소리를 하나 했더니만……. 확실히 네가 방금 전에 마리코를 죽였다면 마리코의 체온 저하는 설명이 되지 않지. 하지만 잘 들어. 난 그런 소리는 한마디도 한 적 없어. 넌 마리코를 미리 죽인 후, 적당한 시기를 노려서 첫 번째 발견자가 되기 위해 계단을 올라간 거야.

하지만 막상 소리를 치려고 한 바로 그 순간에 치명적인 실수를 했다는 걸 알아차렸어. 그대로 놓아두면 네가 범인이라는 사실이 백일하에 드러날 뭔가가 남아 있었던 거지. 그래서 넌 허둥지둥 증거를 인멸하고 나서야 소리를 질렀어. 그래서 기묘할 만큼 시간이 오래 걸렸지. 이게 내가 하고 싶은 말이야."

"그, 그럼 도대체 그 증거가 뭔데? 마, 말해봐. 증거인지 나발인지 있다면 그게 뭔지 말해보라고!"

나는 지체 없이 되받아쳤지만 마음이 급한 탓인지 말을 좀 더듬었다.

"그러니까 그걸 이제부터 조사해보자는 거 아니냐. 뭐, 마리코가 죽어가면서 남긴 일종의 다잉 메시지일 가능성이 제일 높겠지. 넌 그걸 보고 서둘러 없앤 거야."

"함부로 남을 의심하지 마!"

"의심하는 김에 하나 더 말할게. 너, 최근에 누구한테 차인 모양이더라? 매일같이 홧술을 마신다는 소문을 들었어."

"뭐라고? 그거랑 이거랑 도대체 무슨 상관인데!"

"혹시 마리코가 그 상대 아니었어? 오늘 마리코한테 한 번 더 애원해봤는데, 마리코가 매몰차게 거부하자 불끈 화가 나서 죽였다는 추론도 충분히 성립해."

너무 뚱딴지같은 소리라서 어이가 없었다. 분명 나와 마리코는 일찍이 사귀는 사이였다. 하지만 한참도 전에 마무리를 지었고, 지금은 아무런 감정도 남아 있지 않은데.

하기야 마루모가 이런 이야기를 꺼냈다는 것은 나와 마리코의 관계가 비밀리에 시작되어 비밀리에 끝났다는 증거이기도 하다.

즉, 이 녀석은 뭐든지 다 아는 척하지만 실은 아무것도 모르는 셈이다. 나는 그렇게 생각함으로써 어떻게든 정신의 안정을 되찾고자 했다. 화가 치밀어서 엉뚱한 소리를 했다가는 본전도 못 찾는다.

하지만 흥분을 가라앉히며 마리코의 시체를 내려다본 순간, 위팔에 소름이 쫙 돋았다.

뭔가 있다. 아까는 몰랐는데, 바닥에 늘어진 마리코의 오른손 가운뎃손가락과 약손가락 손톱 밑에 뭔가 있다.

나는 마루모의 곱지 못한 오는 말에 곱지 못한 가는 말로 응수하며 마리코의 오른손 손톱 밑을 넌지시 관찰했다. 양쪽 다 2.0인 시력이 이때만큼 믿음직한 적은 없었다.

그것이 무엇인지 알아차리고 또다시 가슴이 철렁했다.

립스틱이 묻어 있었다.

게다가 사야카가 평소 애용하는(오늘도 바른) 립스틱과 색깔이 똑같았다.

그렇다면 역시 사야카가?

나는 마리코의 오른손 끝에서 황급히 눈을 돌렸다. 마루모의 시선을 유도할까 봐서다.

아까 마루모가 맥을 짚은 건 왼손이었다. 지금 마루모는 허리를 구부려 마리코의 등에 박힌 칼의 자루를 관찰하고 있다. 과연 마루모는 오른손 손톱 밑에 립스틱이 묻어 있다는 걸 눈치챘을까?

그때였다. 아까부터 한마디도 없던 사야카가 느닷없이 옆에서 끼어들어 말했다.

"아무래도 그건 아닐 거야."

여유작작하던 마루모도 이번에는 허를 살짝 찔린 듯한 표정으로 상체를 일으켜 사야카 쪽으로 돌아섰다.

"왜?"

"최근에 다이라 씨를 찬 건 나거든. 만약 다이라 씨가 양다리를 걸칠 생각으로 마리코에게도 수작을 부렸다면 이야기는 별개지만."

사야카와 그 앞에서 어리벙벙한 표정을 짓고 있는 마루모를 동시에 바라보자 속이 조금 시원했다. 마루모 이 자식, 깜짝 놀랐나 보네. 뭐, 너야 해가 서쪽에서 떠도 사야카에게 사랑을 고백하는 재주는 못 부릴 테니.

그런데 그 직후에 사야카가 갑자기 인상을 찡그리며 울기 시작했으므로 나는 당황했다.

왜 그래, 사야카?

설마 자신이 저지른 짓이 후회스러워서 우는 거야?

역시 네가 범인이야?

"시점 인물이 다시 사부로로 바뀌었습니다!"

"자꾸자꾸 바뀌네요."

"마지막까지 이렇게 여러 시점에서 사건을 다른 각도로 그려내려는 걸까요?"

"기대가 되는군요."

"그리고 웬걸, 마리코의 손톱 밑에는 정말로 립스틱이 묻어 있었습니다!"

"니타니 씨 추리가 맞았네요. 깜짝 놀랐어요."

"자아, 자자, 이제 그만 자자가 아니라 기다리고 있었습니다! 다섯 번째 해답자입니다! 자, 고쇼가와라 씨, 범인은 누구입니까!"

고쇼가와라는 피부가 햇볕에 구릿빛으로 그을린 육체 노동자 느낌의 남자였다. 장롱 정도는 혼자서도 가뿐히 지고 나를 수 있을 만큼 등이 넓다. 가슴팍도 두껍다. 하지만 허리도 만만치 않게 굵다.

"음, 아직 백 퍼센트 자신이 있는 건 아니지만 맞으면 장땡이지, 맞으면."

"어, 그게 경우에 따라 다른데요. 여기는 어디까지나 추리 투기장이니까요. 결과만 좋으면 그만인 경마 예상과 달리 어느 정도는 납득이 가는 이유를 제시해주셔야 합니다."

"그런가. 으음, 그럼 어떻게 하나……."

"범인을 논리적으로 지목하신다면, 트릭 따위의 소소한 사항이 다소 애매하더라도 정답으로 받아들여줄 겁니다."

"음, 그럼 역시 해답을 말해야겠군! 남이 앞지르기라도 하면 닭 쫓던 개 지붕 쳐다보는 꼴이 될 테니."

"그럼요, 그럼요! 방송의 재미를 위해서도 착착 저, 아니 해답자가 나와주셨으면 합니다!"

"착착 저?"

"아니요, 무의식중에 말이 잘못 나왔습니다. 자, 말씀해주시죠."

"괜찮겠어?"

"물론입니다! 자, 마음놓고 답변해주시기 바랍니다!"

"아까 당신도 말했지만, 갈래머리 아가씨의 추리는 참으로 아쉬웠어. 시체의 손톱 밑에 립스틱이 묻어 있어서 범인은 여성으로 판명된다. 덧붙여 대화의 일부에 부자연스러운 부분이 있으므로 성별 오인 트릭이 사용됐다. 여기까지는 나도 의견이 완전히 같지만, 안타깝게도 성별 오인 트릭의 대상은 마루모가 아니야. 그 이후의 장에서도 마루모는 전혀 여성다운 모습을 보여주지 않잖아."

"확실히 그렇습니다! 여성 같기는커녕 점점 남성 같아지죠! 사부로는 마루모를 '놈'이라고 지칭했고, 사야카는 마루모의 목소리를 '굵직한 목소리'라고 표현했고요. 덧붙여 아까 사부로의 독백에 '당장이라도 마루모의 멱살을 잡고 한 방 먹이고 싶은 기분을 꾹꾹 눌러 참고서'라는 구절도 나왔습니다. 마루모가 여성이라면 보통은 이런 표현 자체를 쓰지 않을 것 같군요. 멱살을 잡은 시점에서 문제가 되니까요. 그렇다면 역시 마루모는 99퍼센트 남성이라고 봐도 되지 않을까요? 핫핫하.

니타니 씨, 다시 한번 아쉽다는 말씀을 드려야겠군요. 순진한 아가씨라 이것저것 가르치는 보람이 있을 것 같았는데 아깝습니다."

"이봐, 무슨 소릴 하는 거야?"

"아차, 죄송합니다. 내면의 목소리가 그만."

"독자의 눈에 띄지 않게 숨겨진 수수께끼의 여성 '아키'가 범인이라는 것까지는 좋았는데 말이야. 하지만 그 아가씨는 가장 중요한 부분을 헛짚었어."

"그럼 고쇼가와라 씨는 누구를 범인이라고 생각하십니까?"

"말해도 되는 거지?"

"되고말고요. 자, 어서."

"흐흥, 범인은 히데야."

"히데! 아아, 처음에 사부로를 맞이하러 나간…… 어, 하지만 고쇼가와라 씨, 방금 여성이 범인이라고 하지 않으셨던가요?"

"그래. 이 사람은 여성이야."

"하지만 이름이 히데인 여성이 있을까요?"

"머리가 그렇게 안 돌아가나? 이번 문제에는 처음부터 줄곧 친구들끼리 이야기를 나누는 장면만 나오니까 본명이 아니더라도 전혀 상관없어. 애칭일 수도 있고, 별명일지도 모르지."

"아, 그런가. 그도 그렇기는 합니다. 하지만 히데가 여성이라는 근거는 있을까요?"

"히데는 눈치가 아주 빠르잖아? 초반부터 사부로와 사야카 사이에 미묘한 공기가 흐르는 걸 느끼고서 여러모로 마음을 써줘. 정말로 마음 써주는 게 맞는지 확실치 않다 치더라도 사부로가 그렇게 느끼는 것으로 보아 평소 그런 배려심이 있는 사람으로 여겨진다는 뜻이야. 딱히 남성은 눈치가 부족하다고 말할 생각은 없지만, 연애와 관련한 이러한 배려심은 여성 특유의 감성이지. 이게 첫 번째 근거야. 남자는 배가 고픈 사람은 없는지, 따분해하는 사람은 없는지, 그런 데는 마음을 쓰지만 남의 연애 감정을 눈치채고 세심하게 마음 써주는 데는 약해. 그렇다기보다 기본적으로 그다지 마음 쓰질 않지. 다른 사람들보다 나이가 좀 많은데도 존댓말 쓰는 걸 싫어해서 반말로 이야기를 나눈다는 게 두 번째 근거야. 만약 히데가 남성이라면 아무리 본인이 원해도 주변 사람들이 거리낌을 느껴서 어지간해서는 반말을 못 쓰겠지. 아, 이건 남녀 간에 우열이 있다는 게 아니라, 사회적 인습이 참으로 뿌리 깊다는 뜻으로 한 이야기니까 오해하지 마."

"아하, 세세한 곳까지 신경을 써주시는군요. 계속하시죠!"

"실은 문제 첫머리부터 계속 의문스러웠어. 동인녀 취향의 BL물도 아니고, 과연 남자가 남자한테 현관 앞에서 목욕 수건을 건네줄까? 이때 히데는 별장에 도착한 사부로에게 우산이 없는 걸 창문으로 보고서 재빨리 리넨실에 들렀다가 사부로를 맞이하러 나간 셈인데, 이건 역시 여성 특유의 행동 아니겠어? 이게 세 번째 근거야."

"그렇군요. 히데가 사부로를 맞이하는 초반부 장면은 얼핏 보기에는 별것 아니게 느껴지지만, 읽는 사람의 시각에 따라 숨겨진 의미를 찾아낼 수도 있는 거로군요."

"그런 셈이지. 그리고 현관에 서서 셔츠와 양말을 갈아입은 사부로가 실은 바지를 제일 갈아입고 싶은데 여벌 바지를 가지고 오지 않아서 아쉬워하는 장면 있지?"

"예. 가지고 오지 않은 걸 후회하죠."

"만약 히데가 남자라면 빌릴 수 있을지 없을지는 일단 제쳐두고 이 장면에서 사부로가 갈아입을 바지 없느냐고 히데에게 묻지 않겠어? 나도 현장에서 일하다 보면 작업복이 젖을 때가 있는데, 특히 흠뻑 젖은 바지를 계속 입고 있어야 할 때는 엄청 스트레스 받거든."

"하지만 사이즈가 안 맞는다는 걸 알고 있다면 안 물어보지 않을까요?"

"밑져야 본전이니 물어볼걸. 어쩌면 프리사이즈 청바지를 가지고 있을지도 모르니까."

"남의 옷을 빌려 입는 데 거부감을 느꼈다거나?"

"그 거부감이야말로 진실을 꿰뚫어 보는 힌트야. 이 장면에서 사부로가 갈아입을 바지 없느냐고 물어보지 않은 건 바로 히데가 여성이기 때문이지. 이 세상은 불공평하게 생겨먹어서 여성이 큼지막한 남자 와이셔츠를 낙낙하게 입고 다니면 세련미가 있다고 평가하지만, 남자가 여자 옷을 입으면 성적 취향이 특이하다고 간주해. 하물며 이 장면에서 갈아입고 싶은 옷은 아랫도리야. 설마하니 치마를 빌릴 수는 없으니까 사부로는 히데에게 아무것도 묻지 않은 거야. 사부로는 남자다움에 꽤나 연연하는 인간으로 보이니까 더 그렇겠지. 이게 네 번째 근거야."

"그렇군요!"

가바야마 모모타로가 눈을 반짝였다.

"그뿐만이 아니야. 더 중대한 힌트가 사야카의 독백에 숨겨져 있어."

"예?"

"잘 들어. 사야카는 다이라 씨, 마루모 씨, 하고 남성은 전부 씨를 붙여서 부르는데, 히데에게는 씨를 붙이지 않았어. 이건 동성이기 때문이겠지."

"어? 그랬나요?"

"그럼. 시체를 발견한 장면에서 '뒤에 있던 英가 미처 멈추지 못하고 내 등에 탁 부딪혔다'라고 나와. 그리고 피해자인 마리코도 경칭을 붙이지 않고 부르지. 이게 다섯 번째 근거야."

"오오오! 확실히!"

"호칭뿐만이 아니야. 이 장면에서 만약 히데가 남성인데 느닷없이 뒤에서 탁 부딪혔다면 사야카는 다소나마 기분이 상해야 마땅하겠지? 하지만 사야카는 전혀 신경쓰는 낌새가 없어. 그 직후에 마리코의 시체를 보았으니 그럴 만한 상황이 아닌 것도 있겠지만, 역시 히데가 같은 여성이기 때문이야. 이게 여섯 번째 근거!"

"과연!"

"덧붙여 히데는 키가 작아. 사부로보다 키가 15센티미터나 작다고 적혀 있었어. 남자끼리라면 조금 위화감이 있지만 남자와 여자라면 이 정도는 보통이지. 사부로의 키가 175센티미터라면 히데 양은 160센티미터. 아무 위화감도 없지."

"그런 구절이 있었죠. 가로수가 보이느니 안 보이느니 하는 부분. 별 쓸데없는 이야기를 다 하는구나 싶었는데, 실은 의미가 있었던 거군요!"

"그렇지. 사실 그건 두 사람의 키 차이를 은근슬쩍 밝혀서 히데가 여성임을 암시하기 위한 구절이었어. 이게 일곱 번째 근거!

그리고 니타니 양이 지적한 '아키의 스커트도 근사해'라는 대사 말인데, 마음을 비우고 곧이곧대로 읽으면 역시 히데에게 던진 대사임을 알 수 있지. 이 대사가 나오기 전에 히데는 마루모에게 커피를 권했고, 이어서 '교코는? 한 잔 더 줄까?' 라고 물었어. 교코는 '아니, 난 됐어'라고 대답했고. 그러니까 여기서는 히데와 교코의 대화가 계속되리라고 보는 게 제일 자연스러워. 이게 여덟 번째 근거. 니타니 양은 이다음에 다른 사람의 대사가 나왔다고 해석한 모양인데, 너무 깊게 파고들었어."

"그럼 히데의 성 일부 혹은 애칭이 '아키'인 거군요."

"그런 셈이지. 사야카의 독백에서 히데는 英라고 한자로 표기됐는데, 이게 바로 공정한 게임을 벌이고자 출제자가 제시한 유일무이한 힌트였어. 즉, 그녀의 이름은 히데 아키코쯤 되겠지. 요컨대 친구들 사이에서는 성 아니면 이름에서 유래한 애칭으로 불리는 거야."

"즉 히데와 아키는 일인이역이었던 셈이군요."

"그렇지. 다만 여기서 얄궂은 게, 독자에게만 일인이역이야. 문제 속 등장인물들 입장에서는 아주 자연스럽게 대화를 나누었을 뿐이겠지."

"그렇군요. 그럼 하나만 더. 아까 미사와 씨가 지적하신 내용인데요. 사부로가 '손을 잠깐 움직인' 건 어떻게 설명하시겠습니까?

좀 전에 욧카이치 씨는 미사와 씨와 똑같이 사야카 범인설을 해답으로 내놓으셨으니까 사부로가 사야카를 감싸기 위해 증거를 인멸했다는 미사와 씨의 주장을 그대로 답습할 수 있었지만, 범인이 히데라면 사부로가 굳이 증거를 인멸해주는 건 이상하죠. 이 점을 납득이 가도록 설명할 수 있으시겠습니까?"

"하하하. 그건 우리 미스터리 오타쿠를 겨냥한 속임수야. 출제자 녀석, 깜찍한 짓을 하는군."

"속임수?"

"그래. 첫 번째 발견자이기도 한 시점 인물이 현장에서 '손을 잠깐 움직였다'고 뭔가 암시하듯 독백하면 어떻게 될까? 미스터리 오타쿠일수록 척수반사를 일으켜서 확 덤벼들겠지. 이 구절은 그걸 예상하고 파놓은 교묘한 함정이야."

"응응응? 도대체 무슨 뜻인가요?"

"그러니까 '손을 잠깐 움직였다'라는 서술을 보면 척수반사를 일으키듯 즉시 '아, 이 녀석 지금 뭔가 했구나!', '증거를 인멸했어!' 하고 생각한다는 거야. '손을 잠깐 움직였다'고 해서 반드시 좋지 못한 짓을 했다는 보장은 없잖아?

실제로 사부로는 시체의 손톱 밑에 립스틱이 묻어 있다는 대어급 증거를 방금 전에야 발견했을 정도야. 증거는 인멸되지 않았어."

"그럼 사부로는 현장에서 도대체 뭘 한 겁니까? 역시 국민체조?"

"헛소리는. 이건 사부로가 마리코의 맥을 짚었다는 걸 나타내는 구절이야. 그 장면에서 사부로가 마리코의 맥박을 확인하는 묘사는 어디에도 나오지 않았어. 그런데 다음 장면에서 사부로가 마루모에게 '맥박은 없어. 내가 확인했어'라고 당당하게 말하잖아. 독자를 함정에 빠뜨리기 위해 일부러 맥박을 확인하는 모습을 의미심장하게 표현한 거야. 미스터리 오타쿠라면 무작정 덥석 물 만한 미끼지."

"뭡니까, 고쇼가와라 씨. 자신 없다는 듯이 말씀하셔놓고 완벽한 답변을 내놓으시는군요."

가바야마 모모타로가 감탄했다는 표정을 지었다.

"그렇다면 정답인가!"

고쇼가와라는 흥분한 기색으로 두 팔을 번쩍 치켜들었다.

"아니요, 그건 저도 모릅니다. 하지만 일단 논리는 완벽한 것 같네요. 모순은 어디에도 없습니다."

"뭐야, 좋다 말았네. 왜 비행기를 태우고 그래?"

"아니요, 제 나름대로 진심을 말씀드리는 겁니다. 아시다시피 올해로 저희 프로그램은 10회를 맞이했는데요. 그동안 문제 내용과 명백하게 모순되는 답변이나, 문제의 일부에만 적용되고 나머지는 두루뭉술하게 넘어가는 답변을 내놓으시는 해답자가 참으로 많았습니다.

하지만 올해는 역시 다르군요. 지금까지 여러분이 내놓으신 해답을 보면 후에 새로운 사실이 제시되어 부정당할지언정, 애초부터 논리에 결함이 있는 해답은 단 하나도 없었습니다. 대단하십니다."

"이 정도야 보통이지."

"아닙니다. 그리고 사견입니다만, 히데 범인설은 상당히 괜찮은 발상이라고 생각합니다. 피해자의 손톱 밑에 묻은 립스틱, 즉 범인이 여성임을 나타내는 명확한 물증이 지금 여기서 나왔으니 미스터리라는 장르의 성격상 처음부터 여성임이 분명한 교코와 사야카는 오히려 범인일 가능성이 낮아지니까요. 그리고 저는 히데가 남성이라고 믿어 의심치 않았지만, 고쇼가와라 씨의 설명을 듣고 히데가 남성인지 여성인지 구분이 가지 않도록 애매모호하게 서술해놓았다는 것을 알았습니다."

"오오, 그것참 반가운 소리로군."

"그럼 고쇼가와라 씨도 샤, 아니 해답자 대기실로 이동해주시기 바랍니다."

"샤? 이봐, 지금 옆쪽 대기실을 다르게 말하려다 말았지?"

"아니요, 아니요. 그런 적 없습니다."

"아니, 똑똑히 들었어. 당신이 '샤'라고 말하는 걸 들었다고! 아까도 '착착 저'라고 말하다 말았고. 아무리 말실수와 헛소리가 특색인 진행자라지만 그 화제에 관해서는 형식적으로나마 엄숙함을 지켜야지! 방송통신심의위원회에 확 찔러버릴 거야! 내가 못 하면 남을 시켜서라도 찌르겠어!"

"자자, 고쇼가와라 씨. 사나이다운 외모의 소유자이시니 사소한 일은 너무 마음에 두지 마시고 그냥 넘어가시죠."

"그게 뭔 소리야. 생긴 게 무슨 상관인데?"

7

내가 탐정 역할을 맡겠다고 하자 불만스러운 표정을 감추지 못하는 다이라 사부로에게 첫 번째 발견자인 네가 제일 수상하다고 대놓고 지적했다. 자기 자신이 유력한 용의자라는 사실을 이해하면 개처럼 시끄럽게 낑낑대는 이 자식도 조금은 얌전해지지 않을까 싶어서였다.

그렇다고 그것이 유일무이한 진상이라 결론 내린 것은 아니다. 현재 시점에서 제일 수상한 사람이라는 말을 일부러 덧붙여서 빠져나갈 구멍도 마련해주었다.

그런데 완전히 역효과였다. 다이라가 얼굴을 붉히며 마구 화를 내는 바람에 나는 이 단세포 같은 녀석과 또 입씨름을 벌여야 했다. 정말이지 이러니까 머릿속까지 근육으로 뭉친 녀석은 마음에 안 든다. 이 형님이, 아니 내가 자상하게 배려했다는 걸 전혀 이해하지 못한다.

뭐, 하지만 탐정 역할을 수행하는 이상은 모든 가능성을 지적해야 하므로 결국 언젠가는 같은 상황에 처했겠지.

"의심하는 김에 하나 더 말할게. 너, 최근에 누구한테 차인 모양이더라? 매일같이 홧술을 마신다는 소문을 들었어."

"뭐라고? 그거랑 이거랑 도대체 무슨 상관인데!"

"혹시 마리코가 그 상대 아니었어? 오늘 마리코한테 한 번 더 애원해봤는데, 마리코가 매몰차게 거부하자 불끈 화가 나서 죽였다는 추론도 충분히 성립해."

그런데 내가 그렇게 말했을 때, 묘한 일이 일어났다. 이번에도 길길이 화를 내며 반박할 줄 알았던 다이라의 얼굴이 미묘하게 일그러졌다.

그대로 입을 다문 다이라의 얼굴을 보며 나는 의아함을 곱씹었다. 어라? 지금 이야기는 소위 맞불 작전이었다. 이 녀석이 태연한 얼굴로 말도 안 되는 추리를 늘어놓기에—가소롭기 짝이 없게도 내가 미리 저택에 와서 마리코를 살해하고 일단 저택을 빠져나갔다가 방금 전에 시치미를 뚝 뗀 얼굴로 다시 나타났다고 진지한 표정으로 지껄였다—대항하고자 그냥 말해봤을 뿐인데, 혹시 정곡을 찔렀나?

"아무래도 그건 아닐 거야."

거기에다 창백한 얼굴로 우두커니 서 있던 사야카가 옆에서 느닷없이 끼어드는 바람에 나는 조금 당황했다.

"왜?"

나는 사야카 쪽으로 돌아서서 물었다.

"최근에 다이라 씨를 찬 건 나거든. 만약 다이라 씨가 양다리를 걸칠 생각으로 마리코에게도 수작을 부렸다면 이야기는 별개지만."

"아아."

교코가 팔짱을 끼고 이제야 알겠다는 듯한 얼굴로 이야기에 끼어들었다.

"뭐가 '아아'야?"

나는 교코를 보고 물었다.

"그게, 오늘 다이라 군이 도착했을 때 라운지에서 사야카랑 말을 한마디도 안 하기에 혹시 무슨 일 있나 싶었는데, 그런 일이 있었구나."

나는 시선을 재빨리 다이라의 얼굴로 되돌렸다. 모두들 앞에서 차였다는 사실이 드러났는데 이 녀석이 어떤 표정을 지을지 궁금했다.

그리고 그 결과 나는 또 한 번 당황했다.

웬걸, 다이라는 화를 내기는커녕 감격한 듯한 표정으로 사야카를 바라보았다.

이 자식 도대체 왜 이래?

아무래도 자신을 도와주기 위해 사야카가 그런 말을 꺼냈다고 해석한 모양이다. 현명한 사야카는 우리 두 사람의 말다툼이 진흙탕 싸움이 되어간다는 것을 깨닫고 얼른 나더러 추리를 진행하라는 뜻을 담아 그렇게 말했음이 틀림없다. 사야카는 학창 시절 때부터 우리가 걸핏하면 대립각을 세우는 걸 싫어했다.

그리고 조금만 생각해보면 알겠지만 사야카가 그런 발언을 했다고 해서 다이라의 혐의가 풀리는 것은 아니다. 이해하기 쉽도록 내가 예로 든 동기—마리코와의 치정 문제—가 부정되었을 뿐, 이 녀석이 마리코가 숨진 방에 왜 혼자 부자연스러울 만큼 오래 머물렀느냐는 의혹은 고스란히 남아 있다.

즉, 다이라가 모든 사람이 납득할 설명을 해서 의혹을 해소하지 않는 한, 이 녀석은 여전히 유력한 용의자다.

덧붙여 말하자면 내가 예로 든 동기 역시 아직 완벽하게 부정된 것은 아니다. 사야카 본인이 비아냥거리는 투로 덧붙였듯이 다이라가 마리코와 사야카에게 양다리를 걸치지 않았다는 보증은 어디에도 없으니까.

사야카는 영리하게도 거기까지 생각하고서 좀 전의 그 말을 한 게 분명하다. 그런데 머릿속까지 근육으로 똘똘 뭉친 이 녀석은 아무래도 그런 줄 모르는 모양이다.

정말로 눈치 없는 놈이다. 아니, 이 정도면 눈치 없는 걸 넘어서 얼빠진 놈이라고 해도 과언이 아니다.

지금 돌이켜보면 대학교 사 년간 이 녀석과 다투는 데 꽤 많은 에너지를 허비했다. 이 녀석은 내 경쟁자를 자임한 모양이지만, 솔직히 내 경쟁자로서는 역부족이다. 찬물에 세수하고 머리를 도로 까맣게 물들인 후 다시 오라고 하고 싶다.

사야카가 갑작스러운 발언을 한 뒤로 다이라는 이빨 빠진 호랑이처럼 갑자기 얌전해지더니만 조금 떨어진 곳에서 마리코의 시체를 멍하니 내려다보았다. 내가 눈을 마주치려고 하자 허겁지겁 시선을 돌렸다.

역시 이 녀석은 뭔가 숨기고 있는 듯하다. 다이라를 의심하는 마음이 더욱 강해졌다.

"다이라, 미안한데 몸수색을 좀 해야겠다."

"뭐라고?"

아니나 다를까 다이라 사부로가 눈을 부릅떴지만 나는 냉정하게 말을 이었다.

"네가 소리를 질러 우리를 부르기 전에 뭔가 증거를 인멸한 게 아닌지 의심스러워. 그리고 만약 그 증거가 무슨 물건이라면 네게 그걸 처분할 기회는 없었어. 따라서 아직 어디에 숨겨서 가지고 있다고 추측할 수 있지. 그러니까 몸수색을 해야겠어. 물론 거부해도 상관없지만, 그러면 네가 범인임을 자백

하는 거나 마찬가지야. 알겠어?"

그러자 다이라는 뜻밖에도 선선히 양손을 들어올리고 내 앞에 섰다.

"알았어. 네 말이 맞아. 나도 바라는 바야. 성에 찰 때까지 실컷 뒤져봐."

"사부로 씨가 몸수색에 응했네요. 도대체 뭐가 나올까요?"

"과연 나올까요? 오오, 이번에도 해답 램프에 불이 들어왔습니다. 이야, 오늘 해답자 여러분은 정말로 멋지십니다! 고개가 절로 숙여지네요. 자, 로쿠세와리 씨 차례입니다. 그나저나 이름 한번 특이하시군요."

로쿠세와리는 고쇼가와라와는 정반대로 마치 바늘처럼 호리호리한 남자였다. 날씬하다기보다 빈상으로 느껴질 만큼 빼빼 말랐다.

"흠, 얌전히 몸수색에 응했으니 아무것도 안 숨겼다는 뜻이겠지. 어차피 아무것도 안 나올 거야."

"그렇군요. 그럼 로쿠세와리 씨, 해답을 말씀해주시죠."

"벌써 말해도 되나? 나 맞힐 건데?"

"또인가요? 올해는 자신만만한 분들이 정말 많이 나오셨군요. 물론이죠. 걱정 마시고 맞혀주십시오."

"다들 출제자의 꼼수에 속아서 완전히 방향을 잘못 잡았어. 확실히 시체 손톱 밑에 묻은 립스틱은 엄청난 물증으로 보이고 현재 스튜디오의 분위기도 거기에 완전히 휘둘려서 수수께끼의 여자 '아키'가 누구냐를 놓고 추리전이 벌어지고 있는데, 이게 본말전도라는 걸 왜 다들 모를까?"

"본말전도……라고요?"

"그럼. 립스틱이 틀림없이 범인의 것이라고 어떻게 단정하지? 피해자인 마리코가 화장할 때 실수로 묻힌 걸 깜박했을 가능성도 있잖아."

"아앗!"

"그렇지? 즉, 이건 이른바 '가짜 단서'야. 뭐, 요즘 본격 미스터리에서 범인의 삼십 퍼센트가 남성, 칠십 퍼센트가 여성이라고 할 만큼 여성 범인의 비율이 높은 건 사실이지만, 손톱 밑에 묻은 립스틱만 보고 범인을 여성이라고 단정하다니, 어수룩한 사람들이 참 많아."

"잠깐만요. 남성이 삼십 퍼센트에 여성이 칠십 퍼센트라니, 그건 도대체 어디서 나온 정보입니까?"

"응? 내가 소장하고 있는 미스터리 소설을 보면서 하나하나 헤아렸다, 왜! 주관적인 비교 조사를 행한 거야."

"뭐야. 어쩐지 처음 듣는 소리다 싶더라니. 그럼 로쿠세와리 씨가 추리하신 결과, 진범은 남성이라는 거죠?"

"그렇지. 일부러 가짜 단서를 내놓아서 여성이 범인이라는 인상을 심어주었으니, 당연히 진상은 그 반대야. 게다가 진범 또한 멋지게 은폐해놨어!"

"이야, 다시 한번 말씀드리지만 오늘 출연자 여러분들은 통찰력이 대단하십니다."

"이제 답을 말해도 되나?"

"그럼요! 일일이 확인하실 필요 없습니다!"

"하하하. 범인은 관리인 영감님이야."

로쿠세와리는 빈약한 가슴팍을 힘껏 펴고 말했다.

"예? 관리인 영감님이라고요? 그런 사람이 있었던가요?"

"이만큼 큰 별장인데 당연히 있겠지? 휴가철이 끝나면 어떻게 할 건데? 집이란 아무도 안 살면 황폐해지는 법이라고. 그리고 사부로가 매년 쓰는 방이 깔끔하게 정리정돈되어 있는 걸 보고 감탄했잖아? 설마 돈 많은 사업가의 귀한 따님이신 마리코가 넓은 저택을 혼자서 다 청소하겠어? 사람을 고용해서 부린다고 보는 게 자연스럽지."

"확실히 그렇습니다만…… 관리인은 지금까지 코빼기도 내밀지 않았는데요."

"계속 내밀었잖아. 히데가 관리인이야."

"히데? 어? 그 사람이 관리인이라고요?"

"그래. 히데는 엄연히 남성이고, 관리인이자 노인, 그리고 범인이기도 해."

"이야, 히데의 인기가 급상승했네요. 그런데 노인이라니, 그건 무슨 말씀이십니까?"

"이 멤버가 모일 때는 히데의 나이가 제일 많다고 분명히 일러뒀잖아. 마치 두세 살 많은 것처럼 써놨지만 실제로는 훨씬 더, 그렇지, 쉰 살 정도는 많을 거야."

"그렇게나요?"

"첫 번째 근거는 초반부의 한 장면이야. 사부로는 사야카의 얼굴을 빨리 보고 싶은 마음에 중앙 계단을 두 단씩 뛰어 올라갔는데, 히데는 그를 따라잡지 못했어. 사부로는 계단참과 2층 복도에서 히데가 따라붙기를 두 번이나 기다렸지. 히데는 노인이라서 빨리 올라가지 못한 거야."

"히데는 서두를 이유가 없어서 그런 것뿐 아닐까요?"

"그뿐만이 아니야. 목욕 수건을 들고 온 히데는 이전 세기의 거품경제가 한창이던 시절에 있었던 일을 마치 보고 오기라도 한 것처럼 이야기해. 그때는 택시가 손님을 '태워주시는' 느낌이었다고 말이야. 지금은 20××년이잖아? 거품경제를 직접 겪다니 상당히 나이를 많이 먹었겠지. 이게 두 번째 근거야. 게다가 이 사람이 노인이라면 사부로와 키가 그렇게 많이 차이 나는 것도 이해가 가. 그게 세 번째 근거야. 그리고 그후에 라운지에서는 방금 이야기한 내용을 완전히 까먹어서, 사부로가 방금 전에 이야기해놓고 벌써 잊어버린 거냐고 속으로 핀잔을 주기도 해. 또한 사부로의 '정신을 잃었어'라는 말에 과잉 반응해서 '구급차 부를까?' 하고 걱정하지. 이 정도면 친구가 아니라 어머니나 아버지가 보일 만한 반응이야. 과장되게 말해서 걱정을 끼쳤다가 덜컥 죽기라도 하면 어쩌느냐고 사부로가 도리어 걱정하는 장면도 있어. 이게 네 번째 근거야."

"아아, 분명 히데에게 너무 걱정을 끼치면 안 된다는 식으로 사부로가 생각하는 장면이 있었죠. 하지만 이 사람이 관리인이라는 증거는 없지 않습니까?"

"그럼 반대로 묻겠는데, 혼자 사람들과 나이가 동떨어진 히데 영감님이 이 자리에 있는 이유로, 그것 말고 납득이 갈 만한 이유가 또 있나? 미스터리 연구회의 대선배? 설마 그건 아니지. 그 증거로 누가 오면 늘 히데 씨가 맞이하러 가잖아. 동아리의 대선배가 후배의 졸개 노릇이나 한다고? 하지만 노인이라도 관리인이라면 손님을 맞이하러 가더라도 전혀 이상할 것 없어."

"오오! 듣고 보니 확실히!"

"그렇지? '날씨가 이 모양인데 마루모 말고는 벌써 다 왔다고?' 하고 사부로가 놀라자 히데는 '매년 그렇지만, 단결력이 참 대단해' 하고 대답하지. 자신도 모임의 일원이라면 이런 식으로 말할까? 이건 외부자나 쓸 법한 말투야. 이게 다섯 번째 근거. 그리고 옛날 사람 기질이 남아 있는데다, 고용된 일꾼이라는 자신의 처지를 잘 알기 때문에 상대의 나이가 어려도 존댓말을 쓰면 싫어하는 거야. 이게 여섯 번째 근거. 또한 사부로가 건네준 목욕 수건을 리넨실 빨래 바구니에 아무렇게나 던져 넣었지. 만약 자신도 손님이라면 개어서 넣거나 하는 식으로 조금 더 신경을 쓰겠지. 이건 빨래를 자기가 하니까 자연스레 나온 행동이야. 이게 일곱 번째 근거."

"어휴, 숨 돌릴 틈도 없이 밀어붙이시는군요! 어쩐지 저도 히데가 별장을 관리하는 영감님 같다는 기분이 듭니다!"

"하하하, 그럼, 그렇지."

"다만 납득이 가지 않는 점도 있습니다."

"뭔데, 말해봐."

"택시 이야기 말입니다. 히데는 모두와 함께 택시를 타고 왔죠. 택시 기사가 무사히 돌아갔을지 걱정했어요. 하지만 관리인이라면 별장에 살 텐데요?"

"아아, 그렇게 써놓았으니 히데가 그들의 친구이자 미스터리 연구회의 일원처럼 느껴질 만도 하지. 하지만 그것도 교묘한 미스디렉션이야. 사실 이 사람은 비상주 관리인이라고. 상주하면 고용하는 쪽에서도 돈이 너무 많이 들어가니까 일정한 간격을 두고 찾아와서 환기를 시키거나 청소를 하기로 계약한 거야. 그리고 이번처럼 손님이 방문할 때 와서 이런저런 잡일도 하고. 이번에는 우연히 손님과 동시에 역에 도착했기 때문에 돈을 절약하기 위해 택시를 같이 탔겠지."

"하지만 아무리 비상주라고 해도 그렇지, 손님과 같은 시간에 도착해서야 관리인으로서는 실격일 텐데요."

"아니야. 시골은 열차가 별로 안 다니니까 같은 열차로 도착했대도 전혀 이상할 것 없어. 그리고 이런 비상주 관리인은 한꺼번에 몇 집이나 담당하는 법이지. 비상주는 급료가 적으니까 한 집만으로는 입에 풀칠하기 힘들어. 일정을 융통성 있게 조정해서 오는 거니까 그럴 수도 있지."

"아아……. 다만 첫머리에서 히데가 사부로를 '너'라고 부르지 않았던가요? 분명 '1층 동쪽 제일 끄트머리 방이 네 방인데, 괜찮지?'라고 한 것 같은데……. 별장 관리인은 이름만 그럴싸할 뿐 사실은 피고용자잖아요? 고용주의 손님에게 이런 말투를 쓸까요?"

"그것도 그렇게 이상하지는 않아. 이 사람들은 매년 여기 오니까 완전히 안면을 트고 친해졌을 법도 하지. 그러니까 택시도 같이 타고 온 것 아니겠어? 하물며 노인인 히데 눈에는 다들 손주같이 보일 거야. 본인이 희망한 대로 반말을 써주는 상대에게는 같은 말투를 쓰겠지. 그게 편하니까."

"뭐, 그야……."

"아까 고쇼가와라 씨는 사부로가 히데에게 갈아입을 바지를 빌리려고 하지 않은 것을 근거로 삼아 히데가 여성이라고 추리했는데, 아까웠어. 빌리지 않은 이유는 히데가 노인이기 때문이야. 사부로는 머리를 금색으로 물들였고, 운동복 차림으로 사람들 앞에 나서기가 '절대로 싫다'고 할 만큼 겉모습에 신경을 쓰는 사람이니까 늙수그레한 느낌이 풀풀 풍기는 노인의 바지를 빌려 입을 생각은 애초부터 없었겠지. 이게 여덟 번째 근거. 히데가 뒤에서 부딪혔는데 사야카가 화를 내지 않은 것도 마찬가지 이유야. 남성이 육체적으로 접근하면 여성은 본능적으로 경계심을 품지. 이는 성폭행을 당하면 사랑하지도 않는 남자의 아이를 임신할 수도 있다는 생물학적인 조건에 기인하는 바가 클 텐데, 상대가 젊은 남자라면 모를까 젊은이와 함께 나선계단을 죽어라 올라오느라 다리가 풀린 노인이 비틀대다 부딪힌 정도로 일일이 눈에 쌍심지를 켜고 대들지는 않겠지. 이게 아홉 번째 근거야."

"그, 그렇군요!"

"그렇지?"

"하지만 그렇다면 관리인 히데 영감님은 고용주인 마리코를 죽인 셈인데요. 동기는 도대체 뭡니까?"

"그건 지금까지 서술된 내용만 가지고는 알 수가 없거니와 동기는 맞힐 필요 없잖아? 뭐, 노사 관계에서 말썽이 발생한 것 아니겠어? 해고라는 말을 듣고 울컥해서 죽였다. 그런 거겠지."

"과연, 최근에 분노 스위치가 쉽게 켜지는 노인이 화제가 되고 있는데 히데는 그런 노인이라는 말씀이십니까?"

"그런 셈이야. 이다음에 다리가 복구되고 경찰이 찾아와서 수사가 시작될 텐데, 형사들이 이미 본문에 암시된 모임 내부의 알력이나 복잡한 남녀관계에 주목하여 사건의 동기를 찾아나가는 장면이 서술될 테지. 그러면 모임 참석자가 아닌 히데는 본문 안에서도 독자의 머릿속에서도 자연스레 용의선상에서 제외돼. 홀로 나이 차이가 많이 나는 외부자로서, 소위 '보이지 않는 사람'이 되는 거야. 가령 살인 사건이 또 발생한들, 히데는 관리인이니까 저택을 자유로이 돌아다녀도 다들 수상하게 여기지 않겠지. 마지막의 마지막에 의외의 범인으로 지목당할 자격은 충분해."

"이야, 오늘 해답자 여러분들은 전부 앞으로 문제가 어떻게 전개될지 읽고 계시는군요. 과연 미스터리 오타쿠 대회답습니다."

"당연히 그럴 만해. 지금까지는 전직 프로야구 선수 대회라는 둥 공금횡령으로 체포당해 파면됐지만 현재 보석으로 풀려난 공무원 대회라는 둥 참가 자격이 까다로워서 나오고 싶어도 못 나왔지만, 이번에는 예선만 통과하면 다른 자격은 보지 않는 덕분에 강적이 우르르 몰려나왔을 테니까. 예상한 대로 전개될 때까지 기다리면 틀림없이 선수를 빼앗길 테니 범인뿐만 아니라 전개 자체를 미리 읽어야지!"

"그렇군요. 그럼 사부로가 '손을 잠깐 움직였다'는 부분은 어떻게 설명하시겠습니까?"

"그건 고쇼가와라 씨의 설명에 동의해. 사부로가 마리코의 맥박을 확인하는 모습을 그렇게 표현한 거지. 미스터리를 잘 아는 사람을 낚기 위한 미끼야."

"아하, 약삭빠르게 이전 해답자의 의견에 편승하시는군요."

"사람 기분 나쁘게 무슨 말이 그래? 정답은 하나니까 추리에서 공유할 수 있는 부분은 당연히 공유해야지."

"아, 실례했습니다. 확실히 그렇습니다! 그럼 로쿠세와리 씨도 해답자 대기실로 이동하시죠!"

†

"이야, 로쿠세와리 씨. 몸은 야리야리한데 추리는 짱짱하네요."

"그러게요."

"특히 지금까지 가장 큰 물증으로 여겨진 마리코의 손톱 밑에 묻은 립스틱을 '가짜 단서'라며 대번에 잘라내시는 모습이 정말로 멋있었습니다. 레이카 양은 로쿠세와리 씨 같은 남성을 어떻게 생각해요?"

"아, 저는 체격이 다부져서 남성미가 넘치는 분이 좋아요."

"이쪽도 대번에 잘라내는군요. 로쿠세와리 씨, 해답자 대기실에서 낙심하셨겠어요. 반대로 육체 노동자풍인 고쇼가와라 씨는 회심의 미소를 짓고 계실까요? 아니, 이제 그럴 기분은 아닐 테지, 으흐흐흐."

"저, 저기, 가바야마 씨."

"실례했습니다. 그럼 다음 챕터 주시죠!"

8

설마 다이라 씨가 마리코를?

나는 다이라 씨의 옆얼굴을 몰래 훔쳐보았다.

당신한테는 나보다 소중한 사람이 있는 거 아니야? 다이라 씨가 청혼했을 때 그렇게 되물은 것이 나와 다이라 씨의 관계가 지금처럼 거북해진 계기였다. 그리고 그때 내가 염두에 둔 사람은 바로 마리코였다. 다이라 씨와 마리코가 예전에 그렇고 그런 사이였다는 소문을 들은 적이 있기 때문이다.

본인들은 쉬쉬했겠지만, 그런 이야기는 어디로든 새어 나가는 법이다.

내 입장에서는 그 자리에서 부정했다면 더는 괘념치 않을 일이었다. 지금의 나는 설령 거짓말일지언정 부정만 해준다면 믿으려고 노력할 수 있다.

하지만 그러한 바람도 헛되이, 다이라 씨는 그 소문을 선선히 인정했다. 떳떳하다고 할까 너무 솔직하다고 할까. 이러한 면이 다이라 씨의 장점이자 단점이기도 하다.

하지만 동시에 다이라 씨는 이미 끝난 사이라고 단언했다. 내 눈을 똑바로 보며 앞으로 평생 사야카만 사랑하겠다, 하늘에 맹세하겠다는 말까지 해주었다.

아아, 그 말을 무조건 믿을 수 있다면 얼마나 좋을까!

그런 말까지 들었건만 일말의 불안을 지울 수가 없었다. 정말로 끝났을까? 뭔가를 계기로 꺼진 불이 다시 피어올라 재결합하지는 않을까? 그런 성향은 좀처럼 고치기 힘든 것 아닐까?

내가 걱정을 너무 사서 하는 걸까? 과거에 육체관계를 가졌던 연인이 있었다는 걸 이제 와서 문제삼는 쪽이 잘못이다. 오히려 지금까지 아무하고도 사귄 경험이 없는 사람에게 청혼을 받으면 더 불안하지 않을까.

머리로는 안다. 하지만 아무래도 찜찜한 기분을 탁 털어버릴 수가 없다. 이건 역시 내가 잘 아는 마리코가 얽힌 탓이다.

다이라 씨는 양다리를 걸칠 사람이 아니다. 그건 의심할 여지 없는 사실이다. 그런 사람이라면 과거를 깨끗하게 인정하지도 않았겠지. 또한 그런 남자는 한 사람에게 속박당하는 걸 무엇보다도 두려워하니까 결혼에 대한 사회적 압박이 줄어들고 있는 요즘 같은 세상에 애당초 자발적으로 청혼을 할 리가 없다. 그러니까 내게 청혼을 했다는 건 마리코하고는 완벽하게 정리했다는 뜻이겠지.

그러므로 믿어주어야 한다는 것을 머리로는 알고 있지만, 마음 한구석이 묘하게 찜찜하여 아무래도 승낙할 수가 없었다.

성격이 급한 다이라 씨는 내가 불분명한 태도를 취하자 속이 부글부글 끓는지 "나중에 전화할게"라고 말하고 돌아갔다.

그리고 한 시간이 지나서 휴대전화로 전화가 왔을 때는 무슨 말을 하면 좋을지 몰라서 반사적으로 수신 거부를 하고 말았다(그후에 바로 설정을 해제했다).

그런 사정이 있었는지라 이번에 다른 사람들보다 하루 일찍 와서 마리코 본인에게 의문을 직접 확인해보기로 했다. 다른 사람들이 있을 때 상의할 만한 내용은 아닌데다, 다이라 씨와 다시 얼굴을 마주치기 전에 마음을 정리해두고 싶었다.

마리코는 내 걱정을 대수롭지 않게 웃어넘겼다. 감이 좋은 마리코는 내가 다른 사람들보다 하루 일찍 가도 되겠느냐고 물어봤을 때부터 무슨 꿍꿍이속인지 어렴풋이 짐작한 모양이다.

"사부로 말이 맞아. 옛날에는 그런 사이인 적도 있었지만 다 지난 일이야."

"하지만 어쩌면 뭔가를 계기로 또……."

"절대로 안 그래. 신에게 맹세하라면 맹세할게."

개구쟁이처럼 장난기가 많은 마리코가 좀처럼 보기 드문 진지한 표정으로 나를 응시했다.

"걱정 마. 사부로는 사야카가 인생을 맡겨도 될 만한 남자야. 안심하고 추천할 수 있는 사람이지."

나는 이 말은 믿어도 되겠다고 느꼈다.

동시에 이렇게까지 자신만만하게 말할 수 있을 만큼 깊은 사이였구나 싶어서 마리코에게 약간 질투심이 생긴 것도 사실이지만.

그래도 덕분에 마음이 개운해졌으므로 다음날 다이라 씨가 오면 화해하기로 결심했다. 지금까지 미적지근한 태도를 취해서 미안하다고 사과하고 아직 청혼이 유효한지 확인한 후, 분위기에 따라서는 모두들 앞에서 약혼을 발표하는 것도 나쁘지 않겠다고 매년 사용하는 2층 라운지 바로 옆방에서 침대에 누워 들뜬 기분으로 생각했다.

다이라 씨는 다른 사람들보다 몇 시간 늦게 오늘 저녁 무렵에야 저택에 도착했다. 소심하고 내성적인 내 성격 탓에 묘하게 다이라 씨가 더 의식되어 그의 얼굴도 제대로 쳐다볼 수 없었다. 나는 꾸어다 놓은 보릿자루처럼 가만히 앉아 다이라 씨가 먼저 말을 걸어주기만을 기다렸다.

그런데 다이라 씨는 내게 시선을 한 번 휙 던지더니만 그후로는 나를 쳐다보려고도 하지 않았다.

쳐다보지 않는 것을 넘어서 마치 내 존재를 무시하듯이 계속 英하고만 이야기를 나누었다. 왜 나한테 말을 걸지 않지? 아직도 요전 일에 뒤끝이 남았나? 바라던 대답을 당장 못 들었다고 청혼한 걸 무를 만큼 애정이 약했던 거야? 이런 생각이 들어서 애가 탔다.

나는 다이라 씨의 옆얼굴을 한 번 더 슬쩍 훔쳐보았다.

그리고 확신했다. 역시 다이라 씨는 마리코를 죽이지 않았다.

왜냐고 물어도 대답은 못 한다. 굳이 말하자면 사랑에 빠진 여자의 감이다. 다이라 씨는 그런 짓을 저지를 사람이 아니다. 그러니 하다못해 나 혼자라도 믿어주지 않으면 불쌍하다. 다이라 씨가 모두를 부를 때까지 이 방에서 혼자 뭘 했는지는 모르지만, 분명 깊은 사정이 있어서 말을 못 하는 거겠지.

그러므로 마루모 씨가 다이라 씨의 혐의에 힘을 싣는 발언을 했을 때 나도 모르게 끼어들어 말했다.

그러자 다이라 씨는 뭐라고도 형용하기 힘든 신기한 표정으로 나를 바라보았다.

내 딴에는 다이라 씨의 혐의를 벗겨주고자 한 말이었지만, 혹시 사람들 앞에서 비밀을 폭로당해 남자의 자존심에 상처를 입은 걸까?

나는 초조했다. 그렇다면 얼른 사과해야 한다.

하지만 도대체 뭐라고 사과해야 좋을까.

여기까지 생각했을 때 어쩐지 더이상 생각하기가 싫어졌다. 남자의 자존심과 여자의 자존심. 아아, 남자와 여자 사이는 왜 이렇게 골치 아플까. 그리도 무엇보다 지금은 이런 생각이나 하고 있을 때가 아니다. 마리코가, 우리 친구 마리코가 살해당한 것도 모자라 우리 가운데 범인이 있다는 극한 상황에서 이렇듯 사소한 감정과 자존심으로 머리가 꽉 차다니, 나 스스로에게 환멸을 느꼈다.

그래서 나는 더이상 아무 말도 하지 않기로 결심하고 피로 물든 마리코의 드레스를 이리저리 훑어보았다. 오키나와의 바닷빛처럼 파란 드레스. 장딴지 부분이 꽉 끼는 인어 모양 드레스. 마리코는 바로 오늘을 위해서 이 드레스를 지었다. 어제 옷장에서 꺼내서 내게 보여주며 내일 모두들 앞에서 처음으로 입을 거라고 기쁜 표정으로 말했다.

오늘 오후 이른 시간에 사람들이 도착했는데도 마리코는 4층 자기 방에서 나와보지 않았다. 오늘밤을 준비하느라 바쁘기도 했겠지만 모두의 눈이 휘둥그레질 만큼 극적인 등장을 계획한 것이리라. 분명 사람들이 다 모인 가운데 순백색 나선 계단에서 이 드레스 차림으로 멋지게 나타날 생각이었겠지. 마리코는 그렇듯 연극적인 효과를 좋아하는 구석이 있었다.

거대한 나사조개처럼 생긴 순백색 나선계단의 출입구에서 바다 그 자체처럼 푸르른 드레스를 입은 마리코가 천천히 나타나는 모습은 분명 하얀 산호초 위에 올라앉은 인어공주, 아니면 바다의 물거품에서 지금 막 태어난 비너스처럼 보였을 것이다.

어떤 의미에서 마리코만큼 자신의 욕망에 충실하게 산 사람은 없을 것이다. 나도 지금까지 인생을 살아오면서 마리코의 절반만큼이라도 스스로에게 솔직했다면 얼마나 좋을까.

그런데 정작 마리코는 누군가에게 습격당해 자랑하던 드레스를 입은 모습으로 죽었다. 그리고 완전히 변한 모습으로 모두의 시선을 받게 됐다. 이날을 위해 일부러 지은 푸르디푸른 드레스를 피로 물들인 채.

마리코가 너무 가엾다.

눈물이 났다. 지금까지 나지 않은 것이 신기했지만, 일단 터진 눈물은 그칠 줄을 몰랐다.

“이번 장은 남녀의 생각 차이가 재미있군요.”

"하지만 정말 있을 법한 일이에요. 사부로 씨와 사야카 씨처럼 서로 오해하면서 애만 태우는 거 말이에요. 정말 있을 법해요."

"사야카는 역시 사부로를 나쁘게 생각하지 않았군요. 그런데 사부로의 청혼에 긍정적인 대답을 하지 않았습니다. 정말로 마리코와의 관계가 다 끝났는가만 걱정된 걸까요? 레이카 양, 어떻게 생각해요?"

"음, 어떨까요? 사야카 씨 본인은 그렇게 믿으려고 애쓰는 걸로 보이지만 실은 아닐지도 모르겠네요. 이건 제 상상인데요. 가장 큰 문제는 사부로 씨의 불같은 성격 아닐까요? 남자다운 것과 성격이 불같은 건 다르니까요. 친구라면 그나마 낫겠지만, 남편 성격이 불같으면 속깨나 썩을걸요오. 같이 살면 기복이 심한 상대의 감정에 휘둘려서 불행해질 것 같아요. 하지만 마음속 한구석으로는 상대에게 끌리기도 해요. 사야카 씨는 그렇듯 앰비벌런트ambivalent한 심경을 품고 있지만, 그게 근본적인 이유임을 스스로 인정하고 싶지 않은 거예요. 제 생각은 그런데요오."

"아아, 그렇군요. 과연 레이카 양, 한자는 제대로 못 읽지만 젊은 여성의 심리는 잘 읽는군요. 영어 발음도 나무랄 데가 없고요. 앰비버얼런트. 발음 좋네요. 앰비버얼런트."

"지금 놀리시는 거죠? 저는 이탈리아인과 일본인 사이에서 태어나서 영어는 모국어고 뭐고 아무것도 아닌데요오."

"그건 무슨 말이죠? 모국어가 아닌데도 이렇게 잘한다는 자랑?"

"에이, 그게 아니라요. 가바야마 씨 심술쟁잇."

"음, 좋군요. 심술쟁잇."

"아, 진짜. 레이카, 울 거예요."

"크, 더욱 괴롭혀주고 싶어지는 그 리액션, 참 좋네요. 이대로 울려버리고 싶은 기분입니다만 연출자가 성난 얼굴로 노려보고 있으니 이야기를 되돌리겠습니다. 그럼 레이카 양은 사부로의 불같은 성격이 가장 큰 문제라고 생각하는 거죠?"

"예. 반대로 말해 사부로 씨는 불같은 성격만 어떻게 고친다면 사야카 씨와 맺어질 가능성이 아직 충분하다고 봐요오."

"불같은 성격을 고칠 수 있을까요? 담배를 끊는 것과 달리 그런 성격의 근본적인 부분은 고치기가 어려울 듯한데요."

"그러니까 사야카 씨는 그게 원인이라는 사실을 인정하고 싶지 않은 거죠. 인정하면 사부로 씨와 결혼하기를 포기하지 않을 수 없을 테니까요. 그래서 과거의 여자관계가 마음에 걸리는 것처럼 스스로를 속이는 거예요."

"아하, 그렇군요. 여성은 그런 식으로 생각하는군요. 많이 배웠습니다.

해답자 여러분은 어떻게 생각하십니까?

어, 왜 그러시죠? 다들 완전히 김샜다는 표정이신데요.

엇, 등장인물의 연애가 어떻게 되느냐에는 관심이 없으신 건가요?

역시 본격 미스터리 골수팬들답게 수수께끼 풀이 이외의 군더더기 요소는 필요 없다는 말씀이십니까?

하지만 아까 어느 분도 말씀하신 것처럼 정답의 힌트가 어디에 숨어 있을지 모르는데요? 본격 미스터리에서는 어떤 사소한 서술도 허투루 넘기지 말고 꼼꼼히 읽을 필요가 있지 않을까요?

어, 그런 건 제가 말 안 해도 아신다고요?

이거야 원, 실례했습니다.

그럼 이번 장을 한번 짚어보겠는데요. 중요한 정보가 몇 가지 새로 나왔네요. 사야카의 방은 2층 라운지 바로 옆이었습니다! 3층이 아니었어요. 그리고 초반부 라운지 장면에서 사야카가 사부로를 무시하는 듯한 태도를 취한 것은 단순히 어색해서, 혹은 소심한 성격 탓에 창피해서였습니다. 결코 인격이 바뀌어서 그런 게 아니었어요! 그러므로 이 시점에서 다중인격자 사야카 범인설을 주장하신 욧카이치 씨의 목숨은 바람 앞에 놓인 등불처럼 위태로워졌습니다. 으흐흐흐. 크크크크."

"가, 가바야마 씨……."

"아이고, 거듭 실례했습니다. 좀 흥분했네요."

"아, 해답 램프가 켜졌네요."

"예, 나나오 씨."

나나오는 이목구비가 뚜렷하고 얼굴이 거무스름한 남자였다. 담배를 피우는지 이가 누렇지만, 치아 미백을 하고 호스트로 일하면 인기가 있을 법하게 생겼다. 나나오는 좀 딱딱한 표정으로 입을 열었다.

"아까부터 자기 추리를 말하기 전에 무슨 관례처럼 앞사람 추리를 부정하던데, 그거 의무인가?"

"아니요, 의무는 아닙니다. 하지만 그러면 자신의 추리가 좀더 부각되니까 가능하면 부탁드리고 싶은데요."

"흐음. 그럼 방금 전 로쿠세와리 씨의 추리를 부정하겠어. 히데가 고용된 일꾼이라는 주장은 아무리 생각해도 이상해."

"호오, 근거는요?"

"사부로는 도착했을 때 현관 바닥에 서서 '복도에 물을 뚝뚝 떨어뜨리고 다니면 마리코에게 미안하잖아'라고 말했어. 하지만 만약 히데가 일꾼이라면 청소는 당연히 히데가 할 거야. 청소하는 본인을 앞에 두고 그렇게 말하지는 않겠지? 좀더 분명하게 '너한테 미안해'라고 하든지 '청소하는 사람에게 미안해'라고 말하고 웃을 장면이잖아?"

"아아, 그도 그렇군요. 납득이 갑니다!"

“게다가 히데는 운전면허가 없다고 제 입으로 똑똑히 말했어. 운전면허도 없이 이렇게 교통이 불편한 산장인지 별장인지의 관리인으로 일할 수 있을까? 이번에는 우연히 다른 사람들과 함께 왔으니 다행이지만, 평소에는 어쩌려고? 이 별장에는 ‘이 정도 인원이 족히 일주일은 넘게 생활할 수 있는 물과 식재료가 비축되어 있다’라고 나오지? 차도 없이 어떻게 채워놨을까? 매번 장을 보러 갈 때마다 기차역까지 택시비를 오천 엔이나 쓰는 건가? 그럼 돈이 너무 많이 들잖아. 이렇듯 세세한 사항을 고찰해보건대 이 사람이 별장 관리인이라는 주장은 아무리 생각해도 무리가 있어. 확실히 이전 세기의 거품경제가 한창이던 시절에 있었던 일을 마치 보고 오기라도 한 것처럼 이야기하기는 하지만, 그것도 대단한 증거는 아니야. 자기가 태어나기 전에 있었던 일을 보고 오기라도 한 것처럼 말하는 사람은 쌔고 쌨으니까. ‘에도 시대 때 이 부근은 전부 바다였어’라는 식으로.”

“확실히 그런 사람이 있죠…….”

“무엇보다 지금은 분명 20××년이지만 작품 속 시간이 지금과 같은 시대라는 보증은 어디에도 없어. 오히려 미스터리 중에는 일부러 작품 속 시대를 착각시켜서 트릭의 일부로 써먹는 예도 있지. 뭐, 이번 문제를 보면 마루모가 사부로의 이름을 야유하는 장면에서 분명히 ‘21세기가 되었는데도 이 녀석 혼자 겐페이 전쟁 때나 어울릴 법한' 하고 생각하니까 무대는 분명 금세기겠지만, 전체적인 분위기로 보건대 지금으로부터 약 수십 년 전, 2000년대 초기 아닐까? 21세기라는 시간대에 완벽히 익숙해진 우리는 오히려 '21세기가 되었는데도' 같은 표현을 쓰지 않아. 분타가 라운지에서 당당하게 담배를 피우는 모습도 아직 사적 공간 이외에는 금연이 완전히 법제화되지 않았던 금세기 초엽을 연상시키고, 사부로와 사야카가 감정적으로 엇갈리는 모습에서도 시대감이 느껴져."

"그렇군요! 그럼 나나오 씨는 히데가 노인도 일꾼도 아니라고 주장하시는 거죠?"

"적어도 그 논지는 근거가 희박하다는 거지. 다른 사람들보다 나이가 좀더 많고 남을 챙겨주기를 좋아하는 사람이라고 해도 전혀 상관없어. 일부러 남자인지 여자인지 구분이 안 가게 묘사한 것도 미스디렉션일 뿐 사건하고는 관계가 없고."

"히데가 사건과 관계없다는 근거는요?"

"그건 이 사람이 범인이면 별로 재미없으니까."

"예? 재미가 있느냐 없느냐가 판단 기준이라고요? 어쩐지 생뚱맞은데요."

"하지만 그렇잖아. 이 사람이 범인이면 마지막에 흥이 안 나. 진범은 모두가 더욱 깜짝 놀랄 만한 인물이어야지."

"그럼 나나오 씨가 추리로 밝혀낸 범인은 모두가 헉, 하고 놀랄 만한 인물이겠군요?"

"물론이지. 듣고 놀라지 마."

나나오가 얼굴에서 진지한 빛을 지우고 오만한 표정을 지었다.

"걱정 마십시오. 이래 봬도 십 년이나 이 프로그램의 진행을 맡아왔습니다. 어지간해서는 놀라지 않을 자신이 있습니다."

"깜짝 놀라 자빠지지나 말라고."

"아마 괜찮을 겁니다."

"범인은 다마야!"

"예? 다마? 고, 고양이가 범인이라고요?"

"어허, 댁도 한패가 되어 우리를 속이려 들면 안 되지! 진행자는 중립을 지켜야 하잖아!"

"아니요, 아니요. 저희는 진짜로 문제의 정답을 몰라서 방금 전부터 여러분의 예리한 지적과 갖가지 대담한 추리에 진심으로 감탄하고 있습니다. 보통은 그냥 건너뛸 사소한 부분까지 의식의 필터에 통과시켜 주목해야 할 사항을 걸러내고, 그 사항을 출발점으로 삼아 치밀하게 논리를 세워나가시더군요. 역시 미스터리 오타쿠 대회답게 오늘 도전자 여러분들은 정말로 수준이 높습니다!"

"갑자기 웬 아첨이야. 그딴 건 필요 없으니까 진행이나 하라고."

"어이쿠, 알랑방귀 뀌는 데는 천하에 따라올 자가 없다고 일컬어지는 이 가바야마 모모타로의 알랑방귀를 무시하시다니 상당한 강자십니다. 그렇다면 나나오 씨는 다마가 고양이가 아니라고 생각하시는 겁니까?"

"물론이지 다마라는 이름의 고양이라니 너무 그럴듯하잖아. 이 다마 씨는 인간이야. 다마는 좀 고풍적인 느낌을 주는 일본 여성의 이름이지. 예를 들어 명작 『흘러가다』를 쓴 고다 아야의 수필가 딸도 이름이 다마였어. 그리고 이탈리아 사람과 결혼해 그쪽에서 활약한 라구사 다마라는 화가도 있었고. 난 그 사람 그림을 참 좋아해. 지금은 전부 처분했지만 파산하기 전에는 몇 점인가 집에 걸어놓은 적도 있어. 그러니까 범인은 이 여성, 즉 다마 씨야. 아, 말해두겠는데 한자는 다를지도 몰라. 그리고 본명이 아니라 별명일 가능성도 있어. 다마미나 다마코 등 그야말로 가능성은 무궁무진하겠지."

"그, 그렇군요."

"초반부를 다시 읽어봐. 사부로가 왔을 때 다마 씨는 눈에 띄지 않았잖아. 즉, 다마 씨는 바로 그때 마리코 방에서 범행을 저지른 거야. 그후에 태연자약한 얼굴로 자기 방에 돌아갔다가 사부로가 사람들을 부르는 소리를 듣고 나선계단에서 넌지시 모두와 합류한 거지."

"하지만 묘사된 부분을 보면 다마는 아무래도 고양이로 여겨지는데요……."

"바로 그게 속임수라고. 두 눈 똑바로 뜨고 처음부터 다시 읽어봐. 그야말로 고양이처럼 묘사해놓았지만 사실 고양이라는 단어는 단 한 번도 나오지 않아."

"어? 그랬나요?"

"확인해봐. 한 번도 안 나올 테니까."

가바야마 모모타로는 진행자석 앞의 터치 패널에 뭔가 적어 넣고 확인했다.

"으음……. 분, 분명 그렇군요……. 지금 검색 기능으로 확인해봤는데 '고양이'라는 단어는 하나도 검색되지 않았습니다."

"그렇지? 이 다마 씨는 인간이야. 사야카를 좋아해서 뒤를 졸졸 따라다니는 버릇이 있지."

"하지만 분명 계단에서는 발끝으로 서서 올라가지 않았던가요? 발끝으로 서는 건 고양이가 경계할 때 취하는 자세 아닙니까? 그리고 라운지 마룻바닥에서 '뒹굴뒹굴하거나 몸을 쭉쭉 펴고 있었는데'라고 서술된 부분도 있었는데요."

"그야 그렇지. 왜냐하면 이 사람은 발레리나니까."

"바, 발레리나요?"

가바야마 모모타로의 목소리가 뒤집어졌다.

“그래. 발레리나니까 평소에 발끝으로 서서 걷는 훈련을 하는 거야. 아무래도 남의 집이라 본격적인 연습은 못 하겠지만 마룻바닥이 있으니까 스트레칭과 유연체조 정도는 게을리하지 않겠지. ‘아무리 좁은 곳이라도 서슴없이 쑥쑥 들어가는’ 건 유연성에 자신이 있어서 좁은 곳이 눈에 띄면 무심코 도전해보고 싶어서 그러는 거고.”

“으어어…….”

“사부로가 별장에 도착해 라운지에 얼굴을 비추는 장면을 보면 ‘마리코와 다마도 있을 줄 알았기에 맥이 좀 빠졌지만’이라고 서술된 부분이 있어. 하지만 고양이는 원래 어느 틈엔가 사라졌다가 또 불쑥 나타나는 동물이잖아. 만약 고양이라면 라운지에 있으리라고 사부로가 생각하는 것 자체가 부자연스러워. 그리고 마루모 시점으로 진행되는 장에 이런 문장이 있었어. ‘서둘러 커피를 마시고 사야카, 교코, 다마 등을 따라 나선계단을 올라가서 마리코의 시체를 본 순간에’. 여기서도 다마가 언급되는데 만약 다마가 고양이라면 이미 형님 모드에 들어간 마루모가 이렇게 일행에 포함시켜서 말해줄까? 인간이 틀림없는 히데 씨는 생략했는데?”

“아아아아아.”

가바야마 모모타로는 상체를 뒤로 젖히고 머리를 쥐어뜯었다.

"이봐, 진행자. 그렇게 놀란 척 연기 안 해도 돼."

"아니요, 정말로 놀랐습니다. 확실히 다마에게는 알리바이가 없고, 범행이 발생했다고 추정되는 시간대에 유일하게 단독 행동을 취했다는 사실이 확실하게 제시된 인물(?)이죠. 이야, 맹점이었습니다. 만약 다마가 인간이라면 범인일 가능성이 쑥 높아지겠군요."

"가능성이 높아지는 게 아니라 범인이야. 범인이 아니라면 일부러 고양이로 보이도록 묘사해서 존재를 은폐할 이유가 없잖아. 작가가 이 사람의 존재를 독자의 머릿속에서 지우고 싶어서 그런 거야."

"그렇다면 사부로가 '손을 잠깐 움직인' 건……."

"그건 나도 고쇼가와라 씨의 주장을 받아들이겠어. 마리코의 맥박을 확인하는 모습을 그렇듯 의미심장한 표현을 써서 나타냈을 뿐이야. 사실 난 한참 전에 다마 범인설에 도달했지만, 그 부분만은 아무래도 설명을 못 하겠더라고. 그래서 해답 발표를 미뤘어. 고쇼가와라 씨가 그 부분을 멋지게 해결해준 덕분에 안심하고 답변하기로 한 거야. 고쇼가와라 씨, 나이스 어시스트!"

"고쇼가와라 씨도 마지막에 남에게 도움이 될 수 있어서 다행이로군요. 그럼 다마는 도대체 어떻게 아무도 모르게 마리코를 죽일 수 있었을까요? 고양이라면 모를까 인간이라면 결국 그게 문제입니다만."

"다들 바보가 따로 없더군. 사실 라운지에서 나선계단 출입구가 보이는 건 전혀 문제가 아닌데, 마치 그게 문제의 핵심인 것처럼 포장한 미스디렉션에 완전히 속아넘어갔어."

"어, 그렇습니까?"

"어차피 다들 저택 구조에 관련된 부분을 제대로 읽지 않은 거겠지. 중앙 계단은 정면에서 보았을 때 약간 동쪽, 즉 오른쪽에 1층부터 3층까지 설치되어 있어. 한편 나선계단은 약간 서쪽, 즉 왼쪽에 2층부터 4층까지 설치되어 있고. 즉, 1층부터 2층에는 중앙 계단을 3층부터 4층까지는 나선계단을 사용하지 않으면 절대로 갈 수 없지만, 2층과 3층은 중앙 계단과 나선계단 어느 쪽으로든 오갈 수 있잖아. 그리고 라운지는 2층의 서쪽 제일 끝부분에 있다고 똑똑히 적혀 있어. 그렇다면 화장실이라도 가는 척하고 라운지를 빠져나와 좀더 멀리 있는 중앙 계단으로 몰래 3층까지 올라가서 나선계단을 사용하면 라운지에 있는 사람들 모르게 4층에 갈 수 있다고. 물론 내려올 때는 그 반대로 하면 돼. 별것 아니지, 다들 출제자의 술수인 줄도 모르고 범인이 2층에서 나선계단을 사용했을 거라 철석같이 믿은 거야."

"과연, 듣고 보니 확실히 그렇습니다."

"이제 확정이지? 이십억 엔이라. 물쓰듯이 써도 한참 쓰겠군. 상금 누적 제도 땡큐! 하기야 나는 이십억 엔 받아서 빚 갚고 나면 이천만 엔밖에 안 남겠지만."

"그럼, 빚이 십구억 팔천만 엔이나 된단 말씀이십니까? 사람이 빚을 그렇게 많이 질 수도 있군요."

"사업에 실패했거든. 그렇게 개떡같은 사정이 없다면 이딴 방송에 누가 나오겠어. 자, 어서 정답이라고 말해!"

"죄송하지만 그걸 결정하는 건 제가 아닙니다. 하지만 나나오 씨의 통찰력에 깜짝 놀랐습니다. 그럼 나나오 씨도 해답자 대기실로 이동하시죠."

9

"어때, 아무것도 없지?"

나는 의기양양하게 말했다. 마루모가 하자는 대로 몸수색에 응했다.

"이로써 내가 범인이 아니라는 게 증명됐군."

"흥, 아직 아니야."

마루모가 말했다.

"눈에 보이는 증거를 가지고 있지 않았다. 단지 그뿐이지."

"너, 내가 마리코 방으로 향하는 뒷모습을 봤다고 했지?"

나는 처음부터 다시 논리를 재구축하기로 했다.

"그래."

마루모는 다부진 턱으로 고개를 끄덕였다.

"그럼 반대로 그게 내가 범인이 아니라는 증거라고 할 수 있지 않겠어?"

"응? 무슨 소리야?"

"네가 봤다는 사실에서 알 수 있듯이 나는 나선계단을 올라갈 때 아무에게도 들키지 않고자 주의를 기울이지 않았어. 설마 마리코의 시체를 발견할 줄은 꿈에도 몰랐으니 당연하지. 만약 내가 범인이라면 계단을 올라가는 모습을 들키지 않으려고 세심한 주의를 기울이지 않았을까? 예를 들면 라운지에서 좀더 먼 중앙 계단으로 3층에 올라가서 나선계단을 사용하는 식으로 말이야. 적어도 출입구가 라운지에서 훤히 보이는 2층에서 나선계단을 올라가는 짓은 하지 않겠지."

또 실실 웃을 줄 알았는데 마루모는 예상과 달리 차근차근 설명하는 투로 대답했다.

"내 이야기를 다시 잘 떠올려봐. 넌 이미 마리코를 죽이고 나서 첫 번째 발견자가 되기 위해 위층에 올라간 거니까 그 모습은 남의 눈에 띄어도 전혀 상관없었어. 하지만 막상 소리를 질러 우리를 부르려 한 바로 그 순간에 치명적인 실수를 했다는 걸 알아차렸지. 증거를 허둥지둥 처분하고 나서야 소리를 질렀기 때문에 부자연스러울 만큼 시간이 많이 걸렸어. 내 이야기는 바로 그거야."

"내가 굳이 첫 번째 발견자가 되어야 할 필요가 어디 있지?

이렇게 의심받을 바에야 다른 사람이 발견할 때까지 가만히 기다리면 되잖아."

"알게 뭐야. 그게 범죄자의 심리겠지. 분명 무슨 증거라도 남긴 게 아닐까 불안해져서 확인하기 위해 첫 번째 발견자로 위장했을 거야. 그만두면 될 텐데 그렇게 제 발로 현장에 돌아간 결과 의심받는 범인이 이 세상에는 넘쳐난다고. 그리고 넌 걱정했던 대로 증거를 발견했어. 물건은 아니었던 모양이니 역시 마리코가 죽기 전에 남긴 다잉 메시지일 가능성이 높겠지. 서둘러 지워서 아슬아슬하게 위기를 모면한 기분이었겠지만, 처분에 생각보다 많은 시간이 걸린 게 네 발목을 잡았어."

"또 그런 소리를……. 함부로 남을 의심하지 말라고 했잖아!"

나는 내뱉듯이 말했지만 마음속으로는 냉정함을 되찾았다. 그건 그렇고…….

그건 그렇고 과연 마루모다. 내가 논리를 무너뜨리려고 하면 순식간에 논리를 재구축해서 공격해 들어온다. 이 녀석은 대학교 사 년 내내, 내 최대의 경쟁자이자 눈엣가시였지만 이 녀석이 동기였던 덕분에 사 년 동안 미스터리 연구회에서 자극으로 가득찬 시간을 보낼 수 있었던 건 분명하다. 그 점은 마루모에게 고마워해야 할 것이다.

자타가 공인하는 바이지만 나는 빨리 승부에 나선다. 나를 보고 성격이 불같다는 사람이 많은데, 그건 아니다. 나는 성격이 불같은 게 아니라 결단도 행동도 전부 남들보다 몇 배 빠를 뿐이다.

따라서 평소 같았으면 비밀을 숨기고 있기가 귀찮아져서 남김없이 전부 털어놓았을 것이다.

하지만 오늘은 다르다. 끝까지 시치미를 뗀다. 나를 위해서가 아니라 사랑하는 사람을 위해서니까 최대한 애써보기로 마음먹었다.

괜찮다. 마루모는 구체적인 증거를 하나도 확보하지 못했다. 그저 내가 나선계단을 올라가서 모두를 부를 때까지 시간이 너무 오래 걸렸다는 걸 문제삼고 있을 뿐이다.

내가 발견했을 때 마리코는 이미 숨진 뒤였지만, 등에서 바닥으로 흐른 자신의 피를 손가락에 묻혀 마룻바닥에다 약간 가늘고 긴 S 자를 남겨놓았다. 분명 진범이 마리코가 완벽히 숨을 거두었다고 생각하고 떠난 뒤에도 마리코는 실낱같은 숨을 유지하며 아주 잠깐 살아 있었던 것이리라.

하지만 그 S는 '사부로'를 가리키는 것이 아니다. 왜냐하면 하늘에 맹세코 나는 마리코를 죽이지 않았기 때문이다. 물론 나는 몽유병 같은 병을 앓은 적이 없고, 하물며 다중 인격자도 아니다. 지금까지 인생을 살면서 잠잘 때 말고 의식을 잃은 적은 단 한 번도 없다.

우리 모임 멤버 중에 이름이나 성이 S로 시작되는 사람은 나 말고 사야카와 분타뿐이다. 하지만 분타가 범인일 가능성은 낮다 하지 않을 수 없다. 분타의 성이 S로 시작되는 건 맞지만 S라고 쓰면 저절로 나와 사야카도 범인 후보에 포함되니까 만약 분타를 가리키고 싶었다면 마리코는 반드시 B라고 썼을 것이다. 우리 모임 멤버 중에 성이나 이름에 B가 들어가는 사람은 분타 하나뿐이니까. 게다가 무엇보다 마리코는 평소에 친구들을 항상 이름으로 불렀다. 윗사람이나 처음 만나는 사람은 성으로 부르지만, 일단 친해지고 나면 성으로는 거의 부르지 않았다.

그렇다면 결과적으로 S에 해당하는 사람은 사야카밖에 없지 않은가.

이번에 사야카는 우리보다 하루 일찍 와서 어젯밤부터 여기에 묵었다고 한다. 그렇다면 사야카와 마리코가 어젯밤에 둘이서만 시간을 보내다가 무슨 불화가 생겼을지도 모른다. 내가 저택에 도착했을 때 사야카는 라운지 벽 앞 긴 의자에 무슨 생각을 하듯이 멍하게 앉아 있었는데, 마리코의 사망 추정 시각을 고려하면 그후에 내가 피곤해서 방에서 잠든 동안 사야카가 라운지를 살짝 빠져나가 범행을 저질렀을 가능성은 부정할 수 없다.

그렇다면 그때 사야카는 나를 일부러 무시한 게 아니라 범행 계획을 세우는 데 정신이 팔리고 마음이 붕 떠서 다른 일이 전혀 눈에 들어오지 않는 상태였던 걸까?

그렇다면 사야카는 딱히 나를 싫어하지는 않는 걸까?

하지만 다음 순간 내 기분은 다시 깊이 가라앉았다.

바보냐? 지금이 그런 생각이나 하면서 일희일우하고 있을 때야? 내 생각이 옳다면 사야카는 살인자인 셈인데?

나는 사야카를 사랑한다. 설령 사야카가 청혼을 거절하고 다시는 나를 상대해주지 않는다고 해도 내 애정은 조금도 변함없다.

만약 사야카가 살인자라면? 그래도 난 사야카를 계속 사랑할 수 있을까?

대답은 바로 나왔다. 예스, 계속 사랑할 수 있다.

내 마음은 확고하지만, 사야카 본인을 위해서는 도대체 어떻게 하는 것이 최선일지 생각하면 할수록 알 수가 없었다. 만약 정말로 사랑한다면 더더욱 괜히 감싸지 말고 속죄를 시켜야 하지 않을까. 그래, 소냐가 라스콜리니코프를 자수시킨 것처럼.

하지만 솔직히 말해 피로 쓴 S 자를 본 순간은 그 정도까지 생각할 여유가 없었다. 이대로 놔두면 안 된다는 절박한 심경에 사로잡혀 가까이 있던 걸레를 들어 피로 쓴 글씨를 꼼꼼하게 닦아냈다.

그리고 방구석에 위치한 세면실에 가서 수도를 틀고 몇 번이나 걸레를 빤 후에야 모두를 불렀다. 그렇다, 내가 '손을 잠깐 움직인' 건 바로 걸레를 빨기 위해서였다. 그러므로 마루모가 지적한 대로 내가 소리를 지를 때까지 실제로 부자연스럽게 시간이 많이 걸렸을 것이다. 내가 느끼기로는 고작 이삼분 정도였던 듯하지만.

그렇게 증거를 인멸하면서 멍청하게도 가운뎃손가락과 약손가락 손톱 밑에 묻은 립스틱은 못 보고 지나갔으니 한심하기 짝이 없다. 빠릿빠릿하게 움직인다고 움직였지만 동요가 심했던 모양이다.

피를 닦은 걸레는 뭉쳐서 세면실 구석에 슬쩍 놔두었다. 지금 여기서 젖은 걸레를 가지고 있으면 아무래도 수상하니까 그랬는데, 덕분에 몸수색을 무사히 통과했다. 하지만 이대로 그냥 놓아둘 수는 없으니 나중에 몰래 처분해야 한다.

사야카는 아직도 울고 있다.

나는 다시 한번 의심했다. 자기가 저지른 짓이 이제야 실감으로 다가와서 후회하는 걸까.

아니면 다시 현장을 보고서 내가 증거를 인멸했음을 알아차리고 최선을 다해 자신을 감싸준 내 애정에 감격한 걸까?

하지만 얼마 지나지 않아 논리적으로 후자일 가능성은 없다는 것을 깨달았다. 만약 사야카가 범인이고, 마리코가 피로 S라는 글씨를 남겼다는 사실을 알았다면 본인이 직접 글씨를 지웠을 것이기 때문이다. 내가 발견할 때까지 피로 쓴 글씨는 바닥에 그대로 남아 있었다, 즉 마리코를 죽인 범인은 그런 메시지가 남아 있는 줄 몰랐다. 다시 말해 누가 범인이든 다잉 메시지의 존재 자체를 몰랐으므로 누가 그걸 인멸했는지도 알아차릴 수 없다.

"아무래도 계속 여기에 있어봤자 결말이 안 날 것 같군. 현장을 보존하는 의미에서도 일단 내려가자. 이야기는 라운지에서 계속하자고."

마루모의 목소리를 신호로 모두 천천히 나선계단을 내려갔다. 내려가는 도중에 입을 여는 사람은 하나도 없었다. 라운지에 돌아오고 나서도 마찬가지였다.

라운지에서는 다들 다른 사람과 미묘하게 거리를 두고 제각각 자리를 잡았다.

도대체 누가 마리코를 죽였느냐는 의혹의 싹이 튼 탓이다.

그때 라운지 문이 살짝 움직이더니 마리코가 귀여워하던 하얀 고양이가 들어왔다. 고양이가 이렇게 자유로이 드나들 수 있도록 밀기만 하면 열리는 쌍여닫이문을 라운지에 달아둔 것이다. 고양이는 과연 주인에게 무슨 일이 일어났는지 아는지 모르는지 느긋하게 야옹하고 울면서 걸어왔다. 히데가 바로 접시에 우유를 담아서 바닥에 내려놓자 고양이가 찹찹 핥아먹기 시작했다.

한 여자가 고양이에게 다가가서 머리를 쓰다듬으며 불쑥 중얼거렸다.

"마리코와 마지막으로 이야기를 나눈 사람은 아마도 나일 거야."

"체크포인트! 여러분, 사부로가 독백을 하는 대목은 다 읽으셨습니까?

예, 다 읽으셨군요. 벌써 그다음으로 넘어가신 분도 계시는 것 같습니다만, 여기까지는 모두 읽으신 거죠?

역시 사부로는 현장에서 증거를 인멸했습니다! '손을 잠깐 움직인' 것은 그 때문이었습니다. 사부로는 독자에게 중요한 사실을 감춘 셈입니다만, 거짓말은 하지 않았으므로 불공정하지는 않습니다. 고쇼가와라 씨, 로쿠세와리 씨, 나나오 씨 세 분이 공통으로 주장하신 '맥박을 확인했다'는 설은 이로써 완전히 부정되었습니다. 안타깝습니다."

"안타깝네요."

"게다가 자신을 위해서가 아니라 사야카를 감싸기 위해 그랬습니다. 사부로 본인은 범인이 아닙니다. 이야, 눈물 없이는 볼 수 없는 남자의 순애네요! 따라서 시간이 한참 걸렸습니다만, 지금 이 시점에서 이치노세 씨의 사부로 범인설은 백 퍼센트 오답으로 확정됐습니다. 덧붙여 '나는 몽유병 같은 병을 앓은 적이 없고, 하물며 다중 인격자도 아니다. 지금까지 인생을 살면서 잠잘 때 말고 의식을 잃은 적은 단 한 번도 없다'라고 단언하는 구절도 있고 말이죠.

자, 이 장면에서 사부로는 사야카가 진범 아닐까 의심하는데요. 그러므로 사야카 범인설을 주장하신 미사와 씨가 정답에 한 발짝 가까워진 것처럼 느껴지기도 합니다만, 미사와 씨가 해답을 말씀하신 직후에 사야카가 시점 인물로 등장했죠. 그러고 나서 욧카이치 씨가 사야카 다중 인격자설로 그 모순을 해결하셨습니다만, 욧카이치 씨 주장의 일부인 '초반부 장면에서 이미 인격이 전환됐다'라는 설은 사야카 본인의 독백에 의해 이전 장에서 이미 부정됐습니다. 소심하고 내성적인 사야카는 꾸어다 놓은 보릿자루처럼 가만히 앉아 사부로가 먼저 말을 걸어주기만을 기다리고 있었습니다.

우헤헤헤헤. 여러분 어쩐지 다 함께 망할 것 같은 분위기인데요.

거기에다! 마지막 대목이 아주 의미심장했죠.

고양이가 나왔습니다. 접시의 우유를 찹찹 핥아먹었어요.

이건 역시 아무리 생각해도 진짜네요. '고양이'라고 똑똑히 적혀 있었으니 틀림없습니다. 발레리나가 아니에요.

하하하하. 그렇다면 '다마 범인설'을 주장하신 나나오 씨도 완전히 헛짚으신 모양인데요. 발끝으로 서기는 개뿔. 라구자 다마는 개뿔. 집에 몇 점 걸어놓기는 개뿔. 그후에 파산했잖아. 빚을 십구억 팔천만 엔이나 지고서 창피한 줄도 모르고 잘난 척 나불대더니만 꼴좋다. 이 멍청한 놈아!"

"가바야마 씨, 좀……."

"아차, 실례했습니다. 내면의 목소리가 또 줄줄 새어 나오고 말았네요. 하하, 하하하하.

뭐, 저의 이 거침없는 독설도 저희 프로그램이 국민 오락 프로그램으로 성장한 이유 중 하나니까요. 하하, 하하하. 앞으로도 독을 뿜어내겠습니다. 하하."

"어휴. 그런데 고양이 머리를 쓰다듬은 이 여성은 도대체 누구일까요?"

"흠, 모르겠네요. 수수께끼예요. 아무래도 올해도 전원 오답으로 마무리될 가능성이 있을 것 같은데요. 와하하하. 으헤헤헤헤."

"가바야마 씨, 제발."

"어이쿠, 저도 참 또 무심코 실언을."

"아무리 말리면 뭐해. 자꾸 그러는걸. 이제 몰라요!"

"엇, 레이카 양이 심통이 난 모양입니다만, 레이카 양은 속정이 깊은 새침데기거든요. 분명 속으로는 저를 아주 좋아할 겁니다. 그럼 이번 장에서는 해답을 말씀하실 분이 안 계신 모양이니 다음 장으로 넘어가겠습니다. 그럼 여러분, 다음 체크포인트에서 뵙겠습니다!"

10

“4시에 마리코와 통화했다고?”

“응. 우리가 도착했는데 집주인이 나와보지도 않고 계속 자기 방에만 틀어박혀 있잖아. 기다리다 지쳐서 마리코 휴대전화에 직접 걸어봤지.”

“그때 무슨 이야기를 했는데?”

“기대했을 텐데 미안하지만 별다른 이야기는 안 했어. 언제 내려올 거냐고 물어보니 오늘밤 준비를 하느라 바빠서 미안하다, 나중에 보자면서 전화를 끊었어.”

“미안하기는, 결과적으로는 아주 잘했어. 덕분에 4시 시점에는 마리코가 아직 살아 있었다는 사실이 판명됐잖아. 이로써 범행 시각을 4시 이후, 그리고 시체의 체온을 고려하여 최대 5시 15분 이전으로 압축할 수 있겠군."

마루모가 턱에 손을 대며 누구나 다 아는 사실을 의기양양한 표정으로 말했다.

그때 라운지 쌍여닫이문이 다시 열렸다. 아까 혼자 나갔던 히데가 웬일인지 마음을 다른 데 두고 온 것 같은 표정으로 입구 부근에 우두커니 서 있었다. 모두의 시선이 히데에게 모였다.

"다들 잠깐만 여기로 와봐."

히데가 그렇게 말하며 손짓했다.

"왜 그래?"

"보여주고 싶은 게 있어."

히데는 모두를 데리고 앞장서서 복도를 나아갔다. 우리는 말없이 나선계단 옆을 지나쳐 중앙 계단까지 갔다.

히데가 이쪽으로 돌아서서 천천히 입을 열었다.

"실은 오후 4시부터 2층과 3층 사이의 중앙 계단에 왁스를 칠했어. 사용한 독일제 최고급 왁스는 완전히 마르는 데 세 시간 넘게 걸리니까 보다시피 아직 덜 말랐지."

"그래서?"

"마르기 전에 발을 디디면 발자국이 남아. 완전히 마르고 나면 발자국도 사라지겠지만 지금은 아직 덜 말랐으니까, 만약 왁스를 칠한 후에 누가 이 계단을 오르내렸다면 그 사람의 발자국이 남아 있을 거야."

"엇!"

"하지만 보다시피 여기에는 발자국이 없어."

"그런데 히데 씨, 왜 당신 발자국도 없는 거야?"

"그야 3층부터 한 단씩 왁스를 칠하면서 2층으로 내려왔으니까. 밟지 않아야 말랐을 때 깔끔하거든. 그래서 왁스를 칠할 때는 늘 그렇게 해."

"즉 4시 이후에 2층과 3층을 연결하는 중앙 계단은 아무도 사용하지 않았다는 뜻이야?"

"그런 셈이지."

"모두의 방이 1층이나 2층에 있다는 걸 감안하면…… 범인은 역시 2층에서 나선계단을 사용해 마리코 방에 갔다는 뜻인데."

마루모가 실팍한 턱을 쓰다듬으면서 말을 이었다.

"누군가 2층에서 나선계단을 올라가는 모습을 목격한 사람 없어? 내가 아까 라운지에서 다이라의 뒷모습을 본 것처럼."

하지만 모두가 고개를 저었다. 그동안에도 다마는 혼자서 너희는 떠들어라 나는 내 할 일을 하련다는 듯이 문제의 중앙 계단 앞 약간 넓은 대합실 같은 공간에서 거듭 등을 웅크렸다 뒤로 젖혔다 했다.

"우리는 2시쯤에 도착해서 짐을 방에 놔두고 계속 라운지에서 수다를 떨었지만 누가 나선계단을 올라가는 모습은 못 봤어."

교코가 대답했다.

"아니, 2시부터 4시 사이는 상관없어. 4시에 마리코가 직접 전화를 받았으니까 문제는 4시 이후야."

하지만 모두가 다시 고개를 저었다.

"그때는 우리뿐만 아니라 분타랑 사야카도 라운지에 있었으니 올라간 사람이 있다면 누군가가 분명히 눈치챘을 거야. 여기서 훤히 다 보이니까."

"정말로 누군가 나선계단을 올라가는 모습을 본 사람 없어?"

"내가 본 사람은 다이라 군뿐이야."

"뭐야, 교코도 다이라를 본 거야?"

"응. 하지만 다른 사람은 못 봤어."

마루모가 내 얼굴로 시선을 옮겼다.

"어쩌냐? 아무래도 너 말고 4층에 올라갈 수 있었던 사람은 없었던 모양인데."

"있었어. 진범은 무슨 방법을 써서 4층에 올라간 거야. 왜냐하면 나는 범인이 아니니까."

내가 그렇게 대답하자 마루모는 코웃음을 쳤다.

"뭐, 지금 네 입장에서야 그렇게 말할 수밖에 없겠지."

†

일단 십 분간 휴식하고 다시 모이기로 했다. 다들 자기 방으로 돌아갔지만 나는 분타와 둘이서 라운지에 남아 담배를 피우며 시간을 보냈다. 한동안 금연했지만 갑자기 피우고 싶은 마음이 간절해져서 분타에게 한 개비 얻었다.

"일단 이 지역 경찰에 신고는 해놨어. 다리가 복구될 때까지 현장에는 가능한 한 손을 대지 말라더라."

모두가 라운지에 다시 모이자 마루모가 말했다.

"그럼 오늘 각자가 어떻게 행동했는지 정리해보자. 오늘 여기에 몇 시쯤 도착했고, 도착하고 나서 뭘 했는지 한 사람씩 차례대로 말해줘."

"왜? 범인은 다이라 군으로 확정된 거 아니야?"

교코가 나를 힐끔 보면서 말했지만 마루모는 고개를 저었다.

"확실히 대단히 수상하지만 아직 다이라가 범인이라고 단정할 만한 증거는 없어."

"공평한 척하기는."

교코가 비아냥거리는 투로 덧붙여 말했다. 나는 어라 싶었다.

그리고 모두가 질문에 대답했다. 정리하면 다음과 같다.

어제부터 머무른 사야카는 오늘 아침 9시쯤에 1층 식당에서 마리코와 함께 느지막한 아침을 먹고 그후로는 각자 시간을 보냈다. 비는 오다 말다 했다.

11시 반쯤에 분타가 오토바이를 타고 도착했다. 사야카가 주방을 빌려서 간단한 점심을 준비해 식당에서 셋이 함께 먹었다.

그러고 나서 세 사람은 2층 라운지로 가서 마리코가 내린 커피를 마시며 잡담을 나누었다. 마리코는 1시 반쯤에 라운지를 나서서 4층 자기 방에 틀어박혔다. 분타와 사야카는 그럼 나중에 보자는 말을 남기고 하얀 나선계단 안으로 사라지는 마리코의 뒷모습을 보았는데, 그것이 두 사람이 본 살아 있는 마리코의 마지막 모습이었다(물론 둘 다 범인이 아니라고 가정한다면).

그후에 분타와 사야카는 자기 방에 돌아가서 시간을 보냈다.

2시쯤에 교코 일행이 택시를 타고 도착했다. 각자 짐정리를 마치고 나서 2시 반쯤에 라운지에 모였고, 분타와 사야카도 다시 라운지로 왔다. 그후로는 늘 두 명 이상이 라운지에 있었다. 4시부터 히데가 2층과 3층 사이 중앙 계단에 왁스를 칠하기 시작해 이십 분쯤 걸려서 작업을 끝냈다. 덧붙여 1층과 2층 사이는 내일 아침에 칠할 예정이었다고 한다. 왁스를 다 칠한 후 히데는 라운지로 돌아와서 창문으로 내가 도착하는 모습을 보았다. 그리고 내게 우산이 없다는 것을 알아차리고 서둘러 중앙 계단으로 1층에 내려가 리넨실에 들러서 현관으로 마중나왔다. 나는 일단 라운지로 향했지만 바로 나와서 1층 내 방에 갔고, 히데와 교코, 분타 등은 라운지에 남았다. 5시 반쯤에 마루모가 도착했다. 그리고 내가 나선계단을 올라가서 마리코의 시체를 발견했다.

"그럼 교코네는 마리코를 한 번도 못 본 거야?"

"응. 못 봤어."

"오늘 마리코를 본 사람은 분타와 사야카뿐이었다고 해도 되겠군."

마루모는 두 사람을 번갈아 보며 확인했다.

"그리고 범인."

분타가 퉁명스럽게 말했다.

"셋이서 점심을 먹을 때 마리코한테 뭔가 이상한 낌새는 없었어? 안절부절못했다거나 불안해 보였다거나."

분타와 사야카는 얼굴을 마주보았다.

"불안한 게 다 뭐야, 오히려 설레어 보이던데."

사야카가 대답했다. 분타는 입을 꾹 다문 채 천천히 고개를 끄덕여 동의했다.

"설레어 보였다고? 어째서?"

"그야 일 년 만에 모두가 모여서 그렇겠지? 적어도 내 생각은 그런데……."

"흐음."

마루모는 생각에 잠겼다가 느닷없이 히데에게 고개를 돌렸다.

"저어, 히데 씨."

"왜?"

"요전부터 궁금했는데 히데 씨는 지금 운전면허 없잖아. 물이랑 식재료는 도대체 어떻게 구입해?"

"마리코 씨가 인터넷 쇼핑몰에 주문해서 배송시키지."

"인터넷 쇼핑몰이라……."

"우리나라의 소매업과 물류시스템은 감탄이 나올 만큼 대단해. 물 한 통도 이런 벽지까지 배달해준다니까. 주문 금액이 오천 엔 이상이면 배송료도 무료고 말이야."

"그렇구나. 세상 참 편리해졌다."

"체크포인트! 여러분, 여기까지 다 읽으셨습니까? 이야, 역시 히데는 고용된 일꾼인가 보군요. 아직 대학생 물이 덜 빠진 듯 철부지 느낌이 드는 사람들 사이에서 홀로 일하고 있습니다. 나나오 씨가 '히데는 고용인'설을 부정하기 위해 운전 면허와 생필품 구입 문제를 근거로 내놓으셨는데, 인터넷 쇼핑몰에서 배송시킴으로써 그 문제는 쉽사리 해결되었습니다. 금세기 초엽에 이미 전국 배송이 가능한 인터넷 쇼핑몰이 존재했으므로 시대적으로도 모순은 없네요.

사부로는 히데 본인이 희망한 대로 계속 '반말'로 대화를 나누고 있지만, 현재 형님 모드가 발동된 마루모가 이 장에서 '히데 씨'라고 씨를 붙여서 불렀습니다.

그렇다면 역시 히데는 로쿠세와리 씨가 추리한 대로 나이가 지긋할지도 모르겠군요. 다만 범인인지 아닌지는 아직 단정할 수 없습니다.

아무튼 이 장에서 새로이 제공된 가장 중요한 정보는 뭐니 뭐니 해도 히데가 중앙 계단에 왁스를 칠했다는 사실이겠죠. 2층과 3층을 연결하는 중앙 계단에 칠한 왁스. 현재 왁스가 덜 말랐으니 계단을 지나간 사람이 있다면 발자국이 남아야 할 텐데 발자국은 없습니다!

사견입니다만, 이 장을 읽고 나니 역시 히데가 범인이라고 생각하기는 힘드네요. 고용주를 죽인 직후에 계단에 왁스를 칠하다니, 범인이 취할 행동치고는 지리멸렬합니다. 적어도 왁스를 칠하기 직전에는 본인이 분명히 3층 이상에 있었음을 증명하고, 본인을 제외한 용의자 수를 대폭으로 줄일 만한 행동을 진범이 일부러 할 리가 없어요.

따라서 히데의 이 증언은 믿어도 되겠죠. 와하하하. 히데 범인설을 주장하신 고쇼가와라 씨와 로쿠세와리 씨, 꽝입니다! 그리고 범인은 현장으로 향할 때 2층에서 나선계단으로 올라간 셈입니다. 와하하하하. 나나오 씨도 거의 꽝이에요! '다들 출제자의 술수인 줄도 모르고 범인이 2층에서 나선계단을 사용했을 거라 철석같이 믿은 거야'라고 폼 잡는 표정으로 말하더니만. 역시 나선계단을 사용했잖아. 게다가 출입구는 라운지에서 훤히 보입니다! 문제에서는 이 새로운 정보 때문에 사부로의 혐의가 더욱 짙어졌습니다만, 저희는 시점 인물인 사부로가 범인이 아니라는 사실을 알고 있습니다.

그렇다면 범인은 도대체 어떻게 아무에게도 목격당하지 않고 마리코 방에 갔을까요?

라운지에 있던 사람이 때마침 모두 다른 방향을 보고 있었을 가능성이 절대로 없다고는 할 수 없겠습니다만, 그건 역시 요행에 가깝겠죠. 미스터리 연구회 소속이었던 사람이 그런 요행에 기대어 범행을 저질렀다고 보기는 힘듭니다. 설정상 모두가 본격 미스터리의 행동 원칙에 따라 논리적으로 행동한다고 간주해야 마땅하다고 말씀하셨던 분은 분명 미사와 씨셨던가요?

즉, 범행 시각에 마리코의 방은 소위 '열린 밀실'이었던 셈입니다. 즉, 사람들의 시선 속에 놓여 있어서 사실상 아무도 드나들 수 없는 상황이었다는 뜻이죠.

자, 여러분이 세끼 밥보다 더 좋아하시는 밀실입니다. 이 수수께끼를 풀어주십시오!"

"이봐, 수수께끼를 도중에 추가하다니 그런 비겁한 짓이 어디 있어!"

해답석에서 선글라스를 낀 남자가 쩌렁쩌렁한 목소리로 소리쳤다.

"누구십니까? 해답 이외의 자유 발언은 원칙적으로 금지입니다!"

"비겁해. 일곱 명이나 해답을 마쳤는데, 이제 와서 중앙 계단에 왁스를 칠했다는 정보를 내놓다니. 가위바위보에서 손을 늦게 내는 거랑 다를 게 뭐야. 이러면 이미 해답을 마친 사람들이 고이 잠들지 못할 거라고."

하지만 가바야마 모모타로는 태연한 표정으로 대답했다.

"예에? 무슨 잠꼬대를 하시는 겁니까? 그야 자기 책임이죠. 어디서 새로운 정보가 제공될지 모른다고 제가 필사적으로 말렸는데도 다들 해답을 척척 내놓으셨으면서……. 정말이지 돈이 그렇게 탐나냐, 이 거지 같은 것들아! 제가 말리는 거 여러분도 보셨죠?"

"비겁해……."

"뭐라고요? 뭐라고 하셨습니까? 진행자의 권한으로 해답권을 박탈하고 강제로 샤워실, 아니 해답자 대기실로 보낼 수도 있는데요?"

"……."

11

“만약을 위해 말해두겠는데, 앞으로 현장 부근에서 단독 행동은 일절 금지야.”

마루모가 드디어 바라던 대로 리더십을 발휘하려는 모양이었지만, 나는 일일이 이의를 제기하기가 귀찮아서 그냥 입을 다물었다. 이제 네 마음대로 해라. 지금은 사야카를 감싸면서 내게 튀는 불똥을 털어내기에 급급한 처지다.

“물론 나도 예외는 아니야. 나도 앞으로 결코 혼자서는 4층에 가지 않겠어. 그러니까 모두들 내 말에 따라줘.”

“그래, 안 갈게. 딱히 볼일도 없으니.”

분타 혼자 입을 열어 대답했지만 특별히 이의를 제기하는 사람은 없었다.

"그런데 마루모 군, 여기 올 때 다리가 탁류에 휩쓸려서 사실상 무너진 거나 다름없다고 했잖아."

그때 교코가 뜬금없이 마루모에게 질문했다.

"응?"

"정확하게 몇 시쯤 일이야?"

그러자 마루모는 어째서인지 미간에 주름을 잡았다.

"야야, 갑자기 그런 걸 물어보고 그러냐. 나도 몰라."

"어째서? 왜 그렇게 중요한 걸 기억 못 하는데?"

캐묻는 듯한 교쿄의 말을 듣고 나는 어라, 하고 속으로 고개를 기웃했다. 이걸로 두 번째다. 교코는 학창 시절부터 줄곧 툭하면 마루모 편을 드는 열렬한 마루모 지지자였을 텐데.

"그러니까 아까 이야기했듯이 사느냐 죽느냐의 기로에 있었다니까. 차로 건너는 도중에 다리가 침수됐어. 그런 와중에 시계를 볼 여유가 어디 있냐."

"그야 그때는 볼 여유가 없었겠지만 위기를 넘겨서 한숨 돌리고 나면 보통은 보지 않나?"

"그거야 사람 따라 다르겠지. 적어도 나한테 그건 '보통'이 아니야."

"아무튼 시라히게 다리가 몇 시에 무너졌는지 정확한 시간은 모른다는 거네?"

"그래."

마루모는 내뱉듯이 말했다.

"왜 화를 내?"

교코가 끈덕지게 마루모를 물고 늘어졌다.

"아니, 딱히 화는 안 났는데."

"그럼 됐고. 마루모 군은 5시 반 조금 넘어서 저택에 도착했어. 시라히게 다리에서 여기까지 차로 십 분이 안 걸릴 테니까 5시 20분쯤에 다리가 무너졌다고 봐도 되겠지?"

그러자 마루모는 팔짱을 끼고 고개를 갸우뚱했다.

"아니⋯⋯ 그보다 조금 더 전일걸. 간발의 차로 다리를 건넌 후에 길가에 차를 대고 다리와 엔진 상태를 확인했으니까."

"그럼 5시 10분쯤?"

"으음, 뭐, 대충 그 정도겠지."

"지역 경찰에 문의하면 정확한 시간을 알 수 있을까?"

"그야 뭐⋯⋯ 그럴지도 모르지."

대답하는 마루모의 표정이 살짝 흐려진 것처럼 보였다.

"근데 왜 그런 데 신경쓰는 거야?"

"그냥. 마음에 좀 걸려서."

"저기, 일이 이렇게 됐으니 마리코 부모님께 연락을 드려야 할 것 같은데, 연락처 아는 사람 없어?"

분타가 옆에서 이야기에 끼어들었지만 아무도 대답하지 않았다. 물론 나도 몰라서 잠자코 있었다.

"어, 히데 씨도 몰라?"

"난 마리코 씨가 직접 고용했으니까……."

히데는 그렇게 말하고 머리를 긁적였다.

잠깐 침묵이 흐른 후, 사야카가 불쑥 입을 열었다.

"부모님 댁은 분명 시즈오카 쪽이었을 거야. 에도 시대 때부터 이어져 내려오는 오래된 가문인데, 부모님 댁인가 그 부근인가가 〈도카이도 53역참〉*에 그려져 있다고 자랑했어."

"어, 가쓰시카 호쿠사이의?"

"멍청아. 안도 히로시게지."

"하지만 부모님 댁 전화번호는 몰라."

"그렇구나. 뭐, 보통 그렇겠지……."

분타가 아쉽다는 듯이 고개를 저었지만 어쩔 수 없는 일이다. 지난 세기 말에 휴대전화가 단번에 대중에게 보급된 이후로 아주 친한 친구들끼리도 집 전화번호는 모르는 게 당연해졌다. 하물며 부모님 댁 연락처라니 완전히 속수무책이다. 마리코가 아니라 다른 사람이 변을 당했어도 그 사람 고향에 연락을 취할 방법은 없을 것이다.

"마리코의 시체는 어떻게 하지?"

교코가 천장을 살짝 올려다보며 말했다.

* 에도 시대 우키요에의 대가인 안도 히로시게가 제작한 연작 풍경 판화.

"어떻게 하느냐니?"

분타가 의아하다는 얼굴로 대답했다.

"자세하게 조사 안 해?"

"우리가 시체를 조사한들 뭘 알아내겠어? 우리가 아무리 미스터리 연구회 출신이라지만 경찰처럼 철저하게 조사할 수는 없다고. 경찰이 올 때까지 현장을 보존해두는 수밖에."

"어? 그렇지만 경찰에만 의지하지 말고 우리 힘으로 한시라도 빨리 범인을 찾아내기로 한 거 아니었나?"

"그야 그렇지."

"시체를 조사해보지도 않고 과연 논리만으로 범인을 찾아낼 수 있으려나."

분타의 말문이 탁 막혔다. 그 모습을 보고 마루모가 끼어들었다.

"상황이 이러니 어쩔 수 없지."

"그게 가능해?"

교코가 마루모 쪽으로 고개를 돌렸다.

"가능한지 불가능한지는 해봐야 알지. 좋아, 그럼 이번에는 마리코의 사망 추정 시각 전후에 모두가 어떻게 행동했는지 확인하자. 오후 4시부터 5시 15분 사이에 다들 어디서 뭘 했어?"

"난 4시 좀 지났을 때 내 방에 돌아와서 잠깐 뭐 좀 끄적이

다가 다시 라운지에 갔는데."

"난 계속 라운지에 있었지만 몇 번 방에 다녀왔어."

"나도."

"나도 일단은 방에 갔었는데."

"흐음."

마루모가 팔짱을 끼고 작게 콧숨을 토해냈다. 결과적으로 알리바이가 백 퍼센트 확실한 사람은 아무도 없다는 사실을 알았을 뿐이기 때문이다. 모두가 적어도 한 번은 라운지를 나서서 혼자가 된 시간이 있었다.

"방 배치는 어떻지? 3층 방을 쓰는 사람은 없나?"

"당연히 없지. 3층은 마리코네 가족 전용인걸."

"물론 알긴 알지만. 올해만 특별히 3층 방을 쓰는 사람이 없나 싶어서 물어봤어."

"없지, 히데 씨?"

교코가 히데에게 물어보자 히데는 말없이 고개를 끄덕였다.

"혹시 벌써 벽에 부딪힌 거야? 그러니까 마리코의 시체를 조사해보자. 칼도 그냥 놔두려고? 안 뽑아주고?"

교코는 아까부터 묘하게 적극적으로 시체를 조사하자고 나섰다.

"너도 미스터리 연구회 출신이면 알 텐데? 칼을 건드리는 게 제일 안 좋아. 범인의 지문을 검출하는 데 문제가 생길 우려가 있어."

반대로 마루모는 소극적이었다.

"그럼 칼은 그냥 놓아두더라도 다른 건 조사해보자고. 어쩌면 범인과 싸움을 벌이다가 할퀴어서 손톱 밑에 범인의 피부가 남아 있을지도 모르잖아."

나는 가슴이 철렁했다. 교쿄 이 녀석, 아주 예리한 의견을 내놓았다.

"만약 싸움을 벌였다면 등 한복판을 찔리지는 않았겠지."

마루모가 반박했다.

"그야 장담 못 하지. 맞서 싸우려고 했지만 힘으로는 도저히 당해낼 수 없다는 걸 알고 등을 돌려 도망치려다가 푹 찔렸을 수도 있어."

"그럼 손톱 밑에 뭔가 남아 있지도 않겠지?"

"그것 또한 장담은 못 해. 어쩌면 범인과 몸싸움을 벌이다가 등을 돌려 도망치려고 했을지도 모르니까."

"야, 교쿄. 마음은 이해가 간다만, 그러니까 경찰에 맡기자는 거야. 설령 뭔가 발견한다 치더라도 우리가 도대체 뭘 할 수 있는데? 현미경도 전문 지식도 없잖아. 그냥 보존해놓으면 경찰이 감식해서 진범 체포에 도움이 될지도 모르는 중요한 증거를, 망치는 게 고작 아니겠어?"

"그럼 이제 어떻게 할 건데?"

"어떻게도 안 해. 현장은 이대로 보존해놓고 내일이 지나 날씨가 맑아져서 경찰이 도착하기를 기다려야지."

"뭐야. 그럼 마루모 군이 얼간이 취급한 클로즈드 서클물의 등장인물들과 똑같잖아. 모두 오늘밤은 잊지 말고 방문 빗장을 지르고 자도록 하자."

마루모는 인상을 찌푸렸다.

그 모습을 보자 속이 좀 시원해졌다. 마루모 지지자였던 교코가 왜 오늘은 마루모를 이렇게 신랄하게 공격하는지는 수수께끼지만.

"그러고 보니 마리코의 부모님 댁에 연락드리는 거 말인데……."

사야카가 다시 생각났다는 듯이 입을 열었다.

"마리코의 휴대전화는? 휴대전화에 부모님 댁 전화번호가 등록되어 있지 않을까?"

"아아, 그럴 수도 있겠다."

분타가 고개를 살짝 끄덕였다.

"그런데 마리코 휴대전화는 어디 있지?"

"그 방에 있지 않을까?"

그러자 마루모가 좋아, 하고 작게 소리치고 일어섰다.

"찾으러 갔다 올게."

"어머? 혼자서는 4층에 가지 않기로 결정하지 않았나?"

"물론 혼자 안 가. 누구 나랑 같이 갈 사람?"

"난 안 갈래."

"나도."

여자들은 모두 고개를 저었다.

"하는 수 없군. 그럼 나랑 다이라 둘이서 다녀올게."

"왜 너희 둘인데?"

분타가 의아하다는 표정으로 말했다.

"나도 결정한 사항은 지켜야 하니까."

"그게 아니라 왜 너랑 다이라냐고."

"아아, 그런 뜻이었어? 그럼 너도 가자. 딱히 널 따돌리려던 건 아니야. 다이라를 여자들과 함께 남겨두면 무슨 나쁜 짓을 할지 모르니까 데려가려고 했을 뿐이야."

마루모가 평소보다 큰 목소리로 말했다.

"그것참, 내가 무슨 양떼 속의 늑대도 아니고."

나도 일어섰다.

"자자, 분위기가 바뀌어 다시 마루모가 수상해졌습니다! 다리를 몇 시에 건넜는지 묻자 마루모의 표정이 왜 흐려졌을까요?"

"니타니 씨의 마루모 범인설이 갑자기 현실미를 띠는군요."

"그렇습니다. 하지만 안타깝게도 니타니 씨는 여성인 마루모가 범인이라고 주장하셨죠. 외람되지만 저는 아무래도 마루모가 역시 남성으로 느껴지는데요. 레이카 양 생각은 어때요?"

"으음……. 역시 남자 아닐까 싶은데요오."

"그렇죠. 그렇다면 적어도 완벽한 정답으로 취급할 수는 없겠는데요. 니타니 씨는 밀실 수수께끼도 풀어내지 않았으니까요."

"하지만 마루모 씨가 수상해진 건 사실이에요."

"그렇습니다. 솔직히 말씀드리자면 지금이 해답을 말씀하실 절호의 기회일지도 모르겠습니다."

"아, 해답 램프에 불이 들어왔어요."

"예, 핫탄카 씨. 범인은 마루모입니까? 남성 마루모 범인설이라면 니타니 씨의 해답과는 별개로 간주됩니다!"

"무슨 소리야. 그렇게 속이 환히 들여다보이는 유도신문에는 안 넘어가."

풍만한 가슴을 끌어안듯이 팔짱을 낀 핫탄카는 윤기 나는 검은 머리를 뒤통수 아래쪽으로 틀어 올렸다. 시뇽이라는 헤어스타일이다.

"아니요, 신문은 안 했습니다만."

"그럼 유도네. 아무래도 마루모 범인설로 유도하고 싶은 모양인데, 그런 수법에는 안 넘어가."

"아아, 마루모 범인설은 틀렸다는 말씀입니까?"

"틀렸지. 이면의 이면을 읽어야 해. 이렇게 갑작스레 노골적으로 수상해지다니, 오히려 범인이 아니라는 뜻이야. 무엇보다 당신도 아까 시점 인물은 범인일 리 없다고 했잖아."

"뭐, 마루모는 분명 시점 인물 중 한 명입니다. 그러나 아무도 지목하지 않았지만 이 사람이야말로 다중 인격자일 가능성은 아직 남아 있습니다. 자진해서 탐정 역할을 맡은 마루모의 주인격은 부인격이 멋대로 살인을 저질렀다는 사실을 모릅니다. 그리고 다리가 무너진 시각과 자신이 저택에 도착한 시각이 맞물리지 않는다는 사실을 지금에서야 깨닫고 그사이 나는 도대체 어디서 뭘 하고 있었느냐며 스스로를 의심하는 장면으로 해석할 수도 있지 않겠습니까?"

"해석 못 할 거야 없지만 진행자가 몸소 그런 답변을 권하다니, 역시 오답이라는 뜻이겠지?"

핫탄카가 냉랭한 어조로 대답하면서 풍만한 가슴 앞에 끼고 있던 팔짱을 풀자 얇은 옷이 착 달라붙어 육감적인 상반신의 윤곽이 고스란히 드러났다.

"그러니까 저는 정답을 모른다고요! 그럼 반대로 질문을 드리겠는데, 마루모가 범인이 아니라면 왜 다리가 몇 시에 무너졌는지 묻자 표정이 흐려졌을까요?"

"그야 자진해서 탐정 역할을 맡아놓고 자신의 무고함을 객관적으로 증명해줄 질문에 정확하게 대답을 못 하는 게 못마땅해서 그랬겠지. 왜 나는 그때 시계를 보고 시간을 확인하지 않았을까 하는 마음이 든 거야. 즉, 탐정의 자존심 문제지. 이 장면에서 마루모는 아주 수상한 느낌이 들도록 서술됐지만, 그건 미스디렉션이야."

"이야, 곳곳에 함정 천지로군요. 그렇다면 핫탄카 씨는 누구를 범인으로 지목하시겠습니까?"

"처음부터 의심스러웠는데 이제야 확증을 얻었어. 기다리길 잘했네."

"해답에 백 퍼센트 자신이 있다는 말씀이십니까?"

"물론이지. 이미 답변한 일곱 명에게는 미안하지만."

"그럼 어서 말씀해주시죠!"

"범인은 여성이라는 물증이 발견된다. 그리고 분명 성별 오인 트릭이 사용되었다. 니타니라는 젖비린내 나는 계집애, 아니 새파랗게 젊은 아가씨가 만들어낸 그 흐름은 나쁘지 않았어. 바늘처럼 빼빼 마른 남자가 다른 의견을 내놓았지만 그후에 수수께끼의 여성이 등장, 아니 재등장해서 하얀 고양이를 쓰다듬었지. 하지만 다들 정작 중요한 범인을 헛짚은 모양이네."

“그렇다면 범인은?”

“범인은 바로 마리코 씨야.”

“마리코라고요? 하지만 마리코는 칼에 등을 푹 찔려서 파란색 드레스를 피로 물들인 채 죽었는데요? 그럼 마리코가 자살했다는 말씀이십니까?”

“설마. 그 사람은 등 한복판을 찔렸잖아? 자살은 무리 아니겠어?”

“그럼 도대체 무슨 뜻인지요?”

“지금 설명할게. 일단 사부로 씨가 마리코 씨의 시체를 발견하는 장면에서 고작 노크를 두 번 하고 문을 여는 부분에 주목해야 해. ‘나는 마리코의 속옷 차림을 질릴 만큼 많이 봤고’라고 적혀 있었을 텐데, 아무리 예전에 남자친구였다고 한들 속옷만 입고 있는데 멋대로 문을 열고 들어가면 여성은 싫어하는 법이지. 몬테레오네 씨는 어떻게 생각해?”

“아, 그건 절대로 싫어욧.”

“어, 레이카 양. 남자랑 사귄 적 없지 않아요?”

“아, 어, 없어욧. 상상해보니까 역시 싫겠구나 싶어서요.”

“정말일까.”

“이봐, 진행자! 괜히 꼬투리를 잡아서 보조 진행자를 성희롱하지 마!”

아까 가위바위보를 예로 들며 불평을 토했던 해답석의 선글라스를 낀 남자가 다시 소리를 질렀다.

"성희롱이라니요, 아닙니다. 모든 남성 시청자들의 목소리를 대변했을 뿐이라고요."

"아무튼! 전 남자친구든 뭐든 간에 여성은 느닷없이 문을 벌컥 여는 걸 절대로 싫어해!"

핫탄카가 짜증이 어린 목소리로 이야기를 되돌렸다.

"게다가 한창 사귀는 중이라면 또 모를까, 한참 전에 헤어진 사이잖아? 사부로 씨가 여성의 마음에 몹시 둔감한 사람이라는 해석도 성립할 수 있겠지만, 독백 부분을 읽어보니 제법 세심하게 사야카 씨의 심리를 읽어내더라고. 그렇다면 역시 이 부분은 이상해. 이 상황에 들어맞는 해석은 딱 하나뿐이야."

"흠, 그게 뭡니까?"

"여성을 남성으로 성별을 오인시킨 게 아니라 남성을 여성으로 성별을 오인시킨 거지."

"어, 다시 말해 뭐가 어떻게 된 건가요?"

"그러니까 죽은 마리코 씨는 남성이었다고. 마초 기질이 있는 사부로 씨는 남자끼리니까 마음 편하게 문을 벌컥 연 거야."

"으아앗!"

"근거는 얼마든지 있어. 사야카 씨는 사부로 씨와 마리코 씨가 일찍이 연인이었다는 걸 이상하리만치 신경썼지?"

"아, 예……."

"사야카 씨는 이런 생각까지 했어. '그런 성향은 좀처럼 고치기 힘든 것 아닐까?' 보통 남녀관계였다면 좀 예민한 것 아닌가 싶을 부분이지만, 그게 남성끼리의 사랑이었다면 어떨까? 사야카 씨가 이렇게까지 걱정하는 것도 당연하지 않겠어?"

"그렇다면 사부로는 소위 잡식성……."

"그런 셈이지. 사야카 씨 입장에서는 자신한테 청혼한 남성이 과거에 이성 연인을 몇 명 사귀었든 과거는 과거라고 치부할 수 있지만, 동성 연인이 있었다는 건 완전히 별개의 문제야. 청혼을 받아들이느냐 마느냐 충분히 신중을 기할 만해. 자기 남편이 뭔가를 계기로 자기를 버리고 남자에게 달려가는 모습을 상상하면 보통은 견딜 수 없을걸. 차분하게 생각해보기 위해 일시적으로 휴대전화를 수신 거부한 것도 전혀 이상하지 않아."

"그렇군요……."

"그리고 몇 장 전에 나온 사야카 씨의 대사 '어떤 의미에서 마리코만큼 자신의 욕망에 충실하게 산 사람은 없을 것이다', 이것도 그런 의미야. 마리코 씨는 자신의 취향이랄까 성적 지향이랄까, 그런 걸 실로 충실하게 충족시키며 살았던 셈이지."

"아아……."

"근거는 또 있어. 순백색 나선계단 말이야. 요즘 보통 여성은 그런 걸 만들어달라고 조르지 않아. 여성을 낭만주의자로 여기는 건 남성의 착각이지. 여성은 오히려 현실주의자라고. 그러니까 조른다면 좀더 실용적인 보석이나 귀금속, 여차할 때 돈으로 바꿀 수 있는 명품 가죽 제품 따위를 사달라고 조를걸. 나선계단은 마리코 씨가 게이 또는 트랜스젠더이기 때문에 아빠한테 만들어달라고 조를 수 있었던 거야."

"그렇다면 마리코는 게이 또는 트랜스젠더인데, 공주병이 심해서, 장딴지 부분이 꽉 끼는 파란색 인어 모양 드레스를 지어 입은 겁니까? 우와, 속이 메슥거리네요. 우웩."

"당신 속이 메슥거리든 말든 그건 내 알 바 아니고."

"그런데 남성인데 왜 마리코입니까?"

"방금 전에 바로 거기서 확증을 얻었어. 아까 마리코 씨 부모님 댁이 시즈오카에 있고, 집 부근이 안도 히로시게의 〈도카이도 53역참〉에 그려져 있다고 했잖아? 그게 아주 큰 힌트였어."

"어? 그게 힌트였다고요?"

"그래. 이건 이 사람의 성이야."

"엇? 마리코가 성이라고요?"

"응. 물론 특이한 성 중 하나인데, 어떤 자료에 따르면 전국에 약 940명쯤 있대. 그리고 이건 시즈오카 현에 특히 많은 성이야. 왜냐하면 시즈오카에 원래 마리코라는 지명이 있었거든. 〈도카이도 53역참〉의 스무 번째 역참이 바로 마리코 역참이지. 안도 히로시게는 그 작품에다 마죽 가게에서 여행자들이 마죽을 먹는 모습을 담았어. 그런데 마리코 씨 아버지는 직업이 뭐였더라?"

"어, 사업가 아닌가요……."

"그러니까 직종이 뭐냐고?"

"분명 마덮밥 전국 체인점을……아!"

"그래. 여기까지 일치하면 틀림없어. 덧붙여 초판은 역참의 한자가 '丸子'라서 희소성이 높아. 2판부터 '鞠子'로 바뀌지. 뭐, 이건 토막상식이지만. 니타니 씨랑 고쇼가와라 씨가 성별 오인 트릭에 착안한 건 좋았지만 정답에는 한두 발짝 모자랐어. 이 트릭은 성별 오인과 이인일역, 그리고 벌스톤 선공법*이라는 세 종류의 트릭을 조합한 거야."

"예엣? 그게 무슨 뜻입니까?"

"뭐, 툭 까놓고 말해 성별 오인 트릭 자체는 이제 낡을 대로 낡았잖아. 한때 미스터리 마니아들 사이에서는 작품에 '마유

* 진범이 이미 죽은 것처럼 보이도록 위장하여 독자가 진범을 용의선상에서 제외하도록 유도하는 수법.

미'라는 이름이 나오면 거의 백 퍼센트 성별 오인 트릭이 사용됐다고 의심하는 게 상식이었을 정도야. 그렇지만 마침내 마리코라는 성까지 등장하다니 참 감개무량하네."

"그렇다면 핫탄카 씨는 특이한 성을 잘 아시나 봅니다?"

"응, 핫탄카라는 내 성도 보기 드물잖아? 그래서 예전부터 특이한 성에 흥미가 있었지. 그리고 난 미스터리를 아주 좋아하지만, 서술 트릭에 속는 건 엄청 싫어하거든. 그래서 전화번호부로 전국에 분포된 이름 같은 성을 몽땅 조사한 적이 있어."

"와, 시간이 남아도는 인간일세."

"응, 뭐라고?"

"아니요, 존경합니다. 집념이 대단하세요! 하지만 요즘 세상에 전화번호부라니……."

"시끄러! 내가 젊었을 때만 해도 각 가정마다 두툼한 전화번호부가 있었다고! 나이가 밝혀지니까 너무 깊게 파고들지는 마! 덧붙여 여성의 이름처럼 보이지만 실은 성인 예로, 메구미 씨가 전국에 약 천오백 명, 가에데 씨가 약 천백 명 있어. 이건 두 번째 토막상식. 그리고 내 앞의 앞에 답변한 로쿠세와리 씨, 그 사람의 성도 특이한데 그건 도쿄 메구로 구 부근의 지명에서 유래한 거야. 이게 세 번째 토막상식."

"아, 예. 토막상식은 됐습니다. 하지만 어쩐지 저도 조금씩 마리코가 남성처럼 느껴지기 시작하는군요."

"그야 그렇겠지. 그게 정답이니까."

"그러면 마리코는 남자라고 치고, 범인은 누구입니까?"

"벌스톤 선공법과 이인일역 트릭을 조합했다고 했을 텐데? 독자는 초반부에서 피해자 마리코 씨를 용의선상에서 제외하겠지. 그러면 노림수에 넘어가는 거야. 범인은 여성 마리코 씨니까."

"예?! 그럼 마리코가 두 명입니까?"

"그렇지. 만약 그렇지 않다면 피해자의 성별을 독자에게 오인시킬 필요가 없잖아. 또 하나의 '마리코'를 숨기고 싶으니까 그런 거야. 혹시 이다음에 마리코 씨가 등장하더라도 독자는 회상 장면이라고 착각하겠지."

"이야, 오늘 해답자 여러분은 정말로 문제가 앞으로 어떻게 전개될지를 읽고 계시는군요. 마치 아마추어가 장기판 위에 배치된 말들만 보고 어느 쪽이 우세하다고 입씨름을 벌일 때, 실제로는 벌써 몇십 수나 앞을 내다보고 서로의 머릿속 장기판에서 치열한 싸움을 벌이는 명인들의 대국을 관전하는 것 같습니다!"

"뭐, 그렇겠지."

"그렇다면 범인인 여성 마리코는 도대체 누구입니까? 지금까지 등장한 인물들 가운데 있습니까?"

"똑똑히 등장하지 않고 내내 어른거리기만 한 인물이지. 초반부 라운지 장면에서 '아키'라고 불렸고, 방금 전 장면에서 하얀 고양이를 쓰다듬은 인물 말이야. 이 사람은 이름이 마리코고 성에 '아키'가 들어갈 거야. 예를 들면 아키야마 마리코 씨나 아키요시 마리코 씨. 출제자는 지금까지 이 사람의 기척을 최대한 지워왔지만, 이쯤에서 한번 제대로 나오지 않으면 진상이 밝혀졌을 때 불공정하다는 평가를 면할 수 없을 테니 등장시켰겠지. 하지만 너무 빤했어. 이 정도 트릭으로 초짜들은 속일 수 있을지 몰라도, 소싯적에 긴시 정에서 넘버원 호스티스 자리를 두 달이나 지켜낸 내 눈은 못 속여!"

"어휴. 긴시 정에서 두 달 가지고 너무 빼기시는군요. 그럼 밀실 수수께끼는요? 가령 아키야마 마리코 혹은 아키요시 마리코라는 여성이 있다고 치더라도, 그 사람이 어떻게 아무에게도 들키지 않고 현장을 드나들었는지 대답해주셔야 합니다."

"그야 간단하지. 중앙 계단을 이용했어."

"그렇지만 히데가 왁스를 칠한 계단에 발자국이 없었는데요."

"그, 러, 니, 까 위장된 건 범행 시각이야."

"무슨 뜻인지요?"

"즉, 왁스를 칠하기 전에 죽인 거지. 4시에 마리코 씨와 통화했다고 도대체 누가 말했을까? 지문에는 적혀 있지 않았지만 바로 진범인 여성 마리코 씨의 증언이었어. 요컨대 범인은 4시에 피해자인 남성 마리코 씨가 전화를 받았다고 증언함으로써 시간 차 트릭을 사용한 셈이지. 실제로는 그전에 죽였지만 그후에 히데 씨가 계단에 왁스를 칠하는 모습을 보고 여성 마리코 씨는 이걸 활용하면 불가능 상황을 만들어낼 수 있겠다고 생각한 거야."

"하지만 그렇다면 S라는 다잉 메시지는 어떻게 됩니까?"

"사부로 씨는 자신이 볼 때까지 피로 쓴 글씨가 남아 있었으니 범인은 그게 남겨진 줄 몰랐다고 생각했지만, 실은 다잉 메시지가 남겨지는 경우는 하나 더 있고, 오히려 그쪽일 가능성이 더 높아."

"자세히 설명해주시죠."

"다잉 메시지 자체가 범인이 던진 낚싯밥일 경우야. 즉, 진범인 여성 마리코 씨가 범행을 저지르고 나서 피해자인 남성 마리코 씨의 손가락에 피를 묻혀서 남긴 가짜 단서지."

"음, 그건 좀 편의적으로 갖다 붙이신 것 같은데요. 무엇보다 등장인물도 독자도 그게 가짜 단서인지 아닌지 판단할 방법은 없을 텐데요."

"막말하네. 편의적으로 갖다 붙인 거 아니야. 난 이게 가짜 단서라는 논리를 확고하게 구축할 수 있다고."

"어, 그러십니까? 실례했습니다. 그렇다면 이야기는 별개죠."

"범인은 도중에 남에게 방해를 받거나 분 단위의 알리바이 공작을 펼친 게 아니니까, 해치운 상대의 숨이 완전히 끊어질 때까지 기다리지 않고 현장을 떠나야 할 이유는 어디에도 없어. 피해자가 사망하기 전에 범인이 현장을 떠나서 다잉 메시지가 그대로 남아 있었다고 받아들이는 게 오히려 이상하지. 따라서 논리적으로 생각할 때 다잉 메시지는 가짜 단서로 보아야 하며, 사부로 씨가 다잉 메시지를 지우는 바람에 여러 부분에서 의혹이 발생했어. 그런 상황이야."

"오호, 그렇군요. 화, 확실히 논리적이네요."

"어때? 정답이지?"

"그건 아직 모릅니다. 이야, 하지만 놀랐습니다."

"어때? 긴시 정 파워도 아직 쓸 만하지?"

"정리하자면 '마리코'는 이인일역. 피해자 '마리코'는 사실 남성이며, 따라서 아직 등장하지 않는 여성 '마리코'가 반드시 존재한다. 그 인물은 '아키'이기도 하다. 맞죠? 이야, 대담하기 그지없는 가설입니다! 몰라 봬서 죄송합니다!"

"무슨 소리야. 가설이 아니라 정답이라고."

12

“부탁이니 현장을 마구 어지럽히지 마. 특히 시체는 절대로 건드리지 않도록 주의해.”

마루모는 그렇게 말하고 앞장서서 나선계단을 천천히 올라갔다. 분타가 그 뒤를 따랐고, 나는 제일 마지막에 올라갔다.

4층에 도착했다. 문을 살짝 열고 안으로 들어갔다. 아직 저녁녘 빛이 아주 약간 남아 있는 가운데, 바닥에 쓰러진 마리코의 시체를 가능한 한 보지 않도록 애쓰며 방을 뒤졌다.

고생이 헛되지 않았는지 마리코의 휴대전화는 금방 찾아냈다. 발견한 사람은 분타다. 하기야 찾아냈다고 해도 침대 협탁 위, 화장품 따위를 넣어둔 파우치 뒤편에 아무렇게나 놓여 있었지만.

그런데 분타가 제자리에 선 채 휴대전화를 펼쳐서 만지작거리다가 이윽고 낙담한 투로 말했다.

"안 돼. 통화 기록도 전화번호부도 비밀번호를 입력하지 않으면 못 보도록 잠겨 있어."

"그렇군. 아쉽네."

나는 그렇게 대답했다.

"일단 휴대전화를 가지고 내려가자."

마루모가 제안했다.

"가지고 가자고? 너 현장보존주의자 아니었냐?"

내가 비아냥거리자 마루모는 불끈 화난 표정을 지었다.

"휴대전화 하나 정도로는 현장 보존의 원칙에 반하지 않아. 그리고 어쩌면 여자들 중에 누가 비밀번호를 알고 있어서 잠금 상태를 풀 수 있을지도 모르잖아."

"그야 뭐, 그렇지."

분타가 고개를 살짝 끄덕이더니 들고 있던 마리코의 휴대전화를 흰색 라이더슈트 가슴주머니에 툭 떨어뜨려 넣었다.

"그럼 내려갈까."

"잠깐만 기다려."

마루모는 그렇게 말하고 마리코 옆에 쪼그리고 앉아 바닥에 늘어진 마리코의 오른손 끝을 새삼스레 관찰하기 시작했다.

나는 가슴이 내려앉는 기분이었다. 마루모가 누구냐, 이번에야말로 그것을 발견하겠지.

"좋아, 그럼 갈까."

하지만 마루모가 바로 일어섰으므로 나는 약간 안도했다.

"그래."

나선계단을 내려갔다. 이번에는 분타가 앞장섰고 그다음이 나, 마루모가 제일 마지막이었다.

그건 그렇고 사내놈 셋이서 줄지어 순백색 나선계단을 내려가자니 어쩐지 등 언저리가 근질근질했다.

2층 복도로 돌아와서 내가 화장실에 들렀다 가겠다고 하자, 마루모가 자기도 가겠다며 따라왔다. 2층 손님용 화장실은 중앙 계단을 사이에 두고 라운지 반대편에 있다.

"먼저 갈 거면 잠금 상태를 푸는 비밀번호 아는 사람 없는지 여자들한테 물어봐줘."

마루모가 고개를 돌려 분타에게 말했다.

"알았어."

분타는 퉁명스럽게 대답하고 라운지 쪽으로 걸어갔다.

"야, 마리코의 시체를 발견했을 때 현장에서 도대체 뭐했어? 다른 사람들한테는 말 안 할 테니까 네가 뭘 했고 뭘 알고 있는지 전부 이 명탐정 마루모 다이스케 님께 털어놔."

두 개 있는 소변기 앞에 나란히 서서 볼일을 보면서 마루모가 목소리를 낮추어 말했다.

나는 마루모의 얼굴을 가만히 바라보았다.

"안심해. 네가 범인이 아니라는 거 아니까."

"근거는?"

나는 되물었다.

"마리코의 오른손 손톱 밑 봤어?"

"아니……."

"놀랍게도 교코 말이 맞았어. 범인의 피부는 아니었지만, 가운뎃손가락과 약손가락 손톱 밑에 립스틱이 묻어 있더라고."

"립스틱? 정말이야?"

나는 시치미를 뚝 뗐다.

"응. 집게손가락 끝이 빨갛게 물든 건 피 때문이지만, 가운뎃손가락과 약손가락 손톱 밑에 있던 빨간색 덩어리, 그건 피가 아니야. 립스틱이야."

과연 이번에는 놓치지 않았구나.

"그건 범인 것이라고 봐도 지장 없을 거야. 교코 말대로 몸싸움을 벌이다가 마리코의 손끝이 범인의 입술을 스쳤겠지. 그리고 범인은 아직 그런 줄 몰라. 피부를 긁혔다면 따끔따끔하니까 알아차리겠지만, 립스틱이 조금 지워진 정도니까."

"하지만 립스틱이라면 마리코 본인 것일 가능성은 없나?

화장하다가 실수로 묻었을지도 모르잖아."

마루모는 미간에 깊은 주름을 잡으며 고개를 저었다.

"색깔이 달라. 마리코는 늘 강렬한 빨간색을 바르잖아. 그런 연분홍색 립스틱은 결코 안 바른다고."

그렇게 심각한 표정으로 말할 것까지는 없지 않나 싶어서 나는 무심결에 웃음을 터뜨릴 뻔했다.

그건 그렇고 역시 마루모, 여자들의 립스틱 색깔 같은 걸 평소부터 잘 관찰하고 계셨군그래.

"드디어 마루모 씨도 마리코 씨 손톱 밑에 묻은 립스틱을 발견했네요."

"다만 초반에 멋지게 피해자의 손톱 밑에서 증거가 발견될 것이라 예견하신 니타니 씨는 안타깝게도 여기서 오답 확정이군요. 이야기의 흐름상 니타니 씨의 예상은 멋지게 적중했습니다만, 니타니 씨가 여성이자 범인으로 지목하신 마루모는 방금 전 장면에서 사부로와 함께 소변을 봤습니다. 동시에 성명이 마루모 다이스케라는 사실도 판명됐고요. 마루모가 남성임이 밝혀졌으므로 오답입니다. 안타깝네요!"

"안타깝네요!"

"오오, 여기서 해답 램프에 불이 들어왔습니다. 예, 구키 씨."

구키는 방금 전부터 몇 번인가 말참견을 했던 남자였다. 방송이 시작되기 전부터 계속 쓰고 있던 선글라스에 손을 가져가서 벗는가 싶더니 역시 벗지 않고 입을 열었다.

"하하하. 지금까지 기다린 보람이 있었군. 벌써 대답한 사람들은 안됐지만."

구키는 나지막하니 잠긴 목소리로 말했다.

"확실히 가면 갈수록 새로운 정보가 속속 나왔으니까요."

"해답자 대기실에서는 분명 다들 발을 동동 구르며 분통을 터뜨리고 있겠지."

"그렇겠네요. 아니죠, 이미 그럴 수 없을지도 모르겠군요. 으흐흐흐흐."

"어, 벌써 그런…… 거야?"

"글쎄요, 어떨까요. 뭐, 신경쓰지 마시고 해답을 말씀해주시기 바랍니다!"

"……."

"왜 그러시죠? 해답을 말씀해주세요!"

"어, 아아……. 내 정신 좀 보게. 범인은 분타야."

"오호. 이럴 수가, 이럴 수가! 처음부터 등장했지만 어쩐지 존재감이 약했던 분타 말씀이로군요. 이야, 정말로 범인 냄새가 풀풀 풍깁니다. 하지만 구키 씨, 본문을 제대로 읽으셨나요? 마리코의 손톱 밑에 묻은 립스틱은 마리코 본인 것이 아닌 모양인데요? 즉, 범인은 여성이겠죠?"

"흥, 그건 바늘 남자가 말했듯이 추리를 교란하기 위한 가짜 단서야. 무엇보다 내 해답이 훨씬 아름다워."

"휴, 해답이 아름답다고요?"

"그럼. 올바른 답은 늘 아름다운 법이지."

"수학 같은 분야에서는 때때로 그렇게 말하는 모양입니다만, 미스터리에서는 과연 어떨까요. 물론 아름다우면 더 좋겠지만, 역시 논리가 우선되어야 하지 않을까요? 뭐, 그 두 가지는 결코 양립이 불가능하지는 않습니다만……. 그럼 우선 분타 범인설의 근거를 들어보죠."

"방금 장면에서 마루모와 사부로가 휴대전화를 찾으러 가기로 했을 때 분타가 강경하게 같이 가겠다고 주장했지. 그게 첫 번째 근거야. 지금까지 분타는 비교적 과묵한 남자로 묘사됐고, 자기주장도 약한 편이었어. 그런데 이번에는 왜 그렇게 적극적으로 나섰을까? 이건 명백하게 수상하잖아?"

"뭐, 확실히 분타가 갑자기 전면에 나서기는 했네요……."

"사야카의 말을 듣고 마리코의 휴대전화가 얼마나 중요한지 인식했기 때문이겠지. 한발 먼저 발견하자마자 다짜고짜 휴대전화에 저장된 정보를 확인하려 한 것도 수상해. 보통 이런 상황에서는 발견한 휴대전화를 그대로 라운지에 가져가서 모두들 앞에서 확인해야 하지 않겠어? 그런데 바로 확인하려 하다니, 만에 하나 자신에게 불리한 증거가 남아 있으면 재빨리 버튼을 조작해서 지워버리려고 한 게 틀림없어. 이게 두 번째 근거야. 잠금 상태라서 확인할 수 없다는 걸 알자 휴대전화를 라이더슈트 가슴주머니에 재빨리 챙긴 것도 수상해. 여차하면 물에 빠뜨리든지 해서 정보를 통째로 지워버리려는 수작이겠지. 요즘이야 완전 방수 휴대전화가 당연하게 여겨지는 세상이지만, 옛날에는 물에 약했던 모양이니까. 이게 세 번째 근거야."

"과연 그렇군요. 좋습니다. 계속하시죠."

"그리고 사부로가 본 칼자루의 문양. 여기에 관해서는 아무도 추리하지 않았는데, 이 중요한 단서를 왜 그냥 넘어가는지 모르겠네. 무슨 문양 같은 걸 달고 있다고 서술된 사람은 딱 한 명, 분타뿐이잖아. 이게 네 번째 근거야."

"어, 분타가 문양을 달고 있던가요?"

"달았잖아. 라이더슈트 가슴팍에 엠블럼을."

"아……."

"그건 폭주족 시절에 쓰던 팀의 문양일 거야."

"엇, 분타는 예전에 폭주족이었습니까?"

"그래. 게다가 대장이었겠지. '무슨 방침이 있는 듯, 뒤쪽 시트에 사람을 태운 모습은 단 한 번도 못 봤다'라는 문장이 있었는데, 사고로 죽은 친구를 애도하기 위해 늘 비워두는 거야. 그리고 마리코는 예전에 여자 폭주족이었고, 두 사람은 폭주족 동료였어. 동기는 심리의 문제이므로 〈미스터리 아레나〉에서는 동기를 추리하지 않아도 되지만 한번 추리해보자면, 살해할 때 굳이 폭주족 시절에 특별 주문하여 만든 결투용 칼을 사용한 것으로 보아 예전 폭주족 동료로서 '뒷마무리'를 한다는 상징적 의미가 있겠지."

"아, 예……."

"하지만 뭐니 뭐니 해도 제일 큰 근거는 마리코가 남긴 다잉 메시지야. 그건 분명히 분타를 가리켜."

"그렇다면 그 메시지는 가짜가 아니라 진짜로군요?"

"물론이지."

"하지만 본문에도 나왔듯이 분타라면 이니셜은 B잖습니까?"

"이름은 그렇지. 하지만 분타의 성이 S로 시작된다고 똑똑히 적혀 있었잖아."

"예, 그렇죠. 하지만 분명히 '마리코는 평소에 친구들을 항상 이름으로 불렀다'라는 구절도 있었습니다. 그렇다면 다잉 메시지를 남길 때만 성의 이니셜을 썼다는 건 부자연스럽죠. 역시 S는 사부로나 사야카를 가리킨다고 봐야 자연스럽지 않을까요?"

"하하하. 그것 또한 미스디렉션이야. 분타의 성이 뭔지 떠올려봐."

"분타의 성이 나왔습니까?"

"나왔지. 딱 한 번이었지만. 마루모가 등장한 직후에 분타를 성으로 불렀어."

"으음……. 그랬었나요? 아아, 맞다, 세키였죠. '세키, 넌 올해도 오토바이로 왔어?' 하고 물었습니다. 분명 이니셜은 S로군요."

"이봐, 진행자! 출제자의 미스디렉션에 협력하려 들지 마!"

"예?"

"이 다잉 메시지는 S가 아니야. 가늘고 긴 S라고 적혀 있었지?"

"아, 예……."

"그러니까 이건 사부로가 착각한 거야. S가 아니지. 정확하게는 ∫야. 알겠지?"

"이건 분명 수학의……."

"그래, 적분 기호야. 그리고 분타의 성과 이름을 합치면 어떻게 되지?"

"세키 분타…… 아!"

"우둔함을 그림으로 그린 듯한 당신도 드디어 이해를 한 모양이로군. 그래, 세키 분타는 가끔 '세키분'*이라는 별명으로도 불렸던 거야! 이게 가장 크고 강력한 다섯 번째 근거지. 칼에 등을 푹 찔려서 빈사 상태에 빠진 마리코에게는 세키나 분타, 하다못해 B라고 쓸 힘조차 남아 있지 않았어. 기껏해야 직선이나 곡선을 하나 긋는 게 고작이었지. 그래서 의식이 흐려지는 가운데 마지막 힘을 쥐어짜내 수학의 '적분 기호'를 바닥에 남긴 거야. 시체를 발견한 사부로는 그걸 완전히 오해하여 사야카를 가리킨다고 믿고서 다잉 메시지를 지워버렸지."

"그, 그렇군요! 나왔습니다, 등장인물이 다잉 메시지를 오해하는 패턴! 알파벳인 줄 알았는데 수학기호였을 줄이야!"

"정답이라는 뜻이지?"

"글쎄요. 이렇게까지 멋지게 다잉 메시지를 해석하셨으니 보통 미스터리 대회였다면 즉시 정답으로 인정해도 무방하겠지만, 저희 〈미스터리 아레나〉는 보통을 넘는 게 특색이니까 아직 단정은 할 수 없습니다! 그리고 한 가지 해결해주셨으면 하는 점이 있는데요. 방금 전에 기분 나쁜 전직 호스티스가 이번 범인은 현장을 서둘러 떠날 필요가 없었으니까 다잉 메시지를 못 보고 지나쳤을 리 없다, 따라서 이 메시지는 진범이 일부러 남긴 가짜 단서가 분명하다고 주장했는데요. 이건

* 일본어로 적분이라는 뜻.

어떻게 생각하십니까? 이 논리를 무너뜨릴 수 있으시겠습니까?"

그러자 구키는 선글라스에 손을 가져가서 벗으려다 또 그만두었다. 그리고 탁한 목소리로 으르듯이 말했다.

"가바야마 씨, 당신 사람 죽여본 적 있나?"

"헉, 갑자기 무슨 말씀이십니까. 있을 리 없잖아요."

"그렇군. 그럼 모를 만도 하지."

구키는 그렇게 말하고 입술 가장자리를 일그러뜨리며 웃었다.

"있지, 사람을 죽인 범인은 당황하는 법이야. 냉정하게 생각하면 분명 서둘러 현장을 떠날 필요는 없을지도 몰라. 그렇지만 사람을 죽인 직후에는 한시라도 빨리 그 자리에서 벗어나고 싶은 기분에 사로잡힌다고. 언제 누가 나선계단을 올라올지 모르는데다 만에 하나 누가 지금 이 상황을 본다면 변명은 절대로 불가능해. 그런 상황에서 사람은 조바심이 나서 서두르는 법이거든."

"어, 어쩐지 묘하게 설득력이 있습니다만, 구키 씨의 경험을 토대로 한 이야기인가요?"

"상상에 맡길게. 아무튼 이 녀석들이 아무리 미스터리 연구회 출신이라 해도 사람은 처음으로 죽여봤을 테니 냉정하게 행동하는 편이 더 이상하지. 숨이 완벽히 끊어질 때까지 기다릴 마음의 여유가 없어서 내버려둬도 어차피 죽을 거라고 여기고 현장을 뒤로했다. 단지 그뿐이야."

"그렇군요. 그렇게 생각하면 다잉 메시지는 증거로서 여전히 '살아' 있는 셈이네요."

"아무렴. 인간은 오려내서 만든 종이 인형하고는 달라."

"그럼 아까부터 문제가 된 립스틱은 어떤가요? 마루모는 마리코가 이런 색깔의 립스틱은 절대로 바르지 않는다고 말했고, 사부로는 사부로대로 사야카가 애용하는 립스틱과 색깔이 똑같아서 걱정하고 있습니다만."

"그건 그냥 마루모의 판단이 잘못된 거지. 애당초 마리코가 무슨 색깔 립스틱을 가지고 있는지 마루모가 다 안다고 받아들이는 편이 이상해. 마리코는 파란색 드레스에 새빨간 립스틱은 어울리지 않을지도 모른다는 생각에 평소에 별로 바르지 않는 연분홍색 립스틱을 시험 삼아 발라봤어. 결국 마음에 들지 않아서 평소 바르던 색깔로 바꿨는데, 연분홍색 립스틱을 지우는 과정에서 실수로 손톱 밑에 묻은 거겠지. 나중에 경찰이 마리코의 화장품을 조사하면 연분홍색 립스틱이 발견되겠지만, 그때까지는 계속 미스디렉션으로 작용할 거야."

"흠흠, 과연, 앞을 내다보시는군요. 다만 초반과 달리 이제는 '열린 밀실' 수수께끼도 풀어주셔야 합니다. 지금 구키 씨는 범인을 지목하셨을 뿐 그 수수께끼의 해답은 내놓지 않으셨어요."

"나도 알아. 안 그래도 이제 말하려고 했어."

"아, 그러셨습니까. 이거야 원, 거듭 사과드리겠습니다."

"아까도 말했지만 분타는 상하 일체형 라이더슈트를 입었어. 다른 사람들의 복장 묘사는 거의 없으니 이건 특별 대우라고 할 수 있겠지."

"아, 예, 확실히 그렇군요."

"게다가 분타의 라이더슈트는 흰색이라고 똑똑히 적혀 있어. 다른 사람의 옷은 무슨 색깔인지 모르는데 말이야. 그리고 나선계단도 백합꽃처럼 새하얘. 이제 알겠지?"

"예?! 서, 설마 보호색……."

"그래. 분타는 마스크맨 프로레슬러들이 착용하는 흰색 마스크를 머리에 뒤집어쓰고 라이더슈트의 엠블럼을 흰색 천 같은 걸로 가려서 흰색 일색이 된 상태로 2층과 4층을 왕복한 거야. 아무리 가려도 드러나는 부분은 하얗게 분을 칠했을지도 모르겠군. 그 모습이 마치 곤충의 의태 같은 효과를 발휘해서 아무의 눈에도 띄지 않은 거지."

"구키 씨, 어, 얼굴과 분위기에 어울리지 않게 느닷없이 바카미스* 같은 해답을 내놓으셨지만, 일단 설명은 됩니다!"

"어이, 일단이 뭐야, 일단이!"

"아, 아무튼 답변해주시느라 고생 많으셨습니다. 그럼 어서 해답자 대기실로 이동하시죠!"

"와, 이 자식 말본새 좀 보게. 성가시니까 얼른 꺼지라는 거냐!"

"그, 그게 아니라 방송이 시작된 지 시간도 꽤 지났겠다, 배가 고프실 것 같아서요. 대기실에 맛있는 음식을 잔뜩 준비해 놓았습니다!"

"어, 그래. 그랬지."

* 내용, 트릭, 결말 등이 기상천외하거나 어처구니없는 추리소설을 가리키는 말.

13

"비밀번호는 알아냈어?"

라운지에 들어가자마자 마루모가 물었다.

"그게…… 아무도 몰라."

교코가 가느다란 눈썹을 찌푸리고 대답했다.

"뭐, 요즘은 연인끼리도 휴대전화 비밀번호는 안 가르쳐주니까."

"세상 참 삭막해졌다니까. 휴대전화는 편리하기는 편리하지만, 인간성에는 분명 악영향을 미쳐."

"앞으로 몇 년만 더 지나면 너 말고는 아무도 그딴 소리 안 할걸. 휴대전화 없이는 아무것도 못 하는 사회가 올 거야."

"흥. 난 비밀번호는 설정도 안 했어. 비밀번호를 걸어놓는 시점에서 배우자에게 비밀이 있다, 바람을 피우고 있다고 공언하는 셈이잖아. 난 나중에 결혼해도 휴대전화에 비밀번호를 걸지 않을 거고, 아내도 안 걸면 좋겠어."

마루모가 별 쓸모도 없는 소리를 자신만만하게 해댔다.

"그런데 예전에 마리코랑 잡담을 하다가 휴대전화에 비밀번호 걸었느냐고 물어본 적이 있는데, 그때는 분명히 지금 마루모 군처럼 비밀번호는 안 걸어, 라고 딱 잘라 말했거든. 남이 보더라도 특별히 곤란할 만한 내용은 하나도 없다면서."

교코가 희한하다는 듯한 표정으로 말하자 사야카도 동의했다.

"그래, 맞아. 나도 똑같은 말을 마리코한테 들은 적 있어."

과연 그럴까? 나는 의아함을 느꼈다. 일찍이 우리가 비밀리에 사귀던 시절에 마리코가 샤워할 때 침대 머리맡의 협탁에 놓여 있던 마리코의 휴대전화를 반쯤 장난삼아 들여다보려 한 적이 있다. 기본적으로 남의 사생활을 훔쳐보는 취미는 없지만 너무 여봐란듯이 놓아두어서 못된 호기심이 발동한 것이다. 분명 그때는 잠금 상태라서 못 본 기억이 있는데.

"그럼 휴대전화 비밀번호는 각자 뭔가 생각나면 알아서 말하기로 하고, 다음으로 동기를 검토해보자."

마루모 다이스케가 다시 목소리를 높였다. 아까 교코의 말발에 밀려서 실추된 위신을 회복하려는 거겠지.

"범인에게는 마리코를 죽여야 할 동기가 있었을 거야. 우리 중에 동기가 있을 법한 사람은?"

"그야 역시 다이라 사부로겠지."

세키 분타가 느닷없이 그렇게 말하고 나를 무섭게 노려보았다. 분타가 위층에서 가져온 마리코의 휴대전화는 지금 라운지 테이블에 아무렇게나 놓여 있었다.

"동기는 치정 문제. 너랑 마리코는 그렇고 그런 관계였잖아?"

나는 속이 탔다. 가면처럼 무표정한 사야카의 얼굴을 곁눈질하며 나는 황급히 손바닥을 분타에게 내밀었다.

"자, 잠깐만!"

설마 분타가 알고 있었을 줄이야. 그래도 굳이 지금 사야카의 눈앞에서 말을 꺼내지는 않아도 될 텐데!

"어, 그 소문 진짜였어?"

마루모가 놀란 표정으로 나를 보았다.

나는 마지못해 고개를 끄덕였다. 이렇게 된 이상 섣불리 부정하지 않는 편이 낫겠지.

"응. 분명 한때 마리코랑 사귀긴 했지. 하지만 난 안 죽였어. 애당초 나랑 마리코의 관계는 옛날 옛적에 끝났다고. 이제는 앙금 하나 안 남았어."

"과연 어떨까?"

마루모가 팔짱을 꼈다.

"너랑 마리코가 그런 관계였다면 가장 유력한 용의자로서 네 자유를 제한하지 않을 수 없겠다. 너는 현장으로 향하는 모습을 목격당한 유일한 사람이니까."

방금 전에 화장실에서 같이 볼일을 보면서 마루모가 진범을 찾아내기 위해 지금까지처럼 우리 둘이 계속 반목하는 척하자고 제안했다. 과연 자신 있게 그런 말을 꺼낼 만큼 연기력이 제법 괜찮았다. 하지만 나와 마리코의 관계를 정말로 뜬소문이라 생각했는지 다소 충격을 받은 것처럼도 보였다.

"뭐, 다이라 씨 말은 일단 사실일 거야."

사야카가 또 쌀쌀한 목소리로 말했다.

"응?"

"어제 마리코한테 직접 확인했거든. 내가 이번에 혼자 일찍 온 건 그걸 확인하기 위해서였어."

사야카는 말을 마치자 입을 꾹 다물고 고개를 숙였다.

"왜 굳이 하루 일찍 와서 그걸 확인하고 싶었는데?"

분타가 불쑥 말을 꺼냈다.

"야. 여기 집적댔다 저기 집적댔다 그러지 좀 마라!"

마루모가 어이없다는 표정으로 다시 나를 보았다.

"그런 거 아니야!"

나는 즉시 반박했다.

"그럼 뭔데?"

"난 늘 진지해! 다만 마리코하고는 잘 안됐어. 그뿐이라고. 누구든지 그런 경험은 있잖아!"

"오옷, 또 해답 램프에 불이 들어왔습니다! 예, 도와다 씨."

정수리가 완전히 벗어진 도와다는 해답자 중에서 제일 나이가 많아 보였다. 하얗게 센 눈썹이 마치 바위뛰기펭귄처럼 길었다.

"이건 뭔가. 본격 미스터리의 규칙을 어겼지 않는가."

"가, 갑자기 무슨 말씀이십니까?"

"말 그대로의 의미일세. 이래서는 이미 해답을 내놓은 아홉 명이 성불하지 못할 터인데."

"무슨 뜻인지 잘 모르겠지만, 어쨌거나 그분들은 자진해서 버튼을 누르고 해답을 말씀하셨습니다. 그중에는 제가 말렸는데도 반쯤 억지로 답변하신 분도 계세요. 그러니까 어디까지나 자기 책임이 아닐까 싶은데……."

"잘도 그런 말을 하는군. 자네가 마구 부추기지 않았는가. 부추기는 실력이 일류 중의 일류더구먼. 과연 이 대형 국민 오락 프로그램의 진행자를 맡을 만해. 다들 자네의 감언이설에 속아서 차례차례 해답을 하러 나서더군. 어떤 의미에서 감탄하며 지켜봤어."

"그러셨습니까. 칭찬해주시니 몸 둘 바를 모르겠습니다."

"딱히 칭찬한 건 아닐세."

"에이, 그 말씀을 칭찬으로 받아들일 만큼 뻔뻔하지 못하면 이 일은 도저히 못 하죠. 그런데 본격 미스터리의 규칙을 어겼다니 도대체 뭘 어겼다는 말씀이십니까?"

"본격 미스터리에서 범인은 이야기에 초반부터 등장해야 하는 법이야. 그런데 이 범인은……."

"이 범인은? 그렇다면 아직 등장하지 않은 인물이 범인이라는 말씀이십니까?"

"그렇다고도 할 수 있고, 그렇지 않다고도 할 수 있겠지."

"어. 그건 무슨 뜻입니까?"

"그러니까 존재는 암시했지만 일부러 독자 눈에는 띄지 않도록 묘사한 것이 실로 약아빠졌다고 할까, 규칙을 어겼다고 말하는 걸세!"

"그렇군요. 하지만 규칙을 다소 어겼다손 치더라도, 인물은폐라는 엄연한 미스터리의 수법을 사용했다고 볼 수 있지 않을까요? 이미 해답을 마치신 분들 중에서 핫탄카 씨도 '독자의 눈에 띄지 않도록 묘사된 인물이 범인'이라는 논리를 펼쳐서 '여성 마리코 범인설'을 주장하셨으니, 그러한 수법도 전부 포함하여 21세기의 미스터리라고 해도 지장이 없지 않을까 싶습니다만."

"그렇지만 전직 긴시 정 호스티스는 결국 숨겨진 등장인물이 있다는 근거를 제대로 제시하지 못했잖은가. 그저 '피해자 마리코'의 부모님 댁이 시즈오카고 〈도카이도 53역참〉에도 그려져 있으며 아버지가 마덮밥 체인 사업을 하고 있다는 구절을 보고서 '마리코'가 성이라고 판단한 결과, 또 하나의 '여성 마리코'가 존재하며 그 여성이 범인이라고 '추론'했을 뿐일세. 하지만 나는 문제 안에 등장인물이 한 명 더 있다는 확고한 근거를 논리적으로 제시할 수 있다네. 내 추리가 몇 차원 더 수준이 높아."

"예? 숨겨진 등장인물이 있다는 논리적인 근거를 제시할 수 있으시다고요? 그렇다면 이야기는 별개입니다. 실례했습니다. 그 근거를 들려주시죠."

"잘 듣게. 마루모와 사부로 이 두 사람은 자기 차로 왔어. 분타는 오토바이로 왔고. 사야카는 전날부터 별장에 머물렀지. 그럼 이 저택의 주인이자 피해자인 마리코를 제외하면 남은 등장인물은 비상주 관리인인 듯한 히데와 어째서인지 자기들끼리 시체를 조사하자고 고집하는 교코, 그리고 가령 다마가 사람이라고 쳐도 합쳐서 세 명뿐이잖은가. 하지만 초반부를 보면 역에서 여기까지 오는 데 택시비가 오천 엔이나 들었다고 히데가 말하는 부분이 있지. 추렴해서 냈으니까 한 사람당 천 엔 좀 넘게 냈다고도 했어."

"그런 사소한 내용을 잘도 기억하고 계시는군요."

"날 얕보는 겐가. 어디에 복선이 깔려 있을지 모르는 게 본격 미스터리 아닌가. 이 정도도 기억 못 해서는 올바른 추리를 펼칠 수 없어."

"이야, 본격 미스터리 오타쿠, 아니 마니아는 다들 굉장하시군요."

"사탕발림은 그만 됐네. 알겠나, 세 명이서 오천 엔을 내려면 한 사람당 1600엔을 넘게 내야 해. 일 엔 단위까지 좀더 정확하게 계산하면 두 명이 1667엔, 한 명은 1666엔을 내야 한다네. 이런 건 보통 '천 엔 좀 넘게 냈다'고 표현하지 않지."

"그러게요."

"그러니까 역에서 네 명이 택시를 타고 같이 온 걸세. 그러면 한 사람당 1250엔을 내면 돼. 그야말로 '천 엔 좀 넘게'지."

"뭐, 보통 일 엔 단위까지 따져서 추렴하지는 않을 것 같습니다만, 확실히 그렇군요."

"따라서 지금 이 저택에는 한 명이 더 있다네. 그렇지만 작가가 신중에 신중을 기해 그 인물의 존재를 감춰놓은 게야. 등장인물들 눈에는 당연히 보이지만, 독자에게는 이름조차 밝히지 않고 감춰놨어. 그럼 도대체 왜 그랬을까. 그야 바로 그 인물이 범인이기 때문일세. 어떤가?"

가바야마 모모타로는 귀에 손을 댔다.

"어, 지금 연출자의 답변이 이어 모니터로 들어왔는데요. 설령 이 해답이 정답이라고 해도 그건 서술상의 기법을 이용한 트릭의 일종이므로 규칙 위반에는 해당하지 않는다고 하네요. 왜냐하면 방금 도와다 씨가 말씀하신 것처럼 택시비를 언급함으로써 저택 내부에 한 명이 더 있다는 사실을 추리할 수 있는 단서를 분명히 제공했기 때문이라고 합니다."

"흥, 뭐 택시비를 언급했으니 양심의 마지막 선은 넘지 않았다고 할 수 있겠지."

"그럼 해답은 어떨까요? 아직 등장하지 않은 인물이라고 해서는 해답으로 인정할 수 없으므로 범인의 이름을 말씀해 주셨으면 합니다만."

"안 그래도 말하려고 했네. 지레짐작해서 보채지 말게."

"아, 그러셨습니까. 실례했습니다."

"범인은 英일세."

"아, 히데라면 여성설과 노인설로 나누어지기는 했지만 이미 고쇼가와라 씨와 로쿠세와리 씨가 범인으로 지목하셨습니다. 게다가 굳이 현장을 '열린 밀실'로 만들기 위해 중앙 계단에 왁스까지 칠하다니, 도저히 범인이라는 생각이 안 드는데요."

"아니야. 아까도 말했지만 히데는 비상주 관리인이잖나? 그리고 히데는 처음부터 등장했어. 히데가 아니라 英 말일세."

"예에?"

"그러니까 히데와 英는 다른 인물이라고. 고쇼가와라 씨는 '히데'와 '아키'가 실은 동일 인물이고 '독자에게만 적용되는 일인이역 트릭'을 썼다고 주장했지만 그 반대야. 이건 '독자에게만 적용되는 이인일역 트릭'이었다네."

"이인일역?"

"히데는 처음부터 등장했지. 그리고 도중에 英라고 한자로 표기된 인물이 등장했어. 왜 표기가 바뀌었는지 내내 마음에 걸리더구먼. 그러다 머릿속에 번뜩한 걸세. 이 사람은 처음부터 등장한 히데와는 다른 사람이라고. 히데와 英는 두 사람인데 한 사람인 것처럼 묘사된 거야."

"그, 그렇군요."

"그렇다면 이쪽 한자 英는 아마 히데가 아니라 하나부사라고 읽겠지."

"하나부사?"

"그래. 나는 하나부사 잇초라는 일본화 화가를 아주 좋아하거든. 주머니가 넉넉했던 시절엔 작품을 몇 점이나 가지고 있었지. 이 사람은 젊었을 때 요시와라에서 호칸*으로 일했다네. 사십 대 때 낚시를 하다가 도쿠가와 쓰나요시 공의 살생

금지령에 저촉되어 미야케지마 섬으로 유배됐지. 하나부사 잇초라는 이름은 사면을 받아서 유배에서 풀려나 십이 년 만에 에도로 돌아온 후부터 쓰기 시작했어. 미야케지마 섬에서 웅대한 자연을 음미하고 죄인으로서 굴욕적인 취급을 당한 경험이 예술가의 혼을 형성했는지, 그 이후의 그림은 화조도를 그려도 그냥 화조도가 아니었다네. 인간적인 무게가 묵직하게 느껴졌어."

"아, 예. 어쩐지 오늘 해답자들은 예술 애호가가 많으신 것 같네요."

"그야 우연이겠지."

"그건 그렇고 하나부사는 도대체 지금까지 뭘 하고 있었습니까?"

"처음부터 계속 있었어! 일부러 존재감 없이 묘사해놓기는 했지만, 그래도 가끔 생각난 것처럼 등장했잖은가. 범행 현장에서 사야카의 등에 부딪히기도 했지."

"아아, 그러고 보니……."

"그래. 이 사람은 여성이니까 사야카에게 부딪혀도 딱히 문제될 건 없어. 그리고 하나부사야말로 수수께끼의 인물 '아키'

* 연회석에서 우스꽝스러운 동작이나 재담으로 분위기를 돋우는 남자 접대부를 가리킨다.

의 정체이기도 하지. 하나부사 아키. 어떤가, 좋은 이름이지? 진범의 이름으로 더할 나위가 없어."

"으음. 즉, 정리하자면 결과적으로는 고쇼가와라 씨의 해답에 가까운 건가요? 그분도 히데가 여성이자 범인이라고 주장하셨습니다."

그러자 도와다 옹의 얼굴이 벌겋게 달아올랐다.

"전혀 다르잖은가! 내 해답에서 히데와 英는 다른 인물이야. 첫머리에서 사부로를 맞이한 히데는 남성이자 일개 고용인이고, 여성인 하나부사가 범인이란 말일세!"

"아아, 그러네요. 잘 들어보니 확실히 다른 해답이군요. 그렇다면 그 이외의 부분도 납득이 가게 설명할 수 있으시겠습니까?"

"예를 들어 어떤 것 말인가?"

"예를 들어 다잉 메시지는 어떻습니까? 하나부사 아키는 어디를 어떻게 뜯어봐도 S와 적분 기호에는 해당되지 않습니다만."

"그러니까 그건 진범인 하나부사가 일부러 남긴 가짜 단서일세. 시체 손가락에 피를 묻혀서 쓴 거지."

"으음. 그럼 택시비 말씀인데요. 그렇다면 결국 다마는 인간입니까? 히데와 英가 다른 인물이라도 다마가 고양이라면 택시에 탄 사람은 교코, 히데, 하나부사 세 명인데요."

"인간이라고 하면 될 터이지. 다마는 인간, 나나오 씨 말대로 발레리나. 그리하면 문제없네."

"다마는 히데가 왁스를 칠한 이야기를 하는 동안에도 계단 앞 대합실 같은 공간에서 거듭 등을 웅크렸다 뒤로 젖혔다 했습니다만."

"넓은 공간이 있으면 무심코 습관처럼 연습을 하는 걸세. 아마 이건 〈백조의 호수〉의 코르 드 발레* 연습이 아닐까 싶어. 등을 웅크린 백조들이 물결치듯 하나씩 상체를 들어서 등을 뒤로 젖히지. 아름다운 장면이네만 코르 드 발레 중에 한 명이라도 동작이 서투른 사람이 섞여 있으면 바로 확 눈에 띄는 잔혹한 장면이기도 해."

"살인 사건이 발생해서 모두가 범인을 찾는 와중에 혼자 〈백조의 호수〉 연습을 한다고요? 분위기를 못 읽는 데도 정도가 있죠!"

"뭐, 그런 사람인가 보지."

"하지만 고양이는 분명히 있었는데요."

"그것도 미스디렉션일세. 확실히 고양이는 있었네만, 고양이 이름이 다마라고는 어디에도 적혀 있지 않았지?"

"뭐, 그건 그렇습니다만……."

* 발레에서 주요한 역할 없이 군무를 담당하는 무용수를 가리킨다.

"즉, 그 고양이는 다마가 고양이라는 착각을 더욱 확고하게 심어주기 위해 나왔을 뿐이야. 고양이 본인, 아니 본묘(?)의 이름은 전혀 다를 터이지."

"와. 정말이지 곳곳에 함정 천지로군요……."

"동감일세. 이 문제를 출제한 자는 도대체 함정을 얼마나 많이 파놓아야 직성이 풀리려나?"

"그럼 밀실 수수께끼는 어떻습니까?"

"그건 핫탄카 씨의 해답을 채용하겠네. 범행 현장이 열린 밀실로 간주된 건 4시에 마리코와 통화했다는 여자의 증언이 있었기 때문일세. 만약 그 증언 자체가 범인의 위증이라면 밀실은 처음부터 존재하지 않았던 셈이야. 즉, 진범이자 증언자이기도 한 하나부사 아키는 중앙 계단에 왁스를 칠하기 시작한 4시 이전에 범행을 끝낸 걸세."

"아하, 그 부분은 약삭빠르게 핫탄카 씨의 해답을 받아들이시는 거로군요."

"흥. 다른 해답자들도 다들 다른 해답자의 답변에서 좋은 부분만 쏙쏙 골라 받아들이지 않았는가!"

"아, 알겠습니다. 확실히 그 인물은 몹시 중요한 증언을 한 것치고는 이름도 나오지 않았죠. 수상함이 백점 만점에 백점입니다. 그 증언자야말로 진범일 가능성이 아주 높아 보입니다."

"그렇고말고."

"그럼 바위뛰기펭…… 아니 도와다 씨도 해답자 대기실로 이동하시죠."

14

“아, 씨. 휴대전화가 불통인데 도대체 왜 이래?”

일단 자기 방에 돌아갔던 교코가 그렇게 말하며 라운지로 뛰어 들어왔다.

“어? 휴대전화가 안 돼?”

모두가 휴대전화를 꺼내서 저마다 조작하기 시작했다.

“진짜다, 전파 수신이 안 돼.”

“안테나가 하나도 없어.”

“산사태 같은 게 일어나서 근처 기지국에 문제가 생겼나. 그렇게밖에 생각할 수 없겠는데.”

“마루모 군, 아까 경찰에 신고했지?”

교코가 물었다.

"응."

"그때는 연결이 됐던 거네."

"물론 됐지. 그러니까 그후에 기지국에 문제가 생겼을 거야."

"그나저나 휴대전화까지 못 쓰게 됐으니 마침내 고색창연한 클로즈드 서클이 완성된 셈이로군."

분타가 나직이 중얼거렸다. 교코가 화난 눈으로 노려보았다.

"그런 느긋한 소리나 하고 있을 때야? 어떻게 좀 해봐, 남자잖아!"

"얼씨구. 이런 상황에서 남자 여자를 따지기는."

잠시 침묵이 찾아왔다.

"그건 그렇고 배고프네……."

벽 앞 긴 의자에 앉아 있던 분타가 다시 나직이 중얼거리고 창 쪽을 보았다. 내가 도착했을 때 사야카가 앉아 있던 자리다. 아까까지 희미하게 밝았던 창밖에 밤의 장막이 드리워지려 하고 있었다.

"그러게. 저기, 히데 씨. 뭐 좀 만들어주지 않을래?"

히데가 바라던 바라는 듯이 일어섰다.

"클럽하우스 샌드위치 정도라면 금방 만들 수 있는데, 그거라도 괜찮다면……."

"끝내준다."

"알았어."

히데가 몸을 살짝 굽혀 예의를 차리고 라운지 문으로 향했다.

"저어, 히데 씨."

마루모가 도중에 히데를 불러 세웠다. 히데는 걸음을 멈추고 돌아보았다.

"응?"

"히데 씨는 마리코한테 고용된 사람이잖아. 마리코가 저렇게 됐으니 고용 관계는 해소된 셈이야. 우리 시중까지 들어줄 필요는 없어."

하지만 히데는 선 채로 조용히 고개를 저었다.

"어차피 시라히게 다리가 복구될 때까지는 모두 여기에 있을 수밖에 없으니까, 그동안만이라도 지금과 똑같이 일하고 싶어."

"히데 씨가 그러고 싶다면야 우리도 거절할 이유는 없지만. 정말로 괜찮겠어?"

"응."

"그럼 샌드위치를 만들러 가기 전에 질문 하나만 해도 될까?"

"뭐든지 물어봐."

빨리 샌드위치를 먹고 싶은지 분타가 벽가에서 눈살을 찌푸렸지만, 마루모는 개의치 않고 말을 이었다.

"히데 씨 오늘 정말로 마리코를 못 봤어? 히데 씨를 의심하는 건 아니지만 마리코는 고용주잖아? 별장 관리인으로 일해본 적은 없지만, 보통은 도착하면 고용주한테 인사 정도는 하러 가지 않나?"

히데는 머리를 긁적였다.

"예전에는 그랬는데 마리코 씨가 자기 방에 있을 때는 방해받는 게 싫다고 해서. 오늘도 역에서 마리코 씨 휴대전화에 전화를 걸었더니, 도착하면 바로 객실 청소를 해달라고 해서……."

"그후로는 전화 한 통도 안 했어?"

"아니, 저택에 도착했을 때 한 번 더 전화했지."

"몇 시쯤에?"

"도착하자마자 전화를 걸었으니 2시 20분쯤이었겠네. 바로 일을 시작해달라고 해서 각 방을 차례대로 청소하고 4시쯤부터 2층과 3층 사이 중앙 계단에 왁스를 칠하기 시작했지. 이십 분 정도 만에 다 칠하고 라운지로 갔더니……."

"갔더니?"

"비가 퍼붓는데 사부로가 우산도 없이 뛰어오는 모습이 보이기에 중앙 계단으로 1층에 내려가서 리넨실에 들러 목욕수건을 가지고 마중나갔지."

"맞아?"

"물론."

물어보기에 나는 고개를 끄덕였다. 이건 방금 전에도 확인했잖아. 마루모 이 질긴 녀석.

"한 가지만 더. 왜 2층과 3층 사이에 왁스를 칠했어? 보통은 1층과 2층 사이를 먼저 칠하지 않나?"

"마리코 씨가 시켰으니까."

"어? 마리코가 왁스를 칠하라고 시켰어?"

마루모의 말에 히데는 고개를 끄덕였다.

"그렇게 중요한 이야기는 좀더 빨리 했어야지."

"중요하다고?"

"히데 씨, 정확하게 알려줘. 마리코가 뭐라고 지시했지?"

"아까 말한 거랑 크게 다르지 않은데. '각 방을 청소하고 2층과 3층 사이 중앙 계단에 왁스를 칠해줘. 나머지는 내일 칠해도 돼'라고 했어. 뭐, 토씨 하나까지 다 맞지는 않겠지만……."

"마리코는 왜 2층과 3층 사이에 먼저 왁스를 칠하라고 했을까?"

마루모는 생각에 잠겼다. 내가 끼어들어 말했다.

"야야, 그게 그렇게 중요해? 그냥 변덕이 난 거겠지."

"아직 잘 모르겠어. 하지만 일단 참고해서 생각해봐야지."

마루모는 의자에 몸을 깊게 묻고 고심하는 표정을 지었다.

"저기, 히데 씨."

라운지를 나서려던 히데를 마루모가 다시 불러 세우자 분타가 또 인상을 썼다.

"지금까지 마리코가 히데 씨한테 왁스를 칠해달라고 부탁할 때 오늘처럼 계단 일부만 칠하라고 한 적이 있었어? 아무리 생각해도 1층부터 3층까지 한꺼번에 칠하는 편이 수고가 덜할 것 같은데."

"듣고 보니 그러네. 지금까지는 한 번에 전부 다 칠했어. 일부만 칠해달라고 한 건 처음이야."

"흐음……."

그때였다. 라운지 쌍여닫이 유리문이 열리는 소리가 들렸다. 모두가 일제히 그쪽을 보았다.

한 여자가 라운지 입구에 서 있었다. 눈이 부신 듯이 손을 눈 위에 대서 빛을 가렸다.

"도대체 뭐가 이리 시끄러워?"

"아키. 지금까지 어디 있었어?"

"나? 몸 상태가 별로라서 계속 방에서 쉬고 있었는데."

아키야마 마리코가 눈을 가늘게 뜨고 의아하다는 듯한 표정으로 대답했다.

I

"있다! 있었습니다! 독자의 눈에 숨겨져 있던 인물이 분명히 있었습니다!"

"설마 했는데 정말로 있었네요."

"하지만 하나부사 아키는 아니었네요. 아키야마 마리코였습니다. 하하, 하하하. 도와다 영감님, 아쉽네요."

"아키야마 마리코 씨의 존재를 추리하신 분은 핫탄카 씨였죠. 그렇다면 핫탄카 씨가 정답을 맞히신 걸까요?"

"흰머리 염색약 냄새가 풀풀 풍기던 긴시 정의 전직 호스티스, 그저 육덕 좋은 아줌마인 줄 알았는데 제법이네요. 다만 핫탄카 씨의 해답을 정답으로 단정하는 건 시기상조겠죠. 핫탄카 씨가 주장하신 '피해자 마리코 말고 여성 마리코가 존재하며, 그 사람이 수수께끼의 아키다'라는 가설은 얼핏 보면 제대로 정곡을 찌른 것처럼 느껴집니다만, 세세한 부분에 문제가 있죠. 핫탄카 씨는 수수께끼의 '아키'가 4시 전에 남자 마리코를 살해했으며 4시에 통화했다고 거짓으로 증언하여 상황을 혼란시켰다고 주장하셨지만, 아키야마 마리코는 몸 상태가 별로라서 지금까지 계속 자기 방에 있었습니다. 그 때문에 알리바이도 없습니다만, 반대로 고양이의 머리를 쓰다듬으며 중요한 증언을 한 여성과 동일 인물로 간주하기가 어렵다는 약점이 있어요. 이야, 반전에 반전을 거듭하며 여기를 막으면 저기가 터지고, 저기를 막으면 여기가 터지는 상황이 연출되는군요. 아무 모순도 없이 이 모든 상황을 설명할 수 있는 해답은 있을까요? 크크크. 크크크크크크크."

"가바야마 씨! 아까부터 실언을 넘어서서 내면의 목소리가 고스란히 새어 나오고 있어요!"

"어라라? 또 새어 나왔나요?"

"아까부터 계속 줄줄."

"아이고, 어렸을 때 어머니께 넌 솔직해서 비밀이 없는 게 유일한 장점이라는 말을 들으며 자라서 그런가 봅니다. 우헤헤헤헤."

"어휴……."

"그리고 휴대전화가 불통이 된 대목으로 유추하건대, 작품 속 시대 배경은 역시 금세기 초엽, 2000년 언저리겠죠. 안테나가 있느니 없느니 시대감이 느껴지는 대화를 나누었습니다. 이건 나나오 씨가 제대로 맞히셨네요. 하지만 작품 속 시대 배경을 맞혔다고 정답으로 인정되는 건 아니거든요. 크크크크크."

"좀……."

"자, 해답을 말씀하실 분 안 계십니까? 혹시 포기하실 바에야 다른 분의 해답에 얹혀 가셔도 상관없습니다. 그 해답이 정답이라면 상금은 물론 못 받지만, 집행은 면제됩니다."

"이런 염병할! 결국 빈손으로 돌아가란 소리잖아. 그럼 가슴을 졸여가면서까지 여기에 앉아 있을 이유가 어디 있어!"

사람이 드문드문해진 해답석에서 얼굴이 야구 홈 플레이트처럼 생긴 남자가 소리쳤다.

15

"야, 아키."

어쩌면 연기일지도 모르지만 자초지종을 듣고 경악한 표정을 지은 아키야마 마리코에게도 마루모 다이스케가 질문했다.

"왜?"

"오늘 네가 어떻게 행동했는지 알려줘."

"날 의심하는 거야?"

"그런 진부한 반응 좀 안 하면 안 되냐? 너도 미스터리 연구회 출신이니까 알잖아. 다른 사람들에게도 이야기를 들었어."

"딱히 특별한 건 없는데. 택시를 타고 2시쯤에 도착했어. 다른 사람들이랑 함께 왔으니까 이건 됐을 테고. 그다음부터는 계속 내 방에 있었는데."

"하지만 내가 도착했을 때는 라운지에 있었어."

"응, 그때는 분명 있었지. 스커트 이야기를 했었어."

"그때는 왜 있었지? 몸 상태가 별로였던 것 아니야?"

"사랑하는 마루모 군이 슬슬 도착할 것 같아서 몸이 아픈 걸 무릅쓰고 맞이하러 간 거잖니."

"농담이지?"

"당연히 농담이지."

마루모는 한숨을 푹 쉬었다.

"지금은 농담 따먹기나 할 때가 아니야. 그럼 다이라가 시체를 발견하고 모두를 불렀을 때는 도대체 어디 있었어?"

"위층이 시끄러웠을 때? 그때는 내 방에 돌아와서 침대에 누워 있었는데."

"하지만 내가 저택에 도착하고 다이라가 소리를 지를 때까지 기껏해야 십 분에서 십오 분 정도밖에 안 걸렸어. 고작 그 사이에 다시 몸이 안 좋아진 거야?"

"몸은 계속 안 좋았어. 솔직히 말하면 마루모 군이 도착했을 때는 히데 씨한테 약을 받으러 갔던 거야. 그후에 바로 방에 돌아갔지."

내가 라운지를 뒤로했을 때, 아키야마 마리코는 소파에 앉아 다 함께 신나게 수다를 떨고 있었다. 그렇다면 내가 마리코의 시체를 발견하고 바닥의 다잉 메시지를 죽어라 지우는 사이에 방으로 돌아간 것이리라.

"그렇군. 일단 모순은 없어."

"모순이 있을 리가 없지."

"하지만 스커트 이야기니 뭐니 하고 있을 때는 몸 상태가 그렇게 나빠 보이지 않았는데."

"괜히 걱정 끼치기 싫어서 활기차게 행동한 거야. 그런 식으로 말하다니 섭섭하네."

"탐정은 미움을 받는 법이지. 그리고 솔직히 말해 이번 사건에서는 시체가 발견된 시각에 어디에 있었는지는 그다지 중요하지 않아. 문제는 그 한 시간쯤 전에 어디에 있었는가야."

"그러니까 알리바이 말이지? 난 도착하고 나서 거의 계속 내 방에 있었으니까 알리바이는 없다고 봐야지. 마루모 군이 오기 조금 전에 처음으로 라운지에 갔는걸."

"아키, 네 방은 어디지?"

"1층 동쪽 끄트머리."

나는 조금 놀라서 고개를 들었다.

"내 방 맞은편이잖아."

"흐음, 그렇구나. 미안해, 어차피 하루만 머무를 거라서 누가 어느 방을 쓰는지 전혀 신경도 안 썼어."

"미안하기는. 나도 몰랐는데, 뭐."

"다이라가 고함을 질러서 모두가 계단을 올라가는 소리는 못 들었어?"

마루모가 질문을 계속했다.

"아까도 말했지만, 어쩐지 위층이 시끄럽다는 생각은 들었어. 듣고 보니 분명 다이라 군의 목소리였는지도 모르겠네. 하지만 머리가 아파서 침대에서 일어나질 못하겠더라."

"그래서, 지금은 괜찮고?"

"응, 잘 듣는 약인가 봐. 많이 좋아졌어."

"그거 다행이네."

말은 그렇게 했지만 옆얼굴을 살펴보니 마루모는 아키야마 마리코를 용의선상에서 제외하지 않은 것이 분명했다.

당연하다. 범행이 일어났다고 추정되는 시각에 아키야마 마리코는 자기 방에 계속 혼자 있었다고 하니까. 알리바이가 확고하게 성립되는 사람이 아무도 없다고는 하나, 혐의가 특히나 더 짙어질 수밖에 없는 노릇이다.

†

잠시 후 히데가 식사가 준비됐다며 모두를 부르러 왔다. 마루모가 즉시 물었다.

"히데 씨, 아키한테 약을 줬어?"

히데는 고개를 끄덕였다.

"라운지 선반에 있는 상비약을 줬는데."

"언제?"

"어디 보자, 5시 반쯤이었나. 마루모가 도착하기 직전이었을 거야."

"그렇구나."

아키야마 마리코가 그것 보라는 듯이 고개를 끄덕였다.

그후에 모두 함께 라운지를 나서서 중앙 계단으로 1층에 내려갔다. 시간이 조금 더 흘러서 2층과 3층 사이에 칠한 왁스는 꽤 많이 말랐지만, 물론 그 위에는 누구의 발자국도 없었다.

밝게 불을 켠 식당에 발을 들여놓은 순간, 맛있는 크림 스튜 냄새가 콧속을 간질였다. 사람 수에 맞추어 놓아둔 접시에 채소와 닭고기 건더기가 푸짐한 스튜가 담겨 있었다.

"클럽하우스 샌드위치를 만든다고 하지 않았나?"

"굉장하다. 언제 만들었어?"

히데는 고개를 저었다.

"냄비에 있던 걸 데웠을 뿐이야. 마리코 씨가 만들어놨겠지."

그 말을 듣고 모두가 말없이 얼굴을 마주보았다.

"걱정 마. 조금 맛봤는데 독은 안 들어 있었어."

히데가 담담히 말했다. 모두가 굳은 표정으로 자리에 앉았다.

교코가 스푼을 집으려다 말고 불쑥 중얼거렸다.

"마리코는 이제 아무것도 못 먹는구나……."

마루모가 엄한 목소리로 나무랐다.

"그만해, 교코. 살아 있는 이상 배가 고픈 건 당연한 이치야. 괜히 양심의 가책 느낄 필요 없어."

우리는 생명을 유지하기 위해 죽은 사람이 생전에 준비해 놓은 음식을 묵묵히 먹었다. 스튜는 아주 맛있었지만, 느긋하게 맛을 음미할 기분은 도저히 들지 않았다. 식사를 하면서 대화는 거의 나누지 않았다.

그런데 식사를 마쳤을 때 마루모가 모두의 얼굴을 둘러보며 천천히 입을 열었다.

"아, 저쪽 해답 램프에 불이 들어왔네요."

"오, 이 타이밍에! 예, 시모쓰키 유키나 씨, 이름이 참 근사하군요. 그런데 왜 시모쓰키 씨만 성과 이름 양쪽 다 자막으로 표시될까요?"

"읽기 어려워서 그런 걸까요?"

레이카가 고개를 갸웃거리면서 말했다.

"이제 남은 분들은 전부 읽기 어려운 이름일 듯합니다만. 예, 그럼 시모쓰키 씨. 말씀하시죠."

시모쓰키 유키나는 몸매가 탄탄하면서도 유연해 보이는 여자였다. 나이는 이십 대 후반 정도일까. 검은자위가 도드라진 큼지막한 눈을 반짝이며 검은 머리를 쓸어 올렸다.

"범인 알아냈어요오."

"그러십니까!"

"다들 방향성은 좋았는데 아깝네요오. 저도 택시비는 계속 마음에 걸려서, 저택에 분명히 한 명 더 있다고 생각했어요오."

"시모쓰키 씨도 거기에 주목하셨군요. 그리고 분명히 한 명이 더 있었습니다. 이야, 예리하시네요!"

"에헤헤."

"그나저나 그 혀짤배기 말투 어떻게 좀 안 되겠습니까? 레이카 양이랑 캐릭터가 겹치거든요."

"레이카도 난처해요오."

"닥쳐, 이 내숭쟁이야. 네 말투를 조금 흉내내본 거라고. 얼마나 역겨운지 이제 알겠냐!"

"예엣?"

"그리고 진행자, 당신 말대로 아까 그 여자는 역시 속임수야."

"어, 아까 그 여자라니요?"

"아키야마 마리코 말이야."

"어엇? 역시 이 사람도?"

"그래. 단순한 레드헤링*이야. 이 타이밍에 아키야마 마리코라니, 너무 부자연스러워. 여기까지는 보통 미스터리 오타쿠라면 충분히 도달할 수 있는 수준이지. 그리고 다마는 역시 고양이야. 다마를 인간에 넣어서 헤아리면 택시를 다섯 명이 타고 온 셈이거든. 중형 택시라면 다섯 명이 못 탈 것도 없겠지만, 다섯 명이 오천 엔을 나누어 내면 택시비는 '한 사람당 딱 천 엔'이겠지."

가바야마 모모타로가 고개를 꼬자 나비넥타이에 넣은 라메실이 반짝반짝 빛났다.

"응응응? 히데, 교코, 아키야마 마리코에 다마까지 포함해서 네 명 아니었던가요? 다마가 고양이라면 세 명이 되는데요? 역시 히데와 英가 다른 사람이라는 말씀이십니까?"

* red herring. 주의를 다른 곳으로 돌리거나 혼란을 유도해 상대방을 속이는 미스터리 장치를 말한다.

"아니, 그것도 아니야. 다마가 고양이라는 결정적인 증거는 사야카 시점으로 진행되는 장의 나선계단을 올라가는 장면에 있어. 다마가 '내 바로 뒤를 따라왔다'고 했는데 다음 장면에는 '뒤에 있던 英가 미처 멈추지 못하고 내 등에 탁 부딪혔다'고 나와. 英 씨가 다마를 앞질렀어. 다마가 인간이라면 절대 불가능한 일이지."

"오오, 확실히 그렇군요! 나나오 씨가 완전히 틀렸습니다! 그럼 절차대로 범인의 이름부터 여쭤볼까요. 범인은 도대체 누구입니까. 이제 등장인물도 몇 명 안 남았습니다만."

"흐흥, 범인의 이름은 모두의 상상을 까마득히 초월할 만큼 대담한 형태로 초반부에 은근슬쩍 적혀 있었어."

"예? 범인의 이름이 은근슬쩍 적혀 있었다고요? 초반부에?"

"그래. 나만 눈치챈 모양이네. 뭐, 고난도이기는 했지."

"그야 뭐, 쌓이고 쌓인 상금이 이십억 엔이나 되니까요. 아무나 풀 수 있는 문제를 낼 수도 없는 노릇이라……."

"그렇겠지. 하지만 지금은 이 문제를 만든 인간의 뒤통수를 쥘부채로 한 방 후려갈기고 싶은 심정이야."

"호오. 그렇게 말씀하시는 걸 보니 본인의 추리에 아주 자신이 있으신 모양입니다?"

"뭐, 그렇지."

시모쓰키 유키나는 고개를 가볍게 흔들어 어깨에 걸린 머리카락을 뒤로 넘겼다.

"그럼 해답을 말씀해주십시오. 범인은 누구입니까?"

"흐흥. 시체가 발견된 후 즉시 리더십을 발휘해 주도권을 잡은 마루모 씨가 '현재 이 저택은 외부로부터 고립된 상태니까 마리코를 죽인 범인은 우리 가운데 한 명인 셈이지'라고 말하며 용의자를 한정하는데, 바로 이게 작가가 등장인물의 입을 빌려서 실행한 교묘한 미스디렉션이라면 어떨까?"

"아이고…… 도대체 무슨 뜻입니까?"

"그 한 구절 때문에 독자는 이번 문제가 본격 미스터리의 왕도 중 왕도인 클로즈드 서클물이라고 인식하겠지. 그리고 일단 인식하고 나면 거기서 벗어나기는 쉽지 않아. 인간은 스스로 자신의 사고에 굴레를 씌우는 생물이거든."

"휴, 지금 명언 느낌이 나도록 의식해서 말씀하신 겁니까? 하지만 이건 마루모의 말대로 신물이 날 만큼 전형적인 클로즈드 서클물이잖습니까?"

"당신도 속아 넘어갔구낭♡"

"우와아, 갑자기 섹시하게 그러지 마십시오."

"귓구멍 파고 잘 들어. 시체가 발견됐을 때, 이미 사후 약 한 시간은 지났잖아? 그렇다면 그때 이미 범인이 저택을 탈출해서 도주한 뒤가 아니라고 도대체 어떻게 단언할 수 있어? 즉,

이건 클로즈드 서클이고 뭐고 아니야. 작가가 등장인물의 입을 이용해서 독자에게 이건 클로즈드 서클물이라는 선입관을 교묘하게 심은 거라고."

"아앗……."

"이제 이해가 돼? 독자는 마루모 씨의 그 대사 때문에 지금 이 저택에 있는 사람들 가운데 범인이 있다고 철석같이 믿게 되지만, 실제로 범행이 벌어졌을 당시 이 저택은 아직 외부로부터 고립된 상태가 아니었어. 이건 독자의 착각을 교묘하게 이용한 트릭이야."

"오오오! 그렇군요, 어렴풋하게나마 시모쓰키 씨가 무슨 말씀을 하시려는 건지 이해가 갑니다! 즉, 클로즈드 서클이라는 대전제 자체를 의심해야 한다는 말씀이시죠?"

"이제야 알겠어? 진행자 이거 완전히 둔해빠졌네. 당신처럼 우둔한 사람한테 지력의 한계를 다해 싸우는 〈미스터리 아레나〉의 진행을 맡기는 이유를 당최 모르겠어."

"어, 그건 저도 모르겠습니다. 뭐, 제가 알랑방귀 뀌는 데는 천하에 따라올 자가 없다고 일컬어지는 것은 사실이니까요. 그런 점으로 미루어 짐작해주시면 감사하겠습니다."

"그렇게 알랑방귀를 잘 뀌는 것치고 다른 프로그램에서는 당신 얼굴 보기 힘들던데."

"죄송합니다, 인기가 별로 없어서요. 하하하. 연말의 이 프로그램이 말 그대로 명줄입니다. 하하, 하하하하."

"흐음."

"그럼 이야기를 되돌리겠습니다. 아무리 그렇더라도 투명 인간이 아니니까 만약 범인이 이미 저택에서 도주했다면 그 인물이 없다는 사실을 누군가 알아차릴 법도 한데요."

"흐흥, 알아차린 사람이 딱 한 명 있잖아."

"누구입니까?"

"사부로 씨."

"사부로가 범인을 알아차렸다고요?"

"그러엄♡"

"우와아, 또. 으음, 시모쓰키 씨의 독기와 달콤함이 뒤섞인 말투도 한몫하여 어쩐지 머리가 어질어질하네요. 이제 그만 진범의 이름을 가르쳐주시지 않겠습니까?"

"알았엉♡"

"범인은 누구입니까?"

"범인은 가로수입니당♡"

"가로수? 시, 식물이 범인이라는 말씀입니까?"

"설마. 아니야. 가로수라고 가로수. 사부로 씨 시점으로 진행되는 제1장에 똑똑히 적혀 있었잖아? '건물을 높게 둘러싼 담장 너머 가로수가 옆으로 흩날리는 세찬 비를 맞으며 마치 몸을 비트는 것처럼 좌우로 흔들리는 모습이 유리창으로 보였다'고."

"그런 문장이 있었던가요?"

그러자 지금까지 섹시한 표정을 되풀이하던 시모쓰키 유키나가 한순간에 눈살을 모아 인상을 팍 쓰면서 가바야마 모모타로를 노려보았다.

"그럼 지금 당장 확인해봐! 그리고 이건 비유도 의인화도 아니라 문자 그대로의 의미였다고!"

"어, 음……."

"엥? 이렇게까지 말했는데도 못 알아먹겠어? 뭐야 그 얼빠진 하마 같은 얼굴은. 하마야? 아니면 바보인가?"

"아니요, 내놓으신 해답이 너무나 뜻밖이라서……."

"이건 의인화된 나무가 몸을 비틀고 있는 게 아니야! 이름이 가로수인 사람이 막 범행을 마치고 정말로 몸을 비틀며 빗속을 달아나는 모습이라고! 분명 달아나려고 했을 때 사부로 씨의 차가 오는 바람에 허둥지둥 나무 뒤편에라도 숨어서 차가 지나가기를 기다렸겠지. 그리고 사부로 씨의 모습이 저택 안으로 완전히 사라지자 주변에 아무도 없는 걸 확인하고 조심스레 다시 달아난 거야. 그런데 저택으로 통하는 외길 양쪽에 정말로 가로수가 늘어서 있으니까 헷갈릴 수밖에 없지. 뭐, 이것 역시 서술상의 기법이겠지만."

"으아앗!"

"그리고 사부로 씨는 창문으로 그 모습을 봤으면서도 무슨 사정 때문에 말하지 않고 자기 가슴속에 묻었어. 그 증거로 이 장면에서 히데 씨도 가로수를 보았는지 사부로 씨가 몹시 신경썼잖아? 전 그 부분이 내내 마음에 걸렸답니당♡ 그게, 그냥 나무라면 히데 씨가 보든지 말든지 사부로 씨가 그렇게 신경쓰는 것 자체가 이상한걸."

"확실히 그 부분에서는 저도 별것도 아닌 일에 신경을 쓴다 싶었습니다만, 그건 어느 분이 말씀하셨다시피 그냥 사부로와 히데의 키 차이를 강조하기 위한 서술이라고만……."

"생각이 얕으면 그 정도가 한계겠지. 하지만 실제로는 그게 아니었어. 만약 자신뿐만 아니라 히데 씨도 그 모습을 봤다면 앞으로 가로수 씨의 존재를 계속 숨겨놓기가 어려워져. 그러니까 사부로 씨는 그걸 몹시 신경쓴 거야. 애당초 숨길 일이 하나도 없다면 어떻게 히데 씨가 바람이 거세진 줄 알았는지 그렇게 장황하게 추측할 필요가 전혀 없잖아. 정 궁금하면 히데 씨한테 직접 물어보면 그만이야. 그런데 물어보지 않은 건 까딱 잘못했다가는 긁어 부스럼이 되기 때문이지."

"그, 그렇군요……. 분명 이름이 가로수인 사람도 이 세상 어딘가에 있기는 하겠죠. 그리고 그렇게 생각하면 별것도 아닌 일을 사부로가 묘하게 신경쓴 것도 납득이 갑니다. 다만……."

"다만, 뭔데?"

시모쓰키가 같은 길이로 잘라 가지런히 정리한 검은 생머리를 다시 권태감이 느껴지는 손길로 쓸어 올렸다.

"다만 이 시점에서 사부로는 아직 마리코의 시체를 발견하지 않았습니다. 그렇다면 보통은 저 녀석 비가 이렇게 내리는데 뭐하는 거냐는 둥, 저런 곳에 가로수가 있다는 둥 무심코 말하는 법 아니겠습니까?"

"사부로 씨는 머리를 금색으로 물들여서 얼핏 보기에는 경박한 느낌이지만, 현장에서 피로 쓴 S 자를 발견했다는 사실을 다른 사람에게는 말하지 않은 것에서도 알 수 있듯이 겉보기와는 다르게 입이 무거워. 비가 퍼붓는 가운데 몸을 숨겨가며 조심조심 달아나는 그 모습을 보고 무슨 사정이 있다는 걸 재빨리 알아차렸겠지. 그리고 가로수 씨를 동정하여 바로 입을 다물기로 결심한 거야."

"그렇군요. 뭐, 이 시점에서는 그럴 수도 있겠죠. 하지만 그 후에 마리코의 시체를 발견했을 때 사부로는 당연히 아까 도망친 가로수를 떠올려야 하지 않겠습니까?"

"물론 사부로 씨는 자신이 목격한 장면을 떠올렸고 마음속으로는 가로수 씨를 의심하고 있어. 하지만 그 부분은 바닥에 피로 쓴 글씨를 지워버린 대목의 묘사와 마찬가지로 일부러 서술을 생략했지. 미스터리는 말이야, 지문에서 거짓말을 하는 건 허용되지 않지만 의도적으로 서술을 일부 생략하는 건 허용돼. 그런 '서술상의 기법'을 최대한 활용해서 작자와 독자가 지혜를 겨루는 최고의 지능 게임이라고."

"예, 그 점에 관해서는 이의가 없습니다. 미스터리의 매력은 그거니까요. 다만 지금 말씀하신 내용만으로는 가로수 범인설의 근거가 너무 약하지 않겠습니까?"

시모쓰키 유키나가 고개를 설레설레 흔들었다.

"얘야, 사람 말은 끝까지 들으렴. 근거는 아직 더 있어. 어떻게 히데 씨가 바람이 거세진 줄 알았을까 추측하는 대목이 있었잖아. 거기서 세 문장 뒤의 문장이야."

"세 문장?"

"마침표로 세 개 뒤라는 의미지."

"아니요, 그건 압니다만……."

"거기서 시점 인물인 사부로 씨가 이렇게 독백해. '(나는)물으면서 셔츠 가슴주머니에 꽂아놓은 만년필의 뚜껑을 무의식중에 손가락으로 만졌다'라고."

"예, 그랬죠. 하지만 어째서 이게 가로수 범인설의 근거인가요?"

"모르겠어? 이거야말로 가로수 씨가 범인임을 나타내는 절대적인 증거잖아."

"이게 절대적인 증거라고요?"

가바야마 모모타로는 의아하다는 표정을 지었다.

"이 소설의 '화자'들은 쓸데없는 소리를 늘어놓는 유형의 사람들이 아니잖아? 초반부터 사람이 여럿 나왔지만 생김새나 복장도 거의 묘사되지 않았어. 지금으로부터 백 년도 전에 프랑스의 초현실주의자가 '카탈로그 잡지를 쌓아올린 것처럼 공허하다'라고 비판한, 독자에게 따분함만 안겨주는 소설 작법상의 악습을 철저하게 배제한 거야. 게다가 이 '화자'들은 오랜 친구들이 어떻게 생겼는지 잘 알고 있을 테니, 일일이 의식 속에 떠오르지 않는 편이 오히려 자연스럽겠지. 그런데 쓸데없는 소리를 일절 하지 않는 '화자'들 가운데 중심적 존재인 사부로 씨가 굳이 만년필의 뚜껑을 무의식중에 만졌다는 독백을 했으니 여기에는 반드시 무슨 의미가 있다고 봐야겠지?"

"그렇군요. 그런데 무슨 의미가 있나요?"

"지금쯤 바보상자, 아니 텔레비전 앞에서는 아, 그렇구나 하고 무릎을 치는 사람이 많을 것 같은데……. 우리나라의 모 일류 만년필 제조사, 아니 이래서는 설득력이 없으니 기업 이름을 구체적으로 밝힐게. 파이로트 만년필은 설립 당시 나미키* 제작소라는 명칭을 사용했어!"

* 並木. 가로수라는 뜻이며, 사람의 성으로 사용되기도 한다.

"그, 그런가요?"

"응. 그리고 나미키 제작소 시절에 제조된 만년필은 지금도 앤티크 만년필로서 인기가 좋아. 특히 펜촉에 'NAMIKI'라고 새겨진 물건은 골동품적인 부가 가치까지 있어영♡"

"과, 과문해서 미처 몰랐습니다. 하지만 문제 풀이에 그렇게 마니악한 지식이 필요해서는 안 되는 것 아닐까요?"

"마니악하다니. 만년필 팬과 문구 마니아 사이에서는 모르는 사람이 없다고. 가전제품으로 따지면 도쿄통신공업의 압력밥솥이나 마찬가지야. 덧붙여 내가 아는 가전제품 마니아는 밥맛이 다르다면서 최신 전기밥솥 대신 밥이 다 되면 압력추가 달그락달그락하는 도쿄통신공업의 앤티크 압력 밥솥으로 매일 밥을 지어 먹어."

"저어, 죄송합니다……. 도쿄통신공업이라는 회사 처음 들어봅니다만."

"뭐? 도쿄통신공업은 소니의 전신이잖아. 그런 일반 상식도 모르면서 잘도 진행자로 활동하는구나."

"그, 그게 일반 상식이라고요?"

"일본인이라면 일본을 대표하는 기업의 역사 정도는 당연히 알아야지!"

"아, 예……."

"자, 이야기를 되돌릴게. 만년필 마니아인 사부로 씨는 분명 가로수 씨를 만날 때마다 저절로 나미키 제작소를 떠올리는 습관이 들었어. 그래서 이날도 가로수 씨가 뛰어서 달아나는 모습을 창문으로 목격하고 무의식중에 셔츠 가슴주머니에 꽂아둔 만년필의 뚜껑을 만진 거지."

"오, 그렇군요. 하지만 사부로가 만년필 마니아라는 건 어디까지나 시모쓰키 씨의 억측입니다. 증거는 어디에도 없지 않습니까?"

"아니, 그 증거도 똑똑히 적혀 있어."

가바야마 모모타로는 깜짝 놀랐다.

"예? 사부로가 만년필 마니아라는 증거가 적혀 있다고요? 도대체 어디에요?"

"후후후. 모르겠어? 모르겠지? 모르는구나!"

시모쓰키가 연거푸 말했다.

"예, 죄송합니다. 적어도 저는 모르겠습니다."

"가르쳐줄까?"

"예……."

"그럼 가르쳐주십시오, 여왕님이라고 말해."

"가르쳐주십시오, 여왕님…… 어째 이상한데요! 그리고 지금은 제게 가르쳐주시는 게 아니라 시모쓰키 씨가 해답을 말씀하셔야 하는 겁니다!"

"흥. 사부로 씨는 첫 등장하는 장면에서 폭우에 맞아 흠뻑 젖은 커터 셔츠를 현관에서 갈아입었지?"

"아, 예."

"그런데 가로수 씨를 목격한 장면에서 사부로 씨의 셔츠 가슴주머니에는 만년필이 꽂혀 있었어. 즉, 이 장면을 통해 사부로 씨가 평소 만년필을 꼭 한 자루는 꼭 가지고 다니며, 옷을 갈아입을 때는 만년필도 옮겨서 꽂을 만큼 만년필 마니아라는 사실을 분명히 제시한 거야."

"으헙!"

"어때? 듣고 보니 그렇지? 사부로 씨가 가로수 씨 하면 극히 자연스럽게 만년필을 연상할 만한 사람이라는 걸 이 장면으로 보여준 셈이라고."

"그, 그렇군요. 그러므로 범인은 가로수라는 인물이다. 그, 그건 알겠습니다. 하지만……."

"하지만 뭐? 또 뭔데?"

"하지만 사부로는 마리코의 시체를 발견한 후에 사야카가 범인 아닐까 내심 의심합니다. 이 점은 어떤가요? 가로수가 수상하다는 걸 사부로가 알고 있다면 이 부분과 모순되지 않겠습니까?"

"범행 현장에서 피로 쓴 S 자를 봤기 때문에 사야카 씨를 의심하는 거잖아? 그후 마리코 씨의 손톱 밑에 사야카 씨가 쓰는 것과 색깔이 똑같은 립스틱이 묻은 것을 발견하고 의심이 더욱 깊어졌지. 한편 가로수 씨의 나머지 이름은 모르지만 이니셜은 S가 아니야. 그러니까 이 장면에서 사부로 씨는 정확하게 말해 가로수 씨와 사야카 씨가 공범 아닐까 의심하는 거지. 하지만 아까 말했듯이 '서술상의 기법'을 활용하여 가로수 씨에게 의혹을 품는 부분은 완벽히 생략하고 사야카 씨에게 의혹을 품는 부분만 부각시켜 묘사했기 때문에 독자의 눈에는 사부로 씨가 마치 사야카 씨의 단독 범행을 의심하고 있는 것처럼 보이는 거야. 작가가 아슬아슬하게 거짓말이 아니도록 서술하여 그렇게 보이도록 만든 거지."

"이야, 치사하네요. 서술상의 기법, 정말 치사해요."

"아니, 아니꼽긴 하지만 이건 엄연한 테크닉이야. 미사와 씨가 지적한 사부로 씨의 독백을 떠올려봐. '손을 잠깐 움직인……'이라는 구절로 사부로 씨가 독자에게 뭔가 은폐하는 인물이라는 사실을 미리 제시했잖아. 이 시점에서 사부로 씨가 이른바 '믿을 수 없는 화자'임을 독자도 눈치챌 수 있어."

"예, 정말로 감사합니다."

"딱히 당신을 칭찬한 건 아닌데."

"압니다. 저희 프로그램을 대표해서 감사 말씀을 드린 거예요."

"흐응."

"그런데 시라히게 다리가 무너졌으니 가로수도 내륙으로

달아날 수는 없겠군요."

"그렇겠지. 하지만 가로수 씨는 사부로 씨가 도착한 직후에 달아났으니 아슬아슬하게 다리를 건넜을지도 모르겠어. 뭐, 도망치지 못했다면 부근에서 노숙이라도 할 테고, 애당초 가로수 씨가 그후에 어떻게 됐는지는 그다지 관심 없어."

"그렇군요."

가바야마 모모타로가 시모쓰키 유키나를 가만히 바라보았다.

"……."

시모쓰키 유키나도 가바야마 모모타로를 쳐다보았다.

"왜에? 아직도 물어볼 게 남았어?"

"어, 아니요. 그, 그럼 시모쓰키 씨, 해답자 대기실로 빨리 이동해주시기 바랍니다."

시모쓰키가 이동하기 시작했다. 몬테레오네 레이카가 눈을 치켜뜨고 말했다.

"가바야마 씨, 뭘 그리 멍하니 계세요? 하마터면 방송 사고가 날 뻔했잖아요!"

"이야, 그게 시모쓰키 씨가 완전 제 취향이라서요."

"가바야마 씨는 미인이면 아무나 좋은 거죠?"

"아닙니다. 말했잖아요, 저는 여장부를 아주 좋아한다고요. 저는 기본적으로는 남을 몹시 괴롭히길 좋아합니다만, 동시에 괴롭힘을 당하는 것도 좋아하거든요."

몬테레오네 레이카가 한숨을 쉬었다.

"저기, 저도 포함해서 텔레비전을 보시는 시청자 여러분 중에 가바야마 씨의 취향에 흥미가 있으신 분은 한 분도 안 계실 테니 얼른 진행이나 하시죠?"

"어쩐지 가슴을 후벼파는 말투입니다만, 올해도 얼마 안 남았으니 어서 진행하겠습니다. 이제 남은 해답자는 세 분이십니다!"

16

다음날 아침 일찍 잠에서 깨어 내가 아직 살아 있음을 알고 안심했다. 물론 잠들기 전에 문의 빗장을 질렀지만, 그래도 역시 불안했다.

어젯밤은 침대에 누운 후에도 한동안 잠들지 못하고 등이 피로 물든 마리코를 생각했다. 불쌍한 마리코. 게다가 마리코는 지금도 그 모습 그대로 4층 자기 방에 방치되어 있다. 현장을 보존하기 위해 어쩔 수 없다고는 하지만.

뜬눈으로 밤을 새울지도 모르겠다 싶었지만 빗소리와 바람 소리, 조그마한 잡음과 복도가 삐걱대는 소리에 겁을 먹으면서도 어느 틈엔가 잠들어버렸으니 박정하다고 할까, 인간의 생리적인 욕구가 너무나 강해서 기가 찼다.

창문 커튼을 걷었다. 잿빛 구름 아래, 여전히 비가 내리고 있었다. 어쩐지 지구상의 물이 전부는 아니더라도 절반 정도는 여기에 쏟아지고 있는 게 아닐까 싶을 정도였다.

세면실에서 세수를 하고 방을 나서기 전에 화장을 할까 말까 망설였다. 아무리 그래도 사람들 앞에 민낯으로 나설 수는 없다. 하지만 이런 상황에서 완벽하게 화장을 하면 그건 그것대로 무신경한 여자라고 욕을 먹을 것 같았다.

이럴 때는 남자가 부럽다. 여자는 성가시게도 배려심을 요구받을 때가 많아서 피곤하다.

잠시 망설인 끝에 파운데이션을 연하게 바르고 립스틱만 칠하기로 하고 화장품이 든 파우치를 열었다.

그런데 파운데이션은 금방 찾았지만 립스틱은 어디에도 없었다. 어제 아침에는 분명 있었는데, 어디서 잃어버린 걸까.

도대체 어디에 뒀을까? 파우치를 이 방에서 들고 나간 적이 없으니까 잃어버렸다고 쳐도 분명 방안에 있을 것이다.

하지만 아무리 찾아도 눈에 띄지 않았다.

설마 도둑맞았나? 문에는 빗장만 달려 있고 열쇠 구멍은 없으므로 밖에서는 문을 잠글 수 없다. 내가 방에 없을 때 숨어들어서 립스틱을 훔치는 건 어려운 일이 아니다.

다만 이 방은 라운지 바로 옆이니까 라운지에 사람이 있는 시간대에는 숨어들 때 남에게 들킬 위험성이 크다. 내가 매년

이 방을 사용한다는 걸 다들 알고 있을 테니, 들키면 당연히 의심받는다. 그런 위험을 무릅쓰면서까지 내 립스틱을 훔쳐서 도대체 어쩌자는 거지. 하나에 천 엔밖에 안 하는 싸구려인데.

하는 수 없이 석연치 않은 기분으로 입술에 투명한 립글로스만 바르고 1층 식당으로 향했다.

식당에서는 분타 씨 혼자 의자에 앉아 무료한 듯 담배를 피우고 있었다.

"안녕, 분타 씨. 일찍 일어났네."

"어젯밤에 잠을 설쳤는데도 눈이 빨리 떠지더라고."

"나도 그랬어."

분타 씨는 담배를 다 피우자마자 다음 담배에 불을 붙였다. 담배 연기가 싫어서 일단 방에 돌아갈까 했는데, 교코가 골똘히 생각에 잠긴 표정으로 천천히 식당에 들어왔다. 그리고 다른 사람들도 식당에 모였으므로 여자들이 분담하여 커피를 내리고 스크램블드에그를 만들기로 했다. 다행히 달걀, 우유, 주스, 원두 전부 아직 넉넉하다. 나는 사람 수에 맞춰 토스트를 굽고 접시를 늘어놓았다.

그런데 준비가 다 됐는데도 마루모 씨와 다이라 씨 두 사람이 나타나지 않았다.

"왜 안 오지?"

내가 혼잣말하듯이 중얼거리자 분타 씨가 대답했다.

"아아, 다이라는 아까 차로 시라히게 다리를 보러 갔어."

"마루모 씨도 같이?"

"아니, 다이라만. 마루모는 모르겠네."

누군가가 마루모는 분명 피곤해서 늦잠을 자는 것 아니겠냐고 해서 일단 두 사람을 빼고 아침을 먹기로 했다.

어제 저녁 먹을 때와 마찬가지로 대화는 별로 없었다. 마리코를 죽인 범인이 누구인가 다들 서로를 의심하는 것이다.

"다들 모이고 나서 물어보려고 했는데, 일단 지금 있는 사람들한테만 물어볼까."

모두가 식사를 반 정도 마쳤을 때 교코가 천천히 입을 열었다. 어쩐지 무거운 침묵을 견디기 힘들어서 그러는 것 같은 느낌이었다.

"어젯밤에 4층 마리코 방에 간 사람 있어?"

아무도 대답하지 않았다. 먹으면서 고개를 젓는 사람, 고개를 돌려 외면하는 사람, 아무 의사 표시도 하지 않는 사람, 제각각이었다. 물론 나도 잠자코 있었다.

"그럼 오늘 아침에 일어나서 간 사람은?"

모두 방금 전과 다를 바 없는 반응을 보였다. 분타 씨가 한쪽 눈썹을 추켜올렸지만, 긍정하는 것은 아닌 모양이었다.

"뭐, 자진해서 밝힐 리는 없나."

교코가 커피잔을 들고 입술 가장자리에 쓴웃음을 머금으며 말했다.

"그게 도대체 무슨 뜻이야?"

분타 씨가 되물었다.

"실은 나 아까 4층에 다녀왔어."

"아까? 누구랑?"

"혼자서."

"용기 있구나. 하지만 그건 규칙 위반 아닌가? 혼자서는 현장에 접근하지 말기로 모두 함께 정했을 텐데."

"마루모 군이 멋대로 정했을 뿐이지 딱히 모두가 찬성한 건 아니잖아?"

"그때 반대했으면 모를까, 반대하지 않았으면 찬성한 거나 마찬가지지."

"시비는 나중에 가리도록 하자. 올라간 덕분에 발견했으니까."

"뭘 발견했는데?"

"발견했다기보다 발견하지 못했다고 해야 정확하려나."

"질질 끌지 마. 무슨 소리야?"

분타 씨가 답답하다는 표정으로 물었다.

"그러니까……."

교코가 지금도 자기 두 눈이 믿기지 않는다는 듯이 눈을 깜박였다.

"진짜 깜짝 놀랐어. 사라졌더라고."

"그러니까 뭐가?"

"마리코 시체가."

"뭐라고? 정말이야?"

모두가 웅성거렸다. 분타 씨도 안색이 변했다.

"시체가 사라졌단 말이지. 정말 깜짝 놀랄 일이로군……."

"그뿐만이 아니야. 바닥의 피도 깨끗하게 닦아냈더라."

"도대체 누가……."

"누구냐니, 당연히 범인이 그랬겠지."

"하지만 시체를 숨긴다고 해도 도대체 어디에?"

"나도 몰라. 범인한테 물어봐. 시체에 자세히 조사하면 범인에게 불리한 뭔가가 있었던 거야. 그러니까 모두가 깊이 잠든 후에 시체를 어딘가에 숨긴 거겠지. 아아, 그래서 내가 어제 시체를 조사하자고 침이 마르도록 말했건만. 우물쭈물하는 바람에 범인이 시체와 함께 증거를 인멸해버렸잖아."

교코는 마구 신경질을 부렸지만, 말투에 자신의 의견이 옳았음이 증명되어 의기양양해하는 기분이 적지 않게 묻어났다.

"뭐, 그거야……."

분타 씨는 한순간 난감한 표정을 지은 후에 사람들과 자기 자신을 타이르듯이 말을 이었다.

“하지만 이제 와서 아쉬워한들 무슨 소용이 있겠어. 범인에게 한 방 먹은 건 사실이지만, 어제는 현장 보존이 무엇보다 중요하다고 판단했으니 어쩔 수 없지. 그걸 이용한 범인이 우리보다 한 수 위였던 셈이야.”

“범인이 한 수 위였다고 인정하고 끝낼 문제가 아닐 텐데.”

교코가 빈정거리듯이 말했다.

“그럼 어쩌라고? 시체를 감추지 못하도록 밤새 교대로 불침번이라도 섰어야 했다는 소리야?”

“그런 말은 아닌데…….”

교코는 크게 한숨을 쉬었다.

교코는 분타 씨에게 불평을 하는 게 아니다. 아직도 일어나지 않는 마루모 씨의 리더십에 야유를 보내려는 심산이다.

그리고 나는 그 이유를 안다.

교코는 대학교 사 년 내내, 아니 졸업하고 나서도 마루모 씨 팬이었다. 팬 심리는 어느덧 일방적인 연애 심리로 발전했지만, 고백은 못 하고 시간만 흘려보내며 속을 끓였다.

이대로 가다가는 평생 후회가 남겠다며 작년 정례 모임 직후에 과감하게 고백했다. 자세한 사정은 모르지만 깊은 상처가 될 만한 말로 거절을 당한 듯, 그후로는 마루모 씨를 조금 쌀쌀맞게 대했다. 이번에도 참석할지 말지 당일이 되기 직전까지 망설였지만, 올해부터 갑자기 불참하면 어쩐지 진 것 같아서 싫다면서 참석하기로 했다.

"마루모 군, 늦네."

아키야마 마리코, 통칭 아키가 불쑥 말했다.

"아키, 이제 몸은 좀 괜찮아?"

"응, 이제 괜찮아."

그 말대로 아키는 어제와는 달리 안색이 아주 좋았다. 밥맛이 나는지 토스트와 커피를 혼자 추가로 먹었다.

"마루모 좀 보고 올게."

남들보다 먼저 식사를 마친 분타 씨가 더는 못 기다리겠다는 듯이 일어서서 그렇게 말하고 성큼성큼 식당을 나섰다. 마루모 씨는 올해도 2층 동쪽 가장자리 방을 쓴다.

그 뒷모습이 사라지자 교코가 작게 중얼거렸다.

"세키 군도 이번에는 어쩐지 이상하네. 갑자기 적극적으로 행동하는 것 같기도 하고, 어떻게 보면 또 그렇지 않은 것 같기도 하고."

"응. 나도 동감이야."

확실히 지금까지 분타 씨는 그다지 리더십을 발휘하는 유형이 아니었다. 모임에 다이라 씨와 마루모 씨, 이렇게 리더가 둘이나 있으니까 한 발짝 물러나서 지켜보는 위치에 머물렀을 뿐인지도 모르지만.

그런데 분타 씨가 겨우 이 분도 지나지 않아서 안색이 바뀐 얼굴로 돌아와서 다들 당황했다.

"큰일났어!"

"왜 그러는데?"

"마루모가 침대 위에서 싸, 싸늘해졌어!"

"진짜?"

찢어지는 듯한 비명이 울려 퍼졌다. 그리고 나도 포함한 모두가 말문이 막힌 채 움직임을 멈췄다. 절대로 일어나서는 안 될 일—두 번째 살인—이 일어나고 말았다.

그런 와중에 英 혼자 자리에서 일어나서 달려갔다. 마리코가 죽고 없으니 비상주라고는 하나 저택 관리인인 자신이 확인해야 한다는 책임감이 발동한 거겠지.

하지만 英 역시 약 이 분 후에 분타 씨와 똑같이 새파랗게 질린 얼굴로 돌아왔다.

"안타깝지만 분타 말이 맞아. 완전히 변한 모습으로……. 심각한 상태니까 여자들은 안 보는 편이 낫겠어."

다시 찢어지는 듯한 비명이 터져 나왔다.

"그, 그런……."

교코가 창백한 얼굴로 입술을 와들와들 떨었다.

가엾게도. 역시 아직 마루모 씨를 좋아하는 거구나.

"저기, 여기서만 하는 이야기인데."

잠시 후에 분타 씨가 다시 테이블의 자기 자리에 앉아 굳은 표정으로 모두의 얼굴을 둘러보면서 천천히 입을 열었다.

"실은 나 어젯밤에 화장실에 가다가 다이라사부로가 마루모 방 앞에 혼자 우두커니 서 있는 모습을 봤어."

"뭐라고?"

모두가 놀랐다.

"몇 시쯤이었어? 그것만 보고 속단하는 건 금물 아닐까? 무슨 볼일이 있었을지도 모르잖아."

나는 무심코 끼어들어 말했다.

하지만 분타 씨는 냉정한 얼굴로 고개를 저었다.

"시계를 못 봤으니까 정확한 시간은 몰라. 하지만 볼일을 보고 방에 돌아갈 때는 복도에 아무도 없었고, 마루모의 방에서 나지막하고 흐릿한 신음 소리가 들렸어. 그때는 반쯤 잠에 취한 상태라 그대로 방에 가서 잠들었지만, 지금 생각해보니 그거 마루모의 괴로움에 찬 목소리 아니었을까?"

"왜 그때 마루모 군의 방문을 두드려보지 않았어!"

교코가 날 선 목소리로 분타 씨를 책망했다.

"말했잖아. 잠에 취해 있었다고. 내가 깨어 있는지 아니면 꿈속에 있는지도 의심스러운 상태였어. 하지만 마루모에게 무슨 일이 생겼는지 아는 지금은 단언할 수 있어. 그건 꿈이 아니었어."

"잘못 봤을 가능성은 없어?"

나는 물었다. 설마…… 그런 짓을, 생각하고 싶지도 않다.

"그 뒷모습을 잘못 볼 리 없지. 분명히 녀석이었어. 마루모의 방은 2층 제일 가장자리니까 방을 착각했을 리도 없어."

"그럼 이제 확정됐네!"

교코가 작게 외쳤다.

"아니, 아직 그건……. 게다가 녀석이 그런 짓을 하다니, 나도 아직 반신반의하고 있기는 해……."

분타 씨가 손을 턱에 대고 생각에 잠겼다.

"하지만 한밤중에 무슨 볼일이 있어서 마루모 군 방에 간단 말이야?"

"그러게……."

확실히 아래층에 머무는 사람이 그런 시간에 아무 볼일도 없이 2층 마루모 씨 방에 갈 리는 없다.

"게다가 신음 소리가 들렸지? 분명히 마루모 군 목소리였지?"

"문 너머로 들렸으니까 백 퍼센트 장담은 못하지만, 아마 틀림없을 거야."

"그럼 역시 확정된 거 아니야?"

그후로는 숨막히는 침묵만이 주변을 지배했다.

†

내가 빗속 운전을 마치고 돌아오자 모두가 식당에 모여 소곤소곤 이야기를 나누고 있었다. 어젯밤은 그다지 열의 없이 이야기를 나누다가 각자 방으로 돌아갔지만, 하룻밤 자고 나자 자신들이 미스터리 연구회 출신임을 새삼 깨닫고 추리전이라도 벌이는 걸까?

"왔네, 어땠어?"

분타가 고개를 들더니 내게 손을 들어올렸다. 하지만 어쩐지 평소와 표정이 달라 보였다. 뭐, 평소 같은 상황은 아니지만.

"틀렸어. 역시 아직 복구 안 됐더라. 공사도 시작 안 했더라고."

나는 고개를 저으며 대답했다.

"그렇겠지. 이렇게 비가 내리니 원. 역시 마음을 느긋하게 먹고 좀더 기다리는 수밖에 없겠네."

"내가 토스트 구울게."

사야카가 그렇게 말하고 일어섰다.

어쩐지 사야카가 오늘 아침은 어제와 딴판으로 다정하다 싶었지만, 어쩌면 나와 얼굴을 마주치기 싫어서 토스트를 굽겠다는 핑계로 자리를 떴을지도 모른다는 의심이 들었다. 그리고 그렇게 의심하는 나 자신에게 다시 넌더리가 났다. 어제부터 악순환을 반복하고 있다.

"어, 그런데 마루모는?"

식당에 마루모만 없다는 걸 알아차리고 주변을 둘러보며 묻자 모두가 거북하다는 듯이 고개를 돌렸다.

"모두에게 하고 싶은 말이 있는데."

뭐, 됐다. 나는 개의치 않고 말을 이었다.

"시라히게 다리가 어제 몇 시에 무너졌는지 알아냈어."

"어떻게?"

다들 생각보다 반응이 둔했지만 나는 이야기를 계속했다.

"시라히게 다리 옆에서는 휴대전화 전파가 간신히 잡히더라고. 그래서 지역 경찰에 전화해서 다리가 언제 무너졌는지 물어봤지."

"그래서?"

분타가 물었다.

"4시 40분에 무너졌대. 그리고 그건 근처 주민이 다리에 문제가 생긴 걸 알아차리고 경찰에 신고한 시각이니까, 실제로는 그전에 교각이 부러졌을 거래."

"뭐?"

분타의 입이 떡 벌어졌다.

"나는 대략 4시 20분쯤에 다리를 건넜을 거야. 그러니까 그후로 이십 분도 지나기 전에 다리가 무너진 거지. 마루모는 어제 저택에 5시 반쯤에 도착했던가? 하지만 녀석은 적어도 4시 40분 전에는 여기에서 차로 십 분도 걸리지 않는 시라히게 다리를 건너왔던 셈이야. 도대체 어떻게 된 거지? 그후 우리 앞에 모습을 나타낼 때까지 한 시간 가까이 녀석은 어디서 뭘 했을까?"

모두의 눈동자에 동요의 빛이 서리는 모습을 나는 기분 좋게 바라보았다.

"그건 그렇고 본인은 어디 있어? 혼자 늦잠 자는 거야?"

이 사실을 본인한테 들려주고 꼬치꼬치 따져 물어서 어제의 앙갚음을 할 생각이었는데.

하지만 아무도 대답하지 않았다.

"야, 다이라 사부로."

그때 세키 분타가 느닷없이 나를 성과 이름으로 불렀다.

"지금 모두에게 물어보는 중인데, 너 어젯밤에 마루모 방에 갔었어?"

"응? 내가 마루모 방에 왜?"

너무 뜬금없는 질문이라 당황스러웠다. 도대체 분타는 왜 나한테 그런 걸 물어보는 걸까?

"1층에 묵는 내가 왜 밤에 2층 마루모 방에 가야 하는데?"

"방 앞에도 안 갔어?"

"안 갔어. 아무 볼일도 없는걸. 몰래 죽이려는 게 아니라면 뭐하러 그런 시간에 가겠냐?"

나는 그렇게 말하고 굳은 표정을 풀어 웃음을 지었다.

하지만 아무도 웃지 않았다.

등에 식은땀이 흘렀다.

"설마 녀석한테 무슨 일이라도?"

그러자 분타는 조용히 고개를 끄덕였다.

"응, 안타깝게도 그 설마야."

"체크포인트! 자자, 세키 분타가 어젯밤 마루모 다이스케의 방 앞에 사부로가 서 있는 모습을 봤다고 말했습니다. 하지만 사부로 본인은 안 갔다고 하고요. 그렇다면 당연히 둘 중 하나가 거짓말을 하는 셈이군요!"

"그렇겠네요!"

"그리고 마루모는 어제 적어도 오후 4시 40분 전에 시라히게 다리를 건넜다는 사실이 판명됐습니다! 그후 저택에 도착할 때까지 약 한 시간 동안 도대체 어디서 뭘 했을까요?"

"게다가 본인이 두 번째 피해자가 되고 말았죠. 그야말로 수수께끼가 넘쳐나는군요."

"그러고 보니 마루모가 사건 직후에 다른 사람들에게 '두 번째 시체로 발견되기는 싫지?'라고 했었는데요. 정작 본인이 두 번째 시체가 되다니 운명의 장난이라고밖에 할 수가 없습니다만, 뭐 인생이란 다 그런 법이죠. 해답자 여러분도 분명 절실히 느끼시는 바가 있으실 겁니다. 하하하하하. 크크크크크."

"가바야마 씨, 좀."

"예! 여기서 등장인물들의 방 배치를 되짚어보자면, 사야카가 2층 라운지 바로 옆, 마루모가 2층 동쪽 제일 가장자리, 사부로가 1층 동쪽 제일 가장자리, 그 맞은편이 아키야마 마리코의 방이라는 사실이 밝혀졌습니다. 복도 양측에 방이 있는 모양이니 마루모의 방은 사부로나 아키야마 마리코의 방 바로 위겠군요. 그리고 분타의 방이 어디인지는 정확하게 서술되지 않았습니다만, 화장실에 갈 때 마루모 방 앞에 서 있는 사부로의 모습을 목격했다는 증언으로 미루어보건대 2층 동쪽 마루모 방 근처라고 추정됩니다. 현재 교코와 히데의 방이 어디인지는 알 수 없습니다만, 3층 방은 아무도 사용하지 않는다고 했습니다.

"등장인물들의 방이 어디인지 백 퍼센트 확실하게 밝혀지지는 않았네요. 즉, 방 배치는 트릭이나 진상과는 관계없다는 뜻일까요?"

"오, 레이카 양. 날카로운 지적인데요."

"에헤헤."

몬테레오네 레이카가 혀를 쏙 내밀었다.

"야!"

"왜 그러십니까?"

"우리한테는 인생이 걸린 일이라고. 죽어라 머리를 쥐어짜고 있는 앞에서 애정 행각 벌이지 마."

"어, 애정 행각은 벌이지 않았는데요."

"아까부터 계속 그랬잖아."

"안 그랬습니다. 애정 행각은 이렇게 하는 거죠."

"꺄! 그만! 색마! 변태!"

"억, 아파라, 아 팔아."

화면이 꽃밭 영상으로 바뀌고 "잠시만 기다려주십시오"라는 자막이 나왔다.

이윽고 화면이 스튜디오로 돌아왔다. 뺨에 빨갛게 손자국이 생긴 가바야마 모모타로와 방금 전보다 멀찍이 떨어져서 선 몬테레오네 레이카가 비쳤다.

"어, 아무래도 이번 장에서는 해답자가 안 계신 것 같고 제가 레이카 양과 화해할 시간도 조금 필요하므로, 저희 프로그램의 법적 토대인 '장기 제비법' 및 '장기 제비 도전법'에 대해 설명해드리겠습니다. 매년 저희 프로그램을 봐주시는 시청자 여러분들은 이미 다 아시겠지만, 방송중에 반드시 설명하는 것이 SLC 인가를 취득할 때의 조건이었으므로 잠시만 시간을 내주시기 바랍니다. 그럼 보도 스튜디오의 하마나카 씨!"

†

화면이 바뀌어 양복을 말끔하게 차려입고 7 대 3 가르마를 탄 남자가 비쳤다.

"예, 보도 스튜디오의 하마나카입니다. 정례에 따라 20×× 년에 최대 다수의 최대 행복을 슬로건으로 내걸고 정권을 획득한 일본애민당이 발의하여 제정된 '장기 제비법(서바이벌 로터리)'에 관해 간단하게 설명해드리겠습니다. 바로 다음과 같은 법률입니다.

일단 완벽하게 공평한 제비로 전 국민 중에서 일정한 수의 건강한 사람을 뽑아서 사망시킵니다.

사망자들의 장기를 전부 장기이식이 필요한 사람들에게 이식합니다.

이게 전부인 단순한 법률입니다. 하지만 제비에 뽑힌 사람의 생명과 교환하여 장기이식이 필요한 수많은 사람의 생명을 구할 수 있는, 실로 훌륭한 법률입니다. 그야말로 최대 다수의 최대 행복입니다. 제비를 뽑는 시기와 당첨 인원은 그해의 정권이 결정합니다.

이 법안이 국회에 제출된 당시는 국가 권력이 당첨자의 목숨을 빼앗다니 전체주의적이고 비인도적이라며 비판하는 반대파도 많았습니다만, 전 인류의 꿈과 희망의 별이었던 재생의료가 그런 꼴이 된 이상 장기이식을 하지 않으면 반드시 목숨을 잃는 사람들을 그냥 내버려두는 것 역시 비인도적이지 않느냐는 의견이 최종적으로는 다수를 차지했습니다. 마지막까지 저항한 보수 연합도 결과적으로 사망자 수가 적은 편이 인권 보호의 취지에 합당하지 않겠느냐는 논리에는 반박하지 못했습니다.

그런데 법안이 가결되어 실행되자 몇 가지 문제가 발생했습니다. 이 또한 운명이라 체념하고 침착하게 죽음을 받아들이는 현명한 사람들도 있었습니다만, 언제 제비에 당첨되어 장기를 빼앗길지 모르는 상황에 겁을 먹고서 애석하게도 건강한 장기를 망가뜨리는 어리석은 사람이 나타난 겁니다. 그렇습니다, 치명적인 독약을 늘 가지고 다니다가 제비에 당첨됐다는 사실을 안 순간에 자살을 꾀하는 못난이들 말입니다. 그중에서는 친구가 농담으로 '너, 제비에 당첨됐대'라고 한 말을 곧이곧대로 받아들여 제대로 확인도 해보지 않고 자살한 사람도 있습니다.

여러분들도 아시다시피 장기이식은 속도가 생명입니다. 즉시 이식할 수 있는 환경이 아니면 아까운 장기가 무용지물이 됩니다. 그래서 수많은 건강한 장기가 무익하게 버려졌습니다. 또한 목숨을 건지더라도 복용한 독약의 영향으로 장기를 이식할 수 없는 경우도 생겼습니다. 그들은 자신의 생명뿐만 아니라 이제나저제나 이식만을 기다리던 환자들의 꿈과 희망까지 짓밟은 겁니다.

이래서는 낭비가 너무 많다며 장기 매매 자체를 합법화하려는 움직임도 생겨났습니다. 원래 이 '장기 제비법'은 장기 매매를 엄하게 금지하기 위한 수단으로 제정되었기 때문입니다. 장기 매매가 승인되면 장기와 교환하여 생전에 큰돈을 만지려는 사람과 큰돈을 지불해서라도 건강한 장기를 얻고 싶어 하는 자산가의 이해가 일치하여 모두가 행복해지지 않겠느냐는 의견입니다.

하지만 장기 매매가 합법화되면 무지막지한 범죄 사회가 출현하리라는 것을 세계 각국의 사례를 보면 알 수 있습니다. 장기 매매만은 절대로 허용해서는 안 된다는 것이 국제적인 흐름이었습니다.

그리하여 등장한 대안이 SLC, 바로 '장기 제비 도전 제도(서바이벌 로터리 챌린지)'입니다. 이는 '장기 제비 당첨'을 조건으로 고액의 상금에 도전하는 본인 신청 제도입니다. 이렇게 하면 본인의 뜻을 존중하면서도 국가가 늘 일정 수의 장기를 확보할 수 있습니다. 이 제도가 시행되자 아직 철폐되지는 않았지만 종래의 무작위한 서바이벌 로터리 제도가 사실상 유명무실해졌으므로 언제 제비에 당첨될지 모른다며 두려워하던 어리석은 사람들도 마음의 안녕을 되찾았습니다.

〈미스터리 아레나〉는 지금으로부터 십 년 전, SLC 인가를 제일 먼저 취득하는 데 성공하여 매년 마지막날에 가지지 못한 자들이 인생의 대역전을 노릴 수 있는 기회를 제공해왔습니다.

여기에 오늘 〈미스터리 아레나〉에 출연하기에 앞서 출연자 여러분들이 대기실에서 사인한 동의서가 있습니다. 내용을 읽어드리겠습니다.

'저는 해당 프로그램의 취지 및 장기 제비 도전법의 내용을 이해했으며 이하 기재된 내용에 동의합니다.

1. 도전 결과 발생하는 장애, 사망 또는 그 외의 손해에 대해 당사는 어떠한 형태로도 책임지지 아니한다.

2. 장애, 사망 또는 그 외의 손해에 대해 국가가 지급하는 보상금의 사용 용도는 당사에 일임한다.

3. 이 동의서에 출연자의 가족, 상속인, 양수인도 동의하였으며, 절대 이의를 제기하지 아니한다. 본인 서명.'

확인하셨다시피 〈미스터리 아레나〉는 국가가 보증하는 정당한 제도에 준거하여 제작된 백 퍼센트 합법적인 프로그램입니다. 그리고 사회 전체의 이익을 최대화하는 데 공헌하고 있습니다. 따라서 결과가 어찌되든 전부 출연자의 자의에서 비롯된 일입니다. 이 점을 유념해주시기 바랍니다.

그럼 특설 스튜디오에 계신 가바야마 씨께 마이크를 돌리겠습니다!"

17

아침 식사 뒷정리를 마치고 모두 함께 4층으로 올라가 마리코의 시체가 사라졌다는 사실을 확인했다.

"정말이네. 바닥에 흐른 피도 깨끗하게 닦았어."

분타가 깜짝 놀라서 말했다.

"내 말이 맞지?"

"이게 그렇게 우쭐댈 일이냐?"

"누가 우쭐댔다고 그래!"

그리고 계단을 내려가서 모두 라운지로 향했다. 누가 그러자고 한 것도 아닌데 자연스럽게 발길이 향했다. 분명 다들 혼자 있기 싫은 거겠지.

라운지에서는 각자 어제보다 더 서먹서먹하게 남들과 거리를 두고 앉았다.

"음, 하룻밤 지나서 마리코의 시체가 사라진 일과 마루모가 살해당한 일에 뭔가 인과관계가 있을까?"

내가 혼잣말하듯이 중얼거리자 교코가 바로 대답했다.

"당연히 있겠지?"

"어떤 관계가?"

"그걸 알면 이 고생 안 하지."

"하긴 그렇지."

모두 신경이 예민해졌다. 당연하다. 차분함을 유지할 수 있을 리 없다. 다음은 자기 차례일지도 모르니까.

"그건 그렇고 이놈의 비는 도대체 어떻게 된 거야?"

나는 조금이라도 화제를 바꾸고자 했다.

"도대체 언제쯤에야 그치려는 거지? 태풍은 일시적으로 비를 잔뜩 퍼붓고 금방 빠져나가는 거 아닌가?"

"이건 태풍이 아니야."

분타가 아는 체하는 표정으로 대답했다.

"응? 그래?"

"최근의 이상기후는 전부 편서풍의 사행蛇行이 원인이야. 편서풍이 뱀처럼 구불거리면 시베리아 부근의 차가운 공기가 남하하여 땅 부근의 따뜻한 공기와 충돌해서 상승 기류가 발생해. 그리고 거기로 남쪽의 습한 공기가 흘러들면 적란운이 차례차례 발생해서 믿기지 않을 정도의 호우가 며칠이나 계속되지. 도중에 분명 태풍도 북상하기는 한 모양이지만, 이번 호우의 주된 원인은 편서풍의 사행이야."

"흐음. 너, 언제부터 기상 캐스터가 된 거냐?"

분타는 대답하지 않았다. 화났나?

"야, 다이라. 전부터 궁금했는데."

화난 줄 알았더니만 전혀 아무렇지도 않은 표정으로 물었다. 여전히 다마와 마찬가지로 제멋대로인 녀석이다.

"뭐가?"

"너 정말 다이라 일족의 후예야?"

나는 고개를 끄덕였다.

"뭐, 일단은 진짜라고 들으면서 자랐지."

"다이라 일족은 단노우라 전투 때 하나도 남김없이 죽은 거 아니었어?"

나는 무심코 웃음을 터뜨렸다.

"그때 멸문당한 건 다이라노 기요모리의 계통뿐이야. 마오쩌둥, 스탈린, 폴 포트라 하더라도 복잡하게 가지가 뻗어나간 혈통을 분가까지 포함해서 완벽하게 근절시키지는 못할걸. 뭐, 다이라라는 성은 지명에서 유래된 것도 포함해서 일본 전국에 분포하는 모양이니까 정말로 후예가 맞는지 증명하라고 하면 나도 할말이 없다만."

"부모님 댁에 족보 같은 거 없어?"

"물론 있지. 족보를 보면 9세기에 1대 선조가 계셨고, 12세기에 본가에서 갈라져 나왔다고 되어 있어."

"뭐야, 그럼 틀림없잖아."

"아버지랑 할아버지는 그렇게 말씀하시지만, 난 덮어놓고 믿지 않아. 메이지 시대 때 돈을 받고 가짜 족보를 만들어주는 장사꾼들이 얼마든지 있었거든."

"흐음. 그리고 이것도 전부터 궁금했는데, 네 이름은 '다이라 사부로'가 맞아? 아니면 '다이라노 사부로'라고 해야 되는 거야?"

나는 다시 웃음을 터뜨렸다.

"'다이라 사부로'라고 하면 돼."

"하지만 '다이라노 기요모리'나 '다이라노 마사카도'에는 중간에 노가 들어가잖아? 이 '노'는 도대체 뭐야?"

"아아, 그건 다이라노 기요모리나 다이라노 마사카도의 '다이라'가 본성이기 때문이야. 한편 내가 쓰는 '다이라'는 현재 평범한 성씨에 지나지 않지."

"응응응? 본성과 성씨는 다른 거야?"

분타가 고개를 기웃했다.

"본성은 일왕이 하사한 일족의 이름이야. 하지만 가계가 갈라지고 자손이 점점 늘어나자 서로 구별할 필요가 생겨서 사는 곳의 지명과 관직명에서 유래한 성씨를 붙였지. 이건 일가의 이름이야. 예를 들어 현재의 도치기 현 아시카가노쇼에 살고 있던 미나모토 일족이 아시카가라는 성씨를 쓰게 됐지. 하지만 어디까지나 본성은 미나모토니까 아시카가 요시미쓰도 정식 문서에는 미나모토라고 서명했어. 도쿠가와 이에야스를 '도쿠가와노 이에야스'라고 부르지 않는 것도 마찬가지로 도쿠가와가 성씨이기 때문이지. 이에야스의 정식 성명은 도쿠가와 지로사부로 미나모토노 아손 이에야스야. 도쿠가와가 성씨, 지로사부로가 통명, 미나모토가 본성, 아손이 경칭, 이에야스는 휘諱야. 원래 성씨는 마쓰다이라이고 후지와라 일족 혈통이지만, 미나모토 일족의 적통에 가까운 닛타 가문의 '도쿠가와得川'라는 성씨를 사들여 그후부터는 한자가 한 글자 다른 도쿠가와德川라는 성씨를 사용하기 시작했지. 하지만 정이대장군 관직을 받을 때는 역시 본성인 미나모토를 사용했어."

"으음, 요컨대 본성일 때는 '노'를 붙이지만 성씨일 때는 붙이지 않는다는 거지? 하지만 네가 진짜로 다이라 일족의 후예라면 네 '다이라'는 본성이잖아. 왜 '다이라노 사부로'라고 하지 않아?"

"요즘은 본성을 쓰는 사람이 아무도 없거든. 미나모토와 다이라뿐만이 아니야. 후지와라, 스가와라, 다치바나 등, 지금도 고대의 본성을 사용하는 집안이 있잖아. 그건 다 메이지 8년에 평민 성 필칭 의무령*이 내려졌을 때, 유서 있는 가문들이 본성을 성씨로 바꾸었기 때문이야. 물론 유서 있는 본성을 멋대로 가져와서 자신들의 성으로 갖다 붙인 집안도 있겠지만. 그러니까 현재 내가 쓰는 '다이라'는 그냥 성씨야. 본성도 '다이라'인지는 모르겠지만, 아무튼 그쪽은 더이상 사용하지 않는다는 말씀. 덧붙여 도요토미 히데요시의 도요토미는 일왕이 하사한 엄연한 본성이니까 원래는 '도요토미노 히데요시'라고 불러야 한다더라. 본성을 하사받기 전에는 물론 하시바였지만, 그렇다고 도요토미로 개명한 건 아니야. 본성을 사용할 때는 도요토미 히데요시고 성씨를 사용할 때는 하시바 히데요시지. 둘 다 맞는 거야."

분타가 가려져 있던 눈앞이 탁 트인 것 같은 표정을 지었다.

"흠, 많이 배웠어. 그런데 성씨랑 성은 어떻게 다른 거야?"

"완전히 똑같아. 우리가 흔히 '성'이라고 말하는 걸 문부과학성에서는 '성씨'라고 칭하고, 법무성에서는 '씨'라는 정식 명칭으로 표시할 뿐이지."

"뭐야, 그렇구나. 그건 그렇고 그렇게 유서 깊은 성을 가진 기분은 어때?"

* 모든 국민이 성을 사용하도록 의무화한 법령.

"딱히 아무렇지도 않은데. 태어났을 때부터 이 성이었으니까 이제 와서 별다른 생각이 들지는 않아. 다만 어렸을 때 『도라에몽』을 보고 시즈카*가 내 적이라고 생각한 적은 있었지."

"시즈카가 적이라고?"

"걔, 성이 미나모토잖아."

"아, 맞다."

분타는 웃음을 지었다.

"시즈카를 적으로 여기는 녀석은 물론 반에서 나 하나뿐이었어. 그런 점에서 친구랑 이야기가 통하지 않을 때도 있었지. 아, 그리고 나 중학교 때 육상부에서 활동하다가 현縣의 중학교 기록을 경신한 적이 있는데, 그때 신문에 '다이라 일족의 후예 사부로 군(△△중학교), 현 신기록 수립!'이라는 기사가 났었어. 그걸 보고 앞으로 평생 무슨 일이 있을 때마다 이런 기사가 나겠구나 각오했지."

"그렇겠다. 하지만 그게 결코 손해는 아니잖아?"

"으음, 내가 남들이 따라올 엄두도 못 낼 만큼 뭔가에 뛰어난 재능을 지니고 있다면 이 성을 든든하게 여길 수 있을지도 모르지만, 재능이 어중간한 사람에게는 무거운 짐에 지나지 않아.

* 만화 『도라에몽』에 등장하는 인물로, 한국어판 이름은 이슬이.

"그러고 보니 피겨스케이트 선수 중에 오다 노부나가의 후예가 있다고 하더라. 이번 올림픽 국가 대표 유력 후보래."

"이야, 굉장한데. 오다 노부나가 하니 생각났는데, 오다 노부나가도 한때 다이라를 본성으로 사용하며 편지에 다이라노 노부나가라고 서명한 거 알아?"

"어, 노부나가가? 처음 들어보는데."

"응. 오다 가문은 원래 인베 일족이지만, 노부나가가 당시 세상에 널리 퍼진 겐페이 교대 사상에 빠졌거든. 다이라노 기요모리, 미나모토노 요리토모, 호조 도키마사(다이라 일족), 아시카가 다카우지(미나모토 일족)로 이어졌으니까 다음에는 다이라 일족이 천하를 차지하리라고 믿고서 그때부터 열심히 다이라 일족의 후예임을 자처하기 시작했어."

"의외인걸. 노부나가는 그런 거에 전혀 신경쓰지 않는 호걸인 줄 알았어."

"아니, 노부나가는 정통성에 몹시 연연한 사내거든. 뭐, 전국시대 무장은 정도의 차이만 있을 뿐 다들 그렇잖아. 군사를 일으킬 때도 대의명분이 있느냐 없느냐를 늘 따졌고."

"체크포인트! 이야기가 전국시대 무장 쪽으로 빠졌는데요.

이건 일부러 내용을 진행시키지 않고 독자를 애태우는, 이른바 러시아 형식주의의 '지연' 효과를 노린 걸까요?"

"아, 하지만 저기 해답 램프에 불이 들어왔어요."

"예, 시와스다 겐지 씨. 또 특이한 이름이 나왔군요."

"흐흥. 내 성의 유래를 알고 싶나?"

"아니라고 대답해도 어차피 말씀하실 거죠?"

"뭐, 그렇지. 니와 모토지의 『일본 성씨 대사전』에 따르면 이 성은 사이타마 현 가와구치 시에 위치한 시와스다 정에서 유래했다는군. 일본인의 성은 실로 다채롭다니까. 덧붙여 행정구역명인 시와스다는 현재 안타깝게도 명칭이 변경되어 사라졌으니, 이 성의 명맥을 유지하기 위해 우리 집안이 노력해야겠지."

시와스다가 가슴을 쭉 펴고 자기 성에 관련된 지식을 자랑했지만 특이한 성하고는 정반대로 옷은 시장표에, 중간 몸집에 중간 키였고, 얼굴 생김새도 별다른 특징이 없었다.

"그런데 시와스다 씨, 형제나 남매는?"

"없어. 난 외동아들이야."

"그렇다면 대를 이어 특이한 성의 명맥을 유지해야 할 분이 지금 여기에? 까딱 잘못하면 명맥이 끊어지겠는데요!"

"음, 될 수 있으면 그건 언급하지 말아줘."

시와스다는 머리를 긁적였다.

"명맥이 끊어지지 않도록 힘내시기 바랍니다. 해답을 말씀해주시죠."

"이야, 설마 이런 수법을 사용할 줄이야."

"자세하게 말씀해주시겠습니까?"

"그전에 아까 시모쓰키라는 여자가 펼친 추리의 오류를 지적할게. 제법 괜찮은 여자였는데 아쉽지만 오답이야. 아까워라."

"아, 가로수 범인설 말씀이시군요."

"응. 아주 그럴듯한 주장이었지만, 초반에 마루모가 말한 '올해도 어김없이 전부 모였군'이라는 한 구절로 완벽하게 부정할 수 있지. 사부로도 똑같은 감상을 품었어. 가로수라는 사람이 살인을 저지르고 달아났다면 당연히 가로수는 그 자리에 없을 텐데 말이지."

"가로수는 모임 멤버가 아니었다든가?"

"뭐야, 진행자. 그 여자를 편드는 거야? 섹시함에 완전히 빽갔군그래."

"아니요, 아니요. 결코 그런 것은 아닙니다."

"하지만 그 여자 역시 택시비를 보고서 이 저택에는 아키야마 마리코 외에도 독자의 눈에 띄지 않도록 숨겨진 인물이 한 명 더 있다고 추리했고, 사부로의 독백 가운데 대수롭지 않게 느껴지는 구절에 주목해서 가로수가 사람 이름이라는 결론을 내렸잖아? 즉, 택시를 타고 온 사람은 히데, 교코, 아키야마 마리코, 가로수 네 명이며 따라서 다마는 고양이다. 그 여자는 그렇게 결론을 내렸어."

"그랬죠, 예……."

"하지만 그렇다면 모임 멤버도 아닌 가로수가 생뚱맞게 택시를 함께 타고 온 셈이잖아. 정말 부자연스러운 일이지만 백 번 양보해서 안면이 있는 사람이라 같이 타고 왔다고 치자. 그렇다면 택시를 같이 타고 온 가로수가 어느새 저택에서 자취를 감췄다는 사실을 누군가 알아차리고 소란을 떨어야 하지 않겠어? 창문으로 그 모습을 목격한 사부로는 무슨 사정으로 입을 꾹 다물었다 치더라도, 적어도 함께 택시를 타고 온 히데, 교코, 아키야마 마리코는 범인이 누구인지 즉시 알아차렸을 거야. 그러한 서술도 전부 생략했다는 건 아무래도 부자연스러워. 부자연스러운 정도가 아니라 역시 이 추리는 틀렸어."

"그렇군요, 확실히 그렇습니다! 하하하, 시모쓰키 씨, 이 저택의 불편한 교통편이 발목을 붙잡았네요. 그럼 가로수는 역시 말 그대로 길가에 늘어선 나무일 뿐이로군요. 하하하하하."

"아무렴, 그렇고말고. 그럼 이어서 내 추리를 펼칠게."

"예, 말씀하시죠. 후딱 끝내주시기 바랍니다."

"이봐, 진행자. 태도가 그게 뭐야."

"아차, 실례했습니다. 말씀하십시오. 경청하겠습니다."

"이 사건에서 4시에 마리코와 통화했다는 여자, 고양이 머리를 쓰다듬은 그 여자의 증언이 옳다면 누구를 범인으로 가정해도 밀실 수수께끼는 못 풀어. 그래서 그 증언을 한 여자야말로 진범이라는 주장에 일단 힘이 실렸지만, 범행 시각을 오인시키기 위해 진범이 사용한 트릭치고는 너무 엉성하다는 감을 지울 수가 없어. 앞으로 마리코의 휴대전화 잠금 상태를 풀어서 통화 기록을 확인하면 거짓말이 대번에 들통날 게 뻔하잖아. 과연 범인이 그렇게 금방 들통날 거짓말을 할까?"

"오오! 논리적으로 따져보면 확실히 그렇군요! 가령 범인이 범행을 저지른 후 4시에 마리코에게 전화를 건다고 쳐도, 부재중 기록에는 남겠지만 수신 기록에는 남지 않을 테니까요! 현재나 금세기 초엽이나 휴대전화의 그러한 기본적인 기능은 다르지 않을 겁니다. 그럼 제대로 조사하면 그 증언은 거짓말이었음이 금방 드러나겠군요!"

"그렇지. 머리가 나쁜 범인이라면 이해가 가지만. '등장인물들이 모두 미스터리 연구회 출신이라는 설정을 눈여겨볼 필요가 있어. 모두가 본격 미스터리의 행동 원칙에 따라 논리적으로 행동한다고 간주해야 마땅하고, 그렇지 않으면 작품 세계가 붕괴해.' 누가 이렇게 말했더라? 내가 생각하기에 이게 오늘 방송의 제일가는 명언이야."

"분명 미사와 씨 말씀이셨죠. 미사와 씨, 인생이 종치기 전에 좋은 일을 하셨군요! 그렇다면 수수께끼의 여자 아키야마 마리코와 하나부사 범인설을 각각 주장하신 핫탄카 씨와 도와다 씨 두 분도 이제 그만 단념하셔야겠어요!"

"따라서 이 사건에서는 어디까지나 밀실 수수께끼에 주목해야 해. 밀실 수수께끼를 깨뜨릴 수 있는 사람이 범인이고, 그 사람 말고는 범인이 아니야."

"하지만 그걸 깨뜨릴 수가 없었죠. 그래서 마리코와 4시에 통화했다는 증언이 진범의 거짓말로 여겨졌고요."

"그랬지. 하지만 이 밀실 수수께끼를 모순 없이 설명할 수 있는 상황이 딱 하나 있어."

"그게 뭡니까?"

"잘 생각해봐. 사부로는 저택에 와서 마리코가 살아 있는 모습을 단 한 번도 못 봤어."

"라운지에 마리코가 없었으니까요."

"또 다른 시점 인물인 마루모도 마찬가지야. 시점 인물이 보지 못했다, 요컨대 우리 독자도 보지 못했다는 뜻이지. 즉 이야기가 시작되고 나서 마리코가 살해당했다는 사실을 보증하는 것은 시점 인물이 아닌 인물의 언동과 태도뿐이야."

"호오. 그렇다면 마리코는 언제 살해당했습니까?"

"사부로가 한 시간 가까이 잠든 탓에, 그사이에 범행이 일어났을 거라고 독자는 오해하지만 사실 마리코는 사부로가 도착하기 전에 이미 죽었어. 우리 독자는 첫머리부터 계속 속았던 거야."

"마침내 눈치챘나, 젠장! 어이쿠, 아닙니다. 이야, 놀라운 추리인데요. 근거는 뭡니까?"

"이봐, 진행자. 당신 지금 뭐라고 했어? 잘 못 들었는데."

"아니요, 아니요. 그냥 혼잣말이었습니다. 신경쓰지 마시고 추리를 계속해주시죠."

"범행 시각 말인데, 이것도 미스디렉션의 일환이야. 시체가 발견됐을 때 마리코의 체온으로 사후 한 시간 가까이 지났음을 암시하지만, 이건 어디까지나 대략적인 시간에 지나지 않아. 체온계로 정확하게 잰 것도 아니고, 사후 한 시간 가까이 지났다고 추정한 마루모는 의사도 검시관도 아니야."

"뭐, 마루모 본인도 아마도 최소한이라고 했죠."

"이 한 시간 가까이라는 애매한 시간이 사부로가 잠든 사이에 범행이 벌어졌을 거라는 독자의 그릇된 믿음을 보강한 셈인데, 생각해보면 이건 이상해. 이른바 작품의 내적 규율에 대입해보았을 때 이상하다고."

"어째서요?"

"그사이에 범행이 벌어졌다면 언제든지 마리코를 저세상으로 보낼 수 있는 범인이 범행에 방해가 되는 사부로가 도착하기를 굳이 기다린 셈이니까. 사부로가 도착한 후에 금방 자기 방에서 곯아떨어지리라는 걸 범인이 미리 예상하기는 불가능했어. 도착한 사부로가 라운지에 눌러앉으면 감시의 눈이 늘어나는 셈이니까 범행을 저지를 절호의 기회를 잃었을지도 몰라."

"으음, 과연 어떨까요. 그때까지도 라운지에는 늘 감시의 눈이 여럿 있었으니까 사부로가 있든 말든 큰 차이는 없지 않았겠습니까?"

"아니, 큰 차이가 있어. 내 추리를 끝까지 들어보면 알 거야."

"아, 예."

"아아, 그리고 사야카도 범인이 아니야. 즉, 시점 인물 세 명과 이를테면 외부자인 히데는 범인이 아니야."

"그럼 범인은 도대체 누구입니까?"

"하하하, 놀라지 마. 범인은 지금 말한 사람들을 제외한 나머지 전부 다야! 전원이 주범이자 공범인 셈이지."

"예에? 그, 그렇지만 그건 미스터리를 잘 모르는 저도 아는 유명한 해외 작품의 트릭이잖습니까? 그럼 표절 아닙니까?"

"알 게 뭐야. 따지려면 이 문제를 출제한 인간한테 따져. 하기야 표절이 아니라 오마주라는 핑계로 책임을 회피할지도 모르겠다만. 범행은 사부로가 도착하기 직전, 시간으로 따지자면 4시에서 4시 반 사이에 발생했어. 히데가 중앙 계단에 왁스를 칠하러 가고, 사야카가 잠시 자기 방에 틀어박힌 틈에 저택에 있던 다른 사람들이 공모하여 마리코를 죽인 거야."

"사야카가 자리를 비우지 않으면 어떻게 합니까?"

"그때는 교코나 누구 다른 사람이 나서서 몰래 할 이야기가 있다면서 자기 방으로 부르든지 1층 식당으로 데려가기로 했을 거야. 결과적으로 그럴 필요는 없었지만."

"그럼 다잉 메시지는 위장인 거죠?"

"그래. 범인 그룹은 피로 S라는 글자를 남겨서 사부로와 사야카에게 각각 상대에 대한 의혹을 심으려고 한 거야. 둘 다 이니셜이 S니까. 이렇게 해두면 둘 중 누가 먼저 시체를 발견하든 발견한 사람은 반드시 상대를 의심하겠지. 아주 괜찮은 수법이야. 그리고 그 계획은 어느 정도 성공했어."

"그럼 마루모를 죽인 범인은요?"

"그것 역시 시점 인물들을 제외한 전원이 범인. 마루모는 단독으로 수사를 진행하다가 어젯밤에 그 가능성에 생각이 미쳤어. 그걸 무심코 누군가에게 말했겠지. 어쩌면 의혹을 품고 있다고 암시하여 '범인들'의 반응을 보려 했는지도 모르겠군. 그런데 위기감을 느낀 범인들이 한밤중에 마루모를 살해하여 입막음한 거야."

"그렇다면 교코와 분타도 한패라는 뜻이군요."

"물론이지."

"그런데 교코는 왜 시체를 조사하자고 강경하게 주장했을까요?"

"시체의 손톱 밑에 묻은 립스틱, 그거 역시 사야카 거야. 범인 그룹이 사야카의 립스틱을 몰래 훔쳐서 마리코의 손톱 밑에 묻힌 거지. 그걸 마루모나 사부로가 발견하게끔 해서 사야카가 더욱 의심받도록 꾸민 거야. 분명 교코의 아이디어였겠지.

이 계획은 일부는 성공했고, 일부는 실패했어. 사부로가 마리코 손톱 밑에 묻은 립스틱을 보고 사야카에게 품은 의혹이 커진 것은 성공. 한편 고지식하게 현장 보존을 고집한 마루모 탓에 그 사실이 공개되지 않은 것은 실패. 사실 사야카는 자기 립스틱이 그런 데 사용되었다는 걸 아직 몰라. 즉, 이건 시점 인물 세 명 대 그 외 전원의 불꽃 튀는 싸움이야. 범인들은 머리가 뛰어난 이 세 사람이 힘을 합쳐 사건 해결에 나설까봐 두려웠지. 그래서 이렇게 의혹의 씨앗을 뿌려 세 사람의 결속을 약화시켜놓고 한 명씩 따로따로 처리하려 한 거야."

"우와, 어쩐지 가슴이 두근두근하는군요! 그럼 이제 사부로와 사야카도 목숨을 위협받는 겁니까?"

"그렇게 진행되겠지."

"그렇다면 마리코의 시체는 왜 사라졌을까요? 시체가 사라지면 공들인 위장 공작이 물거품으로 돌아갈 텐데요."

"범인 그룹에도 파벌이 있어서 서로 대립중이거든. 한쪽은 범행 자체를 은폐하려는 그룹으로 대표는 분타야. 이 그룹은 앞으로 마루모의 시체도 숨길 생각이지. 다른 쪽은 죄를 세 사람에게 덮어씌우고 모든 일이 정리된 후 세 사람이 서로 죽인 것처럼 위장하자고 주장하는 그룹으로 대표는 교코야. 그런데 첫 번째 그룹이 밤중에 독단으로 마리코의 시체를 처분했지. 교코가 신경질을 부리는 장면이 나오잖아. 그래서 그런 거야."

"그럼 한밤중에 사부로가 마루모 방에 들어간 거는요?"

"분타는 봤다고 했고 사부로는 가지 않았다고 했어. 두 사람의 이야기가 정반대인 이상 한쪽이 거짓말을 한 셈인데, 분명 분타겠지. 그 장면은 마루모를 죽인 죄를 사부로에게 덮어씌우기 위해 모두 함께 연극을 하는 부분이야. 실은 사야카 한 명에게만 보여주기 위한 연극이지. 분타는 시점 인물이 아니고, 지문이 아니라 대사에서 거짓말을 했으니까 이건 불공정하지 않아."

"마루모는 범인이 아니라는 말이군요?"

"그야 당연하지. 실제로 두 번째 피해자가 됐으니까."

"그, 그렇죠. 그럼 마루모는 시라히게 다리를 건넌 후 저택에 오기까지 약 한 시간 동안 도대체 뭘 했을까요?"

“하핫. 아주 수상쩍게 서술됐지만 그건 사건과 아무 상관도 없어. 힌트도 똑똑히 적혀 있지.”

“자세히 설명해주시겠습니까?”

“하하. 생각보다 일찍 도착해서 주변이 어두워질 때까지 자기 취미에 몰두했을 뿐이야.”

“취미? 마루모의 취미가 뭔데요?”

“마루모가 시점 인물로 처음 등장한 장에 적혀 있었잖아.”

“취미가 뭔지 적혀 있었던가요?”

“‘나는 평소 아주 온화하고 예의 바른 사람이다. 취미는 자연 관찰이고’라고 나왔을 텐데?”

“어우…….”

“이렇게 외진 곳에 위치한 마리코의 별장 주변은 분명 보기 드문 동식물과 곤충 들의 보고일 거야. 그래서 마루모는 저택으로 이어지는 임도 어딘가에 차를 세우고 주변의 자연을 관찰했겠지. 매년 온다고는 하나 이렇게 비가 퍼붓는 날에 오기는 처음이었을 테니까. 비를 맞아 더욱 선명해 보이는 진귀한 식물과 잎사귀 뒷면에서 휴식을 취하는 곤충 등 여느 때와는 다른 광경이 분명 신선한 놀라움으로 다가왔겠지. 관찰에 푹 빠졌다가 정신을 차렸더니 어느새 한 시간이 훌쩍 지나간 거야.”

“그렇다면 처음부터 솔직하게 말했으면 됐을 텐데요!”

"벌써 다른 사람이 말했을 텐데, 물리적으로 자신만은 절대로 범인이 아닌 상황을 무너뜨리고 싶지 않아서 그랬겠지. 자진해서 탐정 역할을 맡아 모두의 알리바이를 확인하는 등 수사를 진행해놓고, 실은 알리바이가 없으며 범행 추정 시각에 저택 근처에 차를 세우고 혼자 자연 관찰이나 했다고 하면 정말 기가 차잖아. 의심받으면 탐정 활동에도 지장이 생겨. 시체가 발견되기 직전에 저택에 도착했다는 건 결코 거짓말이 아니니까 마루모 입장에서는 쓸데없이 입을 놀려 자신까지 용의선상에 오르는 걸 피하고 싶었겠지."

"으음, 모순은 없는 것 같군요. 하지만, 하지만 말입니다. 만약 시점 인물을 제외한 모든 사람이 범인이라면 수수께끼의 여자가 굳이 4시에 마리코와 통화했다는 거짓 증언을 할 필요도 없지 않을까요?"

"응응응? 그건 거짓 증언이 아니야. 아까 내가 범행 시각은 4시부터 4시 반 사이라고 했지? 4시에 누가 마리코에게 전화를 걸어 잠깐 얼굴을 보러 가겠다고 한 거야. 그래서 마리코는 빗장을 풀고 기다렸지. 그리고 교코, 분타, 다마, 아키야마 마리코 등이 우르르 몰려가서 마리코를 살해했어. 아니, 어쩌면 히데와 사야카를 감시하기 위해 한 명 정도는 라운지에 남아 있었을지도 모르지만. 나중에 마리코의 휴대전화 비밀번호를 알아내서 4시 통화 기록을 확인했을 때, 왜 이런 중대한 사실을 이야기하지 않았느냐며 시점 인물들이 의심하지 않도록 통화했다는 사실만은 미리 말해두기로 한 거야."

"이야, 의외의 해답이 연달아 나오는군요!"

"후후훗. 정답이지?"

"아니요, 그건 아직 모르겠습니다."

18

모두 라운지에서 움직이려 들지 않았다. 하지만 다른 사람과는 거리를 유지하고 있다.

"커피 어때?"

교코가 커피메이커를 곁눈질하며 말했다. 커피광인 마리코가 있었다면 대번에 원두를 갈기 시작했겠지만.

"아까 밑에서 마셨으니까 됐어."

분타 씨가 험악한 말투로 대답했다.

"난 이제 여기서 남의 손을 거친 건 절대로 입에 안 댈 거야. 앞으로는 식사도 내가 준비해서 혼자 먹을 거니까 그렇게 알아."

"방금 전에는 사야카가 구운 토스트랑 내가 만든 스크램블

드에그를 먹었으면서."

교코가 야유하듯이 말했다.

"그때랑 지금은 사정이 다르지. 방금 전까지만 해도 범인이 마리코만 노린 줄 알았단 말이야. 하지만 마루모 일이 있고 나서 생각이 바뀌었어. 범인이 앞으로 몇 명이나 죽일 작정인지 모르잖아."

"그야……."

"그리고 지금부터는 내가 마루모를 대신해서 지시를 내릴게."

분타 씨가 느닷없이 그렇게 선언했다.

"뭐? 네가?"

다이라 씨가 당황한 듯한 표정으로 말했다.

"괜찮겠어? 마루모는 자진해서 탐정 역할을 맡았다가 비참한 최후를 맞이했다고. 너도 진범의 목표가 되어 세 번째 피해자가 되는 게 고작 아니겠어?"

"고작? 지금 내 성에 빗대어서 빈정거리는 거냐*?"

"아냐, 생각이 너무 지나쳐."

"아니면 내 지시에 따르는 게 불만이야?"

"그것도 아니야. 네가 걱정돼서 그러는 거라고."

* '고작'은 일본어로 '세키노야마(関の山)'라고 한다.

"하지만 이제 그만 진상을 알아내고 싶어. 날씨가 회복되기만을 기다리며 수수방관해서야 원숭이랑 뭐가 달라?"

아침을 먹을 때 교코도 말했지만 지금의 분타 씨는 평소의 분타 씨와는 조금 다르다. 어디가 다른지 명확하게 말할 수는 없지만.

"구체적인 생각이라도 있어?"

"일단은 마리코의 휴대전화 잠금 상태를 풀자. 가족에게 연락도 해야 하지만, 가장 큰 목적은 통화 기록 확인이야. 마리코 방의 빗장은 망가지지 않았어. 즉, 마리코는 그 인물이 올 줄 미리 알고서 빗장을 풀고 기다렸겠지. 그렇다면 그 인물이 그 직전에 전화를 했거나 메일을 보냈을 가능성이 있어. 가령 4시 이후에 통화 기록이 남아 있다면 그 사람이 가장 유력한 용의자야."

다이라 씨가 이의를 제기했다.

"글쎄다. 별 연락 없이 방에 가서 문을 두드렸어도 마리코는 경계하지 않고 문을 열어줬을걸. 게다가 자기집이잖아. 애당초 빗장을 걸지 않았을 가능성이 높아."

"물론 그렇지만 시도해볼 가치는 있어."

"하지만 정작 비밀번호를 아무도 모르잖아?"

"추측해서 넣어보자. 마리코의 생년월일, 좋아하는 숫자, 좋아하는 영화배우 이름, 응원하는 스포츠팀과 선수 이름, 우리가 마리코에 대해 알고 있는 정보를 모조리 조합해서 넣어보면 돼."

"눈앞이 깜깜해지려고 그런다, 야."

"그럼 그것 말고 지금 우리가 사건을 해결하기 위해 할 수 있는 일이 또 뭐가 있어? 경찰이 올 때에 대비해서 할 수 있는 일을 조금이라도 해놔야지."

"뭐, 그건 그렇다만……."

다이라 씨가 말을 얼버무렸다.

하지만 분타 씨의 진짜 목적은 아마 다를 것이다. 통화 기록을 보고 싶기야 하겠지만, 진짜 확인하고 싶은 것은 범인의 메일 같은 게 아니라(물론 그런 게 남아 있다면 최고지만) 4시에 마리코가 정말로 통화를 했느냐다. 만약 그 증언이 뒤집어지면, 즉 4시에 마리코가 아직 살아 있었다는 증거가 없어지면 밀실 수수께끼는 해소되기 때문이다.

†

한동안 모두 함께 머리를 짜내어보았지만 헛수고였다. 영어와 숫자뿐만 아니라 히라가나와 한자도, 또한 그것들의 조합도 비밀번호로 쓸 수 있으므로 마리코의 생일과 별명, 행운의 숫자(마리코가 그렇다고 여긴 것 같은 눈치가 있는 숫자),

좋아했던 음식 등등 여러 가지를 시도해보았지만 뭘 입력해도 "비밀번호가 일치하지 않습니다"라는 표시가 뜰 뿐이었다.

"이상하네. 그럼 아무 의미도 없는 문구나 숫자인가."

분타 씨가 머리를 끌어안았다.

"하지만 그래서는 본인도 기억하기 힘들어서 곤란할 텐데. 분명 뭔가 의미가 있는 말일 거야."

"야, 정말로 몰라?"

분타 씨가 다이라 씨에게 따지듯이 물었다.

"내가 어떻게 알아?"

"그야 넌 마리코랑 그렇고 그런 사이."

"에이씨! 그건 한참 옛날에 끝난 일이라고 했잖아!"

다이라 씨가 잔뜩 화난 표정으로 분타 씨의 말을 막았다.

"이상하네. 마리코는 그렇게나 '비밀번호는 안 걸어'라고 했는데."

교코가 고개를 갸웃했다.

"그랬지. 나도 들은 적 있어."

아키가 쾌활한 말투로 대답했다. 어제와는 다른 사람이 된 것처럼 혈색이 좋다. 하룻밤 자고 일어났을 뿐인데 이렇게 기운을 차리다니 놀라울 따름이다.

"몇 명한테나 비밀번호는 안 걸어둔다고 선언해놓고 실제로는 단단히 걸어놨다니 희한하네."

분타 씨도 고개를 기우뚱했다.

"야, 지금 뭐라고 했어?"

그러자 낙담한 표정으로 잠자코 있던 다이라 씨가 별안간 소리를 꽥 지르며 모두를 보았다.

"아까 전에 한 말 다시 해봐."

"응? '몇 명한테나 비밀번호는 안 걸어둔다고 선언해놓고 실제로는 단단히 걸어놨다니 희한하네'?"

"너 말고! 그전에!"

"응? '나도 들은 적 있어'?"

아키가 눈을 동그랗게 뜨고 대답했다.

"그것도 아니야! 그전, 그전 말이야!"

"어? 나?"

이번에는 교코의 눈이 휘둥그레졌다.

"혹시 '마리코는 그렇게나 비밀번호는 안 걸어라고 했는데'라는 말?"

"그거다!"

다이라 씨가 교코에게 집게손가락을 들이댔다.

"어? 어? 무슨 소리야?"

"그러니까 '안 걸어'가 비밀번호라고! 분명 그거야. 마리코는 아마 무슨 불길한 예감이 들었을 거야. 그래서 자신에게 만일의 일이 생겼을 때에 대비해서 친구들에게 넌지시 비밀번호를 알려준 거야."

"아앗?!"

마리코의 휴대전화는 내가 들고 있었다. 주위를 둘러보자 모두가 나를 보고 고개를 살짝 끄덕였다.

그래서 떨리는 손으로 해보았다. 히라가나 입력 화면으로 넘어가서 "안, 걸, 어"라고 입력하고 확인 버튼을 눌렀다.

그러자.

웬걸, 비밀번호가 맞았다. 전자음이 울리며 잠금 화면이 해제됐다.

"해제됐다……."

"뭐라고?!"

그리고 나는 화면에 표시된 "메시지가 한 건 있습니다"라는 표시를 보고 가슴이 철렁했다. 읽지 않은 메일이 아니라 메시지다.

"뭐야 이게?"

도대체 누구에게 보내는 메시지일까? 누가 비밀번호를 알아낼지 생전의 마리코가 예상할 수 있었을 리 없다.

그렇다면 혹시 마리코가 우리 모두에게 보낸 메시지일까?

나는 떨리는 손가락으로 그 메시지를 열었다.

다음 순간 나는 할말을 잃었다.

†

예전에 우리가 몰래 사귀던 시절, 마리코는 휴대전화에 비밀번호를 걸었다. 그래서 내가 장난삼아 들여다보려고 했을 때도 못 봤다. 그건 확실하다.

그리고 범행 현장에서 발견된 휴대전화에도 비밀번호가 설정되어 있었다.

그런데 요즘에 여러 사람에게 "비밀번호는 안 걸어"라고 했다니까 희한하다.

이 모순을 도대체 어떻게 받아들이면 될까?

계속 머리를 쥐어짜고 있는데 갑자기 하늘의 계시처럼 한 가지 가능성이 번쩍 떠올랐다.

내가 그 가능성을 입에 담자 사야카가 반신반의하는 표정을 지으며 떨리는 손으로 비밀번호를 입력했다.

모두가 마른침을 삼키며 지켜보는 가운데 경쾌한 전자음이 울려 퍼졌다.

"해제됐다……."

"뭐라고?"

"역시 그랬군."

나는 고개를 끄덕였다. 마리코 아니랄까 봐 참으로 재치 있는 비밀번호다.

그런데 사야카가 잠금 상태를 해제하고 화면을 들여다보다가 아무 말도 없이 휴대전화를 넘겨주었다.

도대체 무슨 일일까. 나는 휴대전화를 받아들고 조그마한 화면을 들여다보았다.

그 순간 드디어 생각났다.

마리코의 등에 꽂혀 있던 칼의 자루에 새겨진 문양을 어디서 보았는지.

"체크포인트! 이야, 의미심장하게 '마무리'됐네요. 사부로가 떠올린 칼자루의 문양은 도대체 뭐였을까요."

"궁금하네요."

"분타의 라이더슈트 가슴팍에 달린 엠블럼과 똑같다면, 계속 눈앞에 있었으니 한참 전에 누가 알아차렸겠죠. 분타 범인설을 주장하신 구키 씨 역시 오답일 듯합니다. 폭○단 주제에, 꼴좋다!"

"아, 해답 램프에 불이 들어왔어요."

"예, 도미 주조 씨! 이런 성도 다 있군요."

"여기에 계시잖아."

도미는 하관이 벌어졌지만 턱 끝은 뾰족하여 야구의 홈플

레이트가 연상되는 얼굴이었다.

"거기에다 이름까지 주조로 짓다니*, 도전 정신이 투철한 부모님을 두셨군요."

"뭐야, 왜 남의 이름을 가지고 시비야? 난 내 이름이 마음에 드니까 신경 꺼셔."

"마음에 드신다고요? 그럼 신경 끄겠습니다. 자, 해답을 말씀해주십시오."

"와, 진짜 어려운 문제였어."

"뭐, 기념비적인 제10회 방송이니까요. 그럼 범인을 말씀해주십시오."

"후후후. 겨우 알아냈네. 범인은 마루모 다이스케야."

"예예, 마루모 말씀이시군요. 처음에는 완전무결한 명탐정인 양 거드름을 피우다가 도중부터 몹시 수상해진 마루모요. 하지만 뜻밖에도 지금까지 마루모 범인설을 주장하신 분은 방송 초반에 답변하신 니타니 씨뿐입니다. 제가 진행하다가 마루모가 수상하다고 말씀드렸을 때는 핫탄카 씨가 냉담하게 무시하셨죠."

"앙심을 품고 있었나? 뒤끝 한번 끝내주는군."

"앙심을 품은 건 아닙니다. 그저 마음속으로 '죽어라, 핫탄

* 도미 주조는 한자로 '十三十三'이라고 쓴다.

카'라고 생각한 정도죠. 어쩌면 이미 죽었으려나. 으흐흐흐흐."

"앙심을 잔뜩 품었잖아! 그건 그렇고, 그 아가씨의 해답과 내 해답은 별개로 취급하는 거지? 그 아가씨는 '여성 마루모 범인설'을 해답으로 내놓았지만 나는 엄연한 남성 마루모를 범인이라 주장하는 거니까."

"예예, 잠깐만 기다려주십시오."

가바야마 모모타로가 귀에 낀 이어 모니터에 손을 댔다.

"예, 괜찮습니다. 별개의 해답으로 인정한답니다."

"좋아. 뭐, 그게 당연하지만."

"그럼 자세하게 여쭤보겠습니다. 마루모는 다리가 무너진 시각을 사부로가 규명했을 때 이미 살해되어 두 번째 피해자가 됐죠. 그렇다면 도미 씨는 첫 번째 사건과 두 번째 사건의 범인이 다르다고 추리하시는 겁니까? 소위 불연속 살인 사건?"

"아니, 똑같아."

"응응응? 그렇지만 지금 말씀드렸다시피 두 번째 사건에서는 마루모가 살해당했습니다만……."

"과연 그럴까? 모든 것을 의심하는 데서 시작하여 '코기토 에르고 숨(나는 생각한다, 고로 존재한다)'에 도달한 르네 데카르트처럼 우리도 모든 것을 의심하는 데서 시작해야 하지 않을까?"

"예에?"

"문제를 잘 읽어봐. 모임 이틀째 날, 아침 식사를 마치고 분타가 기다리다 못해 마루모를 부르러 갔지."

"예, 그렇습니다."

"그런데 분타는 이 분도 지나기 전에 안색이 바뀐 얼굴로 돌아와서 말했어. '큰일났어! 마루모가 침대 위에서 싸늘해졌어!'라고."

"예, 맞습니다."

"그리고 이번에는 히데가 달려갔다 돌아와서 이렇게 말했지. '안타깝지만 분타 말이 맞아. 완전히 변한 모습으로……. 심각한 상태니까 여자들은 안 보는 편이 낫겠어'라고."

"그것도 맞습니다. 그러니까 마루모 다이스케는 죽은……."

"도대체 어디에 죽었다고 적혀 있지?"

"예?"

"죽었다고는 한마디도 안 적혀 있잖아. 마루모의 시체를 구체적으로 묘사하는 장면은 어디에도 없어. 사인조차 몰라. 칼로 찔러 죽였을까, 목을 졸라 죽였을까. 혹은 때려죽였을까, 그것도 아니면 독을 먹였을까."

"확실히 시체를 묘사하는 장면은 없습니다만, 분명 죽은 게 아닐까요?"

"그러니까 그게 속임수라고. 그저 '침대 위에서 싸늘해졌어' '심각한 상태'라는 묘사밖에 없잖아."

"죽었으니까 그런 것 아니겠습니까?"

"이 사람 이거 머리가 돌처럼 딱딱하게 굳었네. 잘 들어, 일본어의 '싸늘하다'라는 표현에는 여러 가지 뜻이 있어. 예를 들어 사야카가 초반부에 사부로에게 취한 태도. 그건 그야말로 '싸늘했지'. 그래, '싸늘하다'에는 쌀쌀맞다, 무뚝뚝하다, 라는 뜻이 있어. 즉, 지금까지 리더십을 발휘해온 마루모가 갑자기 의욕을 잃고 이제 내 알 바 아니라는 듯이 냉담하고 퉁명스러운 태도를 취하기 시작했다는 뜻이야. 그러니까 '완전히 변한 모습'이고 '심각한 상태'인 거지."

"으어억!"

"다시 말해 두 번째 사건은 자작극이야. 마루모가 분타와 히데를 협력자로 끌어들여 현재 죽은 척하고 있는 상황이지. 즉, 이건 역방향 벌스톤 선공법인 셈이야. 하기야 자작극이라고 해도 거짓말을 한 사람은 없어. 일본어의 심오함과 다의성을 이용해 모두를 속인 거라고. 그러한 점에서 볼 때 분타와 히데 둘 다 불공정한 말과 행동은 일절 하지 않았어. 뭐, 전부 다 마루모가 시키는 대로 한 거겠지만."

"그런데 도대체 어떻게 분타와 히데의 협력을 얻은 걸까요?"

"탐정인 자신이 진범 모르게 저택 내부를 자유로이 돌아다니며 수사를 진행할 수 있도록 협력해달라는 식으로 말했겠지."

"하지만 방금 전에는 마루모가 의욕을 잃었다고……."

"그러니까 말의 다의성을 이용한 트릭이라고 했잖아? 의욕이 없기는 뭐가 없어, 실제로는 엄연한 진범님인데. 다만 어차피 모두를 속일 바에야 미스터리 연구회 출신답게 거짓말은 하지 않고 일본어의 심오함을 살려서 속여넘기기로 한 거지. 마루모 나름대로 페어플레이 정신을 발휘한 셈이야."

"그, 그럼 두 번째 사건은 자작극이라 치고 첫 번째 사건으로 이야기를 되돌리겠습니다. 그 사건의 범인 역시 마루모입니까?"

"그럼. 공백이었던 한 시간을 이용해 저택을 방문했다가 빠져나갔지. 설마 진범일 줄은 모르고 협력중인 분타와 히데는 그야말로 꼴이 우습게 됐어. 그런 의미에서 역방향 벌스톤 선공법이라고 한 거야. 보통 벌스톤 선공법은 범인 본인이 죽은 것처럼 위장하고 나서 범행을 저지르지만, 이번 범인은 일단 범행을 저지르고 나서 본인이 죽은 것처럼 위장했거든."

"으음……. 하지만 지금까지 마루모 범인설이 그다지 인기가 없었던 건 미사와 씨가 마루모의 옷이 전혀 젖지 않았음을 이유로 들어 그 가설을 완전히 부정했기 때문일 텐데요. 이 점은 어떻게 설명하시겠습니까?"

"하하하. 그 사람, 좀 괜찮은 소리도 했지만 역시 멍청해. 옷은 어떻게든 할 수 있는걸. 사람 눈에 띄지 않는 곳에 차를 세워놓고 저택에 숨어들어 범행을 저지른 후 다시 차로 돌아오는 데 가령 삼십 분이 걸렸다고 해도, 차를 몰고 모두의 앞에 등장할 때까지 삼십 분이나 시간 여유가 있잖아."

"그건 그렇습니다만, 흠뻑 젖은 옷이 삼십 분 만에 마르지는 않을 텐데요."

"당신도 머리가 그렇게 안 돌아가나? 갈아입을 옷을 미리 차에 준비해놓고 차 안에서 갈아입으면 그만이지. 머리도 차 안에서 드라이어로 여유 있게 말릴 수 있을 테고. 콘센트가 없는 차라면 건전지를 넣는 드라이어를 준비하면 돼."

"그, 그럼 어젯밤에 사부로가 마루모 방에 간 후에 마루모의 신음 소리가 들린 건요? 마루모가 살해당하지 않았다면 그것도 분타의 거짓말입니까?"

도미 주조는 고개를 저었다.

"그건 참말이겠지. 분타는 마루모의 자작극에 가담했지만, 진범을 밝혀내기 위한 수단이라고 굳게 믿고 있어. 따라서 필요 이상으로 거짓말을 할 이유는 없지. 그건 사부로가 거짓말을 한 거야."

"예? 그럼 분타가 들었다는 마루모의 괴로움에 찬 목소리는요? 살해당할 때 지른 단말마의 비명 아니었습니까?"

"그것 역시 일본어의 다의성을 이용한 미스디렉션이지. 괴로움에 찬 목소리 같았다는 건 어디까지나 분타의 주관적인 인상일 뿐이고, 마루모의 목소리 자체는 '나지막하고 흐릿한 신음 소리'라고 묘사됐어."

"예엣?"

"사부로가 방에 들어간 지 얼마 지나지 않아서 그 목소리가 들렸지? 즉, 그 장면에서 사부로와 마루모는 정을 통한 거야. 분타가 들은 목소리는 관계를 맺을 때 새어 나오는 신음 소리였어."

"아앗!"

"즉, 다이라 사부로는 양성애자, 마루모 다이스케는 게이야. 사부로가 마루모를 보고 '너야 해가 서쪽에서 떠도 사야카에게 사랑을 고백하는 재주는 못 부릴 테니'라고 생각하는 장면이 있었지? 그게 마루모 게이설을 뒷받침하는 첫 번째 근거야. 사부로는 남자와 여자 둘 다 사랑할 수 있지만, 마루모는 남자밖에 사랑할 수 없거든. 마루모가 교코의 고백을 차갑게 거절한 것도 그 때문이지. 떳떳이 커밍아웃을 했다면 교코가 반하지도 않았을 텐데, 죄 많은 남자라니까. 이게 두 번째 근거. 그리고 사부로와 마루모는 겉으로는 서로 으르렁대지만 이건 두 사람의 관계가 들통나지 않도록 하기 위한 위장술이고, 사실은 몰래 육체관계를 맺는 사이였지. 사부로와 마리코가 어떤 사이였는지 알고 마루모가 적잖이 충격을 받는 장면이 나왔잖아? 그때 그저 놀라기만 한 게 아니라 질투도 느꼈던 거야. 이게 세 번째 근거."

"그런……."

"그렇다면 '역시 마루모, 여자들의 립스틱 색깔 같은 걸 평소부터 잘 관찰하고 계셨군그래'라는 사부로의 독백도 의미가 달라지겠지. 그건 마루모가 여색을 밝힌다는 뜻이 아니야. 게이인 마루모에게는 여장을 하는 취미도 있는 거지. 그런 사람은 참고로 삼고자 평소 화장한 여성의 얼굴과 복장을 유심히 관찰해. 이게 네 번째 근거. 또한 다음날 아침 식사 장면을 보면, 청혼을 받아들일지 말지 고민중인 사야카도 같이 있으니까 사부로 입장에서는 어젯밤에 마루모와 육체관계를 맺었다는 사실을 될 수 있으면 언급하지 않고 넘어가고 싶었겠지. 그래서 즉시 거짓말을 해서 밤중에 마루모 방에 갔다는 것 자체를 부정한 거야. 이 시점에서 사부로는 아직 '마루모가 침대 위에서 싸늘해졌다'는 소식을 못 들었으니까."

"흑……흑……. 어쩐지 서글픕니다."

"당신이 왜 우는 건데?"

"그게, 사부로가 여자 복이며 남자 복이며 많은 게 부러워서요. 뭡니까, 이 사람. 물개입니까? 그야말로 닥치는 대로 골라먹지 않습니까. 흑흑흑……."

"야, 진행자. 어린아이처럼 징징대지 마. 그러고 보니 사부로의 독백 중에 '사내놈 셋이서 줄지어 순백색 나선계단을 내려가자니 어쩐지 등 언저리가 근질근질했다'라는 구절이 있었지. 이 장면에서 사부로는 좁은 곳에서 남자의 육체를 앞뒤에 두고 욕망이 불끈 솟아올랐던 거야."

"근질근질했다가 그런 뜻이었습니까! 사부로는 흥분했던 거로군요! 흑흑흑……."

"울지 마!"

"흑흑…… 그, 그럼 마루모는 이 장면에서 친구인 사부로까지 속이고 죽은 척하는 거로군요. 호모나 세상에."

"그런 셈이지. 예상외로 다음에는 사부로가 살해당하는 거 아닐까? 관계를 청산하고 싶어진 마루모가 '보이지 않는 사람'이 된 이 상황을 이용해서 사부로를 죽이는 거지."

"그럼 밀실 수수께끼는요? 마루모가 남의 눈에 띄지 않는 곳에 차를 세우고 몰래 저택에 들어오는 데 성공하더라도, 4층에 가려면 나선계단을 이용해야 하는데요. 그런데 나선계단 출입구는 라운지에서 훤히 다 보일 뿐만 아니라 여러 사람의 감시 아래 있었습니다. 그리고 4시 이후에는 아무도 2층부터 위층으로 이어지는 중앙 계단을 이용하지 않았고요. 이 수수께끼를 설명해주시지 않으면 도미 씨의 주장은 설득력이 떨어지는데요……."

“밀실 수수께끼? 그딴 건 한참 전에 풀어냈어. 푼 사람은 아무래도 나 혼자뿐인 것 같지만. 제일 처음 부분에서 사부로가 한 독백에 아주 중요한 힌트가 담겨 있었지.”

“어, 제일 처음 부분의 독백에요?”

“‘유명한 예술가가 설계해서 프랑스의 어느 성에다 설치한 나선계단을 모방해서 만들었다고 한다’라고 나왔잖아?”

“아아, 그러고 보니 그런 서술이 있었죠.”

“유명한 예술가가 설계해서 프랑스의 성에다 설치한 나선계단하면 당연히 레오나르도 다빈치가 설계해서 루아르 강변의 샹보르 성에다 설치한 이중 나선계단이지!”

도미가 뾰족한 턱을 쓰다듬으면서 큰소리로 말했다.

“이중 나선계단?”

“그래. 나선계단 두 개를 꽈배기처럼 서로 교차시킨 거야. 레오나르도 다빈치는 신분이 낮은 사람이 신분이 높은 사람과 계단에서 마주쳤을 때 상대가 지나갈 때까지 공손한 자세로 기다려야 하는 불편함을 해소하기 위해 이런 계단을 설계했대. 마리코는 장난기가 많았으니까 나선계단을 만들려고 했을 때 충분히 이걸 모방할 만도 해. 어쨌거나 중앙 계단은 옛 이와사키 저택의 계단을 모방했으니까 새로이 만드는 나선계단은 샹보르 성 정도쯤 되지 않으면 수준이 맞지 않아. 게다가 프랑스 성 중에서 ‘유명한 예술가가 설계한 나선계단’

이 있는 곳은 샹보르 성뿐이니까 틀림없어. 샹보르 성의 나선계단은 전체가 탁 트여 있어서 두 계단이 교차된 구조를 밖에서도 볼 수 있지만 마리코는 각 나선계단의 측면 및 전체를 벽으로 완전히 감쌌어. 이렇게 해서 다른 출입구를 감추면 원기둥 속에 나선계단이 하나 더 있다는 걸 바깥에서는 절대로 모르지. 또한 이 나선계단은 '처음으로 온 사람이 계단 출입구가 보이지 않는 위치에서 보면 고대 그리스 신전풍의 굵은 원기둥이 생뚱맞게도 복도 한복판에 우뚝 서 있는 것으로 느껴지리라'라고 묘사되어 있는데, 나선계단 하나뿐이라면 원기둥을 그렇게 굵게 만들지 않고도 설치할 수 있어. 이건 속에 보이지 않는 나선계단이 하나 더 숨겨져 있다는 걸 암시하지. 원기둥이 굵은 것치고 계단 폭이 좁아서 오르내릴 때 한 줄로 서야 하는 것도 그래서 그래."

"맙소사……."

"4층 복도도 묘사됐지. '4층에는 방이 하나뿐이므로 복도도 금방 끝에 다다르지만 폭은 다른 층과 똑같다'라고 나왔어. 이중 나선계단의 두 나선계단은 구조적으로 반드시 정반대 방향을 향해. 즉, 정식으로 이용하는 나선계단의 출입구가 마리코 방 바로 앞에 위치한다면, 다른 나선계단의 출입구는 그 반대쪽에 있다는 뜻이지. 필연적으로 복도도 거기와 이어져 있어야 해. 그렇지 않다면 다른 나선계단은 결국 사용할 수 없을 테니까. 분명 하얀 원기둥 어딘가를 눌러서 스위치를 켜면 쪽문 같은 '비밀 문'이 나타나겠지. 2층도 마찬가지야. 정식 출입구가 라운지를 향하고 있으니까 다른 출입구는 그 반대편, 라운지에서 보았을 때 사각이 되는 위치에 있어. 무슨 수단으로 그 사실을 알아낸 마루모는 라운지에 있는 사람들 모르게 2층부터 4층까지 자유롭게 오갈 수 있었어."

"마리코는 도대체 왜 그런 짓을……."

"마리코는 장난기가 많았잖아? 어느 날 이 이중 나선계단을 이용해서 모두가 깜짝 놀랄 만한 장난을 칠 생각 아니었을까? 그런데 마루모가 뭔가를 계기로 그 비밀을 알아내서 먼저 써먹은 거지."

"그럼 마리코의 시체가 사라진 건 뭡니까?"

"교코가 시체를 조사하자고 거듭 이야기했는데도 마루모가 왜 절대로 동의하지 않았는지 이제 알겠지? 자기가 범인임을 증명하는 명백한 증거가 남아 있었기 때문이야. 바로 그래서 마루모는 무슨 수를 써서라도 탐정 역할을 맡아 주도권을 쥘 필요가 있었어."

"하지만 손톱 밑에는 립스틱이 묻어 있었는데요?"

"그러니까 마루모는 여장을 하고 범행을 저지른 거야. 마루모에게 그쪽 취미도 있다고 방금 전에 분명히 말했을 텐데!"

"아앗!"

"저택 안에서 만에 하나 뒷모습을 목격당할 경우까지 대비한 거겠지. 다만 립스틱에는 침이 섞여 있을지도 모르니까 DNA 감정을 고려하면 그냥 놔두기는 위험해. 그래서 마루모는 시체를 조사하자는 모두의 의견을 극구 깔아뭉개고 다들 잠든 밤중에 시체를 몰래 처분했어."

"그렇다면 다잉 메시지는요? 그건 위장이었습니까?"

"그래. 마루모는 사부로에게 죄를 뒤집어씌울 작정으로 그 다잉 메시지를 남겼어. 그러니까 그건 역시 ∫가 아니라 S야. 자기가 남겼으니 현장을 보자마자 다잉 메시지가 사라졌다는 걸 알아차렸겠지. 그리고 다잉 메시지를 인멸할 수 있었던 사람은 사부로뿐이라는 사실도. 그래놓고 마치 그 자리에서 추리한 것처럼 시치미를 뚝 떼고 말한 거야."

"정말 뻔뻔스럽군요! 밤중에 남자끼리 정을 통한 주제에! 우웩! 이야, 그건 그렇고 미스터리 오타쿠 여러분의 관찰안과 상상력은 대단하군요. 아무리 사소한 서술도 놓치지 않고, 거기서 하나의 결론을 이끌어냅니다. 정말 놀랍습니다!"

"하하하하, 그런가."

"그러한 관찰안을 실생활에 잘 활용하셨다면 지금 이 자리에 계실 일은 없지 않았을까요?"

"시끄러, 미스터리 오타쿠를 얕보지 마라. 유서 깊은 미스터리 오타쿠는 미스터리에 관련된 일 말고는 죄다 글러먹었다고. 따라서 '성공한 인생을 살아가는 미스터리 오타쿠'는 모순 어법이야. 예를 들면 '둥그런 삼각형'이나 '순정파 야동 배우'랑 똑같지. 야동에 출연한 시점에서 '순정'은 물 건너갔잖아? 즉, 말로 표현할 수는 있지만 실체는 이 세상에 존재할 수 없어. 만약 그에 가까운 사람이 있다고 쳐도, 그건 미스터리에 잠깐 빠져든 일반인이지 미스터리 오타쿠가 아니야!"

"아, 예. 미스터리 오타쿠의 일그러진 자존심을 숨김없이 드러내주셔서 감사합니다. 그럼 도미 씨도 해답자 대기실로 빨리 이동해주십시오. 자, 생존, 아차차, 해답자가 드디어 한 분 남았습니다!"

19

서로가 서로를 의심하는 마음이 절정에 다다른 탓에 분타 씨뿐만 아니라, 모두가 점심을 함께 먹으려 하지 않았다. 교코와 아키는 간단한 샌드위치를 만들어서 먹었지만 나는 밥맛이 하나도 없었으므로 점심은 거르기로 했다.

그리고 그날 오후 결국 두려워하던 일이 터졌다.

다이라 씨는 아침을 먹기 전에 다리를 보러 다녀왔는데도 점심때가 지나자 또 걱정이 되는지 다리가 복구됐는지 다시 보러 갔다 오겠다고 했다. 빗발이 조금 약해지기는 했으나 아예 그친 것은 아니므로 나와 英가 헛수고라고 말렸지만, 설령 헛수고라고 해도 직접 확인해야지 직성이 풀리겠다며 나갔다.

그런데 한 시간이 지나고 두 시간이 지나도 다이라 씨가 돌아오지 않는다.

이상하다. 시라히게 다리는 여기서 차로 십 분도 안 걸린다. 길 상태가 안 좋아서 서행했다고 쳐도 두 시간 넘게 돌아오지 않다니 분명 이상하다.

"자기 혼자 내뺀 거 아니야?"

원래부터 그런 소질이 있었는지 남자를 싫어하는 냉소녀 캐릭터와 혼연일체를 이룬 교코가 그렇게 말했지만 나는 英와 둘이서 찾으러 가보기로 했다. 아직 다리가 복구되지 않았다면 돌아오지 않는 다이라 씨가 걱정이고, 이미 복구됐다면 어제저녁에 마루모 씨가 부른 경찰이 오지 않는 게 이상하다.

"비 때문에 여기저기 재해가 발생해서 살인 사건은 뒤로 미뤘을지도 모르지."

분타 씨가 담배를 피우며 나른한 목소리로 말했다.

"사건은 이미 일어난 일이니까 어쩔 수 없어. 하지만 자연재해는 한시도 지체하면 안 돼. 경찰이 그렇게 판단했다 해도 책망할 수는 없겠지."

분타 씨도 나처럼 점심때 아무것도 안 먹은 것 같았다.

"어쩌면 다리가 이미 복구된 걸 보고 사부로가 그대로 차를 몰아, 올 낌새가 전혀 없는 경찰을 직접 부르러 갔는지도 몰라."

英가 그런 말로 나를 위로해주었다.

그렇구나. 그런 가능성이 있었다. 희망이 조금 솟아올랐다.

英와 나는 우산을 쓰고 일단 저택 뒤뜰을 살펴보았다. 다이라 씨가 그런 데 있을 리 없다는 건 알지만, 확인 삼아 가보았다. 어쩌면 사라진 마리코의 시신을 발견할 수 있을지도 모른다는 생각도 없지는 않았다.

뒤뜰을 돌아다니기는 몹시 힘들었다. 포석이 깔린 곳은 그럭저럭 디딜 만했지만, 거기서 한 발짝만 벗어나면 온통 진창이다. 힐 뒷굽이 진흙에 쑥 빠졌다. 펌프스보다 굽이 조금 높아서 괜찮지 않을까 싶었지만, 역시 걷기가 너무 힘들었다. 이번에 이 힐을 신고 온 건 대실수였다. 예쁜 힐이 순식간에 진흙투성이가 돼서 마음이 아팠다.

도쿄에 돌아가면 구두를 버리는 수밖에 없겠다고 생각하며 돌아서서 건물을 올려다보자, 비가 뿌옇게 내리는 가운데 4층 마리코 방에서 우수관 같은 가느다란 파이프가 벽을 따라 수직으로 뻗어 있는 모습이 눈에 들어왔다. 더스트 슈트*일까.

마음을 다잡고 큼지막한 정원석과 관목 뒤편을 대강 훑어보았지만 다이라 씨는 어디에도 없었다. 마리코의 시신도 찾지 못했다.

일단 갈 수 있는 데까지 가보기로 하고 우리는 앞으로 되돌

* 쓰레기를 아래에 모아 처리하기 위해 설치하는 수직 통로.

아와 대문을 나섰다.

앞쪽 임도는 질척질척해서 뜰보다 훨씬 걷기 힘들었다. 힐은 완전히 엉망진창이 된 지 오래지만, 두세 발짝 걸음을 옮기자 스타킹까지 진흙 범벅이 되고 말았다. 빗발은 오늘 아침보다 조금 약해졌지만 땅이 이렇게 질퍽거려서야 걸어서 시라히게 다리까지 가기는 좀 힘들지도 모르겠다.

그런데 거기까지 갈 필요도 없었다.

잠시 후 발견했기 때문이다.

저멀리 간선도로로 이어지는 임도에 다이라 씨가 최근에 구입한 경차가 길을 가로막는 듯한 모습으로 서 있었다. 임도는 가다가 완만하게 구부러지기 때문에 저택 창문에서는 보이지 않았지만, 거리로 치면 저택 대문에서 이백 미터도 떨어지지 않은 곳이었다.

차를 보자마자 英가 부리나케 달려갔다. 땅이 질척한 탓에 나는 뛰어서 따라가지 못했다. 英가 먼저 차에 도착해서 안을 들여다보더니 몸을 휙 돌렸다. 그리고 우산을 든 채 차 앞에 떡 버티고 서서 다른 손을 옆으로 쭉 뻗어 나를 막았다.

"안 보는 게 낫겠어."

나는 걷기 불편한 힐을 차내듯이 벗고 우산도 던져버렸다. 그리고 스타킹만 신은 맨발로 진창을 푹푹 밟으며 英 옆을 지나쳐 차 안을 들여다보았다. '배려심이 넘치는 英'는 만류했지만, 내 두 눈으로 직접 볼 의무가 있다고 생각했다.

다이라 씨는 운전대에 엎드린 자세로 숨져 있었다.

두 눈이 튀어나왔고 얼굴 전체가 보랏빛으로 변색됐다.

목에는 가느다란 끈이 몇 겹으로 감겨 있었다. 다이라 씨는 이 끈에 목이 졸려 죽은 것이다.

"아아……."

"괜찮아?"

제자리에 주저앉을 뻔했지만 英가 부축해줘서 간신히 버텼다.

英가 우산과 힐을 주워 왔다. 나는 진흙투성이가 된 힐을 발끝에 걸치듯이 신고 英의 부축을 받으며 간신히 저택으로 돌아왔다. 키는 나보다도 작지만 역시 남자는 남자인지, 英의 어깨는 듬직했다.

비와 진흙에 젖어 발이 얼어붙을 것 같았지만, 그딴 건 아무래도 상관없었다.

마리코, 마루모 씨, 다이라 씨, 소중한 친구가 세 명이나.

게다가 다이라 씨의 청혼에는 제대로 대답도 못 했는데…….

지금까지 인생을 살아오면서 몇 번이나 절망을 경험했지만, 그런 건 절망이고 뭐고 아무것도 아니었음을 절감했다.

“체크포인트! 와, 마침내 사부로까지 살해당하고 말았네요. 마루모 때는 사인도 애매하고 시체 상태도 묘사되지 않았으므로 방금 전에 도미 씨가 자작극설을 주장할 여지가 있었지만, 이번 장에는 ‘다이라 씨는 운전대에 엎드린 자세로 숨졌다’라고 똑똑히 적혀 있습니다. 사인도 교살이라고 확실히 나왔고요. 그러므로 백 퍼센트 확실하게 사망한 겁니다!”

“의심할 여지가 없네요.”

“걸어 다니는 생식기 의혹도 있었고, 거슬리는 점도 많았지만 막상 없어지고 나니 좀 서운하군요. 아무리 뭐래도 주요 시점 인물이었으니까요.”

“그럼요.”

“그리고 英는 역시 남성이었습니다. 역시 이 사람은 관리인 히데와 동일 인물인 것 같은데요. 사야카 시점으로 진행되는 장에서만 英로 표기되었으니 사야카의 머릿속에서 이 인물은 늘 한자로 떠오르는 존재겠죠. 그리고 사부로와 똑같이 사야카도 히데 본인이 희망하는 대로 반말을 썼던 겁니다. 도와다 영감님, 안됐네요.”

“히데 씨와 英씨가 동일 인물이라면 교코 씨, 아키야마 마리코 씨, 다마 씨를 더해 네 명이 택시를 함께 타고 와서, 택시비를 각각 '천 엔 좀 넘게' 낸 거로군요."

"그렇겠죠. 가로수를 택시를 태우고 싶다면 다마를 다시 고양이로 되돌리는 수밖에 없습니다만, 어쩐지 시모쓰키 씨도 오답인 것 같군요. 괜찮은 여자였는데 아깝다."

"가바야마 씨, 일에 집중하셔야죠."

"예예. 이제 사부로를 죽인 사람은 도대체 누구냐는 새로운 수수께끼가 덧붙여졌습니다! 과연 방금 전에 도미 씨가 추리하신 대로 범인은 자신의 죽음을 위장한 마루모일까요!"

"아, 마지막 해답 램프에 불이 들어왔어요."

"예, 도요카 사다키치 씨."

도요카라고 불린 남자는 뺨에 베여서 생긴 흉터가 큼지막하게 남아 있었다.

"때는 왔다! 그뿐이다!*"

"어휴. 무슨 프로레슬러라도 됩니까?"

"대반전, 간다!"

"어, 이제 와서 대반전이라고요? 이제 나올 건 다 나오지 않았습니까?"

"아직 비장의 한 수가 남았어."

* 1990년에 프로레슬러 하시모토 신야가 도쿄돔에서 열린 대회에서 태그팀 경기를 치르기 전에 인터뷰에서 한 말.

"그럼 여쭙겠습니다. 범인은 누구입니까?"

"범인은 마리코야."

도요타는 가슴을 펴고 말했다.

"아아, 아키야마 마리코요."

"아니지! 이 별장 주인 마리코 말이야. 성별은 둘 중 뭐라도 상관없고."

"아, 예. 하지만 마리코는 첫 번째 피해자인데요. 그렇다면 뭔가 기계적인 트릭을 사용해서 두 번째와 세 번째 살인을 저지른 겁니까?"

"설마. 그런 게 아니야."

"그럼 도대체 무슨……."

"그나저나 왜 아무도 마리코의 시체가 사라진 수수께끼를 진지하게 파고들지 않는 거야? 그거야말로 가장 큰 힌트인데."

"방금 전에 해답을 말씀하신 도미 씨는 범인인 마루모가 시체를 감췄다고 주장하셨는데요."

"숨기다니 도대체 어디에? 익숙지 못한 남의 집에서 그렇게 쉽게 시체를 숨길 수 있을까? 바깥은 바깥대로 큰비가 내리고 있어. 차를 쓰면 엔진 소리가 들릴 위험성이 있고, 시체를 들고서는 그렇게 멀리까지 못 갈걸?"

"그 점에 관해서는 뭐라 드릴 말씀이……."

"그러니까 사건이 발생한 순간부터 다들 속은 거야. 저택 주인 마리코는 안 죽었어. 살아 있다고."

"아아, 그 어쩌고 선공법 말씀입니까? 하지만……."

"마리코가 살아 있다면 시체 소실 수수께끼는 간단히 풀려. 시체 같은 건 처음부터 없었으니까 바닥에 묻은 피만 닦아서 청소하면 돼. 즉, 마리코는 지금도 살아 있으며, 아마 가족 전용인 3층 빈방에라도 숨어서 앞으로 어떻게 할지 계획을 세우고 있겠지."

"어이구야……."

"그리고 마리코의 휴대전화에 남아 있던 메시지의 수수께끼. 그것도 다들 그냥 내버려뒀어. 정말이지 바보 천치들만 모였다니까."

"확실히 그후에는 메시지에 관한 서술이 없었죠. 그렇다면 반대로 그 메시지를 보면 진실이 명백해진다는 뜻일까요?"

"그렇겠지. 알겠나, 첫날에 마리코의 시체가 발견된 장면에서 시체를 실제로 만진 사람은 사부로와 마루모뿐이고 나머지 사람들은 멀찍이 둘러서서 보기만 했어. 마루모가 시체를 만진 사부로를 엄격하게 질책하여 두 사람 사이에 말다툼이 벌어진 탓이지. 그 결과 다른 사람들은 시체를 만져보려는 마음이 쏙 들어갔어. 사부로는 그후에 몸수색까지 당했으니까 그럴 만도 해. 그런데 이 말다툼도 몸수색도 전부 짜고 친 거였다면 어떨까?"

"두 사람이 짜고서 말다툼을 벌였다고요?"

"그래. 즉, 마리코는 이번에 거짓 살인극을 벌이겠다고 미리 이 두 사람에게만 밝히고 협력을 요청한 거야. 뭐, 사부로와 마루모가 학창 시절 때 경쟁하는 사이였던 건 사실이겠지만, 이번 두 사람의 대립은 진짜 대립이 아니라 협의 아래 벌인 대립이지. 사부로와 마루모는 일부러 으드등거리는 연기를 하며 서로 협력하고 있다는 사실을 숨겼어."

"아아, 둘이 나란히 서서 소변을 보며 서로 계속 반목하는 척하기로 했다는 장면이 있었죠. 하지만 그건……."

"잘 들어. 애당초 시체가 발견된 직후에도 이 두 사람은 긴장감이 별로 없었어. 사부로는 소중한 친구이자 예전에 연인이었던 마리코의 시체를 보고 불경스럽게도 태엽 인형에 비유했지. 이건 마리코가 시체인 척하며 거짓 살인극을 벌이고 있다는 사실을 알고 있기 때문이야. 마루모도 그래. 아무리 저택에 막 도착했기로서니 커피를 다 마시고 나서 제일 늦게 4층에 올라가는 게 말이 된다고 봐? 자진해서 탐정 역할을 맡을 거면 커피는 내버려두고 제일 먼저 뛰어올라갔어야지!"

"확실히 그 장면에서 좀 느긋하기는 했습니다만, 마루모도 그 시점에서는 설마 살인 사건인 줄 몰랐을 테니……."

"덧붙여 마루모 시점으로 진행되는 장에 나온 '도착하자마자 사부로가 마리코의 시체를 발견해준 덕분에 고작 커피 한 잔만 후딱 마시고 바쁘게 움직여야 했다'라는 문장, 그건 일단 협의한 대로 움직이기는 했지만 사부로 녀석 내가 커피 한 잔 느긋하게 즐길 시간은 줘도 되잖아, 라는 불평이야. 그렇게 여기고 읽지 않으면 이 독백은 너무나 불경스럽게 느껴져. 영리한 마루모에게는 영 어울리지 않지. 이번 문제에서 마리코 살해 사건은 이른바 눈속임이고, 진짜 사건은 두 번째와 세 번째 사건이야."

"그렇다면 마루모와 사부로는?"

"물론 진짜 죽었지. 사부로는 '숨졌다'라고 똑똑히 적혀 있었으니까 백 퍼센트 확실하고, 그렇다면 마루모 역시 죽었겠지. 그리고 범인은 저택 주인 마리코. 첫 번째 사건은 마리코가 스스로를 용의선상에서 제외하기 위해 벌인 자작극이었어."

"오오오! 알겠습니다! 즉, 마루모와 사부로는 마리코의 자작극을 도와주고 나서 마리코에게 살해당했다는 말씀이시죠?"

"그렇지. 불쌍하게도."

"그런데 마루모와 사부로는 왜 그런 자작극에 협력했을까요?"

"이 녀석들이 도대체 뭘 하러 한자리에 모였는지 왜 아무도 생각을 안 하는 거야?"

"어? 동아리의 정례 모임 아닙니까?"

"단순한 동아리가 아니야. 미스터리 연구회잖아."

"예……."

"미스터리 연구회 출신들이 모여서 뭘 할까? 술판을 벌이나? 아니면 마작 대회? 아니겠지?"

"저는 미스터리 연구회에 있었던 적이 없어서 모르겠습니다만, 독서회를 열까요? 그후에 동인지 편집회의를 한다든가?"

"그런 게 포함될 수도 있겠지만, 미스터리 연구회의 가장 큰 행사 하면 뭐니 뭐니 해도 추리전이잖아. 누군가 문제를 출제하고 다른 사람들이 문제를 맞히는 거야."

"아아, 그러고 보니 그런 행사를 하는 동아리도 있다고 들었습니다."

"마리코는 '오늘밤 준비를 하느라 바쁘다'는 구절이 초반부에 몇 번 나왔잖아. 오늘밤 도대체 뭘 하기에? 술자리를 가질 거면 그렇게 많이 준비할 필요 없어. 이건 오늘 범인 맞히기 대회를 개최할 예정이고 이번에는 마리코가 출제자라는 뜻이야. 여기까지는 이해가 돼?"

"아, 예……."

"그리고 자신이 시체로 발견되는 상황이 바로 마리코가 이번에 준비한 '문제'였어! 이날 점심 때 마리코가 설레어 보였다고 사야카가 증언했지? 앞으로 일어날 일을 생각하니 아주 즐거워서 들떴던 거겠지."

"자신이 시체로 발견되는 상황이 바로 '문제'……."

"사야카가 '마리코는 그렇듯 연극적인 효과를 좋아하는 구석이 있었다'라고 생각하는 구절도 있었어. 즉, 마리코는 마루모, 사부로와 미리 몰래 협의하며 이번에는 실제 사건을 흉내내서 실감나는 문제를 내겠다고 한 거야. 미스터리 애호가라면 기꺼이 협력하고 싶을 테지. 시체를 발견하는 장면에서 사부로는 문 너머에서 '끔찍한 광경이 나를 기다리고 있다'고 생각하는데 이건 순수한 예감이 아니야. 거기에 뭐가 있는지 이미 알고 있었던 거라고. 덧붙여 2층과 3층 사이 중앙 계단에 왁스를 칠하라고 히데에게 지시한 것도 현장을 좀더 미스터리 같은 상황으로 만들기 위한 각본의 일부야. 이왕 왁스를 칠할 거면 사람이 없을 때 칠하는 편이 훨씬 나을 텐데, 일부러 손님이 많이 오는 이런 날에 일부만 닦으라고 지시한 이유를 곰곰이 따져보면 거기에 뭔가 의도가 숨겨져 있음을 알아차릴 수 있겠지. 그렇게 생각하면 마리코가 점심을 먹고 자기 방에 틀어박혀 관리인 히데와 먼길을 마다 않고 찾아온 교코 일행을 만나지 않은 이유도 자명해져. 히데는 미스터리 연구회 멤버가 아니니까 속이지 않아도 되겠지만, 너무 솔직해서 속내가 금방 얼굴에 다 드러날 것 같은 사람이니까 계획이 알려지지 않도록 조심하는 편이 낫겠지.”

“그것참…….”

“이날은 마리코가 거짓 살인극을 벌였음을 누군가가 꿰뚫어 본 시점에서 그 사람을 정답자로 인정하고 게임을 끝낼 예정이었어. 그리고 마루모와 사부로는 다른 멤버들을 유도하는 한편으로 방해하는 역할을 맡았지. 예를 들어 도중에 누가 경찰을 부르자고 하면 신고는 내일 하고 오늘밤은 일단 우리끼리 수수께끼를 풀어보자고 주장해. 또한 누가 시체를 자세히 조사해보자고 제안하면 반드시 저지하고. 그런데 우연히 큰비가 내려서 어쨌거나 경찰은 못 오게 됐으니까 경찰을 못 부르게 막을 필요는 없어졌어.”

“하지만 휴대전화가 불통이 되기 전에 마루모가 경찰에 신고했는데요.”

“안 했어.”

“예?”

“신고 안 했다고. 그 장면에서 마루모가 자기 입으로 ‘신고는 해놨어’라고 말했을 뿐이잖아? 실제로는 안 한 거야. 사전 계획에서는 신고를 말릴 역할을 맡았지만 어차피 경찰은 못 오니까 일단 신고는 해놨다고 말해두는 편이 모두를 통제하기 쉬우리라고 즉석에서 판단했겠지. 그 증거로 그후에도 경찰이 찾아올 낌새는 전혀 없잖아. 마리코의 시체를 조사하지 못하게 하려는 이유는 새삼 말할 필요도 없겠지. 다른 사람들이 살짝만 만져봐도 살아 있다는 사실이 대번에 들통나기 때문이야."

가바야마 모모타로는 감탄한 듯이 턱에 손을 가져갔다.

"그렇군요……. 확실히 반전이 아직 남아 있었네요. 그럼 마루모는 살아 있는 마리코의 손목을 잡고 '이미 체온이 조금 떨어졌더군. 최소한 사후 한 시간 가까이는 지났겠지'라고 말한 겁니까?"

"그렇지. 그 자리의 주도권을 확보해 다른 사람들이 현장에 멋대로 접근하는 걸 금지한 마루모는 휴대전화를 찾으러 갈 때도 유일하게 안심하고 이야기를 나눌 수 있는 사부로와 둘이서만 가려고 했어. 각본상 휴대전화는 힌트로서 제시하기로 했겠지. 그런데 분타가 느닷없이 같이 가겠다고 나서는 바람에 시체 연기를 끝내고 4층 자기 방에서 쉬고 있던 마리코는 허둥지둥 다시 시체 연기를 한 거야. 이 장면은 상당히 코믹해서 상상하면 웃음이 나. 이 장면에서 왜 사부로가 '바닥에 쓰러진 마리코의 시체를 가능한 한 보지 않도록 애쓰며' 방을 뒤진 줄 알아? 죽은 자의 존엄성을 존중한다거나 그런 이유가 아니야. 보면 무심코 웃음을 터뜨릴까 봐 그런 거야. 마루모와 둘이서만 갔다면 웃음을 터뜨려도 상관없지만 분타도 따라갔잖아."

"그럼 그 장면에서 역시 자작극의 협력자인 마루모가 마리코 옆에 쪼그리고 앉아 피로 물든 손끝을 유심히 관찰한 거는요? 시체 연기를 하고 있는 마리코 입장에서는 일 초라도 빨리 방을 나가주길 바라지 않았을까요?"

"그건 자기는 협력자 역할을 맡아 고생하는데, 마리코 혼자 편하게 쉬고 있으니까 장난 좀 쳐본 거지. 마르크스 형제나 버스터 키턴이 출연한 영화를 보면 주인공이 악당에게 쫓기다가 마네킹이나 밀랍인형인 척 위장하면 주인공의 협력자가 악당의 빈틈을 노려 주인공의 겨드랑이를 간지럽히고는 하잖아. 그거랑 똑같아. 그 직후에 사부로와 마루모가 화장실에서 이야기를 나누는 장면에서도 사부로는 웃음을 터뜨릴 뻔했어. 둘만 있는 화장실에서도 마루모가 진지한 표정으로 연기를 계속하니까 우스웠겠지."

"그 장면 말입니다만, 마루모와 사부로만 4층에 올라갔다면 마리코는 시체인 척할 필요가 없겠죠? 능글맞게 웃으며 휴대전화를 건네주면 됩니다. 그런데 분타도 같이 올라온 걸 알고 순식간에 다시 죽은 척한 거고요."

"그렇지."

"시간이 너무 촉박하지 않을까요?"

"아니, 충분해. 마리코는 저택 주인이잖아. 당연히 라운지에

도청기 정도는 설치해놨겠지. 게다가 그때 '마루모가 평소보다 큰 목소리로 말했다'라고 서술되어 있어. 물론 분타도 함께 올라갈 거니까 시체인 척을 하라고 도청기로 듣고 있는 마리코에게 확실하기 전달하기 위해서 그런 거지. 그리고 마루모가 '앞장서서 나선계단을 천천히 올라갔다'라고도 적혀 있었고. 분타가 멋대로 성큼성큼 올라가지 못하도록 물리적으로 가로막기 위해 앞장을 선 거야. 다시 말해 마리코에게 시간을 주기 위해서였지. 덧붙여 현장에서 절대로 시체를 건드리지 말라고 못을 막는 것도 잊지 않았어."

"잠깐만요. 사부로가 도착해서 바로 라운지에 갔을 때 '틀림없이 마리코와 다마도 있을 줄 알았기에 맥이 좀 빠졌지만'이라는 구절이 나왔는데요. 마리코의 자작극에 사부로가 협력했다면 마리코가 자기 방에서 '준비'를 하고 있으리라는 걸 당연히 알고 있었을 텐데요. 이건 모순 아닙니까?"

"하하하. 그러니까 그 장면의 '마리코'는 아키야마 마리코야."

"아……."

"그 직후에 저택 주인 마리코는 일부러 '우리를 초대한 마리코'라고 불렀잖아. 어때, 모순은 없지? 아키야마 마리코의 존재가 여기에 암시되어 있었을 줄이야!"

"그럼 이게 '문제'라면 결국 멤버들은 아무도 정답을 맞히지 못한 겁니까?"

"응. 첫날 크림 스튜로 저녁을 먹고 나서 '마루모가 모두의 얼굴을 둘러보며 천천히 입을 열었다'라고 되어 있지. 그다음은 생략됐지만 그후에 추리전이 벌어진 거야. 하지만 아무도 정답에 다다르지 못했다고 할까, 모두 소극적으로 굴어서 변변한 추리가 나오지 않은 탓에 분위기가 시들시들해져서 해산했고, 그 결과 해답편 발표는 다음날로 미뤄졌어. 다음날 아침에 사부로가 시라히게 다리를 살펴보고 왔을 때 모두가 소곤소곤 이야기하는 모습을 보고 '자신들이 미스터리 연구회 출신임을 새삼 깨닫고 추리전이라도 벌이는 걸까?'라고 생각하는데, 어젯밤에 분위기가 시들시들했던 것이 떠올라서 그런 감상을 품은 거야."

"마루모가 저택에 도착하는 과정에서 생긴 한 시간의 공백은요?"

"마루모가 등장하기 직전까지 마리코 방에서 마리코의 자작극을 도와준 시간이겠지. 등과 바닥에 가짜 피를 뿌리고, 가짜 피가 든 통을 정리하는 등 협력자가 도와줘야 할 수 있는 일이 많잖아. 그 시간대는 사부로가 시점 인물이었으니까 마리코를 도와준 사람이 마루모라는 건 알고 있었지만, 그후에 어떻게 아무도 몰래 저택을 빠져나갔는지가 수수께끼였어. 방금 전 도미 씨의 이중 나선계단설이 그 수수께끼를 풀어줬지. 마루모는 이중 나선계단을 이용해 일단 차로 돌아갔다가 다시 '정식으로' 저택에 도착하고, 얼마 지나지 않아 각본대로 사부로가 마리코의 시체를 '발견'해. 그후에 두 사람은 일부로 말다툼을 벌여서 자기들이 협력 관계에 있다는 사실을 숨기려고 했어. 또한 긴장되고 예민한 분위기를 연출하여 아무도 마리코의 시체에 접근하지 못하도록 했어. 사부로가 잠에서 깨어났을 때 '조금 당황하여 부리나케 침대에서 상체를 일으킨' 건 잠을 자다가 하마터면 시체를 발견하기로 약속한 시간에 늦을 뻔했기 때문이야. 그리고 마리코가 '지금 바쁘다'는 사실을 알고 있으니까 젖은 시트를 갈아달라는 말도 못 하고 그냥 내버려두기로 한 거지."

"그런데 마리코가 마루모와 사부로를 죽였다는 말씀이십니까?"

"그래. 그래서 마루모가 죽었다는 걸 알았을 때 사부로는 정말로 겁을 먹었어. 그리고 혼자 달아나려다가 마리코에게 살해당했지. 전부 다 이 두 사람을 저세상으로 보내기 위해 꾸민 계획이야. 실은 마리코가 낸 문제도 나선계단처럼 이중이었던 셈이지. 사부로와 마루모를 살해한 범인은 누구인가? 이게 마리코가 출제한 진짜 문제야. 현재, 마리코는 완전히 용의선상 밖에 있어. 제일 먼저 살해당했다고 모두가 철석같이 믿고 있기 때문이지."

"우와, 엄청나네요. 죽은 마리코가 실제로는 살아서 멤버들을 죽였다. 사부로와 마루모는 마리코에게 속아서 협력하다가 살해당했다. 여기까지 와서 연쇄살인범 마리코의 거대한 그림자가 부각되는군요. 자, 드디어 마지막 장입니다! 기념비적인 제10회 방송에서 드디어 정답자가 나올까요?

어라? 어, 어, 어, 어? 뭡니까, 뭡니까, 뭡니까? 어, 어, 어? 이치노세 씨, 니타니 씨, 사부로 씨에 나나오 씨, 구키 씨와 시모쓰키 씨까지. 도대체 뭐죠? 그나저나 어째서 이렇게 팔팔한 겁니까? 여러분 모두 한참 전에 집도 부대에게 제압되어 근육 이완제…… 우와아, 뭐하는 겁니까. 스튜디오가 망가지겠어요!"

"이 더러운 놈들!"

"어, 예?"

"〈미스터리 아레나〉에서 정답을 맞히지 못한 참가자들은, 장기이식을 고대하는 특권계급의 요망에 부응하고 환경 문제 및 연금 문제를 해결하기 위해 십여 년 전에 압도적 다수의 지지를 얻어 가결된 '장기 제비법'과 그 법을 일부 수정한 '장기 제비 도전법'에 의거해 안락사당하고 쓸 수 있는 장기를 전부 적출당해. 그렇지?"

"예, 방송 도중에 설명해드렸을 텐데요."

"그런데 올해로 제10회를 맞이할 때까지 〈미스터리 아레나〉

에서 정답을 맞혀 상금을 획득한 사람은 한 명도 없어. 그렇지?"

"뭐, 그야 그렇습니다만, 실제로 아무도 정답을 맞히지 못했으니 어쩔 수 없는 일 아니겠습니까? 그 때문에 상금도 매번 전부 누적됐고요."

"그건 다 네놈들이 더러운 꼼수를 썼기 때문이야!"

"무슨 말씀이신지?"

"네놈들이 정답을 마음대로 조작하잖아!"

"뭐라고요?!"

"방송 초반부터 나를 포함해서 몇 명이 갑자기 정답을 맞히면 어떻게 할 거냐는 식으로 끈질기게 물어봤지? 네가 도대체 뭐라고 대답할지 궁금해서 떠본 거야. 방송 시간을 고려할 때 그게 제일 난감한 일일 테니까. 그런데 넌 안색 하나 변하지 않고 늘 여유만만했어. 그래서 우리는 확신을 얻었지. 이 자식은 출연자들이 초반에 절대로 정답을 못 맞히리라는 걸 알고 있다고 말이야."

"그, 그런 건 증거라고 할 수 없죠."

"닥쳐. 네놈들의 꼼수는 이래. 미리 해답자 수보다 하나 이상 많은 분기점을 준비해놓고, 해답자가 정답 또는 정답으로 이어지는 답변을 말한 순간에 마치 영화관 상영실에서 상영기사가 필름을 바꾸는 것처럼 문제 본문을 다른 장면으로 바꿔쳐. 누군가 그럴듯한 해답을 내놓으면 다음 장에서 마치 짠

듯이 그 해답을 부정하는 내용이 서술된 건 바로 그 때문이야. 예를 들어 니타니가 '여자 마루모 범인설'을 설득력 있게 주장하자 다음 장에서부터 마루모가 여성임을 암시하는 묘사가 싹 사라졌지. 게다가 마루모 본인이 시점 인물로 등장하여 범인이라는 사실을 객관적으로 부정했어. 그리하여 어느 틈엔가 마루모는 남성이라는 형태로 '수렴'되지. 그때까지는 이도 저도 아닌 상태였는데, 누가 해답을 말한 순간에 그 해답은 오답 처리되고 그 해답으로 이어지는 각본은 통째로 내버려져. 누가 해답을 말할 때 다른 해답자가 듣게 놔두는 것도 그 때문이지. 보통 이런 프로그램에서는 누군가 답변할 때 다른 해답자들에게 헤드폰을 씌우고 음악 같은 걸 들려주는 법이거든."

"으으으……."

"오늘 우리의 해답은, 해답을 말한 시점에는 어느 것도 모순이 없어서 그대로 정답으로 인정해도 무방했을 정도야. 하지만 해답을 내놓은 순간에 오답으로 결정됐지. 마치 몇몇 다른 상태가 중첩되어 있는 양자가 관측된 순간에 관측값에 대응하는 상태로 변화한다는 양자역학의 코펜하겐 해석마냥. 양자역학의 유명한 역설 '슈뢰딩거의 고양이'에서는 상자를 열 때까지 고양이가 살아 있는 상태와 죽은 상태가 중첩되어 있다가 상자를 연 순간에 어느 한쪽으로 수렴되는데, 이 추리

투기장에서는 A라는 인물이 범인인 상태와 범인이 아닌 상태가 중첩되어 있다가 누군가 '범인은 A다'라고 지목한 순간에 저절로 그 반대인 '범인은 A가 아니다'라는 상태로 수렴돼. 이처럼 절대로 정답자가 나올 수 없는 시스템을 고안한 인간이 아주 똑똑하다는 건 인정하겠어. 하지만 너무 더러운 방법이야. 더러운 꼼수라고!"

"아따 당최 뭔 소린지 이해가 잘 안 되는디유."

"닥쳐. 갑자기 야마가타 사투리로 어물어물 넘기려고 해봤자 늦었어. 넌 '보통은 그냥 건너뛸 사소한 부분까지 의식의 필터에 통과시켜 주목해야 할 사항을 걸러내고, 그 사항을 출발점으로 삼아 치밀한 논리를 세워나가시더군요'라고 말하며 우리 해답자들에게 알랑거렸지만, 사실 속으로는 코웃음을 쳤겠지. '멍청이들. 별걸 다 물고 늘어지는구나' 하고 말이야."

"아니어유. 그런 적 없어유."

"야마가타 사투리로 어물어물 넘기려고 해봤자 늦었다고 했지! 게다가 넌 오늘 무심코 입을 잘못 놀렸어. 미사와가 사야카 범인설을 주장한 직후에 사야카가 시점 인물로 등장했을 때 '마치 미사와 씨의 해답을 곁에서 듣고 있다가 심술을 부리기라도 한 것 같군요!'라고 했지. 그리고 그후에 아쿠타가와 류노스케의 「덤불 속」 이야기를 했을 때는 천연덕스러운 얼굴로 '시점의 수만큼 진실이 있다'느니 어쩌니 떠들었고.

얌전하게 광대 역할이나 잘하면 될 것을 바보로 보이지만 실은 똑똑한 진행자라는 인상을 남기고 싶었나? 어차피 이 녀석들한테는 힌트를 줘도 못 맞힐 거라는 우월감에 젖어서 우리를 깔본 거야? 네놈들이 꾸민 짓이 바로 그거잖아. 정확하게는 해답자 수 더하기 1만큼 진실이 있는 거지만. 문제가 너무 어려워서 좀처럼 정답자가 나오지 않는 추리 퀴즈 프로그램으로서 남녀노소의 관심을 끌어모으고, 출연자들이 생사를 걸고 도전한다는 서스펜스를 제공하여 시청률을 쭉쭉 높이면서 장기 제비 도전법에 의거해 제공받는 장기에 국가가 지급하는 보상금도 프로그램이 마음대로 주무르는 시스템을 만들어냈지. 생명을 담보로 하여 정답자가 받을 수 있는 상금은 이억 엔. 정답자가 없으면 누적되어 점점 상금이 높아지는 방식으로 사람들의 사행심을 부추겼어. 그리하여 상금은 결국 이십억 엔까지 올라갔지만 어차피 이것도 내줄 마음은 전혀 없겠지. 내년쯤에 정답을 미리 알고 있는 관계자 한 명을 해답자로 내세워 한푼도 남김없이 회수할 작정일 거야."

"……."

"하지만 문제 본문 속에 증거가 똑똑히 남아 있다고. 일단 다 읽은 본문을 거슬러 올라가서 바꿔 쓰기는 불가능하니까 제시된 복선은 회수되지 않은 채 고스란히 남게 돼. 예를 들어 마리코의 부모님 댁이 〈도카이도 53역참〉에 그려져 있고,

마리코의 아버지가 마덮밥 전국 체인점을 경영한다는 부분. 이건 마리코를 성으로 만들 예정이었다는 움직일 수 없는 증거야."

"그, 그건 우연히 그렇게 됐을 뿐인지도 모르잖여유."

"언제까지 야마가타 사투리로 떠들며 시치미를 뗄 셈이냐. 닥쳐. 이미 다 밝혀졌어. 조정실도 부조정실도 벌써 점거를 끝냈지. 버튼 하나로 장면을 바꾸는 장치도 이미 확보했고. 네놈들은 악질이야, 너무 악질이라고. 일본의 방송국이 썩을 대로 썩은 건 어제오늘 일이 아니지만, 이건 사상 최대로 더러운 악행이야. 네놈들 때문에 지금까지 합쳐서 백 명도 넘는 사람이 쓸 만한 장기를 모조리 적출당하고 목숨을 잃었어."

"으으……."

"완벽하다고 여긴 추리가, 다음 장에서 가위바위보를 할 때 늦게 낸 손처럼 새롭게 제시된 사실에 의해 완벽하게 부정당하는 바람에 의문을 품은 출연자는 분명 과거에도 있었을 거야. 하지만 그들은 영원히 입막음을 당했어. 남의 불행은 꿀맛이라는 말도 있듯이, 시청자들이야 연말에 낯선 사람들이 잔뜩 죽어나가는 꼴을 볼 수 있어서 만족스럽겠지. 시청률이 하늘을 찌를 듯이 높아져서 스폰서와 방송 스태프 네놈들도 아주 만족스러울 테고. 싱싱하고 건강한 장기를 손에 넣어 수명을 늘리는 데 성공한 특권계층들은 더더욱 만족스러울 거야.

하지만 오늘 마침내 젖값을 치를 때가 왔다.

이 프로그램은 조금이라도 늦게 해답을 말하는 편이 유리한데, 오늘은 나를 필두로 다들 빨리빨리 해답을 내놨지? 강적이 모였으니 기회를 빼앗기기 전에 선수를 친다는 식으로 말했지만, 실은 재빨리 답변하고 옆쪽 대기실로 이동하기 위해서였어. 거기에 집도 부대와 자신의 해답이 오답임을 깨달은 해답자가 만에 하나 난리를 쳤을 때 진압하기 위한 무장 집단이 있으니까 먼저 그쪽을 제압하지 않으면 죽도 밥도 안 된다는 건 알고 있었지. 일단 내가 감시 카메라를 찾아내서 코드를 절단했어.

난 이래 봬도 예전에 영국 첩보부원이었거든. 숨겨진 감시 카메라를 찾아내는 데 프로야. 니타니는 이렇게 천진난만하게 생겼지만 실은 러시아 특수부대 스페츠나츠 출신이야. 대기실의 집도 부대와 무장 집단을 총 한 자루 없이 순식간에 전부 기절시켰지. 한편 미사와는 전기 계통 전문가거든. 코드를 다시 연결해서 미리 준비해둔 대체 영상을 감시자들이 있는 조정실로 송출했지. 똑같은 영상이 반복해서 나오는 걸 알아차렸는지 남자 몇 명이 상황을 살펴보러 왔지만, 니타니가 모두 때려눕혔어. 그리고 나나오는 천재 해커야. 호스트 컴퓨터에 침입해서 장면 자동 변환 프로그램을 찾아냈지. 동시에 최면 가스 분사구를 발견해서 무력화시켰는데, 그건 구키의 공이야. 구키는 이렇게 험상궂게 생겼지만 실은 세계 제일의 조향사거든. 공기 속에 고작 0.01퍼센트의 비율로 포함된 가스도 맡아낼 수 있을 만큼 후각이 뛰어나. 문제가 발생하면 청산 가스라도 뿜어내서 무장 집단과 함께 없애버릴 생각이었겠지만, 초미량의 가스 분자에 의지해서 눈에 보이지도 않을 만큼 작은 분사구를 찾아내 전부 막았지. 안 믿겨? 놀랍게도 작년 마지막 날에 네놈들이 분사한 최면 가스 분자의 희미한 냄새를 맡아낸 거야. 한편 네가 마음에 들어 한 시모쓰키는 용병 출신이야. 특수한 무기로 조정실과 부조정실을 제압하는 중책을 도맡았지. 그러니까 미안하지만 우리 말고 다른 해답자들도 다들 팔팔하게 살아 있다고."

"크……."

가바야마 모모타로가 입술을 깨물었다.

"어때. 뭐라고 말 좀 해봐."

"거, 거기까지 알고 계신다면 어쩔 수 없죠. 인정하겠습니다. 그만큼 알아내신 것만으로도 여러분은 참으로 대단하십니다. 하지만 어쨌거나 여러분은 살아서 나가실 수 없어요. 이렇게 된 이상 스튜디오 문은 절대로 열지 않겠습니다. 진실을 알아낸 여러분이 살아서 스튜디오를 나서도록 놔둘 수는 없어요. 방송국이 부정한 방법으로 사람을 죽였다는 사실이 밝혀지면 지금까지 멋대로 편향된 방송을 내보내도 돈을 먹여

둔 총무성 공무원들 덕분에 박탈되지 않았던 방송 면허를 박탈당해 방송국이 망할 겁니다. 따라서 저희 방송국 및 그룹 기업 전체와 제 목숨을 걸고 여러분의 존재를 말살하겠습니다."

"흥. 이제 와서 그런 소리를 해봤자 전국의 시청자들은 이미 진실을 알고……."

"뒷심이 부족하군요! 당신들이 여기를 점거하기 전에 직원이 이변을 예감하고 영상을 전부 다른 영상으로 교체했습니다. 지금 이곳의 영상과 방금 전부터 계속된 여러분의 허튼소리는 시청자들에게 하나도 전달되지 않았어요."

"뭐라고? 하지만 주조정실과 부조정실을 점거했는데. 온에어를 알리는 빨간색 램프가 켜져 있고, 저기 있는 모니터에도 지금 우리 모습이 비치고 있잖아!"

"그래서 뒷심이 부족하다는 겁니다. 전직 영국 첩보부원도, 세계 제일의 조향사도, 스페츠나츠 출신도, 일본 방송국의 시스템에 관해서는 무지렁이나 마찬가지인가 보네요. 여러분은 몰랐던 모양이지만 방송국에는 마스터라고 해서 만일의 경우에 대비한 최종 조정실이 있습니다. 원래는 임시 뉴스의 자막을 띄우거나 돌머리 연예인이 생방송에서 무심코 방송 금지 용어를 말했을 때 삐 소리를 입히기 위한 곳인데요, 방송을 내보내도 괜찮은지 거기서 최종적으로 판단하고 나서 전파를 탑니다. 하하. 실은 여러분이 평소 손에 땀을 쥐며 시청하는 스포츠 생중계도 실시간보다 몇 초에서 길게는 십 초 가까이 늦어요. 아하하하. 등신들. 9회말 투아웃 만루, 투 스트라이크 쓰리 볼. 너희들이 집에서 아무리 손에 땀을 쥐고 애타게 기도를 해봤자 실제로는 이미 결과가 나온 뒤라고. 하하하하하. 그러니까 집안에 처박힌 너희 버러지들은 우리가 틀어주는 영상을 얌전히 보면서 일희일비하면 돼. 하하하. 지금도 각 가정에는 광고나 미리 따로 촬영해둔, 저와 레이카 양이 잡담을 나누는 영상이 흘러나오고 있겠죠. 그래도 시간이 모자라면 기기 고장을 핑계 삼아 아까처럼 전혀 상관없는 영상과 '잠시만 기다려주십시오'라는 자막을 내보내면 그만입니다."

"으으……."

"하지만 진상을 여기까지 꿰뚫어 보신 여러분의 노고를 치하하는 의미에서 마지막 기회를 드리겠습니다. 올해 참가자는 열네 명. 따라서 여러분이 이미 말씀하셨다시피 저희는 하나를 더해서 열다섯 가지 해답을 준비했습니다. 즉, 지금까지 여러분이 내놓으신 해답은 제법 감탄을 자아내는 것도 있었지만 전부 오답입니다. 한 가지 상황에 해결의 가능성이라는 싹이 여러 개 돋아 있고, 작가가 제시하는 해답은 그중 하나에 지나지 않는다. 이것이 다중 해결 방식인데요, 뒤집어 말하자면 가능성의 싹이 아무리 많이 돋아 있든 작품이 완성될 때 정답으로 인정되는 해답은 하나뿐이라는 뜻입니다! 예, 미스터리의 정답은 단 하나. 아무리 아름답고 아무리 의외라도 출제자가 요구하는 대답과 일치하지 않으면 그것은 정답이 아닙니다! 그리고 프로그램 말미에 각 가정의 시청자들에게 밝혀질 정답이 아직 때묻지 않은 상태로 하나 남아 있습니다. 문제편은 곧 끝납니다. 이제 바꿔치기할 장면은 하늘에 맹세코 남아 있지 않습니다.

문제편을 마지막까지 읽고 여러분이 정답을 맞힌다면 살려서 내보내드리죠. 하지만 맞히지 못하면 망설이지 않고 이 스위치를 누르겠습니다. 설마 이걸 사용할 날이 올 줄이야. 이 스위치는 강력한 청산 가스를 내뿜는 장치와 연결되어 있습니다. 누르면 고작 몇 초 만에 스튜디오 전체가 청산 가스로 가득차죠. 뭐, 저도 목숨을 잃겠지만 여러분 모두를 저승길 동무로 삼겠습니다!"

"과연. 어디까지나 미스터리로 결판을 내자 그건가. 재미있군. 이봐, 진행자! 실은 너도 뼛속까지 미스터리 마니아였구나!"

"뭐, 여러분이 생판 남처럼 느껴지지 않았다는 건 인정하겠습니다. 오늘은 특히 즐거웠어요. 이런 형태로 만나지 않았다면 여러분과 친구가 될 수 있었을지도 모르는데."

"흥, 갑자기 분위기 잡고 폼나는 소리 하기는. 너야말로 명언 느낌이 나도록 의식해서 말한 거 아니냐?"

"하하하. 그런데 어쩌시겠습니까? 마지막 기회를 드릴까요, 말까요?"

"당연한 거 묻지 마라! 이봐, 다들 스튜디오로 들어와. 자리로 돌아가. 자, 빨리 진행해."

"다만 해답 기회는 한 번뿐입니다. 특례 중의 특례니까요. 서로 상의하셔도 상관없습니다. 전체가 한마음 한뜻으로 내놓은 의견 딱 하나만 마지막 해답으로 인정하겠습니다."

"좋아, 한번 해보자고!"

20

나는 마리코의 휴대전화 화면에 표시된 메시지를 떠올렸다.

화면에는 마리코가 사용하는 아주 부드럽고 동글동글한 글씨체로, 몹시 무사태평한 내용이 적혀 있었다.

이번 문제 어때?

제법 자신 있었는데, 다들 재미있었어?

어려운 문제를 내려니 머리가 안 따라줘서,

몸을 써봤지롱♡

아핫

마리코♡

다들 나와 비슷한 생각인지 라운지 테이블에 놓아둔 마리코의 휴대전화를 아까부터 힐끔힐끔 바라보았다.

분타 씨가 침묵을 깨뜨렸다.

"실은 나, 어제저녁에 4층에서 마리코의 시체가 발견됐을 때 이게 이번 '문제'가 아닐까 한순간 의심했어."

"어, 그게 무슨 소리야?"

"이번에는 마리코가 출제자였잖아? 그래서 마리코가 살해당한 척하고 우리가 과연 자작극인지 간파하느냐를 '문제'로 출제한 게 아닐까 싶었어. 동시에 마리코 혼자서는 못 할 일이니까 협력자가 있겠구나 생각했지. 협력자는 마루모와 다이라야. 어제 마리코의 시체가 발견됐을 때, 실제로 시체를 만진 사람은 그 두 명뿐이었잖아?"

"아아, 그러고 보니 그러네."

"게다가 마루모는 그후에 우리가 현장에 접근하는 걸 엄하게 금지했어. 그런 일도 있고 해서 마루모와 다이라가 둘이서 4층에 휴대전화를 찾으러 가겠다고 했을 때 같이 가겠다고 한 거야. 마리코가 정말로 죽었는지 한 번 더 확인하고 싶었거든."

나는 깜짝 놀랐다. 그때 분타 씨의 행동에 그런 의미가 있었다니. 다들 이래저래 생각이 많았구나.

"그랬구나……."

교코도 눈을 들었다.

"그래서 어땠어?"

英가 이야기를 재촉했다.

"그건 틀림없이 시체였어. 마리코는 분명히 죽었어. 자작극이 아니었던 거야."

분타 씨는 딱 잘라 말했다.

"만져봤어?"

교코가 물었다.

"아니, 마루모가 현장 보존에 집념을 활활 불태우는 탓에 만져보지는 못했어. 하지만 바닥에 쓰러진 마리코는 처음에 본 상태 그대로였지. 일 밀리미터도 움직인 흔적이 없었어. 현실성을 완전히 무시한 서스펜스 영화도 아니고, 살아 있는 사람이 몇 시간이나 계속 시체인 척하기는 힘들 테니 만약 자작극이었다면 아무도 없을 때 시체인 척을 그만뒀겠지. 그랬다면 이전과 완전히 똑같은 자세를 취하기는 절대로 불가능해. 그리고 바닥에 흐른 피. 시체를 조금이라도 움직였다면 바닥의 혈흔이 흐트러졌을 텐데, 처음 봤을 때랑 모양이 전혀 달라지지 않았더라고."

"그럼 시체겠네. 나도 자작극은 아닐 거라고 생각해."

“마리코의 등에서 흐른 피가 검붉었고, 파란색 새틴 드레스에 스며든 피가 거무튀튀하게 보인 것도 방증이야. 그건 진짜 피 색깔이라고. 연극 무대에서 사용하는 가짜 피는 객석에서 보았을 때 바로 ‘피’임을 알 수 있도록 부자연스러울 만큼 뚜렷한 빨간색이지만, 산소 운반을 마치고 심장으로 돌아오는 정맥의 피는 검붉은색이라고. 원래 혈액이 빨갛게 보이는 건 헤모글로빈이 산소와 결합해서 붉은색을 띠기 때문이거든.”

“‘문제’ 같은 건 아무래도 상관없었는데. 그냥 한자리에 모여 옛날 추억으로 이야기꽃을 피우는 게 좋았는데.”

“하지만 출제자인 마리코는 의욕이 넘쳤어. 휴대전화 메시지에도 적혀 있었지만 이번 문제는 자신이 있다고 점심을 먹을 때도 말했지.”

“응, 분명 그랬어.”

나는 분타 씨에게 동의했다.

“그 휴대전화 메시지 말인데, 그것만 보면 역시 마리코는 살해당한 척 연기를 했을 뿐인 것 같아. 바로 그 자작극이 ‘문제’였던 걸로 추정돼. 그런데 마리코는 죽었지. 마리코는 진짜로 살해당했고, 범인이 시체를 숨겼어.”

“도대체 어떻게 된 걸까?”

“마리코 본인 입장에서는 어디까지나 자작극이었어. 그러니까 이렇게 무사태평한 메시지를 남겼겠지. 분명 이 휴대전화가 중요한 힌트가 될 예정이었을 거야. 이걸 마루모나 다이라가 아래층으로 가지고 와서 우리에게 비밀번호를 풀게 해. 현장 상황에 덧붙여 이 메시지가 정답에 다다르는 지름길이 될 예정이었어. 그리고 히데 씨가 왁스를 칠해놔서 아무도 현장에 다가갈 수 없었다는 사실이 판명되어…… 그런 식이었겠지. 그런데 범인이 그 각본을 멋대로 바꿔버린 거야."

"즉……."

"즉 살해당한 척 연기를 할 예정이었던 마리코를 진짜로 죽인 범인이 있어. 마리코의 시체를 감추고 마루모와 다이라를 죽인 것과 동일 인물이야."

"그렇다면 범인은……."

"물론. 이제 말하지 않아도 알겠지?"

"아아……."

나는 눈앞이 깜깜해졌다. 누가 범인이라도 싫기는 싫지만 그중에서도 제일 범인이 아니기를 바랐던 사람. 될 수 있으면 그럴 가능성은 생각하고 싶지도 않았던 사람.

"와하하하하하. 이로서 문제편은 끝났습니다. 으헤헤헤헤. 자, 어떻습니까? 이 문제편에 납득이 가는 해결편을 제시하실 수 있으시겠습니까?"

"마지막에 도요카 씨가 주장하신 '미스터리 연구회가 제출한 문제설'은 개인적으로 상당히 설득력 있다고 느꼈는데, 안타깝게도 정답이 아니었네요."

"첫 번째 사건이 '문제'임을 꿰뚫어 본 것까지는 좋았는데요. 하지만 산 넘어 산이 하나 더 있었네요. 마리코는 '문제'를 이용한 범인에게 정말로 살해당했습니다. 사부로와 사야카 두 사람이 마리코의 피가 까맣다고 묘사했으니, 그 부분을 잘 기억하고 있었다면 한 발짝 더 들여놓을 수 있었을 텐데 말입니다."

"범인은 누구일까요?"

"그건 그렇고 어째서인지 지금까지 해답을 말씀하시고 퇴장하신 분들이 모두 모여 계시네요. 올해는 문제가 각별히 어려웠으므로 연출자가 온정을 베풀어 모두에게 마지막 기회를 주기로 했습니다. 이야, 정말로 하느님, 부처님, 그리고 연출자님이십니다! 하지만 기회는 딱 한 번뿐입니다. 자, 답변해 주십시오. 범인은 누구입니까?"

"다들 잘 생각해보자고. 아직 범인으로 지명되지 않은 사람은 누구지?"

"교코 정도 아닐까요?"

"교코도 도미 씨의 '시점 인물 이외 전원 범인설'에서는 범인 그룹의 일원인데."

"하지만 교코가 단독으로 범행을 저질렀다는 가설은 나오지 않았어. 저 녀석이 아까 우리가 내놓은 해답은 전부 오답이라고 단언했잖아. 그렇다기보다 지금까지는 뭘 말해도 다 오답이었겠지만……."

"으음……. 틀림없이 마리코의 자작극인 줄 알았는데……."

"와하하하하. 정신없이 회의를 하고 있네요. 그럼 저승길 선물로 특별 힌트를 드리겠습니다. 사망자는 세 명! 마리코, 마루모, 사부로, 셋 다 분명히 죽었습니다. 마루모가 싸늘해진 건 역시 죽었기 때문입니다. 한편 범인은 단독범. 공범은 없습니다. 자, 어떠냐. 대답해봐!"

"끙. 그럼 역시 교코인가?"

"하지만 근거는?"

"그 이외의 등장인물은 대부분 누군가가 범인으로 지명했잖아. 하지만 저 자식이 그중에는 정답이 없다고 했어."

"뭐야, 소거법인가."

"하지만 이제 소거법 말고는 방법이 없는걸."

"아키야마 마리코는?"

"핫탄카 씨가 단독범으로 지명했어."

"어, 내분이 발생한 겁니까? 후하하하하하. 역시 안되는 놈들에게는 몇 번 기회를 줘도 안 되는군요."

"크으으."

"잠깐만. 사야카가 마지막에 범인을 두고 '제일 범인이 아니기를 바랐던 사람'이라고 표현했잖아. 이거 중대한 힌트 아닐까?"

"그래서 그게 누군데?"

"으음. 사부로는 죽었고, 분타와 아키야마 마리코하고는 특별한 관계가 아닌 것 같고, 英는 히데와 동일 인물이었고, 그렇다면 역시 교코일까?"

"아니, 다마가 있잖아, 다마가. 늘 자기 뒤를 졸졸 따라다니는 다마가!"

"아, 그렇구나. 하지만 다마 단독 범행설은 이미 나왔을 텐데?"

"아, 나나오가 말했지 참."

"자, 시간이 다 되었습니다. 해답을 말씀해주십시오!"

"후우. 어쩔 수 없지."

이치노세가 대표로 나서서 고뇌에 찬 목소리로 대답했다.

"범인은 교코다!"

"후하하하하하, 안타깝습니다! 오답! 오답! 오답입니다!"

가바야마 모모타로는 귀까지 찢어질 것처럼 입을 쩍 벌리고 크게 웃었다.

"범인은 다이라사부로였습니다. 와하하하하하하하. 크크크크크."

"뭐야, 그게. 내가 1번 타자로 나서서 말한 해답이랑 똑같잖아. 그럼 내가 정답일 텐데."

이치노세가 어처구니없다는 표정으로 말했다.

"개소리하고 있네. 넌 정답이 아니야."

진지한 표정으로 돌아온 가바야마 모모타로가 눈을 부릅뜨고 말했다.

"넌 다이라 사부로가 다중 인격자고, 의식이 없었던 한 시간 사이에 다이라 사부로의 다른 인격이 범행을 저질렀다고 추리했잖아. 하지만 그건 오답이야. 다이라 사부로는 다중 인격자가 아니니까."

"그럼 반박하겠어. 다중 인격자가 아닌데도 다이라 사부로가 범인이라면 문제 초반부부터 지문에서 당당하게 거짓말을 한 셈이야. 이건 명백히 불공정한 짓이라고! 그리고 다이라 사부로가 범인이라면 다이라 사부로를 차 안에서 교살한 건 도대체 누군데? 범인이 단독범이라고 했지만 자살은 말도 안 돼. 목을 매어 죽는 액사縊死와 달리 스스로 자기 목을 졸라서 죽기는 거의 불가능하니까. 이 점을 어떻게 설명할 거야!"

"으에엥? 무슨 잠꼬대 같은 소리를 하고 있어? 난 다이라 사부로라고 한 적 없어. 범인은 다이라사부로야."

"뭐라고?"

"그러니까 범인은 다이라 사부로가 아니라 다이라사부로라고."

"이 진행자, 머리가 좀 모자라나?"

"하는 수 없군."

가바야마 모모타로가 갑자기 엉뚱한 방향을 보고 소리쳤다.

"그럼, 지금까지 일부러 조판 부호를 생략해온 편집 디자이너 여러분, 이쯤에서 조판 부호를 표시해서 띄어쓰기를 보여주시기 바랍니다!"

그리고 출연자들 쪽으로 고개를 돌렸다.

"잘 들어, 띄어쓰기가 표시된 상태로 다시 한번 말할게. 범인은 다이라 사부로가 아니라 다이라사부로야."

"어?"

"다이라사부로?"

"뭐야, 그게."

"그러니까 다이라사부로라고! 다이라 사부로 말고 다이라사부로라는 인물이 있어!"

"으엉?"

"그래. 마루모 시점에서 진행되는 장이었나. 그때까지 '사부로'라고만 표기되던 '다이라 사부로'가 이따금 '다이라 사부로'라는 성과 이름으로 표기됐지? 거기서 눈치채지 못하다니 너희들은 역시 멍청이야. 그건 언젠가 등장할 다이라사부로라는 표기를 그저 오타로 인식하게끔 미리 깔아둔 밑밥이었어."

"그래도 되는 거야?"

"뭐, 저도 가능하면 이 해답은 써먹고 싶지 않았습니다만. 여러분 중 한 명이라도 해답할 권리를 포기했다든가 머리를 싸매다 못해 결국 남과 중복되는 답변을 했다면 이 해답은 봉인했을 겁니다. 하지만 일 년 동안 죽어라 고안해낸 열다섯 가지 해답 중에 열네 가지는 여러분들이 맞혔으니 어쩔 수가 없죠. 따라서 되든 말든 이게 정답입니다! 여러분이 본격 미스터리 오타쿠로서 내공이 상당하다는 건 인정하겠습니다. 설마 이것 말고는 전부 맞히실 줄이야. 하지만 오답은 오답이죠. 와하하하하. 꼴좋다. 오답, 오답, 오답! 자, 죽어라. 죽어. 얌전하게 죽으라고! 너희들 전부 죽어! 아, 그리고 이 대사도 전부 잘라주세요. 마스터에 있는 야마 짱, 잘 부탁해!"

"모순되는 답변은 정답으로 인정할 수 없다고 네가 그랬을 텐데."

"모순은 어디에도 없답니다."

"사부로가 가슴주머니에 꽂은 만년필은 뭔데!"

"그, 러, 니, 까 사부로는 만년필 마니아잖아요? 셔츠를 갈아입어도 늘 한 자루는 가슴주머니에 꽂아놓을 만큼. 그건 사실로 인정하겠지만 가로수는 사람이 아니다. 뭐, 그런 느낌?"

"그런 느낌은 개뿔! 다이라사부로라는 등장인물이 숨어 있다는 복선이 어디 있어? 너무하잖아!"

"하하하. 복선이라면 한껏 깔아놓았는데요. 애당초 이 작품은 복선만으로 성립됐다고 해도 과언이 아니야. 그런데 그 부분만 깜빡하고 넘어가겠냐!"

"복선을 깔아놓았다고……?"

"별장에 도착한 사부로가 빗속을 뚫고 현관으로 이어지는 바깥 계단을 올라가는 장면에서 이 별장에 지하실이 있다는 사실을 똑똑히 제시했지? '지하실에 채광창을 내려고 하다 보니 이런 구조가 됐다고 한다'라고 적혀 있어. 미스터리 오타쿠라면 이런 유의 '저택물'에서 지하실이 등장했을 때 거기에 누가 숨어 있거나 숨겨져 있다는 것 정도는 대번에 알아차려야지. 그리고 지하실에 유폐되었다고 하면 발달 장애가 있는 어린아이일 게 뻔하잖아."

"그런 진부해빠진 설정을 누가 염두에 두냐!"

"염두에 두지 않은 그쪽 책임이죠. 흥, 그후에 레이카 양에게 진행 멘트를 띄엄띄엄 띄워 읽었다고 말하도록 해서 띄어쓰기에 주의를 환기시켰는데도 눈치를 못 챘으니 멍청이 중에 상멍청이지."

"크으으."

"무슨 교양 프로그램처럼 분타와 사부로가 본성과 성에 대해 이야기를 나눈 부분도 지연 작용을 노린 게 아니야. 다이라 사부로라는 이름에 주목하라는 아주 큰 힌트를 준 건데, 그것도 눈치를 못 챘으니 역시 너희들은 돌대가리야."

"그럼 4시에 마리코와 통화한 여자는 누군데?"

"어, 그러니까 이 경우에는 교코겠네."

"그럼 의미심장하게 '한 여자가'라고 적지 말고 교코라고 적어야지!"

"어떻게 적든 저희 마음이죠. '한 남자가'라고 적었다면 불공정하겠지만, 거짓말을 한 건 아니니까요."

"마루모는 한 시간의 공백 동안 뭘 했지?"

"자연 관찰을 했겠죠."

"마리코가 남긴 다잉 메시지는 뭔데!"

"다이라사부로의 성이 S로 시작되는 겁니다. 어, 스즈키 다이라사부로였던가."

"지금 갖다 붙였지, 지금!"

"아니요, 아니요. 처음부터 스즈키였습니다. 반드시 스즈키. 누가 뭐래도 스즈키. 스즈키 다이라사부로."

"이름에서 20세기 초엽 분위기가 풀풀 풍기잖아! 작품 속 시간 배경은 21세기 초엽일 텐데!"

"다이라사부로가 태어났을 무렵은 복고풍이 유행이었거든

요. 알겠습니까, 저택 주인 스즈키 마리코의 외동아들 스즈키 다이라사부로는 발달 장애 및 햇빛을 받으면 진행되는 난치병을 앓아서 지하실에서 생활하고 있었습니다. 문제 첫머리에서 사부로가 힐끗 본 지하실의 채광창에 두툼한 커튼이 쳐져 있었지? 너희들 그 이유를 생각해봤어? 기껏 채광창을 내놓고 두툼한 커튼을 치면 지하실은 깜깜할 텐데. 마리코는 평소 아들을 열심히 돌봤지만, 사람과 어울리기도 좋아해서 손님이 오면 다이라사부로를 소홀히 했지. 뭐, 은혜를 원수로 갚은 것에 가깝겠지만 다이라사부로가 자신을 내팽개치고 친구들과 즐거운 시간을 보내는 어머니를 증오해서 죽여버린 겁니다. 게다가 일부러 저택에 손님이 많이 찾아와서 자신이 소외당하는 때를 선택해 범행을 저질렀죠. 이게 진상입니다."

"으으으……."

"다이라사부로 군은 감각도 좀 둔한가 봐. 마루모 방에 들어갈 때 분타에게 뒷모습을 목격당한 줄도 몰랐던 모양이니까 말이야. 분타가 그때 일을 두고 '그 뒷모습을 잘못 볼 리 없지'라고 말했는데, 우둔한 너희들은 다이라 사부로의 금발을 가리키는 줄 알았겠지만 그렇지 않아. 바로 다이라사부로가 아이였기 때문이야. 다른 사람들은 전부 어른인데 한 명만 키 작은 아이니까 절대로 잘못 볼 리가 없지."

"젠장, 마지막의 마지막에 치사한 트릭을 쓰다니! 그것보다는 시모쓰키가 주장한 가로수 범인설의 의외성이 더 뛰어나고, 도미 씨가 주장한 이중 나선계단 트릭이 훨씬 아름답잖아!"

"그러니까! 아무도 그걸 말씀하시지 않았다면 그쪽이 정답이 됐을 겁니다. 하지만 발언한 시점에서 오답이 되는 거죠. 처음에는 열다섯 가지 해답 전부 정답일 가능성이 이른바 '중첩'된 상태로 존재했습니다. 그 가능성이 하나씩 줄어들어 마지막으로 남은 해답이 정답이 된 거죠. 아까 여러분이 그러한 내막을 밝혀내지 않았습니까!"

"그럼 결국 마리코가 출제한 '문제'는 뭐였어?"

"아이고, 정말 이해력이 떨어지는 분들이로군요! 몇 번이나 말씀드리지만 마리코에게는 이게 '문제'였습니다. 그리고 마리코가 협력자로 선택한 사람은 마루모와 다이라 사부로가 아니라 외동아들 다이라사부로였어요. 애당초 이번 출제자인 마리코가 그런 거창한 연극까지 하면서 속이고 싶었던 사람은 누구였을까요? 모임의 두 거두인 마루모와 다이라 사부로겠죠? 그 두 사람에게 협력을 받아 나머지 어중이떠중이들을 속여본들 별 재미도 없을 테니까요."

"크음, 그건 확실히……."

"마리코는 햇빛을 받으면 안 되는 아들을 요양시키기 위해 일 년 중 절반 가까이를 이 별장에서 지내고 있는데요. 올해는 아들에게 모임의 취지를 말해주고 협력을 받기로 한 겁니다. 다이라사부로는 가짜 피가 든 용기를 정리하고, 시체로 위장한 어머니를 발견하고, 시체에 아무도 접근하지 못하도록 막는 역할을 맡았죠. 이 세상에 홀로 남겨진 아이가 엄마를 건드리지 말라고 악을 쓰면 가족이 아닌 사람은 다가가기를 삼가겠죠? 이어서 '형들이랑 누나들 미스터리 연구회 사람이죠? 이 중에 범인이 있으니까 경찰한테 맡기지 말고 형들이랑 누나들 힘으로 찾아줘요'라고 말하면 그래야겠다는 기분이 들 겁니다. 중요한 역할입니다만, 이런 아이를 돌보는 시설에서는 치료의 일환으로 역할연기를 시킬 때가 있습니다. 변화된 자신의 모습 또는 생판 남을 연기함으로써 자폐증이 호전되는 경우가 있거든요. 마리코는 꿩 먹고 알도 조금 먹을 수 있기를 기대한 거죠.

그런데 다이라사부로에게는 그 중요한 역할이 부담으로 다가온데다 신나게 준비하는 마리코를 보고 있자니 또 어머니가 자신을 내팽개치고 친구들과 즐겁게 지내려나 보다는 생각이 고개를 쳐들었죠. 결국 갑자기 어머니가 미워진 스즈키 다이라사부로는 충동에 휩싸여 시체 연기를 시작하려는 마리코를 진짜로 찔러 죽이고 맙니다. 동요한 다이라사부로 소년은 그대로 지하실로 달아났고, 그 결과 시체는 다이라 사부로가 발견했습니다. 그 뒤에 어떻게 됐는지는 여러분도 문제를 읽어서 아시겠죠. 어떻습니까? 여기까지 오면서 의도적으로 생략한 부분은 있을지언정, 사부로도 마루모도 사야카도 지문에서는 누구 하나 거짓말을 하지 않았습니다."

"그럼 마리코는 아들이 범행을 저질렀는데 범인을 지목하는 다잉 메시지를 남긴 건가? 보통은 친아들을 감쌀 텐데."

"꼭 그런 건 아니죠. 은혜도 모르고 사람을 죽이는 아들을 세상에 방치할 수는 없다는 어머니의 책임감이 죽기 전에 범인을 지목하는 다잉 메시지를 남긴다는 행동으로 나타난 겁니다."

"하지만 스즈키는 마리코 본인의 성이기도 하잖아!"

"하지만 스즈키 다이라사부로도 분명히 가리키잖아요? 그리고 죽음을 눈앞에 둔 엄숙한 순간에 사람은 머리가 제대로 안 돌아가는 법이라나 뭐라나 누가 말씀하시지 않았던가요? 아닌가?"

"그럼 왜 다이라 사부로는 다잉 메시지를 보고 '결과적으로 S에 해당하는 사람은 사야카밖에 없지 않은가'라고 생각한 거야? 매년 찾아와서 다이라사부로의 존재를 알고 있었다면 이건 모순이잖아."

"아, 예. 단순히 그때 다이라사부로의 존재를 잊어버렸을 뿐입니다."

"불공정해."

"불공정하지 않습니다. 거짓말을 한 건 아니니까요. 병에 걸려 좀처럼 남들 앞에 나서지 않는 아이가 지하실에 있다는 사실을 음탕한 생각으로 머리가 가득한 호색한 다이라 사부로가 잊어버렸어도 딱히 이상한 일은 아니죠."

"그럼 다이라 사부로가 본 칼자루의 문양은 도대체 뭐야!"

"스즈키 가문을 상징하는 문양입니다. 관혼상제 의식을 치를 때 식탁에서 고기라도 자르는 데 사용하고자 특별히 주문해서 만든 물건이겠죠. 그 문양을 어디서 보았는지 떠올리고 나서야 다이라 사부로는 이 저택에 마리코의 아들 다이라사부로가 있으며 그가 범인이라는 걸 깨달았습니다. 그래서 한시라도 빨리 경찰을 부르러 가려고 차를 몰고 나갔을 때 미리 뒷좌석에 숨어 있던 다이라사부로가 뒤에서 끈으로 목을 졸라 죽인 거죠."

"스즈키라는 흔해빠진 성을 쓰는 주제에 가문을 상징하는 문양이 있다고?"

"아, 지금 그 발언은 차별 발언입니다. 전국의 스즈키 씨께 사과하세요! 덧붙여 논리적으로 따져도 다이라사부로 말고는 범인이 없어요."

"무슨 논리인데?"

"사야카의 립스틱을 훔칠 기회가 있는 사람은 다이라사부로뿐이야. 사야카는 전날부터 저택에 머물렀지만 사건 당일 아침에는 립스틱을 발랐어. 따라서 립스틱은 그후에 도둑맞은 셈이지. 그런데 사야카 방은 라운지 바로 옆이니까 라운지에 사람이 있는 시간대에는 훔치러 들어갈 수 없어. 그렇다면 교코 일행이 도착한 이후에는 기회가 거의 없겠지. 훔칠 수 있는 시간대는 사야카와 마리코, 분타가 1층 식당에서 셋이서 점심을 먹고 있었을 때뿐이야. 그리고 그 시간대에 저택을 마음대로 돌아다닐 수 있었던 사람은 다이라사부로뿐이잖아."

"듣고 보니 확실히…… 하고 납득할 줄 알았다면 큰 오산이다! 마리코의 손톱 밑에 묻은 립스틱은 범인의 위장술이었잖아? 위장하려면 사야카의 립스틱을 미리 훔쳐둘 필요가 있지. 하지만 다이라사부로는 어머니를 충동적으로 죽였다면서? 모순이야."

"어머니에게 이번 계획을 들었을 때부터 살의는 있었습니다. 그래서 진짜 칼을 숨겨서 가지고 있었죠. 하지만 정말로 죽일 결심은 아직 서지 않았어요. 다만 만에 하나 진짜로 살의를 표출했을 때 남에게 죄를 뒤집어씌울 수 있도록 립스틱을 미리 훔쳐둔 겁니다."

"다이라사부로, 이거 완전히 지능범이잖아!"

"다이라사부로의 지능이 떨어진다고 말한 적은 한 번도 없습니다. 균형을 잃고 한쪽으로 조금 치우쳐 있을 뿐이죠. 밝은 곳이 거북한 그는 불쌍하게도 손님이 올 때마다 어두컴컴한 지하실에서 홀로 밥을 먹었습니다. 엉엉엉."

"그런 위장을 했으면서 가문을 상징하는 문양이 들어간 칼을 흉기로 썼다는 거야?"

"가문의 문양이 들어간 식기류는 식당의 유리 찬장에 주르르 진열해놓았습니다. 즉 누구든지 쉽게 훔쳐낼 수 있으니까 그걸 사용한 거죠."

"잠깐만. 마리코는 '자작극'을 벌일 계획이었으니 가짜 피며 등에 꽂은 척할 장난감 칼이며 다양한 소도구를 준비했겠지? 계획이 바뀌었는데 다이라사부로는 그러한 도구들을 예정대로 정리한 거야?"

"물론입니다. 사야카에게 죄를 뒤집어씌울 생각이었으니까요. 자작극 도구가 현장에 남아 있으면 협력자로 선택될 법한 다이라사부로 본인이 제일 먼저 의심받겠죠?"

"그럼 다이라사부로는 사야카의 립스틱을 어머니 손톱 밑에 발라 위장 공작을 했으면서 바닥의 다잉 메시지는 그냥 놔뒀다는 거잖아."

"S가 자신을 가리키는 줄 몰랐습니다. 다이라사부로 군은 학교에 다니지 못해서 불쌍하게도 영어는 물론이고 알파벳도 아직 못 배웠거든요."

"그럼 마루모는. 마루모는 왜 죽였어? 동기가 뭐야?"

"그날 밤 마루모는 남들보다 한발 먼저 범인의 정체를 알아차렸지만 아무에게도 알리지 않고 혼자 지하실을 찾아가 다이라사부로 소년에게 자수를 권했어. 다이라사부로 소년은 대답을 미뤘다가 한밤중에 마루모 방을 찾아가서 날이 밝으면 자수하겠다고 했지. 분타는 그때 다이라사부로 소년의 뒷모습을 본 거야. 잘 결심했다며 쌍수를 들어 환영하는 마루모의 방에 들어가자 다이라사부로 소년은 숨기고 있던 칼을 꺼내 마루모를 찔러 죽였어. 마루모의 사인은 마리코와 똑같아. 어떤 의미에서 이번에 제일 불쌍한 사람은 마루모지. 터무니없이 게이 의혹까지 받았으니 원."

"그럼 사인을 적어야지! 자작극인 줄 의심했잖아!"

"그, 러, 니, 까! 미스터리에서 고의로 묘사를 생략하는 건 허용된다고 입이 닳도록 말했을 텐데? 이때 다이라사부로 군의 뒷모습을 목격한 분타가 다음날 아침에 왜 '여기서만 하는 이야기'라고 했는지도 알겠지? 그게 다이라 사부로였다면 여기서만 이야기하는 데 그치지 않고 당장이라도 붙잡아서 묶어놔야 마땅해. 하지만 상대가 피해자 마리코의 외동아들이자 환자이기 때문에 붙잡아서 묶어두기를 꺼린 거야. 아직 백퍼센트 확실하게 범인이라는 증거도 없는데다 이쪽에서 자극하지 않으면 더이상은 흉행을 저지르지 않을 것이라고 대수롭지 않게 여겼겠지. 그런데 예상이 어긋나서 사부로까지 희생된 거야. 일단 흉행을 저지른 이상 다이라사부로에게 다이라 사부로는 반드시 죽여야 하는 존재였기 때문이지."

"으으음."

"이제 대단원이야. 문제 마지막 부분을 읽어볼래? 대단원도 열다섯 개를 준비해두었지만 너희들 탓에 하나밖에 안 남았어."

21

"역시 개야?"

"응, 그렇다고 봐야지. 다이라가 차를 타고 나간 후에 우리는 모두 여기에서 서로를 감시했어. 범행이 가능한 사람은 개뿐이야. 어젯밤에 뒷모습을 본 것만으로는 확언할 수 없었지만, 이제 틀림없네."

마루모 씨와 다이라 씨가 살해당해 미스터리 연구회 멤버의 청일점이 된 분타 씨가 힘없이 말했다.

"개를 그냥 내버려두지 않았다면 적어도 다이라 군은 죽지 않았을 텐데……."

교코의 말을 듣고 나는 깜짝 놀랐다. 맞다. 왜 오늘 아침에 다이라사부로를 제압해놓자고 제안하지 않았을까. 바로 이럴 때 소 잃고 외양간 고친다는 말을 쓰는 거겠지. 물증은 물론 분타 씨가 뒷모습을 보았다는 시각과 마루모 씨가 살해당한 시각이 일치한다는 확증이 없었기 때문이었지만, 결국은 될 수 있으면 개가 범인일 가능성을 고려하고 싶지 않다는 마음, 경찰이 오면 사정만 이야기하고 나머지는 전부 떠맡기자는 안이한 마음, 뒷맛이 개운치 못한 짓은 어지간하면 하고 싶지 않다고 책임을 회피하는 마음이 다이라 씨의 목숨까지 빼앗고 말았다.

"그럼 모두 함께 다이라사부로 군한테 가보자."

분타 씨를 선두로 모두 함께 지하실로 이어지는 계단을 내려갔다. 분타 씨 바로 옆에는 이 저택의 비상주 관리인인 英(히데)가 섰다. 개를 내버려둔 책임을 느끼는지 안색이 창백했다. 나와 교코, 다마, 아키야마 마리코 이렇게 여자 네 명이 그 뒤를 따랐다.

분타 씨는 뒷짐을 진 손에 공구함에서 찾아낸 장도리를 들었다. 만에 하나 다이라사부로가 울컥 화를 내며 무기를 들고 느닷없이 덤벼들 때에 대비해서다. 英는 아무것도 들지 않았지만 프로복서였던 시절이 생각났는지 양손을 가슴 앞으로 당기고 금방 펀치를 낼 수 있는 자세를 취했다.

지하실 문 앞에 도착했다. 英가 천천히 문을 두드렸다.

"다이라사부로 군, 잠깐 들어가도 될까?"

대답은 없었다. 英가 다시 한번 불렀지만 역시 대답이 없는 걸 확인하고 문손잡이를 돌렸다.

하지만 문손잡이는 도중에 멈췄다.

"잠겼어."

분타 씨와 英가 눈빛을 교환하더니 英가 한 발짝 뒤로 물러났다. 그리고 분타 씨가 장도리로 문손잡이 조금 윗부분을 힘껏 후려쳤다. 몇 번 되풀이하자 그 부분이 부서지고 걸쇠와 걸고리가 통째로 떨어져나가는 소리가 들렸다.

英가 반쯤 부서진 문을 걷어차고 파이팅 포즈를 취하며 안으로 뛰어들었다. 뒤를 이어 분타 씨. 그리고 우리도 안으로 들어갔다.

하지만 늦었다. 천장 들보에 묶은 끈으로 목을 매어 스스로 목숨을 끊은 소년의 딱한 모습이 우리를 맞이했다.

"자업자득이지. 마리코, 마루모, 사부로 세 명을 한꺼번에 죽이고 나자 양심의 가책을 느꼈을 거야."

"으음……."

분타 씨와 英가 힘을 합쳐 들보에 매달린 다이라사부로를 내리고 침통한 표정으로 조그만 침대에 시신을 눕혔다.

†

한 시간 후.

드디어 비가 그치고 하늘이 개었다.

휴대전화를 사용할 수 있게 됐다.

그로부터 한 시간 후에 경찰이 왔다.

드디어 시라히게 다리가 복구된 모양이다.

어제 저녁에 마루모 씨가 경찰에 신고했을 때만 해도 희생자는 마리코 한 명뿐이었는데, 우리가 다이라사부로를 방치한 탓에 희생자가 늘어났고, 결과적으로 다이라사부로도 구하지 못했다. 우리는 이번 일에 도의적인 책임을 느껴야 마땅하다.

하지만 이제 돌아갈 수 있겠구나.

안도감에 감싸이는 동시에 주체할 수 없는 무력감이 나를 덮쳤다.

"자, 전부 끝났습니다. 이야, 참으로 비참한 사건이었네요. 하지만 정말로 비참한 건 여기에 계신 여러분의 운명일지도 모르겠습니다. 하하, 오답. 크크크크크, 오답. 오답, 오답. 전원 오답입니다!"

"처음에 마리코가 살해당했을 때 왜 아들이 어쩌고 있는지 아무도 보러 가지 않은 건데. 너무 쌀쌀맞잖아!"

"글쎄요. 적혀 있지 않은 것일 뿐, 식사 정도는 히데가 가져다 줬겠죠."

"그건 그렇고 사부로는 왜 죽인 거야? 입막음을 하기 위해 마루모를 죽인 건 그렇다 치자. 그런데 아까 다이라사부로는 다이라 사부로를 반드시 죽여야 한다고 했지?"

"어머니를 불행하게 만든데다 자신에게 전혀 신경써주지 않았기 때문입니다. 사실 사부로는 다이라사부로의 아버지거든요."

"뭐라고?"

"사부로와 마리코는 예전에 그렇고 그런 사이였다고 똑똑히 적혀 있지 않습니까. 그리고 아무래도 마리코는 미혼모인 모양이에요. 당연히 다이라 사부로가 다이라사부로의 아버지일 가능성을 생각해봐야겠죠?"

"그럼 마리코는 아버지의 성과 이름을 고대로 가져와서 아들에게 이름으로 붙여준 거야?"

"그렇습니다! 일찍이 사랑했던 남자를 잊지 않기 위해. 또한 헤어졌다고는 하나 그 남자도 자신과 공유한 사랑의 시간을 잊지 말기를 바라는 바람에서. 하지만 눈물이 날 만큼 둔감한 다이라 사부로는 전혀 눈치를 못 챘죠. 어쩐지 헷갈리겠다고 생각했을 뿐입니다. 그래서 스즈키 다이라사부로가 대신 복수한 거예요."

"그럼 마리코의 시체가 사라진 건?"

"어머니의 시체가 계속 사람들의 호기심 어린 시선에 노출되어 있는 것이 싫어서 다이라사부로가 밤중에 지하실로 옮겼습니다. 지금 마리코의 시체는 지하실의 대형 냉장고에 보관되어 있어요."

"자기가 죽여놓고 호기심 어린 시선에 노출되는 게 싫기는 개뿔! 그리고 아무리 밤중이라도 그렇지 아이가 어른의 시체를 4층에서 지하실까지 혼자 운반했다고? 그러고도 아무한테도 안 들켰단 말이야?"

"지하실과 4층을 직접 연결하는 엘리베이터가 있습니다."

"뭐야 그건. 불공정하잖아!"

"'저택물'에는 비밀 통로나 비밀 문이 반드시 한두 개는 있잖아요? 유명한 '십계'의 창시자 녹스 선생도 비밀 방이나 통로 하나 정도는 괜찮다고 했고, 오히려 없으면 불평하는 독자도 있습니다. 게다가 이 엘리베이터의 존재는 본문에 똑똑히 암시되어 있다고요. 사야카가 사부로를 찾기 위해 뒤뜰에 갔을 때 벽을 따라 수직으로 뻗은 더스트 슈트 같은 걸 봤죠? 그게 엘리베이터입니다. 부모자식간인데 평소 4층과 지하실로 나뉘어서 생활하면 불편하기 짝이 없잖아요? 차고 넘치는 게 돈이니까 엘리베이터 정도는 설치하고도 남겠죠. 그 정도는 추리하셔야 하지 않겠습니까."

"엘리베이터를 더스트 슈트로 잘못 보다니, 눈이 삐었냐!"

"글쎄요. 사야카는 분명 공간과 크기의 관계를 파악하는 데 약한 거겠죠. 왜, 거대한 역사적 유물을 저멀리서 보고 '어, 의외로 작네'라고 말하는 사람이 있잖습니까."

"맞다, 나선계단은? 나선계단은 결국 어떻게 된 거야!"

"뭐, 이중 나선계단이라도 상관은 없습니다. 샹보르 성에 이중 나선계단이 있다는 걸 도미 씨는 알고 계시더군요. 알아 모시지 못해 죄송합니다. 하지만 이번 문제의 진범은 나선계단 자체를 사용할 필요가 없었다는 사실을 다시 말씀드립니다."

"크으으."

"그리고 이건 알려나? 처음에는 내레이터가 문제를 낭독했지만, 도중에 낭독을 그만뒀지? 너희들 그 이유를 잘 생각해 봤어? 등신들이니까 분명히 그냥 넘어갔겠지. 시청자와 해답자가 각자 원하는 속도로 편하게 읽으라는 게 표면상의 이유지만, 실은 또 다른 이유가 숨겨져 있었어."

"으어엉?"

"아직도 모르겠나. 낭독할 수 없는 이유가 있었잖아. 그걸 눈치채지 못한 너희는 역시 멍청해. 전반부에 계속 다이라 사부로가 등장하다가 후반부에 다이라사부로가 끼어들었지. 이때 낭독을 하면 따로 구분해서 읽을 수가 없으니까 역시 불공정해져. 그래서 음성 내레이션을 지원할 수 없었던 거야. 하하하하. 이게 진상이지. 꼴좋다."

"으으……."

"히데는 젊은이야? 노인이야?"

"어느 쪽이든 상관없습니다. 하지만 프로 복서였다니 의외네요."

"적당히 갖다 붙인 거잖아!"

"적당히 갖다 붙이다니요. 인간의 속성은 시시각각 변하는 법입니다. 그 증거로 지금 여러분의 속성은 십 분 전과 똑같지 않습니다. 이제 곧 죽음을 맞이할 운명이라는 중대한 속성이 추가됐죠. 히데는 복싱 실력은 있었지만 새가슴이라 챔피언이 되지 못하고 지금은 별장 비상주 관리인으로 일한다는 속성이 방금 전에 추가된 겁니다."

"속성에 모순이 너무 많아. 비상주 관리인이면서 운전면허도 없다니."

"사고를 일으켜서 현재 면허가 정지됐을 뿐입니다. 마루모가 물건을 어떻게 구입하느냐고 물어봤을 때 분명 '히데 씨는 지금 운전면허 없잖아'라고 말했을 텐데요. 그리고 히데는 사고를 일으킨 기억이 아직 생생하게 남아 있는 탓에 택시 기사가 빗길을 무사히 돌아갔는지 걱정한 겁니다."

"택시비는 도대체 어떻게 된 거야!"

"하하하. 히데, 교코, 아키야마 마리코, 다마 네 명이서 '천 엔 좀 넘게' 냈겠죠? 그리고 사실 택시비는 아무래도 상관없습니다. 한 명 많아질 것 같으면 다마를 고양이로, 한 명 적어질 것 같으면 발레리나로 바꾸면 그만이니까요. 애당초 그러려고 일부러 어느 쪽으로든 해석되도록 서술한 겁니다. 다마는 단지 그걸 위한 존재예요."

"다마가 인간이라면 왜 계단을 올라가는 장면에서 英가 다마를 통과해서 사야카에게 부딪힌 건데? 이상하잖아!"

"아아 다마가 '사야카 뒤편에서 (……) 부자연스럽고 어색한 자세를 유지한 채 옴짝달싹도 하지 않았다'라는 대목 말씀이시죠? 분명 '뒤편'이라고 적혀 있지 않습니까. 그건 좁은 나선계단을 올라와서 복도로 나온 순간, 다마가 주테나 소 드 바스크 스텝으로 뛰어올라 좌우 어느 쪽으로 이동한 후 공중에 뜬 한쪽 다리를 그대로 뒤로 뻗어 아라베스크 자세를 취한 겁니다."

"어디든 상관없이 발레 연습이냐! 이 골칫덩이 다마!"

"조금이라도 넓은 공간이 있으면 연습을 하는 사람인걸요. 그리고 골칫덩이 다마가 아닙니다. 다마미예요. 지금은 코르

드 발레지만 앞으로 프리미에르 당쇠즈, 그리고 에투알*을 목표로 열심히 할 거니까 응원 부탁드립니다."

"그런 별난 인간을 누가 응원한다고 그래."

"덧붙여 한 발로 뛰어올라 반대 발로 착지하는 게 주테, 한 발로 뛰어올라 같은 발로 착지하는 게 소 드 바스크입니다."

"쓸데없는 소리 집어치워!"

"덧붙여 이처럼 다마가 인간일 경우, 마리코가 기르는 흰 고양이 이름은 '미코'가 됩니다."

"더 쓸데없는 소리야!"

"'복도에 물을 뚝뚝 떨어뜨리고 다니면 마리코에게 미안하잖아'라는 사부로의 대사는? 히데가 관리인이라면 왜 히데한테 직접 미안하다고 하지 않는 건데!"

"딱히 이상할 건 없습니다. 젖으면 곰팡이가 잘 슬잖아요? 미스터리에 나오는 저택은 언제 방문해도 보수가 잘되어 있고 먼지 한 톨 없는 상태로 유지됩니다만, 건물은 노후하는 법이니까요. 복도가 젖으면 (빨리 노후하니까) 주인인 마리코에게 미안하다고 해도 전혀 이상하지 않습니다. 왜, 사부로는 빨래를 담을 비닐봉지를 가방에 넣어 왔고, 방에서 비에 젖은

* 프리미에르 당쇠즈는 여성 수석 무용수를 가리키고, 에투알은 수석 무용수 중에서도 특히 뛰어난 스타 무용수를 가리킨다.

셔츠를 말릴 때도 물방울이 바닥에 떨어지지 않도록 세면대 위에 너는 등 제법 신경을 쓰지 않았습니까. 이런 부분은 꼼꼼하고 눈치도 있었습니다만, 여성에 관해서는 칠칠치 못했네요."

"사부로는 마리코한테 할 이야기가 있었잖아? 그건 도대체 뭐야?"

"그건 아무래도 상관없습니다."

"그런 세세한 내용이 중요한 거지."

"글쎄요. 돈이라도 빌린 것 아닐까요? 예전에 사귀던 시절에 마리코에게 수백만 엔을 꾸었는데, 갚을 날짜를 조금만 더 미뤄주면 안 되겠느냐고 부탁하러 갔다거나."

"여자한테 사생아를 낳게 만든 것도 모자라서 돈까지 빌려 썼다고? 사부로 정말 최악이네."

"뭐, 그런 말씀은 사부로 본인에게 하시기 바랍니다."

"아키야마 마리코는 도대체 뭐였어!"

"뭐라니요. 이름이 그런 사람이죠."

"범인이고 나발이고 아무것도 아닌데 왜 은폐하는 거야."

"그러니까 이 사람이 범인이어도 상관없었다니까요. 뭐, 결과적으로는 정말로 은폐해야 할 인물을 감추기 위한 낚시질 미끼로 사용됐죠. 마리코는 분명히 두 명 있었는데요. 최종적으로 스즈키 마리코와 아키야마 마리코 둘 다 여성이라는 결과로 '수렴'됐습니다. 모임에 마리코가 두 명 있어서 헷갈리니까 친구들 사이에서 아키야마 마리코는 성에서 따온 별명 '아키'로 불린 겁니다. 아무런 모순도 없습니다."

"으으으."

"뭐 〈도카이도 53역참〉의 마리코 역참과 마덮밥 체인점이라는 복선을 그렇게 싱겁게 지적당하지 않았다면 아키야마 마리코가 등장할 기회도 좀더 많았겠지만요. 아키야마 마리코가 범인일 가능성은 버려졌기 때문에 단역으로 끝나고 말았습니다. 이것도 저것도 전부 다 너희들 탓이야. 너희가 문제가 어떻게 전개될지 자꾸 읽어내려 했기 때문이라고. 으하하하하. 꼴좋다. 마리코 역참이 뭐? 안도 히로시게가 뭐 어쩌고 어째? 걸렸다, 걸렸어."

"그건 '남성 마리코 범인설'이 도중에 설득력 있게 제시됐기 때문일 텐데! 바로 직전까지는 마리코를 남자로 하려고 벼르고 있었잖아."

"그러니까 저택 주인 마리코가 남성이고, 아키야마 마리코가 범인이라도 전혀 상관없었다고요. 이번에는 그저 이런 형태로 '수렴'된 겁니다. 만약 다른 출연자들과 함께 방송을 처음부터 다시 찍는다면 전혀 다른 형태로 '수렴'되겠죠."

"크흠……."

"정말이지 매번 이런 문제를 준비해야 하는 입장도 좀 생각해봐라. 해답자가 열 명이면 열한 가지, 열네 명이면 열다섯 가지 이야기를 준비해야 한다니까. 그중에 사용되는 건 고작 하나뿐인데 말이야. 얼마나 허무한 짓이냐. 내가 얼마나 고생하는지 조금쯤은 알아줘!

내가 너희들을 무시할 생각으로 위험을 무릅쓰고 아쿠타가와 류노스케의 「덤불 속」 이야기를 한 건 아니야. 순문학과 비교하며 아직도 미스터리를 저급한 장르로 취급하는 자칭 '현학적'인 놈들에게 한마디해주고 싶었기 때문이지. 순문학은 가능성의 총체를 제시하는 것만으로도 작품이 성립해. 「덤불 속」은 물론 두말할 나위 없는 걸작이지만, 세상에는 그 작품을 모방한 셈인지 그다지 재미도 없는 가능성만 몇 가지 던져주고 나머지는 독자 여러분이 알아서 생각하라는 듯이 '도망' 치는 '순문학' 작품이 수두룩하게 많아. 오히려 마지막에 수습을 하지 않는 작품을 '열린 결말' 운운하며 높게 평가하여 현학 콤플렉스를 마구 드러내는 멍청이들도 있어.

하지만 미스터리는 거기에서 한 단계가 더 필요해. 가능성의 총체를 제시한다고 해서 미스터리 독자는 만족하지 않아. 그중에서 납득이 가면서도 의외성이 충분한 단 한 가지의 결말을 준비해야 하지. 한 가지 상황에는 다양하게 전개될 수 있는 가능성의 싹이 무수하게 돋아 있는데, 매번 눈물을 머금고 그중에서 단 하나만을 '진실'로 제시해야 하는 거야. 아까워서 눈물이 난다. 언젠가 가능성의 총체를 그대로 제시하면서 독자도 만족하는 미스터리를 쓰는 게 내 못다 이룬 꿈이야."

"그럼 이 문제도 네가 출제했어?"

"그래. 또 누가 있겠어? 덧붙여 이 프로그램을 진행하면서 내가 받는 돈은 출연료, 문제 제작비 전부 합쳐서 한 회당 삼억 엔이야. 일 년에 이 프로그램 하나만 진행하지만, 그거로도 충분하다고. 다른 프로그램에서 얼굴을 보여주지 못해 미안하군. 그리고 나는 일 년의 나머지 364일을 수십 가지로 분기할 수 있는 문제를 구상해서 쓰는 데 할애하지. 이런 원고를 몇천 장이나 쓰는 내 입장도 생각 좀 해보라고! 아, 지금 이 부분도 당연히 싹둑. 야마 짱, 잘 부탁해♪"

"혹시 연출자한테 지시를 듣는 것도 거짓말인가?"

"당연하지! 귀에 이어 모니터를 끼고 있기는 하지만 이건 장난감이야. 전파는 수신 못 해. 무엇보다 연출자보다 내가 훨씬 높다고! 내가 없으면 이 프로그램은 말짱 헛것이야. 하하하하. 자, 죽어라. 냉큼 죽어."

"그랬군. 마침 잘됐어. 이 문제 출제자에게 꼭 물어보고 싶은 게 있었거든."

"뭔데? 시시한 질문에는 대답 안 할 거야."

"〈미스터리 아레나〉에서 굳이 다중 해결물을 문제로 출제하고 싶다면, SF 수법을 사용하여 문제를 이른바 '타임루프물'이나 '평행세계물'로 만들어서 한 가지 해결이 나올 때마다 주인공을 처음 상황으로 되돌리거나 평행세계로 보내버리면 그때까지 내용이 갈라져 나간 부분의 서술을 전부 없던 걸로 하고 제일 처음 설정으로 되돌아갈 수 있어. 그러면 나중에 앞뒤를 맞출 필요가 없어서 훨씬 편할 텐데, 왜 그러지 않는 거지?"

"오호, 그걸 알아주다니 솔직히 말해 기쁘군. 역시 당신과는 다른 형태로 만났다면 친구가 될 수 있었을지도 모르겠어."

가바야마 모모타로는 만족스럽다는 듯이 고개를 끄덕였다.

"그건 내 자존심이야. 난 평행세계나 타임루프를 전혀 안 믿거든. 그런 작품은 양자역학, 특히 휴 에버렛이 창안한 다세계 해석이라는 개념에 이론적 바탕을 두고 있는데, 양자역학을 진지하게 연구하는 사람 중에 이미 '수렴'된 과거를 거슬러 올라가서 같은 상황을 한 번 더 겪거나 평행세계로 이동해서 다시 시작할 수 있다고 생각하는 사람은 아무도 없어. 애당초 휴 에버렛 본인도 그런 소리는 한마디도 안 했고. 오히려 양자역학이라는 학문은 정신이 아득해질 만큼 무수히 많은 양자가 수렴된 결과 이 세계가 존재한다고 여기므로 과거를 바꾸기는 절대로 불가능하다고 판단해.

무엇보다 전 인류의 머릿수를 생각해봐. 인간이 뭔가 선택할 때마다 세계가 분기한다면 세계가 몇 개 있어도 모자랄 거야. 인간의 선택만이 세계를 분기시킨다는 생각은 인간의 자만이지. 가령 선택에 따른 세계의 분기를 인정한다면 오른쪽으로 가서 커다란 물고기에게 잡아먹힐 운명과 왼쪽으로 가서 살아남을 운명을 동시에 지닌 작은 물고기 각각에게도 분기가 일어나야 마땅해. 도대체 우주가 얼마나 많다는 거야?

말도 안 돼. 세계는 지금 여기에 있는 단 하나, 인생은 한 번뿐. 각자가 처한 현재 상황도 딱 한 번뿐이야. 그리고 일단 수렴된 과거는 절대로 바꿀 수 없어. 평행세계니 타임루프니 하는 건 그러한 현실의 무게를 감당하지 못하는 작자들이 도피하면서 꾸는 꿈에 불과해. 뭐, 픽션의 세계에서 재미있게 설정놀음하는 정도로 사용한다면 나무랄 것 없겠지만, 아무튼 난 안 써."

"그렇군. 그건 나도 동감이야. 그럼 한 번밖에 없는 그 소중한 인생을 네게 빼앗긴 사람들의 원한을 통감하고 책임질 각오도 당연히 되어 있겠지?"

"뭐라고?"

"잔챙이를 잡아봤자 도마뱀 꼬리 자르는 꼴이 날 뿐이니까 우리는 진짜 흑막을 찾고 있었어. 시모쓰키가 무시하는 말을 늘어놓으며 널 도발해서 어떻게든 꼬리를 드러내게 만들려고 했지만, 역시 만만치 않더군. 자기는 일개 진행자에 불과하다, 자신이 이 방송 진행을 맡은 건 알랑방귀를 잘 뀌기 때문이라는 말로 잘 피해냈어. 문제를 전부 자기가 출제했으면서. 과연 너구리 같은 놈이야."

"그래서 뭐?"

이치노세는 대답하는 대신에 어디선가 마이크로 PC를 꺼내 디스플레이를 펼쳤다.

"아, 이 자식. 전자 기기는 전부 압수했을 텐데!"

"이걸 들여오느라 고생했다고. 우리는 사전에 출연자 명부를 입수해서 출연자끼리 접촉하는 데 성공했어. 그리고 열다섯 명이 나누어 반입한 부품을 화장실에서 조립했지. 이것뿐만이 아니야. 초소형 고성능 마이크에 CCD마이크로 카메라, 고성능 송신기도 같은 방식으로 들여왔는데 네놈들은 전혀 모르는 것 같더군."

"뭐라고………?"

"이 디스플레이에 나오는 영상을 봐봐. 방송국 입구에 경찰과 다른 방송국 취재진이 우르르 몰려왔지? 이곳에서 일어나는 일은 네놈들의 지상파 방송과는 별개로 동영상 투고 사이트에서 계속 생방송되고 있었어. 지금 난리 났다고."

"고성능 마이크와 CCD마이크로 카메라에 송신기라고? 방송이 시작되기 전에 스튜디오를 구석구석 확인했을 때 그런 건 아무데도 없었는데!"

"아직도 모르겠나. 잘난 척하더니만 이제 한물갔나 보군."

이치노세가 스튜디오 구석을 턱으로 가리켰다.

"으, 저, 저건 네가 가져온 꽃다발!"

"이제야 알겠나. 저 꽃다발에 숨긴 마이크로 카메라가 스튜디오 구석에서 악랄한 네 모습을 계속 방송했어. 최종 조정실에서 삭제한 네 목소리까지 생생하게. 우리가 머리가 둔한 척하며 질문을 계속했더니 세세한 부분까지 전부 술술 불더군 그래."

이치노세와 니타니, 미사와, 나나오, 구키, 그리고 시모쓰키가 겉옷과 코트를 벗자 남성은 얇은 검정색 메시 셔츠, 여성은 남성들과 색깔과 재질이 같은 본디지풍 의상을 입고 있었다.

"당신들은 도대체……."

"우리는 경시청 특수법 수사팀이다. 아까 여러 분야의 전문가가 모였다고 암시해줬는데, 둔한 놈이로군. 이 프로그램에서 엄청난 비리를 저지르고 있다는 내부 고발이 들어와서 조사하고 있었지. 다만 우리가 미스터리 오타쿠라는 건 거짓말이 아니야. 이래 봬도 모두 예선을 돌파하고 출전 자격을 얻었으니 칭찬해달라고. 아까 말했듯이 오늘 우리는 시간 조정 역할을 담당한 시모쓰키 빼고는 빨리빨리 퇴장했지만, 명확한 증거를 잡을 때까지는 프로그램이 정상적으로 진행돼야 하니까 머리를 쥐어짜내 그 시점에서 가장 옳다고 여겨지는 해답을 내놓고 나서 스튜디오를 뒤로했어. 그런 의미에서 우리도 오늘은 등장인물 누구나 범인이 될 수 있음과 동시에 누구도 범인이 될 수 없는 이 문제 속에서 복잡하게 뻗어나가는 추리의 온갖 가능성을 음미하며 즐겼다고 할 수 있겠지. 인간이 호모루덴스라는 사실을 재인식했어. 그건 고마워. 자, 지금 이 말을 작별 선물로 알고, 가바야마 모모타로, 순순히 오라를 받아라."

"크……."

"우리 해답자는 열네 명. 그런데 아까 내가 열다섯 명이 부품을 나누어서 가지고 왔다고 한 거 눈치챘어? 무엇보다 우리가 어떻게 해답자 대기실에 무장 집단이 있다는 걸 알았을까. 어떻게 장면 자동 변환 프로그램을 이렇게나 빨리 찾아냈을까. 그리고 청산 가스 분출구가 있다는 사실을 어떻게 알았을까. 전부 내부 협력자가 몸을 아끼지 않고 사전에 최대한 조사해줬기 때문이야."

해답자들 사이에 섞여 있던 그들 여섯 명이 재빨리 흩어지더니 스튜디오 여기저기에서 카메라맨과 무대감독, 기술감독, 연출자인 척하던 노안 조연출과 화장기가 없는 여자 조연출, 턱이 반쯤 빠진 진짜 연출자 등을 한 명도 남김없이 체포

했다.

"제기랄."

가바야마 모모타로가 테이블 아래에서 재빨리 방독면을 꺼내 쓰고 버튼을 누르려고 했다.

"그렇게는 안 되지!"

그때였다. 바로 옆에 있던 몬테레오네 레이카가 가바야마 모모타로의 팔을 잡고 등뒤로 꺾어 올렸다.

"아야야야."

하지만 가바야마 모모타로가 힘은 더 셌다. 몬테레오네 레이카의 손을 뿌리치고 버튼을 잡았다. 몬테레오네 레이카가 죽을 둥 살 둥 가바야마 모모타로의 팔에 달라붙었다.

무슨 상황인지 알아차린 시모쓰키 유키나가 포박하고 있던 남자를 순식간에 걷어차서 넘어뜨리고 긴 머리칼을 쓸어 올리며 입술을 쑥 내밀었다.

그러자 다음 순간, 버튼을 누르려던 가바야마 모모타로의 목에 검은 광택이 흐르는 굵은 바늘이 꽂혔다.

"용서 못 해. 이 자식, 실은 전부 다 알면서 나미키 제작소를 모르는 척 시치미를 뗐어."

"어이쿠, 시모쓰키. 네가 만년필 마니아라는 건 다들 알지만, 화낼 포인트를 잘못 잡은 것 같은데."

입으로 불어서 날린 바늘 끝에 근육 이완제를 칠해놓은 듯

가바야마 모모타로의 온몸에서 힘이 빠졌다. 몬테레오네 레이카가 팔을 놓자 가바야마 모모타로는 시체처럼 스튜디오 바닥에 쓰러졌다.

"고마워, 레이카!"

다행이야, 무사히 마무리돼서 정말 다행이야. 신이여 감사합니다. 몬테레오네 레이카는 만발한 꽃처럼 활짝 웃었다.

옮긴이 **김은모**

경북대학교 행정학과를 졸업했다. 일본어를 공부하던 도중에 일본 미스터리의 깊은 바다에 빠져들어 헤어나지 못하고 있다. 아직 국내에 소개되지 않은 다양한 작가의 작품을 소개하고자 노력하고 있다. 옮긴 작품으로 이마무라 마사히로의 『시인장의 살인』, 이치카와 유토의 『젤리피시는 얼어붙지 않는다』, 오타 아이의 『범죄자』, 누쿠이 도쿠로의 『나를 닮은 사람』, 『프리즘』, 『미소 짓는 사람』, 기타야마 다케쿠니의 『인어공주』, 마리 유키코의 『여자 친구』를 비롯하여 우타노 쇼고의 '밀실살인게임' 시리즈, 미쓰다 신조의 '작가' 시리즈 등이 있다.

미스터리 아레나

초판 발행 2019년 5월 9일

지은이 후카미 레이이치로
옮긴이 김은모
펴낸이 염현숙

책임편집 지혜림 | **편집** 임지호 이송
디자인 김이정 최미영 | **저작권** 한문숙 김지영
마케팅 정민호 정진아 함유지 김혜연 박지영 김수현 | **홍보** 김희숙 김상만 이천희
제작 강신은 김동욱 임현식 | **제작처** 영신사

펴낸곳 (주)문학동네
출판등록 1993년 10월 22일 제406-2003-000045호
임프린트 엘릭시르

주소 10881 경기도 파주시 회동길 210
문의 031-955-1901(편집) 031-955-8896(마케팅) 031-955-8855(팩스)
전자우편 editor@elmys.co.kr | **홈페이지** www.elmys.co.kr

ISBN 978-89-546-5617-7 03830

엘릭시르는 출판그룹 문학동네의 임프린트입니다.